Memorial del engaño

Memorial del engaño

J. Volpi

Traducción de Gustavo Izquierdo

Título original: *Deceit*

Santillana Ediciones Generales, S. A. de C. V., 2013
Av. Río Mixcoac 274, Col. Acacias
México, 03240, D.F. Teléfono 5420 7530
www.alfaguara.com/mx

Esta obra es una ficción. Cualquier parecido con personas o sucesos reales, es culpa de la realidad.

Primera edición: diciembre de 2013

ISBN: 978-607-11-3052-5

Impreso en México

Para Rocío

IL COMMENDATORE
Pentiti!

DON GIOVANNI
No!

MOZART, *Don Giovanni* (1787)

Obertura

La mañana del 23 de abril de 2011, la secretaria depositó sobre mi escritorio un paquete enviado por correo ordinario, sin remitente y con matasellos de Colombo, en cuyo interior se alineaban una carta y un manuscrito titulado Memorial del engaño, *firmado por J. Volpi. Me imaginé frente a una broma de mal gusto o el desafío de algún malicioso autor de la agencia (pensé en dos o tres nombres). Como cualquier neoyorquino, había seguido con cierto interés la historia de Volpi, un inversor de Wall Street y mecenas de la ópera que, de acuerdo con una nota del* Times *de octubre de 2008, había estafado a sus clientes, en una suerte de esquema Ponzi, por un monto cercano a los 15 mil millones de dólares: una cifra considerablemente menor a los 65 mil millones defraudados por Bernard Madoff, pero suficientes para acreditarlo como otro de los grandes criminales financieros de la Gran Recesión iniciada ese año. Sólo que, mientras Madoff fue condenado a ciento cincuenta años de prisión tras confesar su desfalco, Volpi huyó del país ante la inminencia de su arresto sin que a la fecha exista indicio alguno sobre su paradero.*

En su carta, o en la carta escrita en su nombre, Volpi me pedía (casi me exigía) que leyese su autobiografía y, en caso de apreciar su "innegable valor documental y literario", me decidiese a representarlo. Me repelió su tono altivo e imperioso —un tono que, según la prensa, siempre caracterizó sus intervenciones públicas—, pero aun así le solicité a S. Ch., entonces vicepresidenta de la agencia, que me presentase un dictamen. Con un escepticismo idéntico al mío, ella intentó desembarazarse del encargo y lo delegó en un asistente. Quiero que lo revises tú misma, la apremié sin contemplaciones.

El sábado siguiente, mientras mi esposa y yo jugábamos al bridge con un celebrado autor de novelas policíacas y su mujer, S. Ch. me llamó para informarme que, o bien el manuscrito era obra de Volpi, o bien de alguien que lo conocía de muy *cerca: yo debía echarle un vistazo cuanto antes. El lunes devoré de un tirón más de un tercio del manuscrito antes de asumir que estaba obligado a dar cuenta de su existencia a las autoridades. Cuando por fin marqué el número del FBI, había llegado al final, obstinado en utilizar unos guantes de látex para no arruinar las posibles huellas dispersas entre sus páginas.*

Al cabo de unas semanas los peritos llegaron a nuestra misma conclusión: el texto contenía un alud de datos que sólo Volpi podría conocer; si el financiero prófugo no era su autor, al menos tenía que haber participado en su redacción, asistido tal vez por un ghost-writer. *Por desgracia, el texto no ofrecía pistas que condujesen a localizarlo o a identificar a su hipotético cómplice. Y, por cierto, no contenía ninguna huella legible.*

Al término de un engorroso proceso, un juez federal determinó que el manuscrito fuese considerado parte del patrimonio de Volpi y lo sumó a los bienes que el abogado del estado tenía encomendado enajenar para resarcir a sus víctimas. Tanto Leah Levitt, la segunda esposa de Volpi (quien sólo obtuvo el divorcio tres años después de su desaparición), como su hija Susan se mostraron de acuerdo con entregar las previsibles regalías generadas por el libro al fondo destinado a aliviar los daños perpetrados por su autor. Tras una puja realizada en el marco de la Feria del Libro de Frankfurt de 2012, Memorial del engaño *hallará su camino hacia el público gracias al entusiasmo de numerosas editoriales.*

¿Por qué Volpi envió su libro a una agencia estrictamente *literaria en vez de dirigirse a una especializada en obras de no ficción? Aunque llegamos a cruzarnos en alguna gala de beneficencia en Nueva York o al descender las escalinatas del Lincoln Center, a Volpi y a mí jamás se nos presentó la ocasión de charlar y entre nosotros jamás existió ninguna relación personal. La respuesta, imagino, se halla en otra parte: su legendaria soberbia, causante de su vertiginoso ascenso y su drástica caída, le impedía imaginarse entre miles de* best-sellers *dedicados al colapso finan-*

ciero y prefería considerar que su sitio estaba al lado de los trece premios Nobel y veintidós Pulitzer vigentes en nuestra nómina de autores.

La verdadera cuestión es, más bien, por qué yo me decidí a representarlo o, para ser más precisos, a gestionar los derechos de su autobiografía. Me gustaría advertir que Volpi —o su ghostwriter— *es dueño de un estilo que superó mis expectativas (si bien resulta vano compararlo con otros escritores de la agencia). Más allá de sus defectos formales, pocas veces se puede escuchar la voz de un autor que, ajeno a cualquier precaución o sentido ético, se atreve a desmenuzar con semejante desvergüenza el desastre financiero de estos años. Además, Volpi narra la historia de su padre, un economista de origen ruso que, durante la segunda guerra mundial y los acuerdos de Bretton Woods, se desempeñó como asistente de Harry Dexter White en el Departamento del Tesoro. Obsesionado con desvelar su identidad, Volpi nos reintegra un episodio de nuestra historia política y moral que, hoy más que nunca, no debería quedar en el olvido.*

La suya es, a fin de cuentas, la historia en primera persona de una generación que, atenazada entre el riesgo y la avaricia, precipitó al mundo en uno de los mayores desastres económicos y humanos de los últimos tiempos. Como llegó a decir un analista, nunca tan pocos hicieron tanto contra tantos. El protagonista de estas páginas, acaso un sosias o doppelgänger *del auténtico Volpi, se arriesga a hablar —a cantar— por ellos.*

A.W.
Nueva York, 2 de diciembre, 2012

Primer acto
Il dissoluto punito

Escena I. *Sobre cómo un pichón arruinó mi primer cumpleaños y la ingratitud de los lobeznos*

Cavatina de Judith

Una mitad refulgente y la otra opaca, como si alguien hubiese troceado la luna con un punzón. Tu padre permaneció largos minutos frente a la ventana, con los ojos bien abiertos, obsesionado con el claroscuro. Había vuelto a despertarse a las cinco de la madrugada —su reloj se detuvo a las 5:23— como todos los días desde que nos abandonó. Al distinguir los primeros reflejos del alba, Noah volvió a tumbarse sobre la cama. Corrijo: un camastro apolillado, al garete sobre los tablones del piso; a su alrededor, un par de cajas de madera hacían las veces de mesas o sillas. Sus únicas pertenencias: una docena de libros, un par de retratos y el lastimoso estuche con su violín. Lo contemplé así en tantas ocasiones, hijo mío: un cuerpo sin alma o con un alma que sólo regresaba al cuerpo al cabo de varios minutos de extravío. Cuando tu padre recuperó la conciencia, amanecía. A esa pocilga apenas la lamían unos cuantos rayos de sol; con suerte cerca de las diez un hilo de luz se filtraría a través de las persianas y exhibiría la suciedad del catre y de las colchas. A lo lejos se distinguía la algarabía de los pájaros, los malditos pájaros que se obstinan en piar cuando clarea.

Noah se dirigió al baño, un cuadrángulo minúsculo con un retrete carcomido por el óxido. Penoso escenario, hijo mío, aunque fuese tu padre quien lo eligió al hacer a un lado nuestra vida en común. No presumo que nuestra convivencia fuera sencilla, pero al menos en el departamento de Park Slope habíamos conseguido mantenernos al margen de las habladurías. En el peor de los casos podríamos habernos marchado a otra ciudad o a otro estado, pero tu padre ni siquiera consideró mi sugerencia. Giró el grifo y un chorro de agua se precipitó sobre el cochambre. Imagino que se desnudó de un tirón, sacudido por una prisa repentina: su cuerpo lucía cada vez más esquelético, las costillas hendidas en los costados, el ombligo prominente y el cráneo con entradas hasta la coronilla (de joven la negrura de su pelo enloquecía a las secretarias). A su edad otros hombres conservan un aura juvenil o al menos cierto vigor en la mirada, pero a tu padre los años en Washington le arrebataron toda la energía y el agua tibia apenas diluyó su desvelo.

Una vez fuera de la ducha debió mirarse en el espejo, un vidrio con la plata desconchada que le devolvió su decadencia repetida. Noah siempre odió ese ritual matutino, constatar que cada vez se parecía menos a quien había sido en el pasado. Con destreza deslizó la navaja por su cuello y su mandíbula: ni una gota de sangre. Retornó al cuartucho, hurgó en una de las maletas que aún no había vaciado y descubrió su última camisa limpia. Yo misma la había almidonado sin saber que iba a dejarnos. Imposible adivinar si me lo agradeció o si por fin me echó de menos. Se enfundó los calzoncillos, el pantalón, la camisa y los tirantes y todavía tuvo tiempo de peinarse y esparcirse unas trazas de loción en la nuca. ¿Para qué? Tal vez sólo por costumbre, un reflejo que carece de propósito.

Se sentó sobre la cama y abrió un grueso tratado de economía. No exijas claves, hijo mío. Un libro de texto como cualquier otro —así me lo confirmaron sus colegas—, un compendio escolar sin pretensiones. Quizá releyó algún capítulo o buscó algún dato entre sus páginas. ¿Cómo saberlo? Hacía meses, te repito, que su conducta había dejado de ser lo que se dice normal. Estúpida palabra. A ver ésta: *previsible*. Previsible para quien lo acompañó durante dos décadas, para quien compartió sus incontables desventuras y escasas alegrías, para quien se acostó con él a diario, para quien lo conocía como nadie. Más que reservado, Noah era impenetrable, pero no confundas esta expresión con misterioso o enigmático. Hay hombres abiertos y hombres cerrados, y tu padre pertenecía a los segundos. Una caja fuerte que no albergaba en su interior más que ideales y buenos sentimientos.

Llevaba demasiados años triste, devastado. ¿Cómo no iba a estarlo? Había consagrado su vida al Tesoro, a luchar por su país, y de pronto nada le quedaba por delante. Eso lo comprendo. Pero la melancolía no justifica que se haya marchado de un día para otro, y menos en mi estado. Después de veinte años, se escabulló, alquiló ese cuchitril en Queens y se refundió en él como si se tratase de una cárcel o una sinagoga. ¿Qué esperaba? ¿Que yo lo rescatase? ¿Que clamara justicia en su nombre? ¿Que implorase su regreso? Me conoces, hijo: yo no le ruego a nadie. Cuando tuvo el descaro de volver a casa, al cabo de un par de semanas, se limitó a recoger su violín, sus papeles y sus libros. Otra vez no dio explicaciones. *Debo irme.* Sólo eso. Y se largó a Queens.

Imagino que tu padre hojeaba aún su tratado de economía o de nuevo tenía la mente en blanco cuando lo distrajo un chillido en la ventana. Al volver la vista distinguió una paloma que luchaba por liberar una de sus alas, atrapada entre el vidrio y la madera. Se irguió y se aproximó al animal, que aleteaba enloquecido. Noah levantó el marco pero, en vez de alzar el vuelo, el pichón se quedó allí, paralizado, con un ala medio rota y la mirada adolorida. Supongo que incluso las palomas mostrarán dolor en la mirada. Tu padre debió contemplarla durante un rato sin saber qué hacer, conmovido por la fragilidad de la criatura. De seguro pensó que estaba obligado a salvarla. Le dio un pequeño empujón. Nada. Luego otro. Nada. Entonces debió asumir que lo mejor sería conducir el bicho al interior, restañar su herida, alimentarlo con galletas, esperar que se aliviase poco a poco, tal vez le serviría de compañía. Se recargó sobre el alero y trató de atrapar su cuerpecito. La bestezuela debió malinterpretar sus intenciones y se balanceó torpemente en la cornisa. Noah tomó impulso y estiró el brazo. Quizás lo sacudió el vértigo al contemplar los once pisos que lo separaban de la acera. O tropezó sobre el alero en un último esfuerzo por rescatar al pichón. Lo cierto es que, cuando el primer transeúnte se topó con su cuerpo despanzurrado sobre la acera, tu padre aún conservaba un haz de plumas en la mano.

Recitativo

Palabras más, palabras menos, éste es el relato de Judith en torno a la muerte de mi padre y, como puede verse, palabras a ella nunca le faltaron. Yo tendría cuatro o cinco años cuando por primera vez desgranó ante mí el episodio y, más que la intrusión de la paloma, recuerdo sus timbre venenoso, que no he reproducido con justicia, su mirada de acero hendida sobre mi timidez y sus dedos trazando piruetas en el aire (las uñas rojo intenso), sin muestra alguna de tacto o de pudor, hasta que una de sus palmas, elevada a la altura de la cabeza, se estrellaba contra su gemela reproduciendo el crujir de los huesos de mi padre contra el cemento. A veces Judith prolongaba su especulación sobre la miseria, el insomnio o las lecturas de su difunto marido, otras adobaba el incidente con una pátina algo más patética o más ridícula (o ambas cosas) y otras se empeñaba en demostrarme que la desgracia había sido íntegra culpa de mi padre, aunque en ningún caso omitía señalar que, más allá de su carácter esquivo, su mala suerte y su huida repentina, Noah era un buen hombre, dicho esto con idénticas dosis de conmiseración y desprecio.

Ocurría así.

Por la noche, después de cubrirme con el edredón, como si fuese a relatarme un cuento de hadas, o a la hora de la comida, acompañando un *gefilte fisch* con *khren*, Judith reelaboraba los hechos sin admitir preguntas de mi parte. Gracias a esta táctica, durante años lo único que supe de mi padre fueron los rasgos de carácter exaltados en su infortunada cita con el pichón: una bondad íntima hacia los animales (y acaso las personas), cierto desinterés o descuido hacia los fetos, una clara propensión hacia la desgracia y una afición por la música clásica que contrastaba con su vulgar profesión de economista. Imposible extraer de mi madre detalles no incluidos en este recuento o exigirle una prueba fotográfica: con una sola excepción, todos sus retratos se extraviaron en la mudanza posterior al entierro, se justificaba ella. A nadie debería extrañar que mi padre fuese para mí muy poca cosa: un nombre pronunciado de mala gana y la sensación de ignorar el origen de un cincuenta por ciento de mis genes.

Años después, un proxeneta de la mente señaló que mis conflictos con la autoridad se originaban en la ausencia de una figura paterna durante mi niñez. Sublime tontería: Judith cumplía a la perfección con la tarea. Su afición por la ginebra y los habanos, sus modales ariscos y brutales, su lenguaje de carretero y su afición a pelearse, mejor si a golpes, con quien osase contradecirla o engañarla, bastaban para demostrar que era más viril que cualquier hombre. A lo largo de estas páginas volveré a su doble temperamento de carcelera y dama de la caridad, por ahora me contentaré con sostener que, pese a su delgadez y la brevedad de su estatura —a los doce yo ya la rebasaba—, mi madre no sólo era capaz de colmar una habitación con su presencia, sino tres o cuatro pisos. No pretendo cebarme con ella (no todavía): la recuerdo como un entrañable gnomo judío, no exento de una belleza escalofriante, capaz de doblegar a un ejército o de imponer su voluntad a una pandilla de matones. Seré más justo: una mujer que se labró a sí misma desde pequeña —el insaciable cliché de la pobreza, padre adúltero y madre depresiva— y que no consintió en doblegarse o arrepentirse ni siquiera ante la muerte.

Hasta los quince o dieciséis años jamás me laceró la orfandad, una condición que me permitía colocarme a la altura de los infelices que conservaban las barras y estrellas o los corazones púrpuras entregados a sus madres en ceremonias tan solemnes como hipócritas. Imposible jactarme de que mi padre fuese un héroe caído en combate, como los de mis compañeros de escuela, pero sacudidos por mi desamparo los profesores me reservaban una benevolencia de la que siempre logré aprovecharme (al tiempo que los odiaba por dispensármela). Para bien o para mal, Noah no intervino en mi educación: una gran ventaja si se compara con los estragos producidos en la autoestima de mis compañeros por el cotidiano contacto con los brutos que los habían engendrado. Un buen padre, en mi opinión, es aquel que huye de sus hijos cuanto antes.

De Noah Volpi, reitero, nada excepto el apellido. Ese Volpi que en Polonia se escribía Wołpe y que desde entonces los dos arrastramos en esta nación fundada por bandidos y fanáticos. Al menos hasta que dejé de ser un ganso más bien torpe y me convertí en el único Volpi del que se habla hoy en día: el Volpi cuyo nombre ustedes, mis insulsos semejantes, mis pútridos hermanos, mis curiosos lectores, de seguro habrán escuchado maldecir durante los quince minutos de fama (ya unos años, a decir verdad) en que, acompañado por fotografías de dudosa procedencia, ocupó un espacio en la red, los telediarios y esas moribundas hojas parroquiales, los periódicos. Volpi, el conocido filántropo y hombre de negocios, fundador y principal accionista de JV Capital Management, uno de los *hedge funds* más pujantes en los albores del siglo XXI, según Bloomberg y MSNBC; Volpi, el infatigable benefactor del Met, la New York City Opera, la Filarmónica de Nueva York, la Juilliard School of Music, el Festival de Salzburgo, el Mariinski y el Covent Garden; Volpi, el inquilino habitual de los tabloides y las páginas de sociales de la Gran Pútrida Manzana; Volpi, el estafador que, desde octubre de 2008, se halla en paradero desconocido luego de defraudar a sus inversionistas por 15 mil millones de dólares: cifra a todas luces inverosímil. Éste soy yo, señoras y señores, distinguidos miembros del jurado, y en efecto escribo estas páginas desde Paradero Desconocido, un dulce poblado costero que, en contra de lo que yo me imaginaba, no cuenta siquiera con banda ancha (un prófugo de la Interpol no debería revelar estos detalles).

¿Por qué me atrevo a incordiarlos con mi relato? ¿Soberbia? Sin duda. ¿Arrepentimiento? Ninguno. ¿Autojustificación? La mínima. Digamos que la culpa la tiene el viejo Noah, ese hombre que me abandonó cuando yo estaba a punto de nacer para luego tropezar con un pichón y lanzarse un clavado de once pisos; ese hombre que jamás me acompañó y que mi madre se esforzó por borrar de mi memoria; ese hombre que era mucho más que un burócrata desempleado y mucho menos que un personaje secundario en mi historia, y en la burlesca historia que concluyó con esa otra caída, la de Lehman Brothers. Así que, después de todo, le debo a ese fantasma más que un espurio apellido judío-polaco. En la soledad de quien ha de peregrinar a salto de mata de un confín a otro del planeta, descubrí que nos une algo más poderoso e inextricable. Noah fue un reticente símbolo de su tiempo y yo del mío. Él, del auge del capitalismo. Yo, de su derrumbe. Y, como por primera vez en décadas dispongo de una infinita cantidad de tiempo libre (salvo la mejor opinión de los guardianes de la ley), me asumo como un viejo cartógrafo decidido a unir estos dos puntos en el mapa.

Coro de los amos del mundo

Dicen que, justo antes de que las olas se escabullan de la costa para retornar en un diabólico zarpazo, como ocurrió durante el tsunami que desguanzó la costa asiática en 2004 (cuya magnitud sólo aprecié en el atronador inicio de *Hereafter*, donde Clint Eastwood desemboca en lamentable espiritista), el cielo se torna aterciopelado y luminoso, desprovisto de jaspes y de nubes, habitado por una luminosidad que, según los meteorólogos, es el único anticipo de la catástrofe. Así se vivió la primavera de 2008: una temporada de abulia y apatía, morosa y lamentable, en la que sólo unos cuantos agoreros del desastre, agazapados en las orillas de nuestro sistema financiero (por ejemplo en la arcadia de los campus), vociferaban ante auditorios semivacíos sus profecías, según las cuales no nos encontrábamos frente a una era de exuberancia irracional, en palabras del Gran Gurú Greenspan, sino ante una pompa de jabón que no tardaría en estallarnos en las narices. Envidiosos. Ilusos. Mentecatos. Lo que uno tenía que escuchar en labios de esos resentidos. ¿Una burbuja inmobiliaria? Estupideces. Era claro que ni Ribini ni Rabini ni ningunos de sus compinches harvardianos u oxonienses sabían de lo que hablaban. ¿No tuvieron ocasión de revisar los datos oficiales? En Estados Unidos jamás existió una burbuja inmobiliaria. *Jamás*. Éstas brotaron de vez en cuando, si acaso en lugares como el sur de la Florida, a causa de la especulación de pandillas de judíos jubilados. Los papanatas tendrían que haber destilado sus estadísticas: este gran país, tomado en su conjunto, jamás sufrió una crisis de vivienda. Lo mejor era desoír o acallar a los lunáticos y concentrarnos en administrar aquella irracional y gozosa exuberancia.

No exagero. Lean los diarios y escuchen las declaraciones pronunciadas a lo largo de esos meses de calma chicha. Primavera de 2008, incluso los inicios del verano. Descubrirán a quienes muy pronto habrían de convertirse en los impostados héroes o los efímeros villanos de nuestra tragicomedia. Todos repetían el mismo mantra: no hay de qué preocuparse, el crecimiento se mantiene, la inflación se halla contenida, superaremos este bache y continuaremos adelante. Empresarios. Políticos. Especuladores. Banqueros. Profesores. Funcionarios del Tesoro y de la Reserva Federal, del FMI, del BM y de la ONU. Greenspan, Clinton y Bush Jr., Paulson y Bernanke, Geithner y los CEO's de nuestros pilares financieros. Igual que una pléyade de ciudadanos comunes y corrientes, como ustedes, mis lectores. Y *yo mismo*. Todos manteníamos la misma fe, o eso decíamos: esta vez será distinto, las alarmas son inciertas, los temores infundados, podemos seguir endeudándonos —y enriqueciéndonos— sin tregua, que los mercados, sanos como toros, sabrán autorregularse.

Sin duda había unas cuantas señales preocupantes, las hipotecas se habían disparado, nadie era capaz de calcular qué pasaría si dejaban de pagarse, descendía el consumo, pero el capitalismo preconizaba la destrucción creativa. En el peor de los casos unas cuantas empresas e instituciones de crédito acabarían liquidadas, como durante la debacle de las *dot-com*; descendería un poco el precio de los inmuebles y aumentaría suavemente el de los préstamos: una reorganización en todo caso necesaria, un mínimo ajuste antes de retomar el crecimiento. Ahora, *ex post facto*, resulta fácil decirlo: no fue así. Un tsunami. Una ola que, sin el menor aviso, ni siquiera esa perturbadora claridad del firmamento, arrasó con nuestras certezas —y, peor aún, con nuestras fortunas—. No fuimos irresponsables. No fuimos rapaces ni ambiciosos. Sólo tuvimos mala suerte.

Me encantaría invocar esas excusas, creérmelas de veras como Greenspan y Bush Jr., como Paulson y Bernanke, como Geithner y los CEO's de nuestros pilares financieros. Rebajar mi arrepentimiento y mi vergüenza —no ante los desahucios y la pobreza de millones, sino ante mi impericia— y moderar la rabia ante mis pérdidas. Sólo que, a diferencia de esos hidalgos, yo no seguiré fingiendo. No me mueve un arrebato de honestidad, que mi público jamás admitiría, sino mi negativa a ser uno de los chivos expiatorios de quienes ahora se dan golpes de pecho. En su esquema, yo soy un criminal y ellos, en cambio, nada más se equivocaron. Yo soy una lacra, a la que se juzga necesario perseguir por medio mundo como si fuera un torturador o un criminal de guerra, mientras a ellos, los funcionarios y prohombres en quienes depositamos nuestra fe y nuestra confianza, les basta con pedir una disculpa. A mí hay que cazarme como a un perro o exterminarme como a una rata; en cambio ellos, después de agachar un poco sus calvas y exhibir unas apresuradas condolencias ante sus millones de víctimas, han sido reinstalados en sus puestos directivos —u otros equivalentes— y vuelven a embolsarse sus bonos millonarios.

No, señores, no pienso tolerarlo. Éste es mi alegato. Sí, yo defraudé a un centenar de inversionistas. Sí, entre ellos había fondos de pensiones, universidades, hospitales, fundaciones artísticas y humanitarias. Sí, engañé a mis amigos y a los amigos de mis amigos. Sí, puse en riesgo a mis socios y a mi familia. Sí, soy un canalla y un ladrón, digno heredero de Charles Ponzi. Sí, acepto que se me compare con Bernie Madoff (excepto, por favor, en el peinado) aunque su fraude supere al mío en cuatro a uno. Sí, soy un monstruo, un demonio, un peligro para la sociedad. Pero quienes me señalan con sus índices flamígeros mientras contemplan el *skyline* de Manhattan degustando un coñac o mordisqueando un habano no son mucho mejores.

—Eso fue lo que nos dijo.

La voz de Susan debió sonar como un quejido. La imagino con el mismo atuendo que horas antes yo le había celebrado: la falda granate con una abertura hasta los muslos, la camisa de seda cruda, la chaquetita D&G tan coqueta. El cuerpo delgadísimo, levemente arqueado, los lóbulos de las orejas y el cuello ya desnudos —alguien le habría recomendado esconder las joyas para acentuar su fragilidad—, el rostro maquillado con delicadeza, el cabello ceñido en un discreto moño y las manos, sus tersas manos, tiritando. A diferencia de Isaac, ella no estaba allí por su voluntad o por un resentimiento aquilatado con los años. Su porte altivo, la brevedad de sus respuestas y el volumen de sus labios demostraban que sólo había acudido a la comisaría porque no le había quedado otro remedio. Al principio se había resistido. "¿No hay otra opción?, ¿no podríamos esperar un poco hasta evaluar la magnitud de los daños?"

¡Prohíbo que la juzguen! Es falso que estuviese de mi lado, que cuestionase mi culpabilidad o buscase aligerar mis faltas y mis crímenes: simplemente odiaba la idea de confesarse con unos vulgares agentes del FBI, como en una película de gángsters —ella, que pagaba 700 dólares por sesión a un analista del Upper East Side—, y sólo se había dejado arrastrar hasta ese cuchitril después de que su hermano amenazara con implicarla en los turbios manejos de *su* padre, queriendo subrayar *el de ella*, no el de ambos.

Isaac, tan propenso al histrionismo desde niño (podía llorar por horas sin que nada lo calmase), gemía y manoteaba para acentuar su indignación como si sus graznidos demostrasen su inocencia. Pobrecillo. Casi me conmueven su espalda encorvada y su gesto endurecido, signos del pánico que debía desgarrarlo muy adentro. A sus ojos él tampoco tenía alternativa. Debía mostrarse implacable, sin el menor destello de piedad hacia quien lo había maltratado desde niño. Eso creía: que, cuando yo le di la espalda en algún momento entre los catorce y quince años —apenas recuerdo el incidente—, lo condené a una vida de antidepresivos y terapias. No había modo de contrarrestar aquella injusticia primigenia: ningún coche deportivo, ningún viaje a la India o al Himalaya y ni siquiera un atisbo de disculpa consiguieron aplacarlo. Desde entonces él había acertado a la hora de juzgarme. Otros pensaban que yo era venal y egocéntrico, aunque también generoso y comprensivo (Susan, la primera); en cambio Isaac *sabía* que mis virtudes eran una mascarada para sacar provecho de quien se me pusiera enfrente, incluida mi familia. En contra de todos, en contra tal vez del universo y —siempre azuzado por su madre—, nunca se dejó encandilar. Y, ahora que se revelaba la verdad, se sentía por fin reivindicado.

—Espero haber entendido bien —musitó uno de los agentes—. Su padre acaba de confesarles...

—A las 10:17 de la mañana —interrumpió Isaac.

—A las 10:17 de la mañana su padre los convocó en su despacho para revelarles que su gigantesco fondo de inversiones estaba basado en un engaño. Que sus cuentas están sobregiradas. Y que el monto de las pérdidas asciende a unos... —el agente consultó su libreta y tragó saliva— ...10 mil millones de dólares.

—Así es —confirmó Isaac.

Los agentes (los imagino gruesos y morenos, vestidos con raídas gabardinas y corbatas de tres dólares: los estereotipos de la TV) debieron mirarse uno al otro sin dilucidar si se encontraban frente a una pareja de chalados, para colmo mellizos casi idénticos, o ante una de las acusaciones más sorprendentes de sus carreras. Uno de ellos pidió disculpas y se levantó para consultar a sus superiores.

—¿Puedo fumar? —preguntó Susan al agente 1.

Adivino la impaciencia de mi hija frente a esos dos gorilas, su belleza puesta en entredicho por la hinchazón de los párpados.

—Temo que no.

—¿Puedo salir un momento?

—Por supuesto —el policía debió esbozar una sonrisita—, usted no es la acusada.

Un par de horas más tarde, cuando Isaac se comía las uñas y Susan había maltratado sus pulmones con varias cajetillas, los servidores de la ley al fin dieron crédito a la denuncia y se apresuraron a solicitar, con carácter extraurgente, una orden de captura con mi nombre.

El tiempo es oro, pero el oro todo lo compra. Incluso tiempo.

En cuanto Isaac y Susan abandonaron mi oficina aquella mañana, dando un sonoro portazo entre lágrimas y recriminaciones luego de arrojarme a la cara los pasajes que les había reservado —el de ella rumbo a una hermosa isla del Caribe; el de él con destino a un *resort* en el Pacífico—, emprendí mi propia vía de escape, siguiendo un itinerario distinto al que les había revelado. Le di a Vikram mis últimas instrucciones, que éste cumplió refunfuñando, nos dimos un abrazo más corto del que yo hubiese requerido y tomé el elevador de servicio para abordar el coche que me esperaba en la calle trasera.

Digan lo que digan, es la suerte, ese azar contra el que a diario nos batimos los especuladores, quien nos hunde o nos rescata. Esa mañana apenas había tránsito en el Holland Tunnel. No revelaré mi ruta de escape (nunca se sabe si tendré que volver a utilizarla) y me conformaré con presumirles que, cuando el juez liberó la orden de aprehensión en mi contra, a las 14:30 pm, yo me encontraba ya muy lejos del Sueño Americano.

No quiero pecar de cínico: aquél fue el peor día de mi vida. Sé que mi palabra no vale nada pero espero que *mis palabras* al menos transmitan un atisbo de la desesperación, la rabia, el miedo, la preocupación y el amor —sí, el amor— que me escaldaban mientras huía. Yo quería salvarlos y llevármelos conmigo. ¿No es la principal misión de un padre sustraer a sus hijos del peligro? Tal vez en el pasado no lo había hecho, o no lo suficiente, sin duda cometí una infinidad de errores, jamás fui un amigo o un modelo de conducta para ellos, siempre privilegié mi bienestar frente al suyo, pero en ese momento buscaba redimirme. Quería huir, por supuesto. No tenía salida. Quedarme significaba cien o doscientos años tras las rejas. Y también quería concederles a mis hijos la oportunidad de una vida en otra parte. Por desgracia, el imbécil de Isaac se dejó llevar por el resentimiento y arrastró a su hermana en su camino de inquina y de ceguera.

—No lo puedo creer, papá —balbució Susan cuando les confesé el estado de nuestras finanzas—. Debe ser un error, los contadores, la crisis, tú no…

Debí detenerla. Por una vez ella y su hermano merecían la verdad.

Todo empezó hace unos diez años, les dije. No fue intencional, al menos al principio. Me topé con uno de los baches que sufren todos los hombres de negocios. Nada ocurriría si lograba pasar capital de un fondo a otro. El mercado se recuperaría en unos días y el desliz quedaría en el olvido. Y así fue. Un pecado menor. Pronto me vi en otro sumidero y se me hizo fácil repetir la jugada. Poco a poco se convirtió en costumbre. No es momento de contarles cómo funcionaba el entramado, basta con admitir que acabé por perder el control, como cuando una presa se desborda, y ya no pude navegar contracorriente.

—Pero los dividendos que pagabas a tus clientes nunca dejaron de ser extraordinarios —me interrumpió Isaac.

—Era la única manera de seguir atrayendo capitales. Recular hubiese despertado toda clase de sospechas y precipitado la catástrofe.

—La catástrofe ya ocurrió.

Mi Bruto tenía razón. Pero ésa es la naturaleza de los esquemas Ponzi y, si se me permite la arrogancia, del universo: las cosas duran hasta que duran. Todo tiende al caos. Y luego se acaba. Es una ley inexorable. Una ley que, por cierto, siempre tomé en cuenta. A partir del instante en que la doble contabilidad se convirtió en una segunda vida para mi empresa, comprendí que sólo podría aspirar a prolongar las apariencias. Comencé una existencia transitoria, marcada por una inextricable fragilidad, dirigida conscientemente hacia el desastre.

Cuando cayó Lehman supe que mi tiempo se había acabado. Sobre todos nosotros pende, a fin de cuentas, la muerte. Pero yo había sumado otra: la del día en que Leah y mis hijos descubrieran que yo no era quien decía.

—No saben cuántas veces desperté a medianoche, entre sudores, imaginando el momento en que me vería obligado a mostrarles lo que soy. No pido que me entiendan, tampoco tengo la desfachatez para exigir que me perdonen. Lo único que deseo es que nos larguemos de aquí y que arrostremos este revés en familia. Por favor, vengan conmigo.

—¿Convertirnos en prófugos? —soltó Isaac—. Nosotros no somos criminales.

El mío no había sido un buen discurso, lo acepto, pero tenía que hacer cuanto estaba en mi poder para llevármelos. Susan, te dije entonces, pronunciando tu nombre con la mayor de las dulzuras, Susan, ayúdame a convencer a tu hermano. Debía apelar a tus sentimientos y lograr que me apoyases. Una estrategia infame, lo sé, pero tenía que probarla.

—¿No hay otra opción? ¿No podríamos esperar un poco hasta evaluar la magnitud de los daños? —dijiste con tu vocecita quebrada.

Isaac te lanzó una mirada animal.

—¿Vas a defenderlo? ¿Te das cuenta de lo que hace? Pretende dividirnos, hermana, como siempre. Tú eres la buena y yo el rebelde. Tú la consentida y yo el ingrato. No entres en su juego.

¿Qué podías hacer tú entre dos frentes? Desde pequeña te viste obligada a fungir como árbitro en nuestras disputas, a matizar las injurias y las descalificaciones, a moderar las salidas de tono, a procurar una mínima cordialidad entre nosotros. Hasta que un día te quebraste, incapaz de soportar tanta presión, y tu cuerpecito, privado de alimento, casi no pudo resistirlo. Cuando superaste la enfermedad nos advertiste que no volverías a mediar entre nosotros, que no ibas a perder la cordura por nuestra culpa, que dejáramos de involucrarte en nuestras riñas. Y ahora yo volvía a pedirte —a exigirte— que intercedieses por mí ante tu hermano y me ayudases a salvarlo.

Isaac no cedió.

Lanzó sobre la mesa los fajos de efectivo, los pasaportes y los datos de las cuentas *offshore*, los pasajes de avión y las direcciones de nuestros contactos en cada escala del trayecto. Y te arrastró del brazo hacia la puerta sin dejar que te despidieses de mí.

Nunca le perdonaré que te arrancase de mis brazos, que me impidiese darte un último beso.

Maldito seas, Isaac.

Lo demás ya lo he contado. Llamé a Vikram, lo instruí brevemente, bajé por el ascensor de servicio, tomé el coche en la calle trasera y me escabullí para siempre, o eso espero.

Traté de salvarlos, hijos míos, pero ustedes se resistieron. ¿Cómo hubiese podido obligarlos? Mientras saltaba de un lugar a otro del planeta, con mi nombre inscrito en un lugar de privilegio en las listas de más buscados de la Interpol, quise creer que ustedes estarían a salvo, que por alguna razón —un mágico designio de los hados— quedarían al margen de las sospechas, que si se apresuraban a denunciarme a la policía, como hicieron aquella mañana, nada malo les ocurriría. Pensamiento mágico. Autoengaño. En el fondo sabía que, si se quedaban, estarían siempre amenazados. Primero, por esa estirpe de chacales que son los periodistas y, luego, por esos mismos agentes del FBI que anotaron con supuesta diligencia sus deposiciones.

La verdadera muerte me fulminó el día en que, después de largas semanas sin noticias de Occidente, recogí del suelo un sucio ejemplar del *Herald* donde aparecía su fotografía:

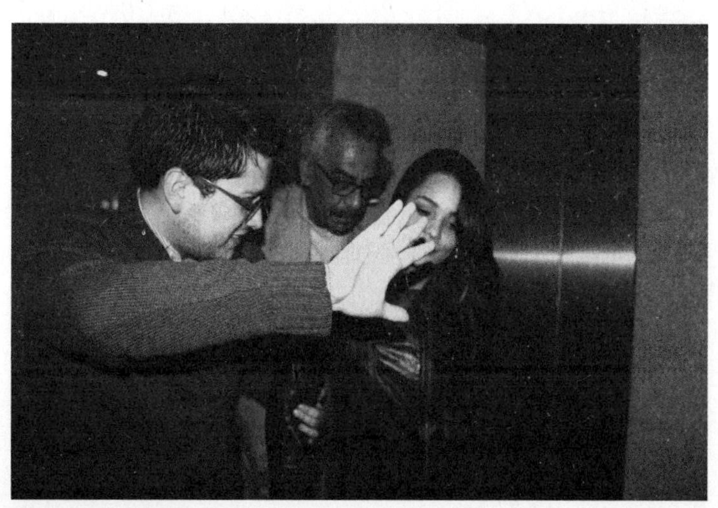

Y, debajo de ella, el siguiente titular: “Isaac y Susan Volpi, hijos del especulador que defraudó a sus clientes por 15 mil millones de dólares, han sido formalmente acusados de complicidad en el desfalco de su padre, prófugo desde el 2 de octubre de 2008”.

¿Cómo no iba a ser el peor día de mi vida?

Escena II. *Sobre cómo unos* shedim *equivocaron su maleficio y mi madre se unió a los alienígenas*

Aria de Judith

Por supuesto que yo no creía en ellos, hijo mío, pero mi abuela aseguraba haberlos visto mientras revoloteaban sobre su cabeza en las noches de luna llena, allá en el *shtetl*, poco antes de que entrasen los cosacos. "Desprenden una luz oscura", me repetía la anciana, castañeteando las mandíbulas. "Sutiles cual libélulas, habitan entre las sombras del tapanco y en las madrigueras de los topos; se alimentan de las escamas que se desprenden de nuestra piel mientras dormimos. ¿Sabes qué me dijeron, Judith? Que yo alcanzaría la edad para mirar las alas de los hombres". Los otros niños corrían al distinguir sus verrugas, su rebozo con hedor a queso rancio, el claveteo de su bastón por los escalones. Para entonces ya vivíamos en Brooklyn y, poco antes de quedar ciega, llegó a distinguir un aeroplano. La pobre murió cuando yo no había cumplido cinco años, pero aún recuerdo el calor infernal del cementerio, la somnífera melopea del rabino, la ausencia de lágrimas en mis mejillas. No volví a pensar en esas delicadas criaturas hasta muchos años después, cuando por fin quedé encinta.

Al conocernos, tu padre me lo había advertido: "Si de algo estoy seguro, es de que no quiero sumar más infelicidad a esta tierra". Fue la única condición que me impuso al casarnos: mantenernos estériles, hijos sin hijos. ¿Qué te puedo decir? Yo estaba encaprichada de Noah, ese joven frágil y cargado de proyectos, su severidad y resquemores sólo acentuaban mi deseo. Le dije que estaba de acuerdo, yo era muy joven todavía y buscaba el amor, un amor desesperado, ¿cómo podría saber que un día mi cuerpo —no mi espíritu, mi cuerpo— me exigiría quebrantar aquella promesa? Durante los primeros años de matrimonio me atreví a calarlo algunas veces, pero su terquedad no admitía concesiones. ¿Qué lo había llevado a abominar de la idea de ser padre? Imposible interrogarlo: Noah, te lo he dicho, era de piedra. "El pasado no importa, es mentira que dependamos de su carga", me decía. "Sólo importa el futuro, y en el futuro no pretendo hacerme responsable del dolor de quien ni siquiera me ha pedido la vida, ese regalo envenenado".

Mi complicidad derivó en resignación, luego en apremio, ha de ser cierto que a las mujeres nos gobiernan los instintos. Pese a no provenir de una familia educada como la suya, sino de un entorno de comerciantes más bien rústicos, me consideraba una chica intelectual, en perpetua rebeldía frente a los prejuicios de la época. No vayas a dibujarme en tu mente como un ama de casa resignada a planchar las sábanas o salpimentar las albóndigas, si me partí el lomo trabajando como dependienta fue para pagarme la nocturna y labrarme un futuro a mi medida, había leído tantos libros como tu padre, o incluso más, y me inspiraba en las obras de Emma Goldman y las sufragistas. Jamás me consideré inferior a los varones y, en equipo con los más igualitarios, yo también quise mejorar un poco el mundo. No puedo decir que fuese desdichada, pero cuando cumplí treinta y cinco me invadió un malestar difuso en el vientre y en los senos. Un vacío. Pese a la sensibilidad que te caracteriza, hijo mío, tú jamás lograrás entenderlo: yo misma tardé mucho en descubrir que la naturaleza doblega cualquier ideología. Serán las hormonas o lo que gustes, un aullido en las entrañas que se traduce en una voz infantil que te taladra los oídos. No es una locura: te aseguro que escuché tu voz, tu exigencia de nacer, en mis entrañas.

Quise hablar de lo que me ocurría con Noah pero él, abismado en sus propios quebraderos de cabeza —eran los años de la guerra—, no me hizo el menor caso. Temí que mi batalla estuviese perdida, busqué otras distracciones, me involucré en el cuidado de los huérfanos, incluso pensé en adoptar a uno de esos infelices que habían sido abandonados. Pero tu grito en mi interior se volvía cada vez más agudo, más intolerable. Vencimos a los nazis y a los japos, y nuestra vida se tornó incierta y azarosa, lo cual no hizo sino acentuar mi voluntad de concebirte mientras tu padre era víctima de toda suerte de calumnias. Después de haber sido promovido en el organismo que él mismo había ayudado a construir, de la noche a la mañana fue despojado de su puesto. Tras una vida entera consagrada al servicio público —a perseguir el bien, a pelear por los intereses de su patria—, apenas halló un puesto de consultor en una rasposa firma neoyorquina. Sé que él me necesitaba más que nunca, pero yo te necesitaba más a ti.

¿Cómo tomé la decisión? No me detuve a pensarlo, tampoco lo planeé maliciosamente, te lo juro. Tu padre salió muy temprano esa mañana, tenía una cita con no sé quién en Nueva Jersey —nunca me compartía su trabajo—, y yo me quedé en cama hasta muy tarde. Me sentía compungida, a punto de ahogarme; corrí al baño y vomité en el lavabo. Y entonces los vi allí, arrumbados en la parte posterior del botiquín: los preservativos que Noah acumulaba celosamente (y que, desde que arreciaron los problemas, apenas habíamos utilizado). No dudé ni medí las consecuencias; a partir de ese momento ya no actuaba sola, casi me gustaría decir que en ese momento se fraguó una alianza entre los dos, entre el *tú* que estaba a punto de nacer y el *yo* que te ayudaría a conseguirlo.

Cuando llegó tu padre aquella noche, con la fatiga y el malhumor que se le habían pegado al alma, le serví un whisky y le supliqué que hablásemos sobre lo que nos estaba sucediendo. Para mi sorpresa, acabamos charlando con un desenfado que sólo recordaba de antes de la guerra. Me disculpé por haberme mostrado tan distante y no apoyarlo cuando más lo requería. Una seducción en toda regla. Preparé otras copas y, cuando los dos ya estábamos más bien achispados, lo tomé de la mano y lo conduje a la habitación. Nos desnudamos y yo misma le coloqué el preservativo (te ahorro los detalles). Ese preservativo que, por la mañana, había agujereado con unas tijeras. Te confieso que nunca me arrepentí de aquella estratagema y me concentré en esperar el momento en que pudiese comprobar si había funcionado.

Tal vez por una íntima vergüenza o un atavismo, me resistí a acudir con un obstetra y me decidí a visitar a Charna, una vieja comadrona que había emigrado a América desde el mismo *shtetl* de mi abuela. Recordaba que años atrás mi madre me había llevado a su pequeño apartamento en Harlem para consultarla sobre un asunto que no quiso detallarme (yo tendría unos quince años). Tocamos a su puerta, nos recibió con un gesto de fastidio y nos condujo hasta su cuarto, un camastro cercado por una galería de rostros campesinos. No sé lo que ocurrió en el salón —reconocí unas plegarias en hebreo y al salir distinguí una hornilla y el humo de una vela—, pero mi madre, que esos días se había mostrado más agitada que de costumbre, esbozaba una lánguida sonrisa. "Puedes creer en esto o no, Judith", me dijo en la calle, "pero esa mujer es una santa".

Mis abuelos en el shtetl

A sus casi noventa años, Charna era una figura imponente, con unos ojillos como brasas y la aplastante vitalidad de sus doscientas libras. Al parecer su humor no había mejorado, pues me abrió la puerta con el mismo rostro desencajado que recordaba de la otra vez. La única diferencia perceptible eran sus encías desnudas y los labios que se fruncían hacia adentro de la boca, como si fuera a tragárselos.

—¿Qué quieres? —exclamó en yiddish.

—Soy...

—Sé muy bien quién eres, Judith Farbstein.

Bajé la vista.

—Entiendo —añadió—. Espera un segundo.

Alzó la mole de su cuerpo con cierta agilidad, se retiró a la cocina y volvió con un huevo, un breviario y unas velas. Se sentó frente a mí y las encendió; luego me ordenó apagar las luces. Apostó sus manos pulposas sobre las mías.

Cerro los ojos y se quedó en silencio.

—Están aquí —murmuró con voz rasposa.

—¿Quiénes?

—Calla —me reprendió—. Te escuchan. Aquí, a tu alrededor. No puedes verlos, pero ellos a ti sí. Siguen a tu familia desde el *shtetl*.

Entendí lo que decía. Los *shedim*. Las criaturas que revoloteaban en torno a mi abuela en luna llena. Sutiles cual libélulas.

—No temas. Te circundan a ti y a tus ancestros desde hace generaciones, aprende a convivir con ellos, aguza el oído y escucha sus susurros.

Tomó el huevo y lo colocó sobre la llama, recortado en la oscuridad como una diminuta luna oblonga, y Charna escrutó las filigranas que se traslucían desde su interior.

—La respuesta que dan a tu pregunta es *sí* —dictaminó—. Serán gemelos.

Me quedé muda.

—Hay algo más —añadió—. Uno de ellos será bueno y el otro malvado. Ellos dicen que tienes que saberlo.

Tomó el libro de plegarias y me instruyó a acompañarla. No recuerdo qué más dijo de los *shedim*, mi impresión era que buscaba apaciguarlos. Aunque por supuesto no creía —ni creo—

en esas supercherías, no podía arrancarme sus palabras de la cabeza y me vencieron los sollozos. Charna trató de consolarme con cierto aire maternal. Me desprendí de su abrazo, deposité unos billetes sobre la mesa, le di las gracias y me marché a toda prisa.

Por semanas no conseguí borrar de mi mente aquel cuerpecito duplicado en mi interior. Hasta tu padre, que entonces sólo parecía preocuparse por sí mismo, notó mi angustia y me preguntó qué me ocurría. Se lo dije: estoy embarazada. Vi cómo se esforzaba por contener su miedo y trataba de mostrarse razonable. ¿Cómo es posible? ¿Y cómo lo sabes? Simplemente lo sé. ¿Has ido al médico? No. ¿Entonces? Simplemente lo sé, repetí. Y algo peor: son mellizos. No vas a sembrar una vida más en este mundo de mierda, Noah, sino dos.

Tu padre ya no pudo controlarse, golpeó el puño contra la pared —luego debió usar un cabestrillo— y se precipitó hacia la calle. Pero era un buen hombre y volvió al cabo de unos minutos, me pidió una disculpa y me ordenó acudir al médico. No me atreví a confesarle mi visita a la vieja Charna, no le hablé tampoco de los *shedim* ni le conté lo peor, que según ella uno de sus hijos sería bueno y el otro malvado. ¿Cómo alguien adicto a la racionalidad y a las leyes de la historia, como tu padre, hubiese dado crédito a una predicción tan enloquecida?

"Tiene usted nueve semanas", nos confirmó el especialista, pero insistió en que en mi vientre se escuchaba un solo corazón y, por tanto, había un solo feto. Nada de gemelos o mellizos. Me resistí a confiar en su diagnóstico, segura de que erraba. Pese a los violentos refunfuños de tu padre, quien de todos modos no tardaría en abandonarnos, no dejé de creer en Charna y en la maldición de los *shedim* hasta la noche en que naciste.

El parto demostró que, después de todo, *ellos* se habían equivocado: sólo tú habitabas en mi vientre, hijo mío. No había el menor rastro de un hermano perverso. Fue todo una locura, el desvarío de una mujer afligida por la soledad, la incertidumbre y el deseo. En medio de la desazón, las coincidencias nos parecen profecías. Es curioso que al final tú sí hayas engendrado mellizos, pero éste es ya otro tiempo, la era del progreso y los avances de la ciencia, los ultrasonidos y los viajes a la luna, no hay nada de lo que debas preocuparte.

RECITATIVO

Ah, mi madre.

Pese a que sus ideas presagiaban al rabioso feminismo de los setenta —o, ahora que lo pienso, quizás justo por ello—, Judith aseguraba que las leyes de la herencia eran una chapuza, la evolución le parecía una estratagema masculina, concebida con el único fin de arrebatarle la mitad de los hijos a sus únicas dueñas legítimas, las mujeres. ¿Quién ha visto las *x* y las *y* en el interior de nuestras células?, se burlaba, al tiempo que Crick y Watson se convertían en sus bestias negras al lado de Nixon, Hoover, el papa y cualquier millonario, incluidos los Kennedy. Según ella, el carácter infantil se moldea gracias a la imitación, esa copia silenciosa e ineludible que se inicia cuando la madre acuna al niño en su regazo y le sonríe. "Los hombres permanecen siempre ausentes", explicaba, "y está bien que así sea. No comprendo a esas mujeres que se quejan por cambiar pañales o esterilizar mamilas mientras sus esposos discuten de política o se abotagan con cervezas frente al televisor. Deberían celebrar que esas diversiones primitivas los alejen de sus pequeños".

Ah, mi madre.

En mi caso apenas ocultaba su regocijo por carecer de competencia: tras la prematura muerte de mi padre —les recuerdo, conmovidos lectores, que yo nací dos semanas después de su caída—, ella fue mi único modelo. Y se esforzó porque así fuese. No puedo asegurar que abrazase el celibato, aunque ningún hombre volvió a cruzar nuestra puerta. Su particular teoría psicológica nos condenaba a parecernos como dos gotas de agua; desde que tengo uso de razón, ése fue su único objetivo, su heroico deseo, convertirme en su doble, modelarme a su imagen y semejanza. Ella debía ser mi diosa y yo su criatura; ella mi Zeus y yo su Atenea; ella el rabino de Praga y yo su Golem; ella el doctor Frankenstein y yo su (atractivo) monstruo.

Triunfó en muchos aspectos: en nuestra postura equivalentemente desgarbada, en cómo nos mordemos el labio inferior al enfadarnos, en nuestra común pasión por las rubias de Hitchcock y las historias de fantasmas, en el odio que le profesamos a los ricos, los imbéciles y los timoratos (imaginen cuando alguien reúne todos estos atributos, algo más frecuente de lo que se piensa), en nuestra incapacidad para mantenernos en silencio y en el gozo que nos procuran el chismorreo y las revistas del corazón, en nuestra repulsión hacia los huevos escalfados, los gatos siameses y los fisicoculturistas, y en ese egoísmo íntimo y reconcentrado, invisible a nuestros ojos, que domina en cada uno de nuestros actos.

Las copias, por desgracia, jamás serán perfectas. Y miren que, por cariño o por temor, me esforcé por imitar hasta las trazas del yiddish en su acento de Brooklyn y en mantener una mínima esperanza en el género humano, como ella. *Imposible.* Desde párvulos exhibí unos rasgos diferenciales que Judith buscaba extirpar como tumores cancerígenos: mi afición por los tonos pastel, cuando ella adoraba los ocres y los rojos; un carácter más competitivo del que ella juzgaba saludable; mi afición por Nabokov, los coleópteros y la Fórmula 1; cierta malicia que ella juzgaba peligrosa (y acertaba); mi pasión por los cómics y los dibujos animados; y, por encima de todo, mi manía coleccionista.

Compartíamos, eso sí, la desconfianza hacia Freud y el psicoanálisis, de modo que no les endilgaré, pacientes lectores, un sinfín de anécdotas sobre mi infancia y sus abismos para que ustedes extraigan insípidas conclusiones sobre mi tendencia al fraude y a la huida. En las biografías siempre he aborrecido ese orden cronológico que nos obliga a juzgar la vida como un sendero recto e iluminado que comunica la oscuridad del útero con la negrura de la tumba. ¡Qué falacia asumir que siempre hemos sido los mismos o que las causas de nuestra perdición se inscriben en las cicatrices del pasado! Cuando me adentro en las memorias de un prohombre o una estrella de cine, inicio la lectura cuando éstos han superado la veintena, ahorrándome centenares de páginas atiborradas con papillas y torturas escolares.

Judith Farbstein, mi madre, de joven

Haciéndole justicia a estos principios, trataré de resumir mi infancia —toda mi infancia, desde mi nacimiento hasta los doce— en apenas dos episodios. ¿Será suficiente? Dibujan de un plumazo la relación con mi madre. Y me escuecen todavía. ¡Sólo les suplico que no los interpreten en términos simbólicos!

Tendría siete u ocho años y cada vez que iba al baño llevaba conmigo un trozo de papel metálico del que se usa para envolver los bocadillos; una vez allí, depositaba una muestra de mi caca sobre el aluminio antes de sentarme en el wáter. Purgados al fin mis intestinos, no tiraba de la cadena, para asegurarme no ser interrumpido, y me concentraba en analizar mis inmundicias. ¡Un investigador hecho y derecho! Me intrigaba la oscura relación entre los alimentos que consumía y la consistencia, el color o el aroma de la mierda que producían, y perseguía trazos visuales u olfativos de las espinacas de la cena, los macarrones del almuerzo o los *corn flakes* del desayuno, convencido de que realizaba progresos cruciales para el avance de la ciencia. Consignaba mis descubrimientos en una libretas de pastas nacaradas, en cuyas páginas indicaba la hora y día de cada deposición, trazaba esquemas y cuadros comparativos y, en una escala de 10 a 1, valoraba la solidez del material, así como su pestilencia (para otros, pues yo era inmune a sus eflujos), además de anotar mi hipótesis sobre el origen animal o vegetal de cada producto. Por último, plegaba con cuidado el papel de aluminio hasta formar una bolita que luego escondía en un anaquel secreto al fondo del armario.

Sé que a muchos mi *hobby* les parecerá insano o que intentarán explicar con él mis perversiones. A mí me enorgullece mi temple analítico y mi pasión por los detalles, virtudes que me fueron de enorme utilidad en mis empeños posteriores. ¿Quién podría asegurar que, de haber continuado con mis pesquisas, no habría podido convertirme en un químico o un nutriólogo famoso? ¿O que habría podido fundar una nueva disciplina, la *mierdología*, y publicar decenas de artículos y libros académicos sobre el tema? (Mis clientes lo hubieran agradecido.)

Ah, mi madre.

A Judith el progreso de la ciencia le tenía sin cuidado. Un día, cuando volví del colegio y me dirigí al armario con una nueva variedad de caca para mi colección, todas las muestras habían desaparecido. No quedaba el menor rastro de ellas, incluso su leve hedor había sido edulcorado con desinfectante. Mi madre no me dijo nada. Yo la sabía culpable del hurto, pero no me atreví a denunciarla y ella se escudó en una calculada indiferencia hacia mis cuitas. No me regañó ni me preguntó nada aquella noche y, aunque me negué a cenar y apenas pronuncié palabra, no me reprendió como otras veces. Cuando me fui a la cama, se limitó a colocar un vaso de leche y unas galletas a mi lado. Incluso llegué a dudar de que jamás hubiese almacenado aquellas bolitas argentinas y, en los engañosos pantanos de la memoria, incluso hoy no podría jurar que las tuviese. En cambio la sensación de haber sido traicionado —peor: despojado— por Judith me acompañó por varios años. Supongo que al menos esa rabia es auténtica.

Ah, mi madre.

Poco a poco olvidé el episodio hasta que Judith se unió a los alienígenas. De acuerdo con las informaciones que recababa en los suplementos ilustrados de los domingos, los extraterrestres se encontraban ya entre nosotros, sus escamas aceitosas y sus ojos viperinos permanecían ocultos bajo falsas pieles blancas y falsas sonrisas amigables. Por más que uno se empeñase en desenmascararlos, poseían una fórmula que les permitía copiar nuestra apariencia; sólo al morir, en especial a manos de un justiciero o un policía, se revelaba su naturaleza de reptiles, entonces su carne ardía espontáneamente y sus colas de lagarto se balanceaban, espasmódicas, hasta quedar en cenizas. La lección era muy simple, había que estar siempre atentos, sospechar de amigos y vecinos, cualquiera de ellos podía llevar en su interior una de esas criaturas.

Tras varias tardes de soportar su ley del hielo —me retiraba el habla cada vez que mis calificaciones no colmaban sus expectativas—, me convencí de que Judith era una de *ellos*. Estudié su comportamiento por semanas, la espiaba mientras dormía y vigilaba los componentes de su dieta (se decía que necesitaban azúcar en exceso), sin llegar a un diagnóstico preciso. ¿Y si mi verdadera madre había sido abducida y suplantada por una lagartija con rizos de plástico? A escondidas la escuchaba murmurar al teléfono palabras incomprensibles, acaso producto de su cacofónica lengua extraterrestre.

Sabía que en uno de los cajones de su cómoda escondía un pequeño cofre e imaginé que en su interior atesoraría los planos de su nave o las instrucciones para asesinar a nuestros líderes. Si en verdad quería salvar mi vida —y asegurar la supervivencia de los humanos en la Tierra—, debía forzar aquella hucha y consignar su contenido a las autoridades. La misión no era sencilla, Judith me había prohibido entrar en su habitación y se mostraba siempre recelosa y vigilante. Mi única oportunidad consistía en aprovechar su ducha nocturna. El plan era arriesgado, pues si se le ocurría abrir la puerta de forma intempestiva quedaría a merced de sus colmillos. Me preparé durante semanas, midiendo los minutos que pasaba bajo el agua, entre siete y doce, dependiendo de su cansancio. Hice dos simulacros y me preparé para la fecha decisiva.

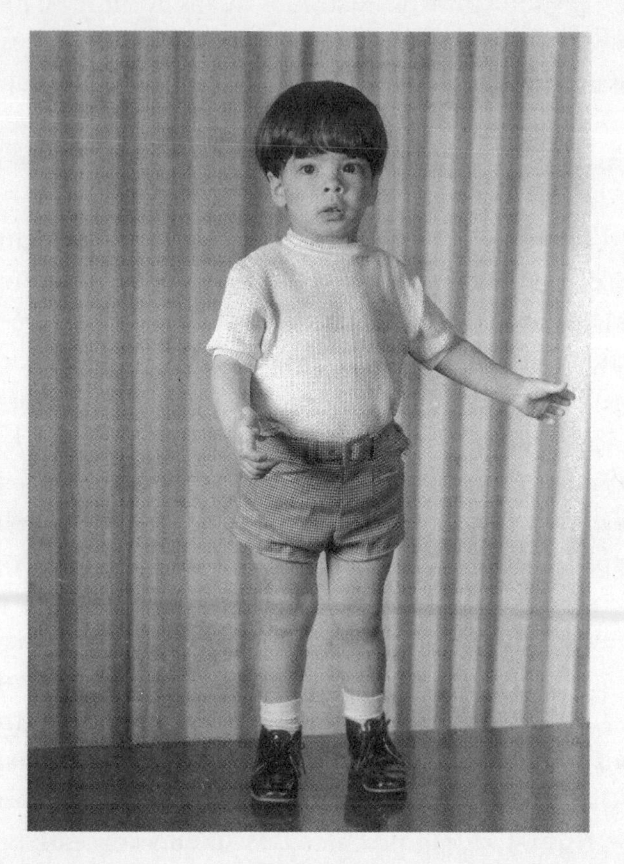

Yo de niño

Era un martes, lo recuerdo porque ese día ella solía visitar la tumba de mi padre, y lucía particularmente fatigada. Devoré mi *omelette* a toda prisa y me refugié en mi cuarto, en teoría para acabar con mis deberes. Ella leyó un poco y por fin se encerró en el baño. No podía perder ni un segundo, me adentré con sigilo en su habitación y, procurando que no rechinasen, abrí un cajón tras otro sin hallar el cofrecito. De pronto, cuando volví la vista, mi madre se hallaba frente a mí, diminuta y amenazante. Sus ojos proyectaban un aura rojiza, como todos los lagartos. Estaba perdido.

—¿Buscas esto? —me preguntó con voz calmada, enseñándome el cofre que sostenía entre sus manos (debería decir: sus garras).

—No —balbucí.

Primero me impartió una lección sobre la privacidad y el respeto a los secretos de los otros, luego me propinó un par de sonoras nalgadas (sentí las escamas bajo la piel rugosa de sus palmas) y me confinó a mi habitación hasta nuevo aviso. Casi sentí alivio. Al menos no me había devorado.

Pero su venganza ulterior no tuvo límite. En cuanto volví del colegio al día siguiente me pidió que le enseñara mi colección de cómics. Tembloroso, le mostré mi amplia variedad de superhéroes y villanos —mis favoritos eran quienes se dividían entre una vulgar existencia cotidiana, no muy distinta de la mía, y otra llena de aventuras y peligros—, y ella exigió mis tesoros más preciados, mis historietas de ovnis y extraterrestres. Displicente, Judith hojeó un ejemplar de *Otros mundos*, mi preferida. Pensé que lo derretiría con su visión de rayos láser pero, en vez de eso, me ordenó empacar todos los cómics en una maleta de cuero. Lloré en silencio, consciente de que no tendría el valor para escapar y sumarme a la resistencia.

Judith me llevó a un orfanato y, a fin de mostrarme el valor del desprendimiento y la perversidad de la avaricia, me obligó a regalar mi colección de cómics, decenas de ejemplares acumulados a lo largo de los años. Jamás averigüé si ella era una invasora extraterrestre o sólo una madre severa e implacable (hoy pienso que tenía las dos naturalezas). De lo que no hay duda es de que sus métodos de enseñanza no obtuvieron los resultados que deseaba: obligarme a renunciar a mis posesiones más queridas no me convirtió en mejor persona, no me tornó más sensible ante la desventura o la pobreza, no me impulsó a ser caritativo o dadivoso. Al contrario, si luego doné millones a toda suerte de causas filantrópicas, fue sólo para lavar mi imagen o disminuir el monto de mis impuestos.

Esa tarde, mientras volvíamos en metro rumbo a casa, me juré que algún día sería dueño de la colección más grande del mundo de cómics de alienígenas. Lo cumplí. De seguro la policía la incautó sin adivinar el valor sentimental —y, no nos engañemos, económico— que tenían para mí esas historietas.

Ah, mi madre.

Dúo

No podía adivinar la reacción de Judith —aunque en esa época yo era un dios, mi clarividencia tenía límites— cuando me decidí a visitarla en la suntuosa residencia para mayores, en las afueras de Orlando, donde un lustro atrás yo mismo la había confinado. A sus 87 parecía tan lúcida y aguerrida como de joven; según su enfermera —una sureña pecosa, con un leve estrabismo que la tornaba encantadora—, mi madre era un *maravilloso* dolor de cabeza que, si bien no despertaba la inmediata simpatía de sus compañeras, concitaba admiración por la fortaleza de su espíritu y la severidad de su carácter. En otras palabras, autoritaria e insolente, se resistía a cumplir normas y horarios, obstinada con imponer su autoridad a las demás ancianas, acaso no tan dóciles como sugerían sus andaderas y sus píldoras. ¿Por qué vencí mis resistencias y en pleno vuelo le pedí a Matt que, en vez de llevarme a Londres, a la función inaugural del Covent Garden —unos *Cuentos de Hoffman* con el impetuoso Rolando Villazón como protagonista—, desviase el rumbo hacia el sur de la Florida como si fuese un asunto de vida o muerte? No tengo respuesta. Llevaba meses rumiando la posibilidad de hablar con ella, de confrontarla hasta el final, de arrinconarla.

—¿La verdad, hijo mío? —se había burlado durante nuestra última pelea—. A estas alturas deberías saber que cada quien tiene la verdad que se merece.

Cuesta imaginar que aquella viejecita envuelta en un foulard color ciruela, las mejillas empolvadas con esmero, el cutis de niña y las manos, esas sí, manchadas y huesudas (la única prueba de su condición extraterrestre), fuese capaz de doblegarme a mí, un cuarentón célebre por sus arranques y exabruptos, pero bastaba con que ella elevase el tono unos decibeles para que el huérfano aterrorizado en mi interior se plegase a su capricho. Aquel día abandoné a toda prisa su casa de Vermont —el páramo donde se había empeñado en instalarse—, sintiéndome como un perro apaleado. En represalia, aludí a su incipiente senectud y la obligué a mudarse a aquel cementerio de elefantes en la Florida, el último lugar del mundo que hubiese elegido una mujer alérgica al sol y a los jubilados. Los seis años de distancia y de silencio (me esforcé para no llamarle por teléfono ni siquiera en su cumpleaños) parecieron dulcificarla, o al menos no fingió extrañeza al saber de mi visita. Tampoco me echó en cara mi olvido o mi frialdad, me recibió con una mansa sonrisa y un abrazo apretado. Intercambiamos dos o tres nimiedades sobre su salud y sobre el clima, que a ella se le hacía irrespirable, y reemprendimos nuestra batalla.

—¿Qué quieres saber? —me dijo, más soberbia que resignada.

Sería la misma hasta el final.

—Quién era Noah.

A lo largo de los últimos veinte años yo había invertido decenas de miles de dólares para averiguarlo. Pero aún quedaban lagunas, huecos, intersticios, o al menos yo necesitaba considerarlos como tales para que ella y sólo ella tuviese ocasión de rellenarlos. Por absurdo que suene, requería su última palabra. Su dictamen. Como si, más allá de los archivos y los testimonios, las cartas y los folios judiciales, los informes secretos y los secretos robados —todo eso que por fortuna se compra con dinero—, sólo ella pudiese certificar la autenticidad de mis pesquisas y recomponer el orden de las piezas.

Me ordenó acompañarla al jardín, se instaló en un recodo bajo los árboles y le pidió a la enfermera una jarra de té helado. Me senté frente a ella en una incómoda silla de metal.

—¿No quieres nada?

Negué con la cabeza.

Mi madre en el asilo

—Deberías tomar un refresco —me urgió—. El calor apenas empieza y te espera una larga historia.

En sus ojos relucía un trazo impertinente, como si anticipara su victoria. ¿Por qué después de tanto tiempo se aprestaba a complacerme? ¿Por qué renegaba de un silencio tan bien custodiado? ¿Anticipaba la cercanía de su fin y quería aprovechar la última oportunidad de sincerarse? Esta explicación me pareció, en su momento, la correcta. Creí en su buena fe. No tenía, quizás, otro remedio.

Cabaletta de Judith

Tu padre parecía un vagabundo. Yo trabajaba como dependienta en una tienda de ropa y cada tarde él se detenía frente al escaparate, apenas diez o veinte segundos, los suficientes para que yo distinguiese sus rasgos finos, su pelo enmarañado o su sombrero de fieltro en las jornadas invernales, sus gafas redondas, el pequeño bigote como una línea de sombra entre el gancho de la nariz y la línea de los labios. No llamó mi atención por su apostura, ni porque atisbase en su mirada un resabio de astucia o de deseo. Fue la mera frecuencia de sus apariciones, su regularidad tenaz e irremediable, lo que debió fijarse en mi memoria. Cuando por fin se atrevió a entrar en la tienda, lo confundí con un familiar o un conocido. Me saludó de modo cortante o más bien parco y me pidió una bufanda. De qué color, le pregunté. Se quedó mudo, como si fuese la cuestión más espinosa. No sé, musitó, no lo he pensado. Me reí en su cara, francamente, sin malicia, curiosa ante la severidad de su semblante. Me retiré a la trastienda y volví con una larga tela anaranjada, del tono más brillante que encontré sólo para fastidiarlo. No sé, murmuró. ¿Por qué no te la pruebas?, le propuse con desparpajo y se la coloqué en torno al cuello. No coqueteaba con él, o apenas lo mínimo que ha de intentar una muchacha; me divertía su reacción asustada y sorprendida. ¡Te queda fantástica!, exclamé. Extrajo unos billetes de su cartera y se llevó la bufanda tal como yo se la había anudado. Pensé, con cierto dejo de tristeza, que no volvería a detenerse frente al aparador.

El lunes entreví de nuevo su rostro melancólico del otro lado del cristal y la bufanda alrededor de su cuello. Le sonreí y lo saludé con la mano; él tardó en reaccionar y por fin alzó el brazo. Continuamos esa danza muda por semanas, cada uno desde su lado del ventanal, como si esa traslúcida frontera nos condenase a habitar mundos paralelos. Fuera de esos instantes de silencio cómplice, él no se entrometía en mis pensamientos; yo estaba demasiado ocupada con mis labores y con llegar a tiempo a la nocturna como para interesarme en la borrosa presencia de aquel hombre que, con sus idas y venidas silenciosas, se me antojaba más un fenómeno natural que un novio o un pretendiente.

Mis padres (1952)

Una de esas tardes (supongo que la regla me enloquecía) no logré frenarme al verlo allí, con su apocado saludo de costumbre, y salí a confrontarlo. El viento me recibió con una bofetada. Lo tomé del brazo y lo conduje hasta el porche. Él me observaba destemplado, yo diría que muerto de miedo.

—Me invitas al cine —mi frase sonó más a orden que a propuesta.

—No sé —titubeó—, hoy no…

—Mañana entonces.

Asintió y se marchó a toda prisa.

Al día siguiente llegó puntualmente a nuestra cita. Pero me advirtió que, antes de llevarme al cine —yo moría por ver *El diablo es una mujer*, con Marlene Dietrich—, daríamos un paseo. Subimos al metro, realizamos varias conexiones y por fin bajamos en una sección del Bronx que yo nunca había visitado.

—¿Qué hacemos aquí?

Noah (sólo entonces me reveló su nombre) se encogió de hombros y yo estreché su brazo. Caminamos por callejas devastadas, plagadas de mendigos y prostitutas, niños mugrientos y almacenes con tablones y tapias pintarrajeadas, vidrieras rotas y cubos atiborrados de basura. Los saldos de la Gran Crisis. Mi familia, como sabes, distaba de ser rica, pero el barrio de Brooklyn donde crecí no mostraba aquellos estragos o yo no había sabido verlos. Te recuerdo que yo tenía dieciocho años; tu padre, treinta y cuatro. Es decir: yo era una jovencita llena de ilusiones y, pese a los malos tiempos, aún creía en el sueño americano; había experimentado la pobreza, desde luego, pero entonces no me preocupaba el destino de los otros, sino salir adelante por mí misma, proseguir mis estudios y tal vez formar una familia. Noah, en cambio, no podía ser más estricto ni solemne. En nuestra primera cita me llevaba a contemplar la miseria de la urbe, el desaliento que prevalecía en los barrios bajos. Reconozco que no me soltó ninguna arenga, nada de discursos ni chantajes lacrimógenos. No era su estilo. Simplemente quería dejar claras sus prioridades, le gustaba salir conmigo, pero lo primero, antes que yo y antes que él mismo, era su simpatía hacia los desheredados.

Su idealismo me obligó a mirarlo de otra forma, como si aquel día me hubiese revelado la parte más profunda de su alma (esa alma en la que, como luego supe, él no creía). Compartí su preocupación y su ansia de justicia o, en mi egoísmo adolescente, al menos me esforcé por mostrarme solidaria, lo cual no me impidió exigirle, al término de esa primera lección de conciencia social, que cumpliese su palabra. Si me acompañó al cine a regañadientes, no lo demostró; al constatar mi obcecación (o las facciones duras de la Dietrich) esbozó una de las pocas sonrisas espontáneas que recuerdo entre sus labios.

Recitativo

A lo largo de su inagotable *cabaletta*, Judith no me permitió interrumpirla: si yo me había empecinado en rastrear su historia, ahora no me quedaba sino dejar que la contase a su manera. Imposible convencerla de acelerar el ritmo; cada vez que yo demostraba mi impaciencia, cambiando de posición, dando un suspiro o entreviendo los mensajes de mi teléfono, ella me lanzaba una de sus miradas láser o de plano me reprochaba que, si no estaba dispuesto a quedarme quieto y atento, ella no tenía el menor interés en continuar con su relato.

—Una historia como la nuestra resulta incomprensible si no se cuenta desde el principio —insistía—. Para juzgarnos con equilibrio necesitas conocer las sutilezas, los detalles.

Le quité el volumen al celular, le pedí a la enfermera un vaso de agua y traté de guardar compostura.

Entre el episodio del cine y su primer beso transcurrieron, según ella, varios meses. Meses de trabajo social y películas en blanco y negro, como si la repartición de sus respectivas aficiones fuese la forma de seducirse y atarse para siempre.

—Gracias a él aprendí a preocuparme por los otros y a oponerme a toda forma de injusticia —resumió—. Por mi parte, le enseñé a explorar sus emociones.

Pocas veces la vi sonreír así, con la mirada hundida en el pasado. No pongo en duda su nostalgia hacia esa época dorada, pero su felicidad, si la tuvo, no obedecía a motivos tan románticos.

—Nos comprometimos en mayo del 37 —me reveló más adelante—. Fue entonces cuando por fin me deshice de Spencer.

—¿Spencer?

—Mi novio.

—¿Quieres decir que durante esos meses idílicos tenías otro novio?

—Una mujer está obligada a cuidar todas sus opciones —me regañó Judith, orgullosa de sus conquistas juveniles—.

Noah me gustaba, pero tenía que averiguar qué había detrás de su silencio.

Cabaletta de Judith (repetición)

Tu padre —su nombre original era Noe, me parece— nació en 1901 en un lúgubre apartamento en el gueto de Cracovia, o al menos eso relataba, pues sus padres se lo llevaron de allí a los tres años y ellos lo recordaban como un hogar aireado y luminoso. Los Wołpe provenían de una estirpe de sastres y curtidores transformados en pequeños comerciantes. No puede decirse que fuese una familia acomodada, porque entonces no se hubiese justificado su emigración americana, pero tampoco eran miserables y, lo que es más relevante, su padre era un hombre ilustrado, un huraño amante de la historia y la literatura que, pese a su condición de ferretero, llegó a reunir una pequeña pero noble biblioteca.

Cuando lo obligaba a bucear en sus orígenes, Noah se refería a su padre con una mezcla de admiración y amargura; al parecer era un hombre tan tacaño como expansivo y tan puntilloso como irascible que podía pasar horas narrándole historias mitológicas o azotarlo sin piedad a la menor falta. Cierta noche, hurgando en sus cajones, descubrí una fotografía del viejo. Sentado frente a un trinchador de roble y unas porcelanas en su casa de Nueva Jersey, con su levita negra y sus anteojos oblongos —y cierta aridez en el semblante—, lucía idéntico a tu padre: la misma mirada inquisitiva, las mismas orejas puntiagudas y el mismo bigotito. De la madre sé aún menos. Una mujer marcial y reservada, tan distante y pedregosa como su hijo.

Como siempre te he contado, a Noah no le importaba otra cosa que la música; él jamás lo hubiese expresado así, porque en su madurez renegó de ella como de una maldición o un estorbo. Yo creo que, tras la muerte de Harry y su injusto despido del Fondo, la música le hacía pensar en el destino que no había seguido, en ese destino que, de no ser por su prurito y sus miedos, le habría proporcionado más satisfacciones que su fracasada misión de funcionario. Dios le había concedido un don sin límites: un oído absoluto. Tú heredaste su talento musical, aunque no se compare con el de tu padre, con esa facultad que le permitía distinguir cada nota como los demás apreciamos los colores. Un acto de magia. Cuando empezábamos a salir yo le indicaba lo primero que oía, un maullido, el silbato de una fábrica, un grito entrecortado, el claxon de un automóvil; tu padre no dudaba y decía *la* o *do* o *re sostenido*. Ni siquiera se enorgullecía. Es como si te pidiera que me digas si las hojas de un arce son rojas o blanca la superficie de la luna, ¿cuál es el mérito?

Muy pronto tu abuelo descubrió esta virtud y, con su manía por la perfección y su debilidad por el arte, le permitió estudiar violín con uno de sus tíos. Aunque no fuese Mozart o Beethoven, al parecer Noah era capaz de interpretar sus obras desde los once. Ahora tú eres el fanático de los conciertos y la ópera, sabrás mejor lo que te digo. Tu padre encontró refugio entre los pentagramas; no obtenía malas calificaciones en la escuela —descollaba en matemáticas—, pero su habilidad con el violín resultaba tan apabullante que sus nuevos profesores le auguraron un futuro de solista. A los doce ofreció su primer recital y recibió críticas entusiastas.

—¿Y qué pasó entonces? —le pregunté a tu padre cuando llevábamos un mes de compromiso.

—Un accidente en la mano izquierda —me contestó—. A los catorce. Nada terrible, un par de falanges fracturadas. Me dijeron que después de una temporada volvería a tocar si hacía mis ejercicios. Pero para entonces yo ya tenía otros intereses.

Nunca confié en su explicación. ¿Y cuáles podían ser esos *intereses*? Él se negó a abundar en el asunto. Años más tarde, charlando con Daniel Arensky, uno de los pocos amigos que le quedaban de Nueva Jersey —un economista del Tesoro, robusto e impertinente, que flirteaba conmigo aunque nunca llegó a simpatizarme—, me reveló que aquella historia sólo era parcialmente cierta. El accidente no había sido tal: durante una pelea con su padre, cuya naturaleza Arensky desconocía, éste le había cerrado la puerta en los nudillos. Tal como lo oyes. ¿Qué clase de padre haría algo semejante? De inmediato interrogué a Noah sobre la revelación de Arensky. Negó lo dicho por su amigo, su padre jamás lo habría lastimado, tendría que aclarárselo a Daniel.

Muchos años después, poco antes de abandonarnos, Noah volvió a añorar su malograda profesión de violinista. Un día me confesó que la pelea con su padre había tenido lugar y que la causa había sido, sí, la música. A tu abuelo le enorgullecía el talento de su hijo, pero desde que Noah comenzó a dar recitales en público su relación se había estropeado, rara vez asistía a sus conciertos y evitaba cualquier mención a sus obras o compositores favoritos. A tu abuelo la música le parecía una afición loable, incluso apasionante, pero tenía que conservarse como eso, una afición. Si había pagado las lecciones de Noah había sido para impresionar a sus parientes o incluso para que el chico pasase un buen rato con una partita de Bach o una sonata de Brahms, pero antes y después debía consagrarse a lo único que valía la pena, su honesta profesión de comerciante. El viejo Volpi no había emigrado de Polonia a Nueva Jersey, no había realizado un sinfín de labores infernales, no había ahorrado para establecer su negocio de herramientas y no había medrado hasta transformarlo en un emporio —tres sucursales en el estado— para que su unigénito lo dejara pudrirse por la necedad de embarcarse en una carrera de músico ambulante.

"En Cracovia hay chicos con tu mismo talento debajo de las piedras", lo reprendió. "El arte puede ser una alegría, no lo niego, pero hay cosas más serias, más adultas. Un hombre, un hombre verdadero, se esfuerza por salir adelante con sus propios medios, sin confiar su porvenir en una gracia pasajera. La sociedad es un terreno hostil, hijo mío, donde unos competimos contra otros y sólo quienes perseveran se verán recompensados. Sigue tocando tu violín, nadie te lo impide, pero recuerda que estás obligado a asegurar que el negocio familiar prospere y se multiplique. No salimos del gueto para convertirnos en trovadores, sino para encontrar un sitio digno en el Nuevo Mundo. Entiéndelo, Noah, nuestra obligación es crear empleos, crecer, expandir el mercado; en ello debes concentrarte, lo demás es pura vanidad. Supongo que no querrás decepcionarme a mí y menos a tu madre. Tú eres nuestra esperanza. Hoy por hoy, las Ferreterías Volpi constituyen uno de los pilares de la comunidad judía de Nueva Jersey; cuando Dios me llame, quiero saber que las dejaré en buenas manos."

—¿Y entonces te cerró la puerta en los nudillos? —le pregunté.

—Por supuesto que no. Mi padre era un buen hombre —se exasperó Noah—. Lo hice yo mismo. Sólo así podría vencer la tentación, abandonar la idea de ser solista y conformarme con el destino que mis padres me habían diseñado.

Creo que, de haber tenido el coraje, Noah hubiera llegado a ser un gran solista, como Heifetz o Menuhin, esos chicos judíos que sí contaron con el apoyo necesario para desarrollar su talento. Ya no importa. Además de poseer ese control sobre sus propias emociones, tu padre era un chico brillante que podía destacar en otros ámbitos. Ya te lo dije, era un genio para las matemáticas y, alejado ya de las distracciones de la música, pronto se convirtió en el primero de su clase. Dicen que entre el contrapunto y el cálculo no hay gran distancia, tú podrás desmentirme. Como fuere, en su caso la transición se operó de manera casi natural, sin darle ocasión para el remordimiento o la amargura. Frente a ese universo de cifras y teoremas, tan hermoso para Noah como un contrapunto barroco, tu abuelo nada tenía que objetar. Que a tu padre el mundo real le tuviese sin cuidado era un secreto que ahora se reservaba para sí mismo; perdido en el irreverente terreno de los números, volvía a sentirse a salvo. Y, lo que era mejor, sin que nadie cuestionase su entrega.

Al terminar la secundaria, Noah obtuvo una beca para El Colegio de Nueva Jersey, donde tomó lecciones de cálculo y matemáticas avanzadas y, para continuar fingiendo cierta disposición práctica, de administración y contabilidad. Algunas tardes visitaba las ferreterías para poner en orden sus finanzas; la tarea no le ocupaba más de unas horas. El conflicto renació, como era previsible, al final de aquellos cursos; gracias a sus notas, sus maestros le prometieron otra beca, esta vez para un doctorado en Columbia. Ello significaba trasladarse a Nueva York, tierra de malvivientes y bohemios, algo que su padre jamás aprobaría. Una nueva disputa estuvo a punto de enfrentarlos, pero una súbita trombosis envió a tu abuelo a la tumba a los 63 años. Noah pensó en asumir la gerencia del negocio; su madre, esa mujer opaca y melindrosa que hasta entonces había guardado silencio frente a los dilemas de su hijo, le ordenó marcharse a Nueva York a estudiar su doctorado.

—Es lo que deseas —le advirtió—. Cuando te gradúes, regresarás aquí y me ayudarás con las ferreterías.

Noah se enroló entonces en Columbia, dispuesto a especializarse en Economía, una disciplina que combinaba su pasión por las cifras y los planos imaginarios con la devoción por los problemas cotidianos que el Viejo le habría impuesto de seguir con vida. La madre falleció poco después de que Noah se instalase en la Gran Manzana. Desprovisto de ataduras, traspasó el control del negocio familiar a uno de sus primos y se concentró en sus estudios.

Cuando comenzó a pasear frente a nuestro escaparate, hacía ya unos años que Noah se había incorporado a la Reserva Federal de Nueva York, en la calle Liberty, como asistente financiero. Una labor que no lo enorgullecía pero de la cual tampoco renegaba (y prefería no comentar conmigo). Desde allí hubiese podido desarrollar una ascendente carrera de banquero. ¿De dónde provenía el compromiso social que distinguió su actuación pública cuando, según el retrato que te he dibujado, tu padre parecía muy poco preocupado por su entorno? Te lo diré: la Gran Depresión lo trastocó. Durante sus años en la Reserva Federal de Nueva York descubrió el dolor ajeno gracias a sus largas caminatas por los arrabales de la urbe. A partir de ese momento ya nunca cerró los ojos ante la penuria de sus semejantes. Por eso cada vez le resultaba más incómodo trabajar en una institución que no contribuía a aliviar esa miseria. ¿Te parece mal que un hombre encuentre la dignidad y se identifique con los pobres? ¿Que alguien sensible e inteligente como tu padre escape de sí mismo para colocarse en el lugar de quienes sufren?

En cuanto se le presentó la oportunidad —llevábamos varios meses de noviazgo—, aceptó la posición que un antiguo maestro le ofrecía en la Administración de Seguros de Granjas creada por Roosevelt. Tu padre era un idealista. Tu padre quería mejorar el mundo. ¿Eso constituye una traición o un pecado? Como otros muchachos de su generación, confiaba en que las reformas del New Deal ayudarían a paliar la pobreza de millones. Cuando me detalló en qué consistiría su puesto sentí un inmenso regocijo, te lo juro. La Reserva no era un lugar para él, para nosotros.

—¿Te gustaría acompañarme? —me preguntó en una cafetería de la Tercera Avenida.

Otra mujer podría haber sentido que aquella propuesta carecía de romanticismo, pero yo me sentí halagada. También creía en Roosevelt y en el New Deal y en un futuro promisorio. Nos casamos en el gran templo situado en el 17 de Parkway Este, acompañados por unos pocos familiares (míos). Dos días después, tomamos el tren a D.C., donde alquilamos un minúsculo departamento en Dupont Circle. Aquellos fueron, sin duda, los mejores años de nuestro matrimonio.

Dúo

Escuché la fastidiosa monodia de Judith sin mirar el reloj, sin impacientarme y sin interrumpirla, tal como me había exigido. La miré con severidad, tratando de capturar un destello indeseado que me permitiese comprender por qué lo hacía, qué había en su corazón mientras pronunciaba ese reguero de palabras, mientras me mareaba con la conmovedora historia de su compromiso con la sociedad y con mi padre. Sólo cuando pronunció la última frase, poco antes de la hora del almuerzo —la enfermera no tardaría en llevársela—, me atreví a sonreír. Gracias a Leah y a nuestras pesquisas, a los archivos y a los interrogatorios, entonces yo no conocía toda la verdad sobre mi padre, pero sí la suficiente. Me erguí y clavé mis ojos en los suyos.

—Madre —le susurré—, ¿por qué hoy, después de tantos años, te empeñas en repetir esas mentiras?

Escena III. *Sobre cómo desguanzar un violín con una sierra eléctrica y ser comunista y anticomunista en una tarde*

Cavatina

Mis dedos tropezaban sobre las cuerdas como un atrofiado ejército de autómatas; indiferentes a las órdenes de su general —un enano resguardado en las brumas de mi cráneo—, trastabillaban o se detenían, demasiado temprano o demasiado tarde, confundiendo el ritmo y desguanzando la armonía, jorobados y achacosos, ¡jamás aprenderían! Había escamoteado infinitas horas al beisbol con mis amigos, a imitar el triple salto de Fred Astaire sobre un muro de la secundaria (o al menos a intentarlo) y a rebuscar historietas de extraterrestres en las librerías de viejo con tal de obtener un mínimo aplauso de madame Scarparelli. En vano. Las notas fluían en mi cerebro como cuentas multicolores, provistas de forma, volumen y peso, pero mis músculos no respondían a esas fabulaciones.

—¡No, no, no! *Da capo!*

La voz de madame Scarparelli interrumpió la pulcra versión de la *Partita No. 2* que fluía en mi cerebro y me devolvió a la versión desafinada, plagada de notas falsas y estridencias, errores de *tempo* y modulaciones engañosas, que surgía de mis dedos.

—¡No, no, no! *Da capo!*

Bach, descuartizado.

¿Qué caso tenía insistir con la farsa? Si bien la música me proporcionaba las mayores alegrías al lado de los cómics y el dinero, carecía del talento o la humildad para transformarme en su lacayo. Según madame Scarparelli yo tenía *madera* —así decía con sus falsas vocales italianas— y sólo me faltaba constancia. ¡Falso! En aquella época yo me entregaba a la música sin tregua, desde que volvía de la escuela no hacía sino estudiar la misma partitura. ¡No, no tenía *madera*!

Si bien Judith me había escamoteado casi toda la biografía de mi padre, jamás se cansó de restregarme su talento musical y su oído absoluto: sus mayores virtudes. Desde los seis años me obligó a tomar lecciones de coro y de solfeo —tenías una voz de soprano tan hermosa, me machacaba— y cuando cumplí siete años me regaló mi primer violín y mi primer arco. En la siniestra batalla que aún libraba con el fantasma de su esposo, quería verme derrotarlo en su propio terreno.

—Tú sí tendrás mi apoyo —Judith hacía hincapié en ese *sí* que la distanciaba de su difunto suegro.

Todos los sábados, a la hora del almuerzo, colocaba en la tornamesa el concierto de Chaikovski —bajo la franja amarilla de Deutsche Grammophon, el semblante regordete de David Oistrakh—, en una especie de ceremonia espiritista.

—Tu padre exigió que lo enterrásemos con esta obra, pero no me atreví a pedírselo al rabino. No sabes cuánto me arrepiento. La idiota *canzonetta* aún me arranca lágrimas.

Muy a mi pesar, Judith logró que la música se instalase en el centro de mi vida. La primera vez que me arrastró a la Filarmónica, dirigida por Leonard Bernstein, me auguró una experiencia inolvidable, y confieso que no se equivocó. De inmediato sumé a ese impetuoso director, judío y ambicioso como yo, a mi lista de superhéroes, apenas detrás de Batman y el Hombre Araña.

Años después adquirí la grabación de ese día: el *Concierto para piano No. 1* de Brahms, con Glenn Gould (otro dios) como solista. Antes de dar paso a la música, Bernstein toma el micrófono y explica que, si bien la concepción artística del canadiense resultaba incompatible con la suya, lo acompañará por el respeto que le merece como artista. ¡Qué doble muestra de humildad y de arrogancia! Desde entonces, y hasta su muerte en 1990, me esforcé por asistir a cada concierto de Lenny —devoré sus programas de televisión y en mi cabeza aún flotan los ritmos de *Wonderful Town* y *West Side Story*—, dispuesto a atravesar el océano rumbo a Tel Aviv, Londres, Viena o Ámsterdam con tal de escucharlo y degustar sus saltitos en el podio. Cuando por fin lo conocí en 1983, al término de una electrizante *Quinta* de Shostakóvich, no solté su mano hasta que el apretón se tornó embarazoso.

A lo largo de esos años, acumulé unos cinco mil vinilos que, si las autoridades no han malbaratado, aún deben empolvarse en mi apartamento de Park Avenue (al lado de unos 30 mil discos compactos). Como a cualquier neurótico, aquella colección me provocó tanta dicha como amargura: uno de mis pasatiempos favoritos consistía en limpiar cada LP con un paño antes de devolverlo a la estantería, donde ocupaba un lugar preciso conforme a un riguroso orden de compositores y números de *opus*. La desgracia sobrevenía si, al escuchar un cuarteto de Schubert o un nocturno de Chopin, la aguja de diamante desbarraba; entonces no sólo mi ansiedad se volvía insoportable, sino que ahorraba hasta comprar otro volumen idéntico con el cual sustituir al lastimado (no tengo palabras para agradecer a los pioneros de la tecnología digital por aligerarme estas manías). ¿Se imaginan entonces, piadosos lectores, la frustración de un muchacho como yo al constatar que, pese a su devoción por la música, era incapaz de ejecutar ya no una partita de Bach sino un vulgar estudio de Kayser?

—¡No, no, no! *Da capo!*

Alta y esmirriada, con el pelo teñido de platino, madame Scarparelli disimulaba mal la cuarentena. Nunca congeniamos. En su mirada zorruna se traslucía un destello de condescendencia, de lástima incluso, hacia mis pobres ejecuciones. Jamás me estimularon sus gritos en *staccato* o sus sonrisas desastradas; cada vez que yo troceaba un compás o destruía alguna nota me echaba en cara los esfuerzos de mi madre para pagar mis lecciones.

—*Non bene, non bene* —me reprendía en su italiano de Brooklyn.

Mil veces pensé en arrojar el instrumento desde la ventana y patearlo hasta que crujiese en mil pedazos: compondría un concierto para violín y sierra eléctrica y al final clavaría las astillas en cada orificio de madame Scarparelli. Ella debió intuir mis ensoñaciones asesinas, pues un día posó sus falanges sobre mi hombro y me dijo que no había más que hacer. Esa semana la bruja le avisó a mi madre que ya no me daría clases, aunque Bobby Anderson, su asistente, estaría encantado de proseguir con mi enseñanza. Judith se indignó.

—Mejor así, mamá —la tranquilicé—. Ya no tolero a esa bruja.

Recitativo

Si bien Lars era de mi edad —yo había cumplido trece en marzo, el lo haría a fines de julio—, debía doblarme en peso y me sacaba diez centímetros de altura; igual que sus padres, oriundos de Noruega, masticaba un inglés herrumbroso que despertaba hilaridad en la Escuela de Música de Brooklyn. Antes de admirar su nariz recta, el cuadrángulo de su mandíbula o la fortaleza de sus bíceps, tuve la oportunidad de escucharlo en secreto; él tomaba clases de violonchelo en el cubículo vecino y, pese al corcho aislante de los muros, resultaba imposible sustraerse al pastoso sonido que extraía de las cuerdas. Abandoné mis partituras y me asomé por la exclusa de su puerta, aquel joven corpulento, de piel casi traslúcida, ojos de carbón y respiración afanosa mecía los antebrazos en lánguidas arcadas. En sus manazas, el *Cisne* de Saint-Saëns se convertía en un trazo tan suave como efímero.

Desde entonces no perdí ocasión de espiarlo. En cuanto el profesor Anderson me dejaba solo, fastidiado ante mi ausencia de progresos, me empinaba en su ventanilla. Era increíble que aquel muchacho tosco y musculoso, que con facilidad hubiese pasado por un buscapleitos o un futbolista, fuese dueño de aquella musicalidad y sutileza. No reuní el valor necesario para hablarle; si yo fuera él, pensaba, no me interesaría relacionarme con un alumno tan mediocre. Me conformé con admirarlo de lejos, convencido de que jamás me acogería en su círculo de amigos. Pronto comprobé que Lars era un tipo solitario pues, si bien una flautista esmirriada solía perseguirlo, él se marchaba sin más compañía que su *cello*. Al terminar la clase me decidí a seguirlo a unos pasos de distancia, Lars no pareció advertir mi presencia y continuó hacia la boca del metro. Sólo cuando lo vi desaparecer en el umbral de un descascarado edificio en Queens emprendí el camino de vuelta a Brooklyn.

—¿También vives en Flushing Meadows? —me soltó al día siguiente.

—No —tartamudeé—, visito a una tía.

Cuando nos disponíamos a salir de la Escuela, Lars me preguntó, con un mínimo dejo de burla, si aquella tarde también iría a verla. Aunque me juré guardar silencio —mi verborrea me había hecho perder varios amigos—, en el trayecto le confesé la verdad y luego me descubrí narrándole la historia de Judith y mi difunto padre violinista. Él me contó que el suyo era cocinero y que su madre había estudiado piano en Oslo aunque había abandonado su carrera para ocuparse de él y de su hermana (también pianista). Luego se despidió de mí con un apretón de manos impropio de un virtuoso.

Al llegar a casa no disimulé mi excitación. Tengo un nuevo amigo, le presumí a Judith, violonchelista. Ella lo celebró, esperando que pudiese sustraerme a la influencia de los chicos del barrio, y me dijo que lo invitase a cenar con nosotros. Fue Lars quien me convidó a su casa, su madre nos sirvió unos sándwiches y al terminar su hermana, una rubia tan larga y paliducha como él, de unos veinte años, propuso que tocásemos juntos. Le dije que yo no estaría a su altura y odiaría estropearles la velada. Ella insistió. Nos sentamos en el salón, en una de cuyas esquinas relumbraba un desportillado piano vertical, acomodamos atriles y partituras y dimos una primera lectura a un trío de Schubert. Aunque el talento de Lars superaba al de Ellen (y por supuesto al mío), ella marcaba el ritmo y las entradas. Al principio me traicionaron los nervios, pero la complicidad de los hermanos Omdal me devolvío la confianza y logré seguirlos sin demasiados tropiezos. Aunque me hallaba a años luz de su precisión y sus fraseos, ellos me ayudaron a mejorar mis articulaciones y darle precisión a mis arcadas. Al concluir el último movimiento su madre aplaudía.

Judith me advirtió que, si quería que mis amigos volviesen a invitarme, debía ensayar muchas horas por mi cuenta. Descuidé las obras que debía presentar en el recital de ese trimestre y me concentré en las piezas que Lars, Ellen y yo habíamos elegido.

—Ya sé cómo nos llamaremos —les anuncié—. Trío Omdal.

—No es tu apellido —rió Lars.

—Trío Omdal es perfecto.

Incorporamos a nuestro repertorio algunos tríos de Beethoven —incluso nos arriesgamos con el *Fantasma*—, otro de Brahms y otro de Schumann. La señora Omdal nos alentó a montar un programa completo y a ofrecer nuestro primer concierto público. Me pareció un despropósito, pero Lars y Ellen se entusiasmaron. Elegimos los tres tríos del *opus 1* de Beethoven y nos dimos hasta mayo para prepararlos, entonces anunciaríamos en la Escuela el debut del Trío Omdal.

Aunque yo hubiese querido pasar más tiempo a solas con Lars, el trío nos imponía la presencia de su hermana. Yo apreciaba a Ellen —a fin de cuentas la idea de tocar juntos era suya—, ella siempre era cortés y dulce conmigo y, pese a llevarnos un par de años, prefería salir con nosotros que con sus amigas, pero sin darse cuenta torpedeaba mi cercanía con su hermano. Cuando Lars me propuso vernos a solas en una cafetería pensé que él podía sentir algo parecido. Tras ordenar unas malteadas me lancé a glosar las distintas versiones discográficas de los tríos que presentaríamos en nuestro recital.

—Lo siento —soltó al fin, sorbiendo las burbujas rosadas—. En mayo tendré una audición con Fournier y mi profesor me ha exigido concentrarme en ella.

—¡Gran noticia! —mentí lo mejor que pude—. Pospongamos el debut del Trío Omdal hasta el verano.

—Si todo marcha bien, me iré a Ginebra en junio.

Terminamos nuestras bebidas en silencio.

—Puedes seguir viniendo a casa —añadió antes de bajar al metro—. Tal vez podrías ensayar unas sonatas con Ellen, sabes cuánto te aprecia.

Continué visitando su casa por las noches, a veces leíamos alguna obra nueva, otras me dejaba con su hermana y él se encerraba en su cuarto. En vez de demostrarle mi amargura, le propuse a Lars que encontrásemos algún modo de relajarnos antes de su audición. Un par de veces fuimos al cine, pero luego preferimos refugiarnos en mi casa, donde pasábamos horas escuchando a Casals, a Rostropóvich y al mismo Fournier.

La noche anterior a la audición lo convencí de celebrar por adelantado. Me gustaría atribuirme el mérito de su fracaso, pero no me corresponde: la responsabilidad fue toda suya. Bebió más de la cuenta, más que nunca. Cuando lo deposité en su casa apenas se sostenía. Su madre nos reprendió e intentó cambiar la audición para otra fecha. Imposible.

Lars se presentó ante Fournier con unas ojeras purpúreas, aquejado por una insidiosa migraña. Según todos los asistentes tocó bien, incluso *muy* bien, en especial la zarabanda de la segunda suite de Bach. El *aristocrate du violoncel* lo felicitó y le auguró una gran carrera. Pero no lo llevó a Ginebra.

Aunque Lars y yo continuamos viéndonos a escondidas de su madre (para entonces la mujer me detestaba), nuestras reuniones musicales se espaciaron poco a poco. Y, como era previsible, el Trío Omdal jamás realizó su debut. Años más tarde, mientras revisaba el programa de un concierto de la Sinfónica de Búfalo —no había encontrado nada mejor que hacer, tras reunirme con unos clientes, que asistir a unas rasposas interpretaciones de *Cuadros de una exposición* y la suite de *El pájaro de fuego*—, descubrí el nombre de Lars Omdal entre los integrantes de la orquesta. Su atril era el penúltimo.

Caballetta

Ayn fue mi primer amor. Corrijo: la primera mujer de la que estuve enamorado. Una relación, como suele decirse, complicada. Primero, porque ella tenía sesenta y cuatro años y yo dieciséis. Y, segundo, porque ella no estaba al tanto de mi embeleso. Ayn Rand. Un amor a primera vista. En cuanto me adentré en su universo de descastados y rebeldes enfrentados a la perversidad de politicastros y burócratas, mucho antes de descubrir los hermosos ángulos de su mandíbula, la firmeza de sus pómulos o la serenidad de sus pupilas, reconocí un alma gemela. El ajado ejemplar de *Atlas desencadenado* que rescaté de una librería de viejo, o que más bien me rescató a mí, se transformó en mi Biblia. Y la exiliada rusa, que entonces aún deambulaba por los cafés neoyorquinos (moriría en 1982), se convirtió en mi Guía.

Fue Ayn quien, en una noche de lectura inagotable, a escondidas de Judith y sus prejuicios, me previno en contra del Estado y sus tentáculos. Gracias a ella descarté cualquier sentimentalismo izquierdista y decidí convertirme en émulo de John Galt, el héroe que huye de la mediocridad y crea una comunidad de emprendedores en las montañas de Colorado. Aquella atopía, tan cercana a la ciencia ficción que me fascinaba por entonces, me dio una lección crucial: sólo quienes están dispuestos a defender la autonomía individual y a escapar de los brazos del gobierno merecen ser llamados hombres libres. Todo ese galimatías sobre defender a los desheredados a costa de los exitosos y todos esos discursos lacrimógenos a favor de la redistribución, los impuestos y la intervención del estado en las finanzas, no eran sino subterfugios para justificar el totalitarismo. Ayn los había sufrido en carne propia cuando los bolcheviques despojaron a su familia de sus legítimas propiedades enarbolado esos principios falsamente igualitarios.

Como todo amor atormentado, el mío fue clandestino: Judith jamás habría aprobado mi pasión por esa mujer que era su reverso. No podría decir que en esos años, a principios de los setenta, mi madre fuese una revolucionaria o una activista —su trabajo de secretaria no le dejaba tiempo para mítines—, pero no perdía ocasión de insultar a Nixon, a Ford y en general a los republicanos ni de culpar a "oscuros intereses económicos" o al "complejo militar-industrial" de todos los males que sobrevenían en el planeta. Mi rebelión adolescente, si así puedo llamarla, se produjo sólo en ese mínimo ámbito ideológico; a diferencia de ella (o de mi padre), no estaba dispuesto a ser parte de esa masa anónima y proletaria que ellos habían defendido. Como cualquier hombre libre, yo no consideraba que el dinero fuese un adminículo del diablo. Al contrario, sólo el dinero me concedería esa libertad que Ayn me había enseñado a defender frente a las quimeras progresistas.

Mi pasión por el riesgo se inició, supongo, con los juegos infantiles. Empecé lanzándome en patineta desde cuestas cada vez más empinadas y terminé apostando cantidades estratosféricas, al menos para mis parámetros adolescentes, en largas veladas de póker con mi pandilla. Pronto descubrí que no me importaba tanto ganar como ganar cuando lo arriesgaba todo, aun a costa de hurgar en el bolso de Judith para saldar mis deudas. Por fortuna no me convertí en un tahúr o uno de esos pelagatos que salen dando tumbos de los casinos y pierden fortunas en las tragaperras gracias a que, más o menos a los diecisiete, me topé con otro librito, *¿Cómo comprar acciones?*, de un tal Louis Engel, y sus páginas me arrancaron de ese lúgubre destino. Además de responder de manera simple a preguntas como "¿cuánto cuesta una acción?" o "¿cómo hacer negocios con un bróker?", el texto era un alegato para que el abstruso mundo de la Bolsa, hasta entonces dominado por una élite cansina y achacosa, fuese una práctica común en cada hogar americano. De pronto supe hacia dónde dirigir mis impulsos: no al decadente territorio del *blackjack* o la ruleta, sino al universo de las acciones.

Mi primera incursión en el salón de remates de la Bolsa de Valores de Nueva York equivalió a mi primer orgasmo. Aquel ir y venir enloquecido, aquel pandemónium de llamadas y voces cacofónicas, aquella sensación de urgencia y de osadía, de expectación y de peligro, era el más bello espectáculo que jamás hubiese contemplado. Una coreografía cósmica. Anhelé apostar mi resto en un toma y daca, enfrentarme al mercado como si fuese una bestia salvaje y experimentar la conmoción de vencerlo o la agonía de verme destrozado por sus garras.

Todavía hoy, aletargado en esta isla pedregosa, se me salta el corazón al rememorar aquellos tiempos de pingües ganancias y pérdidas sangrantes. La mayor parte de ustedes, prudentes lectores, jamás entenderá qué significa entregarse al riesgo en cuerpo y alma, es como retroceder a la prehistoria y aguardar el ataque de un predador desconocido. El mercado: esa bestia desconcertante y peligrosa. Ese enemigo fiero e implacable. Confieso que desde los dieciocho, y hasta que fui obligado a dejar atrás mi vida entera, nunca dejé de batirme contra el mercado. ¿No es esto lo que en el fondo distingue a un emprendedor de un mercachifle?

Cuando le anuncié que había sido aceptado en NYU y que mi interés principal serían las finanzas, Judith me miró desolada, como si la hubiese apuñalado por la espalda. ¿Cómo era posible que su único hijo se pasase al bando enemigo? De nada me sirvió animarla con mis pedestres ideas sobre la mano invisible de Adam pues Ayn la había derrotado de manera contundente. A partir de ese día mi madre no volvió a hablar conmigo de economía o de política y apenas se interesó por mis estudios. Ayn, en cambio, continuó siendo mi Guía. La exiliada rusa me condujo de la mano hacia sus incómodos aliados, hacia Hayek —quien nunca le simpatizó del todo—, Friedman y la Escuela de Chicago. Si con sus novelas y ensayos mi enamorada me había hecho ver que el estado es el problema, con *El camino hacia la servidumbre* Hayek me demostró que el estado jamás dispondrá del conocimiento de todos los individuos y por ello su intervención en la economía constituirá siempre una amenaza a nuestras libertades. Por último, Friedman —un duendecillo capaz de pronunciar los peores anatemas con voz de terciopelo— me enseñó que las grandes ventajas de la civilización, en arquitectura o pintura, ciencia o literatura, jamás han provenido de un gobierno centralizado, y me animó a luchar contra las restricciones que los demagogos imponen a los mercados.

Friedman también me encaminó hacia las teorías de uno de sus discípulos, Eugene Fama, y su hipótesis de los mercados eficientes: un tema mucho más cercano a mis intereses prácticos. Según su teoría, el precio de una acción refleja en términos bastante exactos su auténtico valor. En otras palabras, en una sociedad libre los distintos agentes económicos no tardarán en disponer de la *misma* información (sobre cierta empresa, por ejemplo), la cual se expresará en el mercado a través de la única vía posible, el alza o la baja en el precio de sus acciones. Si se permite que la información fluya con absoluta transparencia, los precios reflejarán el verdadero valor de las acciones. Animado por estas ideas reinicié mis inversiones en la Bolsa con apuestas más o menos conservadoras en *blue-chips*. Mis dividendos, como era previsible, apenas superaron la inflación. Más adelante me decanté por algunas *start-ups* y otras compañías prometedoras, esperando hallar mi gallina de los huevos de oro. El tonto sueño de los jóvenes. Así jamás llegaría a mi primer millón antes de los treinta.

En 1973, mientras yo hacía mis pinitos en la Bolsa, dos fanáticos de los mercados eficientes, ambos eminentes profesores de Chicago, el matemático Fischer Black y el economista Myron Scholes (ayudados luego por Bob Merton) elaboraron una ecuación que habría de trastocar para siempre nuestro sistema financiero —y mi propia vida.

La fórmula es la siguiente:

$$\frac{\partial V}{\partial t} + \frac{1}{2}\sigma^2 S^2 \frac{\partial^2 V}{\partial S^2} + rS\frac{\partial V}{\partial S} - rV = 0.$$

Como no pretendo que abandonen prematuramente este libro, queridos lectores anuméricos, trataré de no enredarlos con sus derivaciones matemáticas. Amparados en la hipótesis de los mercados eficientes, Black, Scholes y Merton descubrieron que esta fórmula permitía calcular la volatilidad de las opciones.[1] Sé que todo esto suena incomprensible a sus oídos profanos, así que

[1] Una acción es un valor presente; una opción, un valor futuro. Si yo compro una acción, compro parte del valor de una empresa. Si adquiero una opción, adquiero la posibilidad de comprar o vender una acción (o un bono o una divisa o cualquier otro activo subyacente) más adelante. La opción confiere el derecho, mas no la obligación, de comprar o vender algo mientras dura el plazo estipulado en el contrato.

les pido que sólo retengan la consecuencia extrema de esta idea. En teoría, la fórmula Black-Scholes permitiría eliminar el riesgo en las operaciones realizadas con opciones. Permítanme repetirlo: *eliminar el riesgo.* El sueño de cualquier apostador, la fantasía de cualquier inversionista. ¿Cómo alguien como yo no iba a quedar bobamente fascinado? En los años sucesivos no haría otra cosa más que desentrañar las posibilidades prácticas de esta fórmula. Ayn Rand, mi primer amor, la aristócrata rusa que desconfiaba ferozmente del Estado, me condujo hacia mi segundo y más definitivo amor: las opciones y los derivados financieros.

Coro de los manifestantes

Los cuerpos se extendían por la Quinta Avenida como una marejada, brazos al aire, hombros y torsos desnudos, perneras procelosas, muslos acalorados, caderas zigzagueantes. El espectáculo compensaba con creces los apretujones y el tufo en el metro, las advertencias de mi madre, el miedo a toparme con algún conocido de NYU. No me movía, es evidente, el menor afán ideológico, ¿o acaso alguien me imagina como hippy histérico frente a las atrocidades de la guerra, súbitamente afligido por unos infantes vietnamitas bañados con napalm? Si asistí fue sólo porque Norman me instó a marchar a su lado en la protesta, siempre tan devoto de las causas nobles, y yo no me atreví a decepcionarlo. Tras perder a Lars, este chico ingenuo y apacible que había nacido y crecido en la misma barriada de Brooklyn que yo, se había convertido en mi nuevo ídolo. Sin ser guapo, poseía unos ojos color miel con los cuales era imposible no quedar hipnotizado y, en mi opinión, tenía un solo defecto, al menos para quienes no pensábamos que la riqueza sea vergonzosa: ese compromiso social un tanto jactancioso, esa voluntad de denunciar hasta las más recónditas injusticias del planeta. Por fortuna su engorro progresista quedaba compensado con su conversación cálida y astuta y un súbito interés hacia mi persona que desconcertaba a su camarilla casi tanto como a mí mismo.

El día que nos conocimos, Norman me invitó unas cervezas con otros chicos del barrio, una panda de desharrapados que en el mejor de los casos acabarían como conserjes o despachadores de Coca-Cola. Norman era el único que había asistido al *college*, aunque se esforzaba por disimular sus logros académicos como si fuesen un estigma en su expediente proletario. Salir con su grupo no se parecía en absoluto a departir con mis compañeros de NYU, y lo digo para bien. Quizás ninguno de esos trogloditas rozase el IQ de una rata almizclera, y su mayor aspiración fuese atragantarse de hotdogs en el parque de los Jets, pero al menos no fingían la sofisticación de los músicos o los universitarios, en el fondo tan primitivos como ellos.

Los trogloditas, en cambio, debían considerarme un mariquita que para colmo era, o más bien había sido —yo hubiese preferido no revelarlo—, violinista. Aquellos salvajes me miraban con una mezcla de burla y lástima sólo atenuada por el afecto que me dispensaba su líder. ¿Qué obtenía yo de una horda de perdedores como aquélla? Nada, desde luego. Pero esa ausencia de expectativas me permitía bajar la guardia, mientras que en NYU debía mantenerme siempre alerta para no corroer la imagen de dureza que ansiaba construirme. Allá no sólo estaba obligado a ser frío e implacable, sino a fingirlo sin descanso: un tiburón de tiempo completo. Con Norman y sus compinches, por el contrario, no incurriré en la banalidad de decir que podía ser *yo mismo*, pero al menos podía relajarme un poco, confiado en que ninguno de esos perdedores se convertiría en mi rival en los negocios.

A los cavernícolas la manifestación contra la guerra debía resultarles tan exótica como a mí, aunque ellos tampoco querían defraudar a Norman y estaban dispuestos a pasar un buen rato a su lado, igual que cuando agotaban sus energías en el basquetbol o se cebaban con palomitas frente a un bodrio de Jerry Lewis. Así que allí me vi de pronto, no sólo como parte de aquel desfile perfumado a sudor y esperanzas, sino de plano encabezándolo, conducido por obra del azar al frente de una de sus columnas. Confieso que la experiencia no me disgustó, la fiebre juvenil de sus cánticos y sus proclamas, la mayoría impracticables o ilusorias, se me contagió de modo natural y no tardé en sumar mi voz al coro que protestaba contra el imperialismo, el complejo militar-industrial y los abusos de la CIA. A mi lado, Norman vociferaba y me miraba de reojo, satisfecho con los progresos revolucionarios de su pupilo.

Si bien había decidido especializarme en Economía, entonces yo no había leído una sola línea de Marx o de Engels, y mucho menos de Lenin o de Mao, el truhán de moda, pero estaba convencido de que sus ideas eran, en el mejor de los casos, fantasías. Entonces pensaba —y aún pienso— que una sociedad donde el estado aspira a controlar y supervisar toda la actividad económica está condenado a la barbarie y la parálisis. Dicho esto, tampoco me consideraba un encarnizado defensor de nuestra democracia, que me parecía —y aún me parece— una plutocracia enmascarada donde al final los tejemanejes de unos cuantos imponen candidatos y programas. Sólo que a la hora de escoger entre un sistema y otro no tenía dudas de que, al menos para mí (no sabía si para los demás, por ejemplo los compinches de Norman, pero sin duda *para mí*), el libre mercado ofrecía mejores oportunidades, mientras que en una nación centralizada, con su turbamulta de burócratas y agentes secretos, jamás conseguiría una vida confortable. En resumen, no veía contradicción alguna entre acompañar a Norman en su marcha anticapitalista, despreciar el capitalismo y considerarme yo mismo un capitalista convencido.

Mi horror fue mayúsculo cuando a la mañana siguiente me descubrí en la primera plana del *Post* bajo un titular que deploraba la falta de patriotismo de la juventud americana. No había duda, ese muchachito bien parecido, con el puño en alto y la boca abierta (para insultar a un policía, según recuerdo), era *yo*. ¿Qué debía hacer ahora? ¿Enterrarme debajo de la cama hasta que se olvidase el incidente? En cuanto entré al salón de clases me pareció advertir los cuchicheos sobre mi persona. Traté de pasar inadvertido y evité participar en las discusiones —me había distinguido por mis preguntas impertinentes y mis bromas escatológicas—, pero Jim O'Connor, un irlandés obtuso y testarudo, republicano militante, no tardó en ponerme en evidencia.

—Tal vez nuestro *camarada* podría ilustrarnos sobre cómo afrontar el conflicto vietnamita —dijo de pronto.

Durante todo el semestre no me había cansado de expresar mis vehementes puntos de vista sobre la guerra de Vietnam, había dicho que se trataba de una intervención ineludible y no había ahorrado insultos contra quienes, en nuestra amilanada sociedad del confort, les hacían el juego a los rojos. Mi perfil era el de un bilioso anticomunista. ¿Qué diablos hacía entonces a la cabeza de una marcha contra esa "luminosa acción de nuestras tropas", según la formulación que yo mismo había pronunciado semanas antes? Traté de salirme por la tangente, balbuceé dos o tres excusas más o menos anodinas, inserté una pifia sobre el humor de los irlandeses y por fin me quedé callado, esperando que esa torpe contrición aligerase las burlas en mi contra. Los ojos de Jim se habían llenado de sangre, como le ocurre a los zombis de las películas, mientras sus colmillos se dirigían hacia mi yugular. Imaginé que se cebaría en mi incongruencia, machacaría mi falta de convicciones y nos endilgaría un patriótico sermón contra la hipocresía. Nada de eso. De su boca brotó una acusación inesperada.

—Pero bueno —sonrió—, ¿qué puede esperarse del hijo de un comunista?

El profesor Graystone se apresuró a llamarnos a la calma y le ordenó a Jim que me pidiese una disculpa. El gnomo obedeció, pero el daño estaba hecho. Estreché su mano frente a todos, como exigiría cualquier manual de conducta, pero, como indican las reglas no escritas de cualquier aula, lo esperé a la salida. En cuanto distinguí sus rasgos simiescos me precipité hacia él, gritando como piel roja. Más ágil que yo, Jim esquivó mi embestida y terminé de bruces contra un árbol. El enano pasó de largo y se marchó mostrándome su peludo dedo medio.

Aquella noche no cedí a las presiones de Judith para contarle lo ocurrido, me había prometido guardar aquel insulto en secreto hasta que el tiempo lo deslavase y dejara de dolerme. ¿Por qué el silencio? Una primera respuesta: tenía veinte años. A esa edad uno se siente más vulnerable y desprotegido que nunca. Y quizás no quería oír lo que mi madre podría revelarme. Ninguno de mis compañeros volvió a tocar el tema, sepultado entre los miles de insultos que se intercambian a diario en esas penitenciarías voluntarias, y yo recobré la paz.

Un par de años después del incidente, mientras devorábamos un suculento *cholent*, me atreví a preguntarle a mi madre si Noah había sido comunista. Su respuesta —ya la adivinan— fue un histérico *¡no!*

Inútil transcribir la pelea subsecuente: todas las riñas familiares resultan monótonas. Judith continuó negándolo con vehemencia, a veces con desesperación. *Tu padre jamás fue comunista.* Lo repitió una y otra vez, como si rezara. Insistió en que Noah había sido un buen hombre, un patriota, etcétera. Al final me dejó algo en claro: inocente o no, mi padre había sido acusado de ser comunista. Y no por un oligofrénico como Jim O'Connor, sino por el Comité de Actividades Antiamericanas del Congreso. En medio de sus reclamos histéricos, a Judith se le escapó —o tal vez lo soltó a propósito— que mi padre no había renunciado al Fondo Monetario Internacional, como siempre me dijo, sino que había sido expulsado de allí por su supuesto pasado comunista.

Mi madre y yo dejamos de hablarnos hasta la ceremonia de graduación, cuando al cabo creí entender sus razones. Yo tampoco quería que se dijese que Noah había sido comunista y ni siquiera que había sido acusado de serlo (aun si era falso). Mi vida de emprendedor apenas se iniciaba, ¿por qué contaminarla con ese lastre? Igual que Judith, yo también quise olvidarme de mi padre. De su culpabilidad o su inocencia. Mi única preocupación, ya lo dije, era otra: ganar mi primer millón antes de los treinta.

Dos décadas más tarde, mientras le ayudaba a Judith a trasladar sus pertenencias a Vermont —el inhóspito lugar donde me convenció de comprarle una casita—, el fantasma de mi padre volvió a perseguirme. En una de las cajas descubrí, carcomidos por las termitas y el olvido, sus cuadernos de trabajo. En cuanto abrí el primero de ellos —de 1937— supe que no conseguiría desentenderme de su historia. Además, para entonces en mi cuenta figuraban ya varios millones.

Escena IV. *Sobre cómo apareció mi Watson-con-falda-hippy y el judío canalla que inventó el FMI*

Dúo

¿Qué hacer con esas páginas? ¿Eran un legado o una advertencia? Todavía me pregunto por qué, tras abismarme por primera vez en sus diarios, decidí no continuar como un apacible huérfano, ajeno a las desventuras del hombre que se despeñó desde una ventana un mes antes de mi nacimiento, y me obsesioné con desentrañar su memoria. La paradoja de que un inversionista de Wall Street hubiese sido concebido con la ayuda de un agente comunista resultaba suficientemente escalofriante, pero mi repentina pasión por Noah no podía reducirse a un simple rapto de curiosidad intelectual. No pretendo desentrañar aquí los mecanismos que me obligaron a perseguirlo (ustedes conocen de sobra mi repulsión hacia el psicoanálisis), así que me limitaré a confesar que la perspectiva de que mi padre no fuese el pobre diablo dibujado por Judith, sino una figura más ambigua, más compleja, incluso más oscura, debió seducirme sin remedio. La Historia con mayúscula nunca había sido uno de mis fuertes, siempre estuve más interesado en el futuro y sus apuestas que en las brumas del pasado, así que no tuve más remedio que contratar a una joven historiadora, alumna graduada de CUNY, para que colaborase en "mis pesquisas", como ella las bautizó con un dejo de ironía.

Desde nuestra primera entrevista, Leah Levitt —veintisiete años, tan *naïve* como leída, demócrata, vegana, judía pero sin las ínfulas de mi madre— me pareció una colaboradora ideal. Llevaba varios años trabajando en una tesis doctoral sobre los acuerdos de Bretton Woods y, según presumía en la exposición de motivos que me envió, conocía los tejemanejes del Departamento del Tesoro en los años treinta y cuarenta como la palma de su mano. En cuanto se presentó en mi oficina —reparé en su blusa holgada, sus sandalias y sus jeans—, le mostré los diarios de Noah como si fuesen un anzuelo.

—¿Me ayudará entonces a entender lo que significan? —le pregunté.

Leah poseía una de esas sonrisas tímidas que enmascaran cierta impertinencia. Arrugó la nariz cubierta de pecas que contrastaba con la transparencia de su tez.

—Me encantaría —remoloneó—, pero aún no sé si…

—Estoy seguro de que este material le servirá para su tesis, señorita Levitt. Aunque no comprendo del todo sus implicaciones, sí puedo darme cuenta de que ofrece una mirada única sobre el Departamento de Tesoro justo en la época que a usted le interesa.

—Noah Volpi fue asistente de White durante varios años —me confirmó ella—. Su diario debe ser un documento fascinante.

No tuve que presionarla demasiado para que aceptase mi oferta: la suma que le ofrecí por sus servicios debía triplicar el monto de la beca que recibía como estudiante graduada.

Cuando volvimos a encontrarnos en mi oficina, Leah se presentó con una faldita multicolor y sandalias: una anomalía entre los yuppies que pululaban a nuestro alrededor. Cerré la puerta y le pedí a mi secretaria que nadie nos interrumpiese. Me serví un whisky con hielo y le ofrecí otro a Leah, pero ella prefirió un vaso de agua. Sin preámbulo alguno extendió el diario de mi padre sobre la mesa con sus dedos finos y sus uñas sin pintura (en algún momento noté que se las mordía).

15 de mayo de 1937

Harry presidía los trabajos. Desde el principio lo noté malhumorado. De pronto James Watts se embarcó en una loa a Chamberlain, quien según las noticias acababa de conjurar la guerra al pactar con Hitler.

"El conflicto se ha evitado", señaló Watts al desgaire, "eso es lo más importante, ¿no creen?"

Todos miramos a Harry: su frente y sus mejillas enrojecieron. Empezó a sudar. Durante un par de minutos se esforzó por aplacar su ira, hasta que estalló: "¡Usted verá a Chamberlain como a un héroe, a mí me parece un cobarde y un traidor!"

¿Cómo Harry se atrevió a pronunciar aquel insulto en una reunión intersecretarial? Watts no daba crédito. Y eso fue sólo el principio. Le dijo que si no actuábamos pronto, todos nos convertiríamos en cómplices de la barbarie. Que nuestra prudencia se volvería en nuestra contra. Y que por culpa de los papagayos aislacionistas Hitler pronto sería el dueño de media Europa.

Watts no podía creer que el principal asesor del secretario Morgenthau lo hubiese llamado papagayo. Tras unos instantes de parálisis, se levantó de la mesa.

"¿Adónde cree que va?", lo retuvo Harry.

Watts repuso que aquel trato le parecía inadmisible y que no tenía nada más que hacer allí. Harry lo tomó del brazo y lo obligó a volver a su silla.

"Continuemos donde estábamos", remachó.

"Esto no ayudará a mejorar nuestra relación con la Secretaría de Estado", le advertí a Harry al final de la reunión.

"Me da lo mismo", me riñó. "Alguien tiene que decir la verdad."

—Ésta es la primera entrada del diario —me señaló Leah—. Noah Volpi había llegado al Departamento del Tesoro unas semanas atrás, a fines de marzo de 1937, por acuerdo expreso de Harry Dexter White, quien acababa de ser nombrado director asistente de Investigación y Estadísticas por el secretario Henry Morgenthau. Antes, su padre se había desempeñado como asistente financiero en la Administración de Seguros de Granjas. Según he investigado, su labor allí, como un joven y entusiasta seguidor de las políticas del New Deal, llamó la atención de los círculos progresistas de Washington y, gracias a la recomendación de George Silverman, un funcionario del Fondo de Pensiones de Ferrocarriles muy cercano a White, éste no dudó en contratarlo en el Tesoro.

—No sabía nada de esto —confesé.

—No he descubierto ningún documento de interés firmado por Noah durante su etapa en la Administración de Seguros de Granjas —me reveló Leah—. Memorados, oficios, acuerdos y notas manuscritas que, si de algo dan cuenta, es de su pericia burocrática: los precios del trigo, la cebada o el maíz o los incentivos a los pequeños agricultores no iluminan sus zonas oscuras. Basado en ese hatajo, sólo me atrevería a concluir que su padre era un funcionario puntilloso, tal vez con un excesivo celo hacia las minucias del lenguaje (a veces hay tres o cuatro versiones de una misma carta llena de círculos en rojo). En cambio, en su diario del Tesoro no se conforma con describir sus reuniones de trabajo, sino que incorpora numerosos comentarios sobre la política interna del gobierno, el estado de la guerra y sus superiores, colegas y rivales en otras áreas. Desde que se incorporó al equipo de White, Noah Volpi se sumó a una de las tareas que más preocupaban a su jefe en aquellos meses, la llamada cuestión china. Mientras Hitler se perfilaba como una amenaza para la paz en Europa, Japón hostilizaba a Chiang Kai-shek desde Manchuria. El gabinete de Roosevelt se dividía en dos bandos: los aislacionistas, encabezados por el secretario de Estado, Cordell Hull, obstinados en mantener al país fuera de cualquier conflicto extranjero, y los intervencionistas, capitaneados por Morgenthau y White, que abogaban por una drástica respuesta a las provocaciones japonesas y alemanas. Vea estas entradas.

18 de mayo de 1937

El secretario Morgenthau no está dispuesto a ceder frente a Hull. Su repudio hacia Alemania no ha hecho sino incrementarse, en buena medida debido a sus conversaciones con Harry. Una y otra vez ha insistido en la necesidad de aplicar sanciones contra los agresores. El presidente vacila, frenado por la opinión pública; nadie quiere ver al país involucrado en una nueva confrontación. La gente piensa que no estamos obligados a salvar al mundo una y otra vez, y menos cuando apenas hemos empezado a salir de la crisis. A ojos de la mayoría, las persecución de los judíos es un mal menor.

8 de junio de 1937

"Buenas noticias", nos anunció Harry esta mañana. "El secretario Morgenthau quiere que busquemos la forma de concederle un préstamo a China sin violar las disposiciones del Congreso. ¿Qué se les ocurre?"

"Entreveo una posibilidad", se aventuró Harold Glasser. "Nuestro gobierno no ha reconocido una situación de beligerancia entre China y Japón. Concederle un préstamo a China, en estas condiciones, no violaría las leyes de neutralidad."

"Los préstamos deben ser aprobados por el Congreso", repuso Frank Coe. "Los republicanos se opondrán."

"¿Y si nos amparásemos en la *Ley de compra de plata*?", sugerí.

"Elabore", me urgió Harry.

"Como usted sabe, la ley nos permite comprar plata hasta cierto límite, a fin de equilibrar nuestras reservas. Quizás podríamos encontrar un precio *justo* y extender un pago en dólares, por adelantado, al gobierno chino."

"Un préstamo disfrazado", apuntó Coe.

"Justo lo que necesitamos", se entusiasmó Harry.

18 de junio de 1937

"Chiang también es un dictador, aunque su poder no se compare con el de Hitler o Mussolini", me confió Harry durante el almuerzo. "Pero estamos obligados a sostenerlo. Las tropas japonesas han iniciado su avance hacia el centro del país y, si no recibe ayuda de inmediato, el destino de todas las democracias del planeta se verá amenazado."

8 de septiembre de 1937

"La Unión Soviética y China acaban de suscribir un pacto de no agresión", nos hizo saber Harry. Por primera vez en mucho tiempo se le nota de buen humor. "¿Saben lo que eso significa?

Que las negociaciones entre la URSS y Alemania se tambalean. Japón es nuestro enemigo natural, al igual que de China y de los soviéticos. Si las cosas se mantienen así, quizás sea posible articular una gran alianza."

5 de octubre de 1937

A todos nos sorprendió el discurso que Roosevelt pronunció en Chicago bajo el epíteto de *Cuarentena al agresor*. Obligado a no contravenir las leyes de neutralidad, el presidente dejó claro el viraje que experimentará nuestra política exterior. El mensaje fue contundente: a partir de ahora nuestro gobierno hará hasta lo imposible para auxiliar a sus aliados. A China, en primer término. Pese a ciertas dificultades técnicas, la compra adelantada de plata se consolida.

25 de mayo de 1938

Hoy el secretario Morgenthau hizo público el nombramiento de Harry como director de la nueva División de Investigación Monetaria. Se ha convertido en el brazo derecho del secretario. Incluso sus rivales lo entienden así. A las pocas horas del anuncio, Harry me llamó a su despacho y, con un tono imperioso, se limitó a decirme que contaba conmigo.

25 de junio de 1938

Esta mañana Harry asistió por primera vez al Grupo de las 9:30, el consejo de guerra del secretario Morgenthau. Sólo sus íntimos están convocados a su *sancta sanctorum*. Según Harry, todos le dispensaron una bienvenida cordial, aunque él prefirió no pronunciar ningún discurso. En realidad lo envidian, pues la División de Investigación Monetaria se ha convertido en el corazón del Tesoro.

30 de septiembre de 1938

Harry tenía razón, Chamberlain es un cobarde y el acuerdo de Múnich una vergüenza. En vez de contener la guerra, entregar los Sudetes a Hitler no hará sino aumentar sus ambiciones. Ahora el dictador sabe que nadie se atreverá a ponerle límites.

—Más adelante —Leah se mojaba el dedo con la lengua para pasar las páginas del diario—, su padre deja clara la posición que compartía con su jefe: un repudio total a la Alemania nazi y la necesidad de ayudar a China en su lucha contra el Japón:

4 de noviembre de 1938

El secretario Morgenthau le pidió a Harry una carta para solicitarle al presidente la aprobación del proyecto de compra de plata china. Trabajamos en el borrador hasta el amanecer. La idea central consiste en desacreditar a Hull, empeñado en cerrar acuerdos comerciales con otros países, demostrando que la mejor manera de contribuir al triunfo de la democracia es mediante un apoyo inequívoco a China.

7 de diciembre de 1938

Hoy se anunció por fin la compra de plata china por un monto de 25 millones de dólares. Nuestra pequeña victoria.

17 de diciembre de 1938

La enemistad entre el Tesoro y el Departamento de Estado ha crecido a partir de la aprobación del préstamo a China. Hull acusa a Morgenthau de entrometerse en asuntos de su competencia, mientras que éste no está dispuesto a ceder en temas de política económica exterior. Pero la suerte está echada, el presidente ha decidido seguir las recomendaciones del Tesoro —es decir, las de Harry.

—Como se advierte en estas páginas —Leah se sonrojó—, Noah Volpi celebra el triunfo del Tesoro frente al Departamento de Estado como si fuera una victoria personal. La posición de Morgenthau, y por tanto la de White y de su equipo, no hace sino reforzarse en los años posteriores. Mientras grandes sectores del país intentan mantener la neutralidad, ellos piensan que Hitler es la quintaesencia del mal. Creo que de allí viene su decisión de acercarse a la Unión Soviética:

22 de marzo de 1939

Harry trabaja ahora en el *dossier* soviético. En primer lugar quiere que la URSS se comprometa a cubrir sus deudas oficiales y privadas con Estados Unidos, lo cual le costará en torno a 15 o 20 mil millones por año; en segundo, recomienda que se le otorgue un préstamo de 250 millones, con una tasa de interés de 8 por ciento pagadero en diez años. El crédito podrá emplearse para financiar la compra de 150 millones de productos americanos: algodón, maquinaria, manufacturas y pieles. Según Harry, el efecto del préstamo será muy beneficioso para nuestra economía y a la vez contribuirá a atraer a los soviéticos a nuestra órbita. Por desgracia, Hull sigue torpedeándolo.

—¿Esto quiere decir que el equipo del Tesoro estaba a favor de una alianza con los rusos? —pregunté.

—No, no exactamente —la sonrisa de Leah revelaba cierta condescendencia—. White quería negociar con los rusos porque creía necesario articular un frente común contra el Eje. Pero luego, en agosto de 1939, el Pacto de No Agresión Germano-Soviético dio al traste con su estrategia. Todos los esfuerzos del Tesoro se concentraron entonces en ayudar a Gran Bretaña. En 1940, Roosevelt autorizó la puesta en marcha de un acuerdo de préstamo y arriendo con Churchill. Según Noah —aquí Leah hizo una pausa—, no le importa que lo llame Noah, ¿verdad?

—Por supuesto que no, continúe.

—Según Noah, las negociaciones con los británicos fueron todo, menos sencillas. Mientras los británicos esperaban una ayuda desinteresada, Morgenthau y White no querían entregarles recursos a cambio de promesas. Los dos pensaban que el Imperio Británico era una potencia anacrónica que actuaba como rival comercial de Estados Unidos, y su desconfianza hacia ellos queda manifiesta en todo momento. En su diario, Noah no se ahorra severos juicios contra los ingleses:

3 de diciembre de 1940

Harry aspira a matar dos pájaros de un tiro: sostener a Gran Bretaña durante la guerra y asegurarnos de que, al término de ésta, sea incapaz de mantener sus aspiraciones coloniales.

11 de marzo de 1941

Tras largos meses de idas y venidas entre el Tesoro, el Departamento de Estado y la Casa Blanca, el presidente anunció esta mañana la firma del Acuerdo de Préstamo y Arriendo con los ingleses. En respuesta a las críticas republicanas, Roosevelt se ha valido de un ejemplo rural para explicar su funcionamiento. "Si le presto mi manguera a mi vecino para que apague el incendio que hay en su casa, no espero que una vez apagado el fuego me pague los 15 dólares que vale la manguera, sino que me la devuelva intacta." A lo que el senador Robert Taft, de Ohio, le replicó: "Prestar equipo militar es como prestar un chicle: nadie espera que el vecino lo devuelva una vez que lo ha usado." Chistes aparte, el Acuerdo representa una gran victoria para el Tesoro, aunque ahora corresponda al Departamento de Estado hacerse cargo de su operación.

—La sorpresiva invasión nazi de junio de 1941 volvió a convertir a la Unión Soviética en una potencia aliada —me recordó Leah—. Sólo entonces White pudo retomar la idea de auxiliar a la URSS con un acuerdo de préstamo y arriendo semejante al suscrito con Gran Bretaña.

—¿No era demasiada insistencia de su parte?

—A la distancia podrá sonar extraño que el equipo de White dedicase tantos esfuerzos a apoyar a los soviéticos pero, de acuerdo con los cuadernos de Noah, en ningún momento su determinación parecía tener otro motivo que la lucha contra el Eje. En cualquier caso, su padre ni siquiera participó en las negociaciones con los rusos, pues se hallaba concentrado en el escenario oriental.

—¿Y qué hacía allí?

—El secretario Morgenthau estaba decidido a intensificar el apoyo económico a China, aunque sin entrar en conflicto con los japoneses. A instancias suyas, Noah le presentó a White un proyecto que no sólo incluía la firma de diversos tratados comerciales con el Japón, sino la posibilidad de reconocer su dominio en Manchuria a cambio del cese de las hostilidades contra China. Pero ante la intransigencia japonesa, el Departamento de Estado le dirigió un telegrama a Japón exigiéndole el retiro de sus fuerzas. Frente a este ultimátum, el primer ministro Tōjō se decantó por la guerra y el 7 de diciembre la marina imperial japonesa atacó Pearl Harbor. El mismo día que Roosevelt le declaró la guerra al Japón, Noah reportó otro movimiento crucial en el Tesoro —el índice de Leah se deslizó línea a línea por el diario de mi padre:

8 de diciembre de 1941

Tras los brutales acontecimientos de ayer, mi estado de ánimo oscila del llanto a la rabia. Pero no hay tiempo para detenerse. Morgenthau nos convocó muy temprano a una reunión de urgencia.

"Con el objetivo de limitar cualquier fricción entre nosotros", nos advirtió, "y para hacerme la vida un poco menos difícil en estas circunstancias, he decidido otorgarle a Harry White el estatus de subsecretario. No puedo nombrarlo subsecretario en este momento, pero quiero darle el estatus como si lo fuera, y estará a cargo de los asuntos internacionales en mi nombre."

La satisfacción ha sido *casi* unánime. En estos momentos de zozobra, nadie mejor que Harry para coordinar nuestros esfuerzos.

"Quiero que todo se concentre en un cerebro", concluyó Morgenthau, "y quiero que ese cerebro sea el de Harry."

15 de diciembre de 1941

Hoy apareció la noticia en la orden 43 del Departamento del Tesoro: "A partir de esta fecha, el señor Harry Dexter White, asistente del secretario, asumirá completa responsabilidad en todas las materias del Tesoro que tengan que ver con relaciones exteriores. El señor White servirá como vínculo entre el Departamento del Tesoro y el de Estado, se desempeñará como asesor del secretario del Tesoro en política exterior y asumirá responsabilidades en la gestión y operación del Fondo de Estabilización, sin cambio en sus asignaciones previas. El señor White le reportará directamente al secretario."

—Además de continuar con las labores propias de la Dirección de Investigación Monetaria —prosiguió Leah—, a White ahora también le correspondería gestionar las relaciones económicas con las naciones aliadas y operar los préstamos para financiar el esfuerzo bélico. De la noche a la mañana se convirtió en el segundo hombre del Tesoro y en uno de los funcionarios más poderosos en el gobierno de Roosevelt. Una semana después de Pearl Harbor, Morgenthau le pidió a White que pusiera en marcha un Fondo de Estabilización Inter-Aliado que sentara las bases de un acuerdo económico para la posguerra. Fue entonces cuando el nuevo subsecretario se puso a trabajar en el documento más importante de su carrera, el llamado *Plan White*, que a la larga sería la base del sistema de Bretton Woods. Por desgracia, los cuadernos de Noah se detienen aquí. La última entrada, de febrero de 1942, aparece truncada, lo que sugiere la existencia de un cuaderno posterior.

—Como le dije, el diario apareció por casualidad entre las pertenencias de mi madre, y ella no cree haber conservado ningún otro —le aclaré.

—¡Qué lástima!

—Perdone que se lo pregunte así, señorita Levitt, pero, ¿quién era exactamente Harry Dexter White?

—Muy buena pregunta —Leah se mordió el labio inferior—. Llevo cinco años estudiando los acuerdos de Bretton Woods y aún no podría decir quién era *exactamente* Harry Dexter White —a continuación sacó unos apuntes de su mochila y los extendió frente a mí—.White nació en Boston en 1892 y murió en Fitzwilliam, New Hampshire, en agosto de 1948. Se educó en Boston y sirvió en Francia como oficial del ejército de Estados Unidos durante la primera guerra mundial.

Estudió en Stanford y en Harvard, donde obtuvo un doctorado y enseñó Economía. Tras un breve periodo en el Lawrence College, en Wisconsin, se unió al Departamento del Tesoro en 1934. Muy pronto se ganó la confianza del secretario del Tesoro, Henry Morgenthau Jr. y, como ya sabe, el 8 de diciembre de 1941, un día después de Pearl Harbor, White obtuvo el estatus de subsecretario del Tesoro. Unos meses después, a principios de 1942, White desempeñó un papel principal en la formulación de la política estadounidense para anticipar el orden financiero internacional de la posguerra. Al lado de John Maynard Keynes fue la figura dominante en la Conferencia de Bretton Woods, cuando nacieron el Banco Internacional para la Reconstrucción y el Desarrollo y el Fondo Monetario Internacional, del cual fue el primer director ejecutivo de la delegación de Estados Unidos. Cuando el Fondo comenzó sus trabajos, en mayo de 1946, White presidió la primera reunión del Comité de Directores Ejecutivos.

Harry Dexter White en el Tesoro

—Suena muy impresionante.

—Al cabo de poco más de un año, White renunció al Fondo, abandonó Washington y consiguió trabajo en Nueva York como consultor financiero —Leah no pudo impedir que la voz se le quebrase—. En septiembre de 1947, White sufrió un severo ataque cardíaco y un segundo infarto coronario provocó su muerte en agosto de 1948.

—El retrato que usted me ha hecho parece justificar la admiración que le dispensaba mi padre —me sorprendí—. ¿Qué podría resultar más honroso y estimulante que colaborar de manera tan estrecha con el responsable de articular el sistema económico que, de un modo u otro, rige hasta nuestros días?

Leah hizo un mohín, semejante a una adolescente que de pronto descubre las infidelidades de su padre.

—Por desgracia, su papel en la historia no resulta tan fácil de dirimir —admitió—. En noviembre de 1953, casi cinco años después de su muerte, el entonces procurador general Herbert Brownell declaró que Harry Dexter White había sido un espía ruso. Poco después, el ex presidente Truman reveló que serias acusaciones de espionaje habían sido formuladas contra White a fines de 1945 y principios de 1946, pero que había sido prácticamente imposible probar los cargos con la evidencia que entonces tenía a la mano. En espera de los resultados de una investigación secreta, se permitió que el nombramiento de White en el Fondo siguiese su curso. Pero cuando la necesidad de mantener el secreto llegó a su fin, White fue separado de su puesto de forma expedita. En posteriores testimonios ante el Congreso, el procurador general Brownell consideró que existían evidencias concluyentes de la complicidad de White con los soviéticos.

—¡White fue acusado de ser espía soviético! —exclamé.

—Así es.

—Si entiendo bien..., Leah..., ¡eso querría decir que el creador del Fondo Monetario Internacional y del Banco Mundial fue un espía comunista!

Frente al atónito silencio de la joven, yo me limité a soltar una carcajada.

Escena V. *Sobre el carácter asesino de los genes y las guerras que se libran en familia*

Recitativo

Rachel me buscó a mí. Lo digo sin vanidad, a sabiendas de que este capítulo le causará un gran disgusto. Para contentarla, confesaré que entonces poseía unos ojos celestes, una tez aceitunada y unas piernas infinitas. (Hoy la distinguen su mirada opalina, su piel estragada por las manchas y sus piernas cadavéricas.) Igual que yo, Rachel también había comenzado un MBA en Pittsburgh pero, a diferencia de la mayor parte de nuestros compañeros, no provenía del ámbito de las finanzas, sino de la física, pues acababa de concluir un doctorado en Cornell.

Una de las ventajas —o desventajas— de ganar prominencia en una escuela de negocios, incluso en un sitio tan lamentable como Pittsburgh, es el aura erótica que se desprende del dinero. No pongo en duda mi elegancia ni mi apostura de esos años, pero si comencé a verme rodeado o perseguido por un más bien lamentable coro de ménades no fue por mi perfil ni por mis modales de caballero, sino por mi condición de estrella ascendente en el mundo de las opciones.

Rachel, pelirroja; Gabrielle, morena; Tamara, rubia. Los Ángeles de Charlie si, en vez de elegirlas por sus curvas, Charlie hubiese preferido las circunvoluciones de su corteza cerebral. Una, extrovertida y astuta; la otra, correosa y sibilina; la tercera, más bien sosa, apabullada por las otras.

Un bar en el centro de Pittsburgh.

¿Qué se celebraba? Un cumpleaños, el día del trabajo, navidad, qué se yo. Catorce estudiantes de MBA embruteciéndonos con *shots* de vodka, en un maratón etílico.

Ocho mujeres y seis hombres, ¿entienden lo que digo? Ocho amigas *compitiendo* por seis hombres. A muerte.

¿Qué diablos hacía yo allí? A veces uno es incapaz de decir que no a tiempo y luego es demasiado tarde para huir. Así que allí me ven, tratando de escapar de las arpías, esperando ser uno de los dos machos que saliesen ilesos de sus arranques de lujuria. No era tan simple, pues Rachel, Gabrielle y Tamara habían decidido que yo sería su presa. ¿Por qué? Porque yo le gustaba a una de ellas y, como buenas amigas, las otras habían decidido hacerle la vida imposible.

Uno puede esquivar los ganchos al hígado hasta cierto punto; luego, con la conciencia flotando en una pinta de aguardiente, los reflejos se aletargan, las neuronas se paralizan y se extravía el buen gusto.

Primero me besó Gabrielle; Rachel no quiso quedarse atrás. Yo besé a Tamara sólo para incordiar a las otras dos. Un pasatiempo peligroso.

Quería irme a casa cuanto antes.

No te irás hasta que nosotras lo digamos, me amenazaron. Y volvieron a besarme.

Una de ellas —adivinen cuál— propuso ir a su departamento. Un *loft* bastante mono en Greenwich Village. Más alcohol. Y un carrujo de marihuana.

Después de varias rondas de arrumacos, Gabrielle y Tamara se desabotonaron las blusas y se manosearon los pechos: rotundos y morenos los de la primera, diminutos y rosados los de la segunda. ¿Lo habrían hecho otras veces? Su destreza daba cuenta de su experiencia.

Lo mejor de la noche fue la cara de Rachel, acaso la menos borracha de todas, quien no parecía al tanto de las preferencias de sus amigas. No diré que se asustó —una chica de 27 años, a mediados de los setenta, no se asustaba por casi nada—, pero sí se paralizó más de la cuenta. Para cuando Gabrielle y Tamara se habían quitado faldas y bragas y entrelazaban sus piernas en tijera, invitándonos a unirnos a ellas, hacía tiempo que Rachel y yo habíamos dejado de besarnos. Nos mirábamos atónitos sin saber qué hacer.

Yo dije que debía marcharme.

Rachel dijo que ella también.

Entre jadeos, Gabrielle y Tamara se quejaron de que Rachel me quisiera sólo para ella. Y continuaron en lo suyo.

Acompañé a Rachel a su casa.

No me invitó a subir. (Tampoco hubiese aceptado.)

Una locura típica de la edad y de la época. Habría bastado con olvidarse para siempre del desliz *e tutti contenti*. En vez de eso, Rachel me llamó por teléfono y me invitó una copa. Pensé que quizás podríamos transformar aquel interludio pornográfico en una relación profesional: su talento matemático era justo lo que requería mi nuevo proyecto. Tal vez podríamos hacer negocios.

En el bar le resumí mis planes, ella podría trazar los modelos matemáticos que yo necesitaba y, a cambio, la convertiría en mi socia. Arrugó la nariz, decepcionada. Pero aceptó.

Durante más de un año formamos un equipo invencible. Sus números funcionaban y empezamos a tener ganancias a la altura de nuestros sueños.

¿Qué puedo decir en mi descargo? A principios de 1978, cuando ocurrieron estos hechos, ella tenía dos años más que yo. Era lista, era simpática, venía de una buena familia del Medio Oeste, incluso era convencionalmente bonita. Todos decían que formábamos una pareja perfecta.

Pasó lo que tenía que pasar. Otra borrachera, los dos solos esta vez. El pretexto, festejar una buena operación. Me llevó a su casa y nos acostamos. Según ella, sin compromisos: dos chicos liberales que además son socios.

A las seis semanas ella se descubrió encinta.

De mellizos.

Le supliqué que abortara.

Rachel se negó.

Dejamos de vernos durante un tiempo. Primero la odié. Luego, forzando mi racionalidad, quise ver una salida, el escudo perfecto para sobrevivir en el implacable cuadrilátero de Wall Street, y rogué su perdón.

Rachel se hizo la difícil apenas el tiempo imprescindible para una chica de su clase. Nos casamos en el Gran Templo de

Parkway Este, el mismo lugar donde Judith y Noah contrajeron matrimonio.

Mi madre se negó a asistir.

Serenata

Kevin, kariño de mi vida, fuego de mis kaderas, kilométrico Keeevin, mi pecado, mi alma… me habría gustado escribir, pero no pretendo sumar el plagio a la lista de crímenes que ya pesa en mi contra. Rachel había insistido en presentarme con sus padres, el señor y la señora Reynolds: él, dueño de una fábrica de tratamiento de aguas en Connecticut; ella, vaporosa ama de casa y filántropa. Me resistí hasta el último minuto hasta que, como siempre en esa época, acabé por ceder. Tomamos el coche y nos dirigimos hacia la lechosa mansión familiar cuya fachada trasera se abría a un pequeño lago.

Sus padres me recibieron con un exceso de zalamería. Yo no me imaginaba como un prospecto a su gusto, aunque Rachel tampoco era una niña. Cuando le pregunté por qué no se había comprometido anteriormente, me respondió que su dedicación al estudio siempre le impidió conocer a alguien que valiese la pena. Luego me enteré de que, a los veintitrés, un novio la había plantado en la víspera de la boda —¡tipo listo!— y su corazón nunca se recuperó del todo. En fin, a los Reynolds les urgía alguien capaz de ocuparse de su retoño.

Me ofrecieron una copa de champaña y pasamos al salón. Todo relucía: los cuadros vanguardistas, los pomos de las puertas, la cristalería, la piel de los sillones, como si hubiesen pulido cada detalle para mi visita. Me interrogaron sobre mis sueños —aquello era a fin de cuentas un examen— y yo no quise defraudarlos tan pronto, les hablé de la Bolsa y del mercado, de Wall Street y de mi interés por las opciones, de la mancuerna que su hija y yo formaríamos en el amor y los negocios. El señor Reynolds sonrió. La señora Reynolds en cambio se mostraba impaciente y arisca (efecto de los barbitúricos), como si desde ese instante hubiese detectado un fallo oculto en mí. Algo en ese chico no me gusta, habría de repetirle a Rachel hasta el día de la boda.

En el comedor nos aguardaba una larga mesa de estilo victoriano, y un par de sirvientes con librea —sólo para eludir el cliché no eran negros— nos sirvió bisque de langosta y pavo al horno, lo usual en una típica familia americana. Resistí con estoicismo su batería de preguntas gracias al borgoña que el señor Reynolds escanciaba con devoción. Justo cuando habíamos concluido el asado apareció Kevin, sucio y despeinado, disculpándose por su retraso. Su hermana le dirigió una mirada de reproche y su madre le ordenó ir a lavarse; cuando el pobrecillo se incorporó a la mesa, los demás ya nos empalagábamos con una chiclosa *mousse au chocolat*. La belleza vulgar de Rachel y la belleza un tanto bobalicona de la señora Reynolds se transmutaban en una belleza tersa y melancólica en el muchacho. No resistí la tentación de preguntarle su edad: trece, gran número.

Para romper el hielo, le pregunté sobre sus aficiones y mi Tadzio suburbano me respondió con un sonsonete temeroso: ninguna.

—A Kevin lo único que le interesa son sus tontos juguetes y sus cómics —lo contradijo Rachel.

Le conté que yo era un gran coleccionista de historietas y que poseía una serie nada desdeñable de superhéroes e invasiones alienígenas. Los señores Reynolds me miraron con sorpresa y su hermana con cierta repulsión. Kevin me preguntó si querría ver algunas de las suyas. Rachel insistió en tomar el café en la veranda y se demoró horas allí, mencionando un sinfín de diseñadores de moda y arquitectos —una retahíla de ilustres nombres en sus labios—, empeñada en boicotear mi incipiente amistad con su hermano.

—¿De verdad tienes todos esos cómics? —preguntó Kevin.

—Si quieres, un día puedes venir con nosotros para que les eches un vistazo.

Y, sin añadir más, me precipité hacia su cuarto, decorado como escenario de *Star Wars*. En la colcha y las almohadas, la lamparita de noche e incluso en el empapelado, bullían las siluetas de Darth Vader, Luke Skywalker, Han Solo y R2-D2, que a su vez se hallaban presentes, en distintos tamaños y modalidades, como muñecos de peluche y figurines de plástico. Quizás la colección de cómics de Kevin no se midiese con la mía, aunque poseía dos o tres títulos nada desdeñables, pero su pasión por la saga de George Lucas me dejó anonadado. Tenía modelos a escala de una docena de naves espaciales, una gigantesca Estrella de la Muerte y, a lo largo de cuatro repisas, un amplio repertorio de *jedis* y *stormtoopers* en miniatura.

—Me falta C3PO.

Me senté en la cama, junto a él, apabullado ante aquel despliegue coleccionista. No sé cuánto tiempo permanecí a su lado, charlando sobre la suerte de Luke y la lengua de los *wokies* (Chewbacca era otro de sus personajes favoritos), pero cuando los dos escuchamos los taconazos militares de Rachel supimos que nuestra complicidad había llegado a su fin. Me ordenó degustar una última copa con sus padres y volvió a dirigirle una mirada de reproche a su hermano.

Un par de semanas después Kevin por fin viajó a Nueva York, fuimos al cine y a McDonald's y luego a una juguetería donde insistí en comprarle un Halcón Milenario con tres pies de eslora. Una vez en mi departamento le mostré mi colección de cómics (apenas una mínima parte de la que logré con los años) y pasamos el resto de la tarde rememorando frases de películas de ciencia ficción.

Poco después de la boda, con Rachel ya inflada como hipopótamo, su hermano nos visitó por última vez. Después de agotar el sábado en busca de carriolas, pañaleras, sonajas, biberones y chambritas, regresamos a casa, donde yo le había preparado una sorpresa a Kevin el VHS de Star Wars. Rachel dijo que estaba agotada y se fue a dormir.

Hacia las cuatro de la madrugada ella nos encontró apoltronados y somnolientos, con una manta cubriéndonos del frío. Mi prometida lanzó un grito histérico, le ordenó a Kevin que se fuese a dormir y me exigió que la acompañase —sí, ahora mismo— a la habitación. Por la mañana se despertó con un humor de perros, desayunamos en silencio y luego acompañamos a Kevin a su tren.

Nunca más se me permitió ver a solas a su hermano. Kevin y yo aún coincidimos en unas cuantas citas familiares, siempre bajo la zorruna vigilancia de su madre, y llegamos a intercambiar algunas cartas. Sólo eso. Jamás urdí un plan para asesinar a los Reynolds y obtener su custodia, jamás llegué a tocarlo, jamás rocé su piel, ni siquiera aquella noche, suavemente, por debajo de la manta.

Hoy sé que, al cumplir veintitrés años, durante una cena de acción de gracias en la casa del lago, Kevin le reveló a sus padres que salía con un chico de treinta y cuatro. Sé que el señor Reynolds le retiró la palabra y que la señora Reynolds fingió no entender lo que decía. Sé que, muy a su pesar, Rachel prometió apoyarlo. Y sé que, como los demás miembros de su clan, Kevin también maldice mi nombre.

Dúo

Nacieron el mismo día, 24 de febrero de 1979, a la misma hora, con apenas seis minutos de diferencia. Susan, a las 11:13; Isaac, a las 11:19. (Me cercioré de que los registros del hospital fuesen precisos para anular el ridículo temor de Rachel a una sustitución de los infantes.) Imposible diferenciarlos, hecha la excepción de la leve rajadura que la pequeña tenía en el pubis y el rugoso bulto incrustado entre las piernas del varón. Los dos lucían horribles. Cuando la enfermera insistió en que los cargase, me invadió un asco irrefrenable. Apenas sostuve sus cuerpecitos fofos y arrugados, tan parecidos a los diabólicos engendros que ilustran la propaganda antiabortista, se los devolví. Con los ojos hinchados, el cabello aceitoso y los labios resecos, Rachel los miraba desde el camastro con idéntica desconfianza. ¿Ese doble rechazo habrá sellado sus destinos? ¿Podrían achacarle a nuestra repulsión originaria la razón de sus traumas y complejos, los demonios agazapados en el medroso carácter de mi hija y la insatisfacción que padeció mi hijo desde párvulos? No sé qué argumentar a nuestro favor, pues si un recién nacido ofrece una imagen de por sí poco agraciada, los dos juntos, tan blancuzcos y tan iguales, lucían monstruosos, los mismos ojillos entrecerrados, los mismos piececitos rechonchos y perfectos, las mismas panzas abultadas, los mismos pelos crespos y abundantes, el mismo *olor*. Rachel no sólo se resistió a tomarlos en brazos, sino que se negó a darles pecho: la alimentación mamífera se le hacía —y por una vez yo concordaba— propia de campesinos europeos. El médico de guardia nos explicó que aquella repulsión era normal; el shock de dar a luz a un hijo, y en este caso a mellizos, tarda semanas en desvanecerse, e incluso pronunció el grotesco término *baby blues*. Rachel y yo nos resignamos, pero al cabo nuestra conjunta depresión posparto no sufrió ninguna mejoría. Betty, la nodriza, se ocupaba de los niños, recluidos en sus cunitas gemelas, lo más apartados que era posible de nuestra habitación, mientras nosotros nos refugiábamos bajo las sábanas abotagados por un alud de *sitcoms* y programas de concurso.

A veces, azotado por el insomnio, me detenía a observarlos con una mezcla de curiosidad y aversión; permanecía al lado de sus cunas, constatando su respiración tensa y simultánea, sus vahídos a dúo, sus sincrónicos vaivenes, como si sus pieles hubiesen sido modeladas con una sustancia gelatinosa que se amolda poco a poco al recipiente, hasta que despertaban y sus chillidos me hacían guarecerme entre las sábanas mientras una legañosa Betty intentaba apaciguarlos (aunque despierta, Rachel ni siquiera hacía el esfuerzo de levantarse). No tardé en comprobar que los mellizos ganaban peso día con día, que sus huesos, sus músculos y sus cerebros se reforzaban poco a poco, cada vez más exigentes y ominosos. El primer rasgo humano que distinguí en aquellas criaturas fue el más crudo afán de competencia. Betty en ocasiones los depositaba en la misma cuna, unas veces la celeste de Isaac, otras la rosácea de Susan, y sin falta el propietario de las mantitas se abalanzaba, con su ira fresca y embrionaria, a expulsar al invasor: al parecer la propiedad privada no es un invento del neolítico, como asumen los marxistas, sino un atributo inmanente a nuestra especie. Por dulces e inocentes que sonriesen en el álbum de familia con sus camisetas de Disney y sus sonajas de colores, Isaac y Susan siempre se hallaron en estado de guerra. Los dos se batían para definir su territorio y sus juguetes y obtener la atención de los mayores, como si sus rudimentarias conciencias percibiesen con claridad que el tiempo que uno ganaba lo perdía el otro sin remedio.

¿Cuándo comienza a amarse a un hijo? Los padres normales, o los más hipócritas, responden sin falta que desde el principio, como si una fiebre carnal brotase de pronto en nuestras células ante la imagen de sus mofletes y sus babas. Mentira. Por supuesto que Rachel y yo terminamos por amar a nuestros hijos, pero sólo al cabo de un lento periodo de ajuste, cuando por fin nos acostumbramos a su presencia amenazante, cuando aprendimos a resistir sus grititos y chantajes, cuando descubrimos que el mayor acto de egoísmo se cifra en amar a esas imperfectas copias de nosotros. El revestimiento de inocencia y desvalimiento que poseen los neonatos, lo sabemos, no es sino un disfraz evolutivo, una máscara con la cual nos obligan a mimarlos, a sacrificarnos por ellos, a satisfacer sus deseos totalitarios y fascistas: la ternura es la irónica medida de su triunfo. Y aun así uno acaba por necesitarlos y quererlos, por creer que son lo único que podría justificar nuestras vidas en bancarrota.

Al año de nacidos, Isaac y Susan demostraban ya los rasgos de carácter que habrían de definirlos: él, rabioso e intolerante, siempre dispuesto a precipitarse en un berrinche y a aferrarse a los cabellos de su hermana (sin remordimientos aparentes); y ella, que no era tampoco un angelito, dueña de una íntima seguridad en su belleza que la impulsaba a salirse siempre con la suya. Los hermanos son cómplices y enemigos aunque no lo sepan o lo callen, compañeros de viaje destinados a imitarse y auxiliarse tanto como a batirse por el afecto o la aprobación de sus progenitores. Su condición melliza reforzaba esta condena, unidos por un vínculo imposible de ser expresado con palabras, como si fuesen capaces de comunicarse por telepatía o mediante un oscuro lenguaje de signos. Y al mismo tiempo era posible advertir entre los dos un odio sólo comparable al que los demás reservamos a nuestros peores enemigos, se adoraban y zaherían como los personajes de esa película en la cual dos fugitivos encadenados uno al otro deben huir juntos aunque en el fondo se detesten.

¿Son las afinidades electivas? Quiero decir, ¿uno escoge un favorito a partir de una identificación racional o es producto de un malentendido químico o psicológico? Otra vez los padres más normales o más hipócritas jurarán ante la Biblia que aman a sus hijos con la misma intensidad y que, más allá de las sutilezas o los vínculos que se acentúan mientras crecen, sus corazones no distinguen entre ellos. Tal vez ocurra así en otras familias (lo dudo), pero en mi caso, al menos desde que me hice a la idea de ser padre, supe que Susan sería mi consentida, o quizás peco de ingenuo y fue ella quien me escogió a mí. Isaac y yo, en cambio, nunca congeniamos, ¿cómo habría de quererlo si se comportaba como un mequetrefe grosero y chillón, siempre enfadado con el mundo y en especial conmigo? Bastaba que lo cargase un momento, le acariciase la testuz o le hiciese un mimo para que él gimiese y patalease hasta que Betty o su madre lo rescataban de mis manos. En contraste, Susan me sonreía sin descanso, no diré que desprovista de coquetería, y conseguía que yo la cubriese, quién iba a decirlo, con toda suerte de arrumacos. En nuestra relación destacaba ese componente físico, pues a los dos nos urgía tocarnos y abrazarnos.

Como los precios de las acciones, las relaciones familiares persiguen el equilibrio y, ante la complicidad que Susan y yo nos dispensábamos, Rachel decantó todo su incipiente amor materno hacia Isaac, como si desde esos primeros años él fuese víctima de una injusticia y yo un criminal por no adorarlo como a su hermanita. Se establecieron así dos equipos irreconciliables, dos parejas enfrentadas y rivales, de un lado Rachel e Isaac, unidos en su resentimiento, y del otro Susan y yo, serenos y libres de culpas.

Cuando la relación entre Rachel y yo comenzó a deteriorarse, la oposición entre los bandos se volvió más acerba aunque, si he de ser sincero, creo que mi ruptura con Rachel se cocinó desde el mismo día del parto. En cuanto sufrió las primeras contracciones me culpó de su desgracia, me hizo llamar un taxi a toda prisa (yo nunca aprendí a conducir) y, mientras hacía aguas en la parte trasera del vehículo, me espetó no sé qué sobre el divorcio. Yo achaqué el desplante a las perturbaciones de su estado y no volvió a tocar el tema en las semanas subsecuentes, pero en cuanto la situación se estabilizó o en cuanto vislumbramos cómo habría de lucir nuestro futuro, ella convirtió la exigencia en una cantaleta incombustible, expresada ante el menor desacuerdo. Si yo salía de viaje, Rachel exigía el divorcio; si me olvidaba del cumpleaños de su madre o de una fiesta con sus amigas, exigía el divorcio; si Isaac y Susan se arañaban, exigía el divorcio; si respondía a sus provocaciones con mis habituales descargas de ironía, exigía el divorcio; y si la contemplaba en silencio, también exigía el divorcio.

Yo no era lo que puede llamarse un desobligado, trabajaba de sol a sol, le compraba joyas y vestidos de diseño, la llevaba a los mejores restaurantes y clubes de Manhattan, cumplía hasta el menor de sus deseos e incluso me esforzaba por satisfacerla una vez por semana, ¿qué más podía pedir? Según ella, yo ocultaba un lado negro que la hacía sentirse abandonada. Tal vez fuese así pero, mientras yo cumpliese con mis obligaciones, ¿por qué se entrometía con los últimos resabios de privacidad que me quedaban? A Rachel no le importaba el tiempo que yo pasaba en familia, sino el que sustraía para mí. ¿Le preocupaban mis infidelidades? Lo peor es que apenas si las hubo, me sentía tan abatido que ni siquiera perseguía aventuras esporádicas. De vez en cuando, y siempre en la oficina, me desfogaba frente a alguna imagen lúbrica o una *hotline* de medio pelo, operaciones que yo calificaría de terapéuticas, lo mismo para tolerar el estrés de una esposa histérica y demandante que los altibajos que en esos meses cimbraban a la Bolsa.

La refriega se centró pronto en nuestros hijos. Rachel me reprochaba el exceso de atención que yo le prodigaba a Susan, un equívoco dardo ante mi desinterés hacia Isaac y ella misma. *La consientes demasiado, no se aparta de ti ni un segundo, la malcrías.* No sé qué la irritaba más, si el desvelo de la pequeña por mantenerse a mi lado o la hostilidad que nuestra hija le ofrecía; y yo no sé qué me ofuscaba más a mí, si los ataques de Rachel o la estrategia vil y subterránea que utilizaba para transformar a Isaac en su aliado. La acumulación de invectivas, regaños, malos humores, insultos y chantajes (con sus correspondientes disculpas lacrimógenas) aniquiló mi paciencia y yo mismo vi el divorcio como única salida.

Cuando lo planteé, fue el diluvio. Como si ella jamás hubiese pronunciado la horrenda palabra, Rachel me acusó de huir sin tratar de salvar nuestro matrimonio, luego me rogó aguardar unas semanas y me prometió hacer un último esfuerzo para reconciliarnos (entre tanto contrató un detective y un despacho de abogados, cuyos socios le prometieron que, si yo insistía en la separación, sería al más alto de los precios). Sólo hay una guerra más cruenta que la abierta entre hermanos, la de los padres que se separan con acrimonia. Ninguno de los demás combates que he librado, contra mis antiguos jefes, contra mis antiguos empleados, contra la SEC, contra la prensa o contra los tribunales, se compara en su crueldad al que debí librar contra Rachel. No diré que ella es pérfida o estúpida, o que haya sido la única responsable de nuestras escaramuzas, pues en su caso la maldad o el encono obedecen a un impulso incontrolable. Como no dispongo de la grandeza de ánimo para perdonarla —su veneno aún me repugna—, me limitaré a decir que me inspira más lástima que desprecio: aunque yo lo he perdido todo, al menos sigo aquí, tratando de sobrevivir por medio mundo, mientras la vida de Rachel hace mucho que perdió cualquier sentido.

Sus leguleyos honraron su palabra y le entregaron mi cabeza. No sólo me resigné a pagarle una pensión descomunal —mi futuro hipotecado—, sino a resarcir sus costas judiciales, todo ello mientras mi fondo de inversiones se hundía sin remedio. Pero lo más doloroso fue tener que optar cada quince días entre amenazarla (en vano) o hincarme de rodillas para que me permitiese ver a mis hijos. Los términos del acuerdo le tenían sin cuidado: alguien *como tú*, me decía ya sin pudor, jamás será una buena influencia, si no he querido hacerlo público ha sido para no volver este asunto aún más bochornoso, así que alégrate si te dejo quedarte con ellos unas horas. Un par de horas cada quince días, y eso en el mejor de los casos, pues con frecuencia yo acudía por ellos un sábado o un domingo y no los encontraba. Siempre se negó a que Isaac y Susan pasaran alguna noche conmigo, por no hablar de unas simples vacaciones.

—Tú no sabes cómo atenderlos, tienen que estar de vuelta a las 9.

—¿Y si me niego?

—Le diré todo lo que sé de ti, querido, a la prensa.

¡Qué desasosegante fue el lento y minucioso lavado de cerebro que sufrieron mis pequeños! Rachel no sólo se aseguró de ocultármelos durante el periodo más trascendente de su desarrollo, sino que les infundió una incurable desconfianza hacia mí y en general hacia los hombres. Susan e Isaac nunca dejaron de verme como a un desconocido que, siempre atado a su teléfono, no encontraba nada atractivo que contarles. Aunque yo los atiborraba con caramelos y juguetes, su anestesia pronto dejó de surtir efecto y nuestros encuentros se volvieron tan insípidos que yo mismo pensé en interrumpirlos. No fue necesario: a los seis años Isaac le dijo a su madre que no le gustaba estar conmigo, o eso me dijo la arpía.

Por unos meses renuncié a cualquier contacto con ellos, pero la pausa sólo sirvió para que Rachel dispusiese de un nuevo argumento en mi contra. Cuando rectifiqué y volví por Susan los domingos, noté en ella ese poso de desilusión que ya nunca desaparecería de sus ojos. Más tarde mis represalias económicas lograron que Isaac se reincorporase a nuestros paseos; nos seguía sin quejarse, dócilmente, pero muy adentro me odiaba por imponerle mi presencia y apartarlo, así fuese unos instantes, de la enfermiza protección que le dispensaba su madre. Tras el divorcio Rachel renunció a su puesto de consultora y, luego de algunas desganadas tentativas, decidió no reintegrarse al mercado laboral. Ser madre es tan demandante como cualquier trabajo, se justificaba, y en verdad hizo de la maternidad una prisión de tiempo completo, para desgracia de mis hijos.

Atemorizados y bisoños, los dos eran los mejores alumnos de su clase, su madre festejaba sus A+ como si fuesen pruebas de sabiduría cuando apenas daban testimonio de su falta de carácter. Para entonces Susan se había convertido en una adolescente hermosa y espigada, un punto fría; tenía un novio de su edad desde los doce, un récord en su entorno que habría de conservar hasta los diecisiete; iba siempre a la moda, con sus jeans y vestiditos a juego, al tiempo que presumía su condición de capitana del equipo de baloncesto. Isaac era su reverso: nervioso y despistado, torpe y frágil, un constante hazmerreír de sus condiscípulos. Sus ojos grandes e intensos lagrimeaban al menor contratiempo y más de una vez su madre lo vio destripar su propia colección de aviones y naves espaciales en arranques provocados por la sensación de que el universo estaba contra suya.

Nuestra guerra produjo, así, dos muchachos desabridos y tristones, dos estudiantes modelo, dos esclavos. Dos corderitos de camino al matadero que, fuera del entorno protegido de su academia privada, jamás lograrían sobrevivir en descampado. Unas vacaciones de primavera los trepé en un avión y, sin advertirle a su madre, los inscribí en un campamento en Montana. Cuando pasé a recogerlos, Susan tenía los brazos cubiertos de rasguños en tanto que Isaac resistió hasta el final la presión de los monitores, negándose a participar en cualquier actividad en grupo. No, jamás sobrevivirían en la selva.

¿Cómo fue entonces que, a los catorce, Isaac acumuló la fuerza para enfrentarse primero a su madre y luego a mí? Quizás habíamos subestimado la carga de rencor que nuestro hijo acumulaba en sus entrañas. La culpa fue, nada más previsible, de una chica, Samantha, una muchachita de diecisiete años locamente enamorada de mi hijo. Dominada por la rivalidad ancestral entre las mujeres, Rachel le prohibió verla: no es para ti, es demasiado mayor, *punto*. La simbiosis entre madre e hijo pareció resquebrajarse y el chico no pudo hallar mejor aliado que su padre; me llamó por teléfono (algo insólito), me juró que Sam lo amaba, que él amaba a Sam, y que necesitaba que yo encubriese sus encuentros. ¿Qué mejor oportunidad para ganarme su confianza? Y entonces, ¿por qué la desaproveché? ¿Por qué, en vez de ayudar a Isaac y a su noviecita, los traicioné a ambos? Quizás porque yo también veía a una chica de diecisiete como una vampiresa, porque me distraían los negocios o porque el primer romance de mi hijo no me pareció más que una infatuación que pronto olvidaría. Isaac citó a Sam en mi apartamento y, cuando los dos estaban ahí, Rachel y yo nos presentamos de improviso: los pillamos desnudos, burdamente encaramados uno sobre la otra. Ella a duras penas consiguió cubrirse, pero él permaneció inmóvil, como si la visión de su sexo empalmado fuese nuestro castigo. Mi goce ante la decepción de Rachel se desvaneció en cuanto miré el rostro de mi hijo, ni sorprendido ni atribulado, hueco, transparente. ¿Lo perdí esa tarde? Isaac nunca dejó de reprochármelo, a veces con palabras y a veces con sus actos incendiarios o abrasivos, como si después de esa herida no hubiese vuelta atrás y toda su existencia adulta, con su alud de desventuras y caídas, se cifrase en ese único episodio, en ese revés que yo le había propinado. En mi opinión, sólo las mentes obtusas se quedan fijas en un instante y le atribuyen una desgracia continuada, todo esto ocurrió cuando Isaac tenía catorce años, ¿cómo creer que su destino se fraguó en esa falta de empatía, en ese error de un día del que sin duda me arrepiento?

Susan mantuvo, en ese trance, una lúcida neutralidad. Ella también se sentía asfixiada por las presiones de su madre, pero a diferencia de su hermano no estaba dispuesta a confrontarla. Se mantuvo prudente y contenida, preocupada sólo por su mortecino noviecito, continuó como primera de su clase y no tuvo dificultades para ser aceptada en Columbia. En apariencia su vida era sana, tranquila, normal. Al ingresar al *college* terminó con el noviecito, se consiguió otro —el siniestro Terry— y continuó fascinada por la moda y los deportes (ahora el tenis), hasta que un día su cuerpo, de por sí sutil y delicado, empezó a encogerse y Susan se convirtió en un espíritu que se desprende tétricamente de la carne. ¿Por qué renunció a la comida y comenzó a devorarse a sí misma? Ningún psicólogo supo responderlo, ella decía ser más o menos feliz, o al menos tan feliz o infeliz como la mayor parte de sus amigas, y tampoco comprendía esa súbita pérdida de peso. Llegó el día en que sus bracitos lucían como hilachos y la piel que los cubría, como pergamino. No pude contener las lágrimas al verla en el hospital. Quise culpar a Rachel de la tragedia: tú le has metido en la cabeza esas ideas sobre la delgadez de las modelos y el horror a la gordura. Era injusto pues, si alguien la había contagiado, había sido su época, una generación apabullada por las revistas de espectáculos y los contornos sin relieve de las putitas de Hollywood.

No sé, hasta el día de hoy, cómo se salvó. Rachel insiste en que la clínica y sus cuidados la rescataron, yo no lo creo. Susan jamás volvió a apreciar la comida como antes —la grasa igualada con el pecado—, pero al menos consiguió recuperar varias tallas y, hasta antes de su divorcio, se conservó relativamente saludable. Susan nunca me confesó la causa de sus torturas o desmayos, y tampoco a su madre. Tras ser dada de alta acabó sus estudios en Columbia y luego estudió un MBA en Chicago, siguió acumulando vestidos, bolsas y zapatos de diseñador, continuó jugando al tenis y se casó con el zoquete con el cual procreó —de nuevo la maldición— dos mellizas: Audrey y Sarah.

Concertante

La propia Biblia lo anuncia con crueldad: hagas lo que hagas, a siete años de vacas gordas les sucederán siete años de vacas flacas. Uno quisiera que no ocurriese así, imaginar que esta vez será distinto, que el desastre no habrá de repetirse o que se verificará dentro de mucho, pero no hay salvación. Resumo mis años de vacas gordas. Creé mi propio *Hedge Fund*; comencé a obtener dividendos que, si no eran espectaculares, al menos proseguían una ruta ascendente; me casé con Rachel; nos mudamos a un apartamento, alto y luminoso, en el Upper West Side; nacieron Susan e Isaac; vacacionamos en el Lago de Como, en Santorini, en la Côte d'Azur, en Aspen, en París; compré un Camaro Coupe para mí, un New Yorker para Rachel y una 4x4 para nuestras excursiones familiares; y mi cuenta de banco alcanzó las siete cifras. Luego, a principios de los ochenta, se desató la recesión y yo, que me creía muy listo e invencible, perdí 800 mil dólares de tajo; vendí el Camaro y la 4x4 y dejé de vacacionar en hoteles de lujo; Rachel me destazó con el divorcio, se quedó con el apartamento alto y luminoso en el Upper West Side y con el New Yorker.

De pronto me vi sin un dólar, sin trabajo, sin familia y en la calle. Y eso que la crisis de los ochenta no fue ni un pálido anticipo de la actual. ¿Qué puede uno hacer cuando lo cree todo perdido? Por fortuna la juventud es resistente, siempre y cuando uno haya conservado ciertos vínculos, ciertas amistades, el acceso a ciertas esferas, a esa edad aún es posible reinventarse, olvidar el fracaso o al menos aducir que fue culpa de una racha de mala suerte, y empezar de nuevo.

En Pittsburgh, Brian Donovan jamás se distinguió por su perspicacia, su cultura o su inteligencia. Obtuvo su MBA con las mejores notas, pero asumo que ésa es más bien una prueba de imbecilidad. Para colmo, la naturaleza no lo había bendecido con un solo rasgo físico notable, ya no digamos excepcional: nariz estándar, pelo castaño oscuro, ojos castaño claro, labios finos, complexión media, trasero estándar (y aquí me detengo). El prototipo de la normalidad. Así eran sus gustos: los Yankees, los Cowboys, las BigMac, Duran Duran, Charles Bronson, Farah Fawcett. Con una sola y notable excepción. Yo mismo.

¿Por qué se obsesionó conmigo ese neoyorquino prototípico? No tengo idea, sólo recuerdo que una noche, en la fiesta de un compañero, Brian colocó su mano en mi entrepierna. La quité de allí con la mayor delicadeza, achacando el malentendido al polvo blanco que flotaba en sus narinas, me hice a un lado y el resto de la noche procuré evitar su compañía. Él me llamó dos o tres veces —no sé quién le dio mi número— y yo inventé un pretexto tras otro para no quedar con él, pero Brian no dejó de insistir. Reconozco que al menos demostraba cierto estilo, jugando al macho, sin que sus propuestas sonaran demasiado impertinentes. Cuando nos graduamos, encontró trabajo en un Gran Banco de Inversión —lo contrario de lo que yo buscaba: riesgo y autonomía— y no volví a saber de él.

Poco después del divorcio me topé con Brian en un tugurio en las proximidades de Washington Square. Me costó reconocer sus rasgos normales y sus ojos normales y su figura normal tras su peinado de 200 dólares, sus gafas Armani, su Zegna, su Rolex. Me invitó una copa y me presumió que acababa de recibir un ascenso en su Gran Banco de Inversión. Antes de que pudiese interrogarme sobre mi propia fortuna laboral, me acerqué a su oído y le susurré lo que siempre quiso oír de mí. Su apartamento, en Broadway con la 82, resultó tan anodino como su dueño.

Dos semanas más tarde se inició mi carrera en J.P. Morgan.

Escena VI. *Sobre cómo limpiar tu nombre de la infamia y la extinción de los profetas*

Aria de Harry Dexter White (y coro de congresistas)

Mientras se encamina hacia la sala de sesiones, con un paso marcial que a él mismo le sorprende, lo ciegan los golpes de luz, los flashes que saltan de aquí para allá mientras un torbellino de voces, o acaso la misma voz repetida al infinito, le exige dirigir su mirada a diestra y siniestra como si fuese a importarle qué ángulo de su rostro reproducirán los tabloides a la mañana siguiente. Harry Dexter White finge no ver ni oír a sus perseguidores, se abre paso entre la multitud y se adentra en los pasillos del Congreso hasta el sitio que le han reservado en la primera fila. Es el 13 de agosto de 1948, y el aire acondicionado apenas despeja el bochorno matinal. White viste traje a rayas, chaleco negro y corbata a juego, aunque por una vez querría aflojarse la camisa en contra de las normas de etiqueta que siempre ha respetado. Resollando, ocupa su lugar y fija su mirada en la del congresista John Parnell Thomas, quien preside los trabajos.[1]

No ha transcurrido ni un año desde el ataque que lo postró en cama por tres meses —y apenas año y medio desde que renunció al Fondo Monetario Internacional—, pero White siente que ha comenzado a recuperar su vigor. El calvario dio inicio cuando se hallaba aún convaleciente: el 12 de octubre de 1947 un comisario federal lo llamó a su casa y sin la menor delicadeza lo emplazó a comparecer ante un gran jurado. ¿El motivo? Responder a las acusaciones que una mujer innominada —el *World Telegram* la apodaba la "reina de los espías

[1] Según Leah, tras su paso por el Comité de Actividades Antiamericanas, J. Parnell Thomas (1895-1970) sería condenado por corrupción y encarcelado durante 18 meses.

rojos"—y un chivato excomunista habían realizado en su contra. Aduciendo la enfermedad de su marido, la señora White logró retrasar la cita, aunque ésta finalmente se llevó a cabo el 25 de marzo. Harry desmintió las habladurías en su contra, convencido de que con eso bastaría. ¿Cuándo un alto cargo del gobierno había sido incordiado a partir de las calumnias de una chiflada y un traidor?

La "reina de los espías rojos", que la prensa amarillista dibujó como una Mata Hari, a la postre resultó un esperpento de rostro campesino y peinado anacrónico, nada sexy y un tanto regordeta, con el poco glamoroso nombre de Elizabeth Bentley. Y el delator, Whittaker Chambers, un amargado y obeso columnista de *Time* que, como cualquier tránsfuga, desbordaba su rencor anticomunista en cada artículo. Durante su comparecencia ante el Subcomité de Investigaciones del Senado, fue ella quien primero acusó a White de haber formado parte de sus contactos. La gorda aseguró que se trataba de uno de los eslabones más preciados de la trama de espionaje que ella controlaba y no dudó en asociarlo con el círculo clandestino trabado en torno a Nathan Gregory Silvermaster, antiguo economista jefe en la División de Análisis Económico del Departamento de Comercio.

Cuando sus insidias fueron confirmadas por Whittaker Chambers, White ya no tuvo más remedio que dar la cara. Él mismo insistió en presentarse ante el Comité de Actividades Antiamericanas para liquidar de una vez aquellas calumnias. Quizás por ello su rostro, aunque severo, irradia un fulgor inusitado. White pasó toda la noche puliendo la declaración que leerá en unos instantes, el resumen de una vida consagrada a un solo esfuerzo, servir a la causa de la paz y la justicia que para él siempre fue la causa de su patria.

Los ventanales filtran un resplandor acuoso que entinta el semblante de White con un aura a la vez plácida y guerrera. En cuanto el oficial le solicita ponerse en pie y jurar que dirá la verdad y nada más que la verdad, el fundador del Fondo Monetario Internacional pronuncia cada frase con énfasis, una prueba más de la superioridad moral que lo asiste ante sus detractores. Tras repetir su nombre y sus datos generales, el oficial le pide que aclare su posición actual.

—Ahora soy algo así como un consultor económico y financiero.

Desde que se vio obligado a abandonar el Fondo, White asesora a diversas empresas privadas y gobiernos extranjeros, entre ellos el Banco de México. Cumplido este primer trámite, White solicita la venia del presidente para leer la declaración que trae en el bolsillo. Éste inclina la cabeza y el arquitecto de Bretton Woods se aferra a la hoja de papel con manos temblorosas. En cambio su voz, un tanto nasal, nunca se quiebra.

Harry Dexter White comparece ante el Comité de Actividades Antiamericanas del Congreso

—Yo mismo solicité comparecer ante este comité y el comité accedió amablemente a mi solicitud —comienza—. He leído en los periódicos los cargos formulados en mi contra por cierta señorita Bentley y cierto señor Whittaker Chambers. He venido ante ustedes porque es importante que la verdad sea conocida por este comité y por el público, y estoy preparado para responder de la mejor manera a las preguntas que el comité quiera formularme.

White toma un vaso de agua, le da un rápido sorbo y, con un tono cada vez más templado, prosigue su discurso.

—Quisiera declarar, en principio, que no soy y nunca he sido comunista y ni siquiera he estado cerca de serlo; que no recuerdo haber conocido jamás a una señorita Bentley o a un señor Whittaker Chambers, ni por las fotografías que me han sido mostradas ni por haberme encontrado con ellos en el pasado. Según la prensa, estos testigos aseguran que yo los ayudé a obtener puestos clave para personas que yo sabía involucradas en actividades de espionaje a fin de ayudarlas en su trabajo. Esta acusación es inequívocamente falsa. No existe ni ha existido base alguna para ella. Los principios en los que creo, y por los que he vivido, me hacen imposible actuar con deslealtad o en contra de los intereses de nuestro país, y por ello quiero informar al comité cuáles son mis creencias.

Tras una pausa dramática, White introduce el corazón de su defensa.

—Mi credo es el credo americano. Creo en la libertad de religión, en la libertad de expresión, en la libertad de pensamiento, en la libertad de prensa, en la libertad de crítica y en la libertad de movimiento. Creo en la igualdad de oportunidades y en el derecho de todo individuo a desarrollar sus capacidades de la mejor manera. Creo en el derecho y el deber de todo ciudadano a trabajar para alcanzar una medida cada vez mayor de seguridad política, económica y emocional para todos. Me opongo a la discriminación en todas sus formas, sea en términos de raza, color, religión, convicciones políticas o estatus económico. Creo en la libertad de escoger a nuestros representantes en el gobierno sin que intervengan las armas, la policía secreta o la policía de Estado. Me opongo al uso arbitrario y sin restricciones del poder o la autoridad contra cualquier individuo o grupo. Creo en el gobierno de la ley, no en el de los hombres, y en que la ley está por encima de los hombres y no debe haber ningún hombre por encima de la ley.

El público aplaude la sinceridad de ese huesudo exfuncionario que, al defender con semejante gallardía los valores democráticos, demuestra la voluntad de los republicanos de desprestigiar a sus rivales.

—Para mí estos principios son sagrados —remarca White—. Los veo como el sustrato elemental de nuestro sistema de vida americano y creo que son realidades vivientes y no simples palabras en el papel. Éste es mi credo. Éstos son los principios por los que he trabajado. En conjunto, son los principios por los que he estado dispuesto a luchar en el pasado y sigo dispuesto a defenderlos en todo momento, incluso al precio de mi vida, si fuese necesario. Esto es todo lo que tengo que decir. Estoy listo para sus preguntas.

Los aplausos cimbran la sala y J. Parnell Thomas, cada vez más parecido a un mastín, llama al orden.

Restaurado el silencio, otro miembro del comité le pide a White que señale quiénes, de entre los acusados por la señorita Bentley de espionaje, colaboraron con él en la División de Investigación Monetaria del Tesoro.

—Coe, Glasser, Ullmann, Adler, Volpi y la señora Sonia Gold trabajaron para mí en un momento u otro —responde White—. Currie, Silverman y Silvermaster son buenos y viejos amigos.

Allí aparece, de pronto, el nombre de mi padre: un apellido más en la lista de personas de confianza de Harry Dexter White que, de acuerdo con Bentley y Chambers, forman parte de una red clandestina al servicio de la Unión Soviética.

—¿Y no le parece extraño que ocho o nueve personas, todas ellas sospechosas de espionaje, hayan trabajado para usted o sean sus amigos?

—Me parece desconcertante —se defiende White—, mas no extraño. El Tesoro es uno de los departamentos más grandes de nuestro gobierno y requiere de gente talentosa. Necesitábamos a los mejores profesionales y creo que soy un buen juez para medir su competencia en ese terreno.

Debido a la fragilidad de su salud, White solicita una pausa. Consumida ésta, Parnell Thomas y sus compinches vuelven a la carga. Desde el olimpo del estrado, protegidos por su condición de representantes populares, los mequetrefes lo acribillan sin el respeto que merece un creador de instituciones y sin la piedad que correspondería a un enfermo. White confiesa conocer de cerca a los otros inculpados y confirma que suele jugar *ping-pong* con Silvermaster y que su esposa y la señora Silverman a veces salen de compras. Jamás reniega de sus amigos, alaba las virtudes de cada uno y sostiene que jamás sospechó que albergasen simpatías comunistas. Parnell Thomas le pregunta entonces cómo un hombre aquejado de una afección cardíaca puede ser tan afecto a los deportes. Con una sonrisa, White responde que el infarto lo abatió apenas el año anterior y antes de eso tuvo ocasión de ganar varias partidas. Su respuesta desata la algarabía general y Parnell, ruborizándose, se repantinga en su asiento. Cuestionado luego sobre si, de haber estado al tanto de las simpatías comunistas de sus colaboradores, White los hubiese contratado en el Tesoro, lanza un rotundo *no*.

—Puedo entender y simpatizar con la idea de que, si existe la mínima sospecha de que alguien sea comunista, no ocupe una posición en el gobierno ni posea un cargo en el que pueda obtener alguna información confidencial. Aunque no hubiese pruebas contundentes, la mera sospecha bastaría.

White tendría que ser un gran actor o un cínico de primer orden para pronunciar esas palabras si en verdad fuera comunista… Y por supuesto, el creador del orden capitalista de la posguerra no lo es. No *puede* serlo.

Si su comparecencia ante el HUAC hubiese sido un partido de beisbol, en la novena entrada el equipo de White estaría venciendo 7-1 a los representantes populares. Sus frases afiladas no sólo desarman a los congresistas sino que los dejan en ridículo. Cada vez que White concluye un alegato, el público lo ovaciona y poco falta para que se produzca una rechifla contra el pitcher de los congresistas, los cuales quisieran precipitarse a toda prisa hacia los vestidores. Al menos hasta que el más joven de ellos, un bateador emergente provisto con una nariz descomunal, empuña el bate y, en vez de cuestionar las supuestas convicciones comunistas de White, se concentra en una cuestión más espinosa:

—¿Está seguro, señor White, de que no conoce al señor Whittaker Chambers? —preguntó Richard Nixon.

—Ya dije que no lo recuerdo —se defiende éste—. Fue hace doce o quince años. Debo haberme encontrado con cinco o diez mil personas en los últimos quince años, pero a él no lo recuerdo. Es posible que nos hayamos visto y que haya hablado con él unos segundos.

—En caso de que usted se hubiese encontrado con este individuo, señor White, digamos tres o cuatro veces, ¿se acordaría de él?

—Entre más veces lo hubiera visto más probable sería que lo recordara. Depende de dónde ocurrió y de qué tipo de conversación hubiésemos tenido. Tendría que pensarlo. Tres o cuatro veces, no sé.

—Si asumiéramos que se vieron tres o cuatro veces, ¿su testimonio continuaría siendo que no lo recuerda?

—Mi testimonio sería el mismo. *No lo recuerdo*. Es posible que alguna vez me haya topado con un tipo como él en una de las docenas de conferencias, cocteles o fiestas a los que he asistido.

—Suponga que se topó con este individuo en cuatro ocasiones y que llegó a hablar con él, ¿se acordaría?

—Supongo que sí, debería suponerlo, pero no estoy seguro.

—¿Y usted no quiere afirmar entonces que, de haberse encontrado con él en tres o cuatro ocasiones, sería capaz de recordarlo?

—No recuerdo haberme encontrado con él.

—¿Y no recuerda a alguien llamado Carl en ese periodo?

—No, no lo recuerdo. Lo que sí recuerdo, en cambio, juzgando a partir de mis notas, es que el caballero dijo que me conocía y que él me convenció, o trató de convencerme, de entrar o abandonar (no lo recuerdo con precisión) el Partido Comunista o un círculo de comunistas. Eso sin duda lo recordaría. Y puedo confirmar, sin la menor duda, que no pudo ser así.

—Según su testimonio esto *no* ocurrió entre 1935 y 1937.

—No recuerdo haberme encontrado jamás con este individuo.

—Lo siento, no lo escuché —abanica Nixon—. ¿Usted qué?

—Dije que no recuerdo haberme encontrado jamás con ese individuo. Sólo repito lo que dije antes….

—En otras palabras, el punto que quiero aclarar es si usted declara, para que conste en actas, que en ningún momento un hombre llamado Carl discutió con usted el hecho de que él se disponía a abandonar el Partido Comunista y que tampoco le propuso a usted, digamos, que dejase de ser amigo del Partido Comunista. ¿Podríamos ponerlo en estos términos?

—Lo primero en verdad no lo recuerdo. Lo segundo de seguro lo recordaría, y la respuesta es *no*.

El diálogo parece extraído de una comedia de Beckett o Ionesco. El público reunido aquel 13 de agosto de 1948, incluida la mayor parte de la prensa, se lleva la impresión de que White se ha defendido con destreza, demostrando su inocencia "con la sabiduría de un viejo profesor" —como escribe un reportero del *Boston Traveller*— y, tras doblegar a los miembros del gran jurado, ahora derrota de forma todavía más contundente a los buitres del HUAC, Nixon incluido.

La audiencia concluye a la 1:25 de la tarde y White, tenso y fatigado, se monta en el tren de vuelta a Nueva York. De su portafolios extrae su ajado ejemplar de *La sociedad y la soledad*, de Ralph Waldo Emerson pero, sin poder concentrarse, prefiere hojear el *Times* que descansa en el asiento contiguo. Un agudo dolor en el pecho, más parecido a un vacío que a un golpeteo, lo obliga a replegarse sobre sí mismo como un niño de brazos. Cuenta mentalmente, uno, dos, tres…, hasta el dieciocho, y el vahído por fin desaparece. Hoy no, se dice. Un taxi lo deposita en su apartamento. Prefiere no asustar a su esposa y se limita a hacerle un breve resumen de la audiencia, ella le prepara una cena ligera y White se va a la cama, aunque no concilia el sueño hasta el alba.

Por la mañana bebe una taza de té y mastica una magdalena antes de dirigirse al consultorio de su médico, acompañado por su esposa. El facultativo le formula las preguntas de rutina, lo ausculta y concluye que el estrés del día anterior debió debilitar su corazón. Le recomienda un reposo prolongado, una dieta sana y mucha paz. Irritado porque sólo confirma lo que ya sabe, el viejo se despide con un apretón de manos. Los White se dirigen entonces a Penn Station con la idea de llegar a su casa de Blueberry Hill a media tarde. Ya en el vagón, mientras conversa con su esposa sobre el libro de Emerson, el hueco vuelve a abrirse en su pecho. Uno, dos, tres, cuatro…, veinte, veintiuno, veintidós.

—¡Malditos médicos! —masculla White.

Su esposa le ofrece las píldoras e intenta confortarlo.

El trayecto hasta la casa de campo resulta abominable, White trastabilla, se ahoga, apenas se mantiene en pie. *¡Demonios!* Su humor es peor que su salud. La señora White se comunica con el doctor Emerson —coincidencia onomástica—, quien no tarda en presentarse ante su cama. El anciano médico lo tranquiliza, incluso lo hace reír con una de sus anécdotas picantes (ha tratado a medio Fitzwilliam) y le recomienda no levantarse en todo el día.

—¿Cómo lo ha visto, doctor?

Emerson prefiere no asustar a la señora White y le explica que su esposo necesita reponerse de la experiencia en el Congreso. Cuatro horas más tarde reaparece el vértigo. Uno, dos, tres…, veintiocho, veintinueve, treinta… White tirita, esclavo de sus nervios. El doctor Emerson reaparece, le receta otras pastillas, vuelve a recomendarle calma, calma y paciencia, pero sus últimos chistes ya no le arrancan ni siquiera una sonrisa.

—Llámeme si pasa algo —le advierte a la señora White en un susurro.

Cuando a las pocas horas ésta se adentra en la habitación de su marido, Harry Dexter White ya no respira. Permanece allí, lívido y sereno, con los ojos entreabiertos y las manos sobre el pecho, idéntico a una momia o a un profeta.

Escena VII. *Sobre cómo unos bañistas hicieron quebrar al Planeta Tierra, S. A., y la persistencia de los virus*

Recitativo

¿Fuimos nosotros? ¿De verdad? No es que me haya hecho la pregunta con demasiada insistencia, ni que tema un ataque de nervios en caso de que mi intuición se confirme —a estas alturas deberían reconocer mi desprecio hacia la culpa—, pero cuando me detengo a pensarlo, por ejemplo mientras recibo un masaje tailandés o trazo estas líneas a la sombra de un cocotero, no dejo de sorprenderme de lo que suena como un relato fantástico o, casi mejor, de ciencia ficción. Si el viejo Aristóteles acierta (y, créanme, *siempre* lo hace) y la causa de la causa es causa de lo causado, tengo que reconocer que, por inverosímil que suene, nosotros fuimos los culpables. Por supuesto no lo hicimos solos, se necesitó el concurso prolongado de miles, tal vez millones de voluntades cómplices —o ambiciosas y sedientas, o ciegas y estúpidas— a lo largo de tres lustros, políticos irresponsables, aviesos banqueros, burócratas internacionales sin escrúpulos, académicos e inversores tan embrutecidos por Hayek y Friedman como yo, y por supuesto un número incontable de ciudadanos anónimos, tan ingenuos como avariciosos (es muy probable, querido lector, que tú seas uno de ellos), pero en cualquier caso nos pertenece la idea original, la semilla o el disparador de la hecatombe. Como los científicos locos de una película para adolescentes, fuimos nosotros quienes incubamos el agente patógeno —la mortal cepa DRA4, es decir, *divide el riesgo con la anciana del 4*— que no tardaría en fugarse de nuestro laboratorio hasta convertirse en una epidemia que transmutaría en zombis a un número inverosímil de víctimas en el Norte y en el Sur, en los países desarrollados y en el tercer mundo, esa plaga que habría de despedazar tantos destinos como la peste negra. Sí, fuimos nosotros. Y, para desligarnos de nuestro invento no basta con alegar que después fuimos más prudentes que otros bancos, que una vez creado el monstruo nos resistimos a utilizarlo en nuestro favor, que incluso quisimos advertir, así fuese tímidamente —¡tímidamente!, ¡vaya eufemismo!—, sobre los peligros de nuestra criatura, sobre el hambre desbocada o la rabia destructiva que estaba escrita en sus genes. No basta con deslindarnos de los estragos ulteriores: tenemos el copyright de la debacle. Según cuenta la leyenda, cuando J. Robert Oppenheimer se enteró de que su bebé por fin había aterrizado en Hiroshima, balbució: "Yo soy la muerte". Para hacerle eco, en un tono sin duda menos escalofriante, me correspondería añadir: "Y nosotros somos la crisis".

Coro de los banqueros

El bullicioso sol de Florida había dado paso a un atardecer refrescante, lubricado con varios litros de piñas coladas y mojitos que se agotaban como si cada trago no costase 25 dólares (a fin de cuentas a cargo del banco). Si alguien hubiese estudiado con ánimo zoológico a los veraneantes —la edad promedio no excedía los veintiocho—, jamás habría adivinado su verdadera profesión y menos que se encontraban, de manera oficial, en una reunión de trabajo. Nada más llegar al faraónico Hotel Boca Raton, una mole color flamenco extendida a lo largo de 150 hectáreas —la mayoría eligió *junior-suites* de 350 dólares por noche—, luego de fatigosas horas de viaje en *business class* desde Nueva York, Londres o Tokio, aquellos muchachitos se habían apresurado a desprenderse de sus hermès y sus armanis, se habían embutido en sus coloridos trajes de baño, habían rociado sus cuerpos con bronceadores Lancôme (sus abdómenes cuadriculados justificaban el trayecto) y se habían sumergido en la piscina o se habían abandonado en las poltronas para tostar sus pálidas carnes. ¿Trabajo? En efecto, rudos proletarios del mundo: *trabajo*. Un paparazzo sin escrúpulos o un resentido del sistema podría creer que gozaban de unas vacaciones o una escapada de domingo, pero los jóvenes prodigios no hacían sino cargar energías para consagrarse a las tareas que les teníamos reservadas y por las cuales habrían de recibir no menos de un cuarto de millón de dólares al año.

Yo acababa de cumplir cuarenta y, después de Pete Voicke, el tozudo alemán que dirigía el área de mercados globales, era el oficial más veterano del equipo. Desde que los derivados financieros se volvieron apetecibles a principios de los noventa, hasta alcanzar 1.7 trillones de dólares en 1994, J.P. Morgan había perseguido a cuanto egresado del MIT, Chicago o Harvard se había cruzado en su camino con miras a explotar al máximo un negocio que, pese a tan buenos pronósticos, apenas hacía sus pinitos.

En resumidas cuentas, Voicke, Pete Hancock —el espigado inglés que estaba a cargo del departamento de *swaps*— y yo éramos los únicos cuarentones, y por tanto nos correspondía el papel de niñeras de los chicos. Y vaya que los integrantes de nuestro equipo nos necesitaban: como si fueran *spring breakers*, su intención era exprimir en una tarde todos los placeres que su autocontrol les vedaba en sus sedes respectivas. Para empezar, alguien rentó un autobús para llevarlos al más morboso club de *streap-tease* del estado, uno de los pocos donde las chicas se hacían de la vista gorda cuando deslizabas tu índice por sus allá-abajos.

Indiferente a tan suculentos atractivos, yo permanecí en mi hamaca con la enésima margarita de la tarde, dedicado a contemplar las brazadas de quienes habían preferido la humedad de la piscina a la de aquellas lúbricas samaritanas.

—¡Mis zapatos!

El aullido animal me arrancó del torpor. Una horda de mozalbetes, hasta las narices de tequila y testosterona, celebraba su hazaña con cánticos de guerra. Mientras tanto, Pete, en su faceta de monstruo-de-la-laguna-verde, emergía penosamente de las aguas con el cabello enmarañado, los ojos enrojecidos, un semblante que apenas disfrazaba su rabia, la camisa blanca adherida al pecho (los más salaces se burlaban de sus tetillas hirsutas), la corbata convertida en estropajo, los pantalones abombados y los zapatos de 700 dólares reducidos a cueros hediondos. Las risas debían escucharse a millas de distancia.

A personas menos familiarizadas con las costumbres de los gigantes financieros —como la mayor parte de ustedes, lectores en vías de desarrollo— podría escandalizarles no sólo la conducta pueril de nuestros empleados sino su desfachatez para jugarle una broma de mal gusto a un superior. Eso sólo significa que desconocen las reglas de urbanidad que prevalecen en los *campings* corporativos. Si el temperamento americano de por sí tiende a desdibujar las jerarquías con un lenguaje amigable y campechano —lo que no impide a quien tiene la autoridad que la ejerza sin misericordia—, estas escapadas veraniegas reinventaban los antiguos carnavales del medievo, un tiempo único en el cual se borran las fronteras y todo se permite, incluso arrojar a tu jefe a la piscina. Con ese espíritu deportivo a cuestas, Voicke exhibió su mejor sonrisa y, haciendo un gesto obsceno a sus atracadores, se dirigió a su suite para cambiarse.

No habían pasado cinco minutos del ataque cuando aquellos heroicos guerreros, gráciles y sudorosos como Aquiles, habían elegido a su siguiente víctima, Vikram Kureishy, un guapo analista financiero de 28 años. Sólo que, a diferencia de Pete, el experto en riesgos intentó resistir la agresión de la manada. Lo logró durante unos diez segundos. Luego el valiente dio un grito lastimero y se puso a sollozar como un bebé. Los demás sólo dejaron de zaherirlo cuando vieron el río de sangre que escurría de la nariz torcida del muchacho. Insisto: la norma indica ser *cool* en toda circunstancia, privilegiar la camaradería frente a cualquier inconveniente, así que tras una tensa pausa —yo mismo comprobé la desviación de su nariz—, Vikram se cubrió la herida con una servilleta y murmuró un deslavado *me la pagarán* antes de dirigirse a la enfermería.

Lo increíble era que la técnica funcionaba y, tal como preveían nuestros expertos en recursos humanos, el desmadre generaba un ambiente de cooperación imposible de alcanzar en los cubículos de J.P. Morgan. Bastaba concederle un poco de libertad a los muchachos, hacerles creer que eran los dueños del mundo por un día (quizás lo fuesen), convencerlos de que pertenecían a un equipo de futbol más que a uno de los bancos de inversión más poderosos del planeta, para que surgiese entre ellos una ternura insospechada —en Londres o NY, por no hablar de Tokio, se matarían por un ascenso— y se mostrasen dispuestos a compartir sus ideas y a encajar la fértil retroalimentación de sus rivales. ¿Qué importaban unos cuantos miles de dólares tirados al desagüe, una nariz rota, media tonelada de huesos de pollo apilados en los cuartos, tres mil dólares de hamburguesas cargadas a mi cuenta —¡qué ingeniosos!—, tres señoritas mosqueadas por los impertinentes toqueteos de los chicos, dos carritos de golf encallados en la lavandería o un mini-bar arrojado desde un tercer piso con tal de contentar a un ejército de genios dispuestos a conquistar el mundo a las órdenes de J.P. Morgan?

Al constatar los rostros bien afeitados, las miradas refulgentes y la atmósfera de expectación que se respiraba a la mañana siguiente en uno de los salones de conferencias del Boca Raton, uno no podría suponer que horas atrás los muchachos se habían arrastrado por las alfombras tras languidecer en brazos de una lagartona. Yo me senté al lado de Vikram —la nariz cubierta con esparadrapo— y dejé que, como de costumbre, Pete Hancock condujese los trabajos. Al verlo de cerca, comprobé que se quedaría calvo mucho antes que yo.

Con su acento británico apenas diluido, inició la sesión con una catarata de preguntas que lo atormentaban desde hacía varias semanas:

—¿Cómo lanzar una nueva ola de innovación en derivados financieros? ¿Podríamos aplicar sus principios a otras áreas de negocio? ¿Qué piensan de los seguros? ¿Y de los préstamos y el crédito?

A sus 31 años, Pete Hancock era uno de los mayores gurús en derivados financieros de Wall Street. Sus cuestionamientos no eran retóricos: si alguien que había sido capaz de contribuir decisivamente a que los beneficios de los derivados financieros rondasen los 12 billones aquel año —para que se hagan una idea, más que el conjunto de la economía estadounidense— se atrevía a sugerir que había llegado la hora de perseguir la Nueva Gran Cosa, significaba que estábamos perdiendo terreno. Conociendo a Pete, no saldríamos de allí hasta que alguien propusiese una respuesta inteligente a sus preguntas.

Interludio

Queridos y simples mortales: como adivino sus ojos enrojecidos y espantosamente abiertos, síntomas inequívocos de frustración y azoro, me veo obligado a hacer un paréntesis para tratar de explicarles, en unos cuantos párrafos —anticipo su impericia matemática—, qué son los Derivados Financieros. Aunque al final vaya a dolerles un poco la cabeza, sé que me lo agradecerán toda la vida. [Si por casualidad conoces los intríngulis de estos instrumentos financieros, significa que tú sí eres, querido lector, *mon semblable*: uno más de los culpables del hundimiento del Planeta Tierra, S.A., y por tanto estás autorizado a saltarte con impunidad este apartado.]

Imagina, curioso lector, que eres dueño de una *sex-shop* en un momento en que las perspectivas de negocio te parecen poco alentadoras. Y supongamos que yo soy propietario de un club de alterne y también me embarga el pesimismo. Por alguna razón, yo creo que las *sex-shops* tienen mejores perspectivas de prosperar que los clubes libertinos. Tú piensas lo contrario. En tal caso te propongo un trato: intercambiar nuestros ingresos durante, digamos, un año, en el que yo asumiré las ganancias o las pérdidas de tu *sex-shop* y tú las de mi tugurio. Los negocios no cambian de manos. Esta permuta se conoce, en nuestro argot, como *swap*. El primero y más simple de los Derivados Financieros.

¿Quedó claro, lector? Espero que sí, porque el juego se complica.

Ahora imagina que el intercambio no se lleva a cabo con las ganancias de nuestros garitos, sino con bienes de todo tipo (desde el precio de la soya hasta el del barril de petróleo), o con bonos sometidos a tasas de interés variable, o incluso con divisas. De la noche a la mañana todos los grandes bancos de inversión, con J.P. Morgan a la cabeza, se concentraron en aplicar el mismo principio a toda clase de operaciones. La competencia se tornó brutal. Al empeñarnos en ofrecer productos cada vez más rentables, éstos se volvieron cada vez más abstractos y enrevesados. Las permutas comenzaron a producirse a partir de cosas tan intangibles como el aire, de cuya suerte dependían monstruosas sumas de dinero.

Gracias a los derivados financieros, las finanzas se convirtieron en ciencia espacial. Para calcular las fórmulas requeridas para cada uno de ellos, los banqueros tuvieron que contratar matemáticos puros, ingenieros navales y astrofísicos, muchos de ellos recién llegados de Rusia, China o la India (como Vikram), los únicos con la formación necesaria para comprender sus filigranas matemáticas. Todos los renacuajos que esa tarde se acomodaban a mi lado en la piscina del Boca Raton pertenecían a esta especie. Para burlarnos de ellos los habíamos apodado *quants*, aunque al final ellos habían reivindicado el mote con orgullo, pues a fin de cuentas de sus intraducibles gráficas dependían nuestras ganancias. Por desgracia, el ámbito de las finanzas no está protegido por las leyes de la propiedad intelectual y las innovaciones de genios como Hancock y los suyos estaban siendo grotescamente pirateadas por nuestros competidores, con la consiguiente disminución de beneficios para J.P. Morgan. De allí la necesidad de encontrar la Nueva Gran Cosa que nos catapultase de nuevo a la vanguardia de la innovación financiera.

Recitativo

—Bienvenidos a Plutón.

Con esa frase Pete nos había convocado a imaginar una nueva ola de Derivados Financieros.

Describir en un orden cronológico medianamente comprensible lo que ocurrió entonces en la Mesa Redonda del Boca

Raton excede mis dotes narrativas. La ansiedad y la energía de Pete catalizaban la resaca y el entusiasmo a veces desbordado de los muchachos. Si alguno de ellos se atrevía a balbucir una propuesta, y ésta no se hallaba sustentada con esmero, Pete lo ridiculizaba, incapaz de perder el tiempo con banalidades. Entonces los *quants* volvían a hundirse en sus algoritmos y teoremas, sin levantar apenas la cabeza. Pete procuraba reanimarlos con un breve apóstrofe o un elogio a su inteligencia estratosférica, ponía los puntos sobre las íes y resumía los caminos abiertos; los jóvenes recogían la estafeta, bebiendo café hasta que las manos les temblaban, y señalaban una posible salida aquí y otra allá, un nudo que era necesario destensar o un atajo que no habíamos considerado. Aquel remolino de argumentos y contraargumentos emulaba un parto o una batalla, como si después de tantas idas y venidas aquellas mentes plurales se uniesen en un único cerebro.

Gracias a esta suma de talentos, estilos y personalidades, por fin una Pequeña Idea se abrió camino entre nosotros. Al principio la contemplamos con desconfianza, precavidos, como cuando un pescador vislumbra el escorzo de una aleta e imagina el gigantesco volumen del besugo bajo el agua. Luego una voz y luego otra se atrevieron a expresar en voz alta su entusiasmo, moderado por las dudas de los más escépticos, hasta que llegamos a un consenso involuntario: sí, no te equivocas, sí, es una Buena Idea, qué dices buena, buenísima, ¿estás seguro?, sí, mírala desde este ángulo y desde su contrario, tienes razón, ¿y si nos equivocamos?, ¿y si es inviable o los reguladores no la admiten?, no, mírala bien, no le temas, tienes razón, sí, siempre la tienes, es una Idea Brillante, brillantísima, se los dije, y ahora no la dejen ir, atrápenla, hinquen en ella sus arpones, por favor no la suelten, ya, ¡captúrenla!

—¡Bingo! —soltó Pete con los ojos fuera de las órbitas y la calva lustrada por el sudor.

Su aseveración, tan inglesa, debía ser entendida de otro modo: sí, señores, ésa es la Nueva Gran Idea:

¿Por qué no usamos los derivados para negociar el riesgo asociado con los bonos y los préstamos corporativos?

Esto es lo que alguien había sugerido. En lenguaje común: ¿por qué no permutamos el riesgo implícito en cualquier deuda?

Cualquiera sabe que uno de los mayores peligros de nuestro sistema radica en que los deudores no cumplan con sus obligaciones. Si los bancos son los motores de la economía es porque reciben dinero en forma de depósitos que luego canalizan en préstamos empleados para toda clase de cosas, desde comprar una casita (en realidad una hipoteca) hasta construir un centro comercial o fundar una *dot-com*. Pero siempre existe el riesgo de que quienes reciben el dinero no sean capaces de resarcirlo, junto con sus respectivos intereses, al término del plazo pactado de antemano. La Nueva Gran Idea consistía en crear un nuevo tipo de *swaps* que redujese, o de plano eliminase, el riesgo del impago.

¿Cómo? Valiéndonos, otra vez, del principio general de las permutas. Creando un instrumento que amparase ese riesgo y luego intercambiándolo en el mercado de derivados financieros. La propuesta sonaba tan descabellada, y tan hermosa, que a todos nos pareció que habíamos mirado el sol de frente.

Coro de los banqueros

Unas semanas después de nuestra convivencia en Boca Raton, Blythe Masters, una pizpireta inglesita que formaba parte del equipo de Pete, encontró la manera de poner en práctica la Nueva Gran Idea, convirtiéndola en la gallina de los huevos de oro.

Uno de los mejores clientes de J.P. Morgan era la gigantesca petrolera Exxon. Como quizás recordarán, uno de sus cargueros, el infame *Exxon Valdez*, encalló en Alaska en 1990 provocando un monstruoso desastre ecológico (y la previsible ira de Greenpeace). Para reparar los gigantescos daños, Exxon necesitaba que J.P. Morgan le concediese una línea de crédito por 5 mil millones de dólares. No teníamos alternativa, a riesgo de perder su jugosa cuenta, pero ello significaba abrir un enorme boquete —nunca mejor dicho— en nuestros libros contables. Fue entonces cuando vino en nuestro auxilio la Nueva Gran Idea imaginada en el Hotel Boca Raton.

—¿Y si encontráramos a alguien que quiera comprar la línea de crédito de Exxon a cambio de una comisión? —planteó Blythe.

¡Brillante! ¡Brillantísimo!

Al cabo hallamos ese socio: el Banco Europeo de Reconstrucción y Desarrollo (BERD). De pronto todos podríamos ganar si lográbamos dar vida al primer *swap* de deuda de la historia.

Si firmábamos el acuerdo, Exxon obtendría sus 5 mil millones en préstamo. El BERD obtendría una jugosa comisión. Y nosotros, en J.P. Morgan, ya no tendríamos que desembolsar esa enorme suma, que ahora podríamos destinar a otro fines.

¿Digieren el prodigio?

Habíamos logrado eliminar el riesgo. O, según los más escépticos, al menos dividirlo entre los tres participantes del acuerdo.

La operación resultaba tan original y novedosa que ni siquiera existía un nombre para designarla. Nosotros lo inventamos. Permuta de incumplimiento crediticio o CDS [*Credit Default Swap*].

Nuestra niña de los ojos.

CDS.

Nuestro virus asesino.

CDS.

Porque, cuando pocos años más tarde las CDS contrajesen nupcias con las hipotecas *subprime*, nuestro invento terminaría por convertirse en un arma de destrucción masiva. Pero eso, entonces, no importaba.

—¡Qué gran fiesta la del Boca Raton! —fueron las últimas palabras que le susurré a Pete durante la celebración del acuerdo con el BERD—. Tenemos que repetirla el año que viene.

Escena VIII. *Sobre las muchas vidas de los cadáveres y cómo formar un equipo de tenis con comunistas*

Dúo

La repentina muerte de White, apenas dos días después de su comparecencia ante el Comité de Actividades Antiamericanas, suscitó el inmediato escepticismo de los fanáticos de las teorías de la conspiración. Según los recortes reunidos por Leah, había quien sospechaba que White había sido asesinado por los soviéticos para evitar que inculpase a sus cómplices; otros, en cambio, sugerían que el FBI de J. Edgar Hoover podría haber sido el responsable de su muerte: frente al escándalo que supondría enjuiciar a una figura tan prominente del gobierno, resultaba mejor eliminarlo de una vez por todas.

—Para desmentir esos rumores, un periodista del *Boston Traveller*, Charles E. Whipple, entrevistó al anciano doctor Emerson, quien sostuvo que "sin la menor duda White murió a causa de un ataque cardíaco" —me aclaró Leah—. Los servicios funerarios de White se llevaron a cabo el 19 de agosto en la capilla de J.S. Waterman & Sons, presididos por el rabino Irving Mandel (y no Mandell, como escribe el *Washington Post*), al que asistió una treintena de personas. El cuerpo de White fue cremado en el cementerio de Forest Hills, en Jamaica Plain, al sur de Boston, no muy lejos de donde nació.

White había sido —no cabía duda— el capitán del equipo. Había llegado la hora de conocer a sus jugadores. Ordenada y minuciosa, Leah me entregó la alineación de White en el Tesoro: una útil nómina de personajes del drama. En muchos casos faltaban datos aquí y allá, había lagunas que tal vez jamás llegaran a disiparse, pero era lo más parecido a un relato de familia con que yo podía contar.

NATHAN GREGORY SILVERMASTER. Nació en Odesa en 1898, se educó en China, y luego emigró a Estados Unidos. Estudió en la Universidad Americana de Washington y se doctoró en Berkeley con la tesis: "El pensamiento económico de Lenin previo a la Revolución de Octubre". En 1935 se incorporó a la Administración de Seguros de Granjas, aunque a partir de 1942 gozó de una licencia para colaborar con la Comisión de Economía de Guerra. Solía jugar al *ping-pong* y al tenis con Harry White. Tras las acusaciones en su contra abandonó Washington en compañía de su esposa Helen, y junto con Ludwig (Lud) Ullmann, montó un negocio de construcción en Harvey Cedars, Nueva Jersey. Murió en 1964, sin que se llegase a probar ningún cargo en su contra.

ABRAHAM GEORGE SILVERMAN. Nació en Polonia en 1900, emigró a Estados Unidos y obtuvo la ciudadanía en 1921. Estudió en Boston, Stanford y Harvard. Entre 1933 y 1935 ocupó distintos puestos públicos y en 1936 se convirtió en director del Buró de Investigación e Información de la Comisión de Pensiones de Ferrocarriles. Entre 1942 y 1945 se desempeñó como asistente en jefe del Equipo de Material y Servicios de la Fuerza Aérea. Al término del conflicto regresó al Tesoro para hacerse cargo de la Comisión de Refugiados de Guerra. Acusado de fungir como correo entre dos grupos de espionaje activos en la administración Roosevelt, compareció ante el Comité de Actividades Antiamericanas (HUAC) en varias ocasiones. El 12 de agosto de 1948, un día antes del testimonio de White, declaró bajo juramento: "Jamás entregué documentos clasificados a ninguna persona desautorizada". Murió en 1973 sin que se probasen los cargos en su contra.

HAROLD GLASSER. Nació en Chicago en 1905, hijo de inmigrantes judíos de Lituania. Estudió en la Universidad de Chicago. Trabajó en el sector privado y en la academia antes de ingresar al Tesoro en 1936. En 1938 fue puesto a las órdenes de White, quien no tardó en promoverlo como subdirector de la División de Investigación Monetaria. Al término de la guerra se convirtió en subdirector de la Oficina de Finanzas Internacionales del Tesoro y en asesor del secretario en la Comisión de Gobernadores del Banco Mundial. Tras las acusaciones en su contra volvió a la iniciativa privada. Actualmente vive en una residencia para ancianos cerca de Chicago.

VIRGINIUS (FRANK) COE. Nació en Richmond, Virginia, en 1907. Estudió en la Universidad de Chicago. Entró en el Tesoro en 1939 y entre 1940 y 1942 fungió como subdirector de la División de Investigación Monetaria de White. En 1945 ascendió a director cuando su jefe fue nombrado subsecretario. En Bretton Woods fue asistente administrativo de White. Se le retiró el pasaporte a fines de 1949 y se le prohibió viajar en 1953. Aunque jamás reconoció haber actuado como espía, se trasladó a vivir a China a invitación de su Gobierno. Otro de los hombres de White, Solomon Adler, lo siguió allí un poco más tarde. Murió en Pekín en 1980.

SOLOMON ADLER. Nació en Leeds, en 1909, estudió en Oxford y luego se trasladó a Estados Unidos. En 1936 se incorporó a la División de Investigación Monetaria del Tesoro, donde mantuvo una estrecha relación con White y se convirtió en uno de sus asistentes durante la reunión de Bretton Woods. Elizabeth Bentley lo acusó de ser el responsable de fotografiar los documentos confidenciales que ella enviaba a los soviéticos. Testificó ante el HUAC en 1950. Poco después se le retiró el pasaporte y se trasladó a Inglaterra y más tarde se reunió con Frank Coe en China, donde se desempeñó como consejero económico del gobierno, ayudó a traducir las obras de Mao al inglés y escribió *La economía china*. Actualmente vive en Pekín con su segunda mujer.

WILLIAM LUDWIG (LUD) ULLMANN. Nació en Springfield, Misuri, en 1908, y se graduó en Harvard. En 1937 se incorporó a la Administración de Seguros de Granjas. Amigo de los

Silvermaster, compró con ellos una casa en la capital. En 1939 se sumó a la División de Investigación Monetaria. Solía jugar al tenis con White. Al inicio de la guerra trabajó para el Pentágono y en 1943 regresó al Tesoro. Acompañó a White a la reunión de Bretton Woods. Tras las acusaciones en su contra fundó una empresa inmobiliaria con Silvermaster. Actualmente vive en Beach Heaven, Nueva Jersey. Su fortuna se calcula en unos 8 millones de dólares.

A continuación, Leah me entregó la ficha sobre NOAH VOLPI. Aunque parco, su informe me reveló aspectos insospechados de mi padre. El más insólito: también acostumbraba jugar al tenis con White y sus amigos.

Mi padre cenando con sus compañeros del Tesoro
(c. 1945)

—Tras ser acusado por Elizabeth Bentley y Whittaker Chambers de haber sido espía comunista —me resumió mi joven amiga—, tu padre se vio obligado a comparecer ante el HUAC el 28 de agosto de 1948, apenas unos días después de la muerte de White. Igual que muchos de sus compañeros, negó todos los cargos y se acogió a la quinta enmienda para no inculparse a sí mismo. Tras abandonar su puesto en el gobierno se desempeñó como consultor financiero en una pequeña firma en Nueva York. En 1951 se le despojó del pasaporte. Y en 1953, poco después de que el procurador Bromwell volviese a vincular a White con el espionaje soviético, cayó de un noveno piso —eso me aseguró Leah: noveno, no undécimo— y al parecer murió al instante.

Acompañando las fichas sobre el equipo de White en el Tesoro aparecía otro perfil, quizás más inquietante por tratarse de una figura de primer orden en la administración Roosevelt. Aunque yo había escuchado hablar en alguna ocasión de Alger Hiss, sólo cuando Leah me narró su historia me di cuenta de que su caso, retomado en decenas de libros y documentales, se vinculaba estrechamente con el de White y el de mi padre.

ALGER HISS. Nació en Baltimore en 1904. Estudió en Johns Hopkins y obtuvo el título de abogado en Harvard. En 1933 se incorporó al Departamento de Justicia y fue miembro del equipo legal de la Agencia de Ajuste Agrario, una de las instituciones fundamentales del New Deal. En 1936 pasó a la Secretaría de Estado, junto con su hermano menor Donald. En 1944 fue nombrado director de la Oficina de Asuntos Políticos Especiales y secretario ejecutivo de la Conferencia de Dumbarton Oaks. Participó en la Conferencia de Yalta y fungió como secretario general de la Conferencia de Naciones Unidas de San Francisco. En 1946 abandonó el gobierno y fue nombrado presidente de la Fundación Carnegie para la Paz Internacional. Tras las acusaciones de Chambers, compareció ante la HUAC el 5 de agosto de 1948 pero, a diferencia de los otros inculpados, negó todos los cargos y presentó una demanda por difamación contra Chambers. Hiss fue acusado de perjurio y, tras someterse a dos juicios, fue condenado a cinco años de cárcel. Pasó tres años en la Prisión Federal de Lewisburg. Tras su liberación en 1954, se le despojó de la licencia de abogado. Hiss vive a las afueras de Boston y aún mantiene su inocencia.

—Así que todos eran espías —concluí, abatido.

—No debemos sacar conclusiones precipitadas —para entonces ya nos tuteábamos y Leah trató de tranquilizarme—. De los ocho acusados, sólo Hiss fue condenado, y no por traición sino por perjurio. Han transcurrido casi cuarenta años desde entonces y no se han hallado pruebas concluyentes en contra de ninguno de los demás. Algunos huyeron del país, pero la mayoría tuvo vidas más o menos normales, e incluso uno de ellos, Glasser, se convirtió en un rico empresario. En aquella época los republicanos creían ver espías en todas partes. Recuerda que eran los tiempos de McCarthy y del Terror Rojo. Nada de esto prueba que tu padre haya sido un espía.

—¿No te parece sospechoso que dos testigos hayan acusado a tantos miembros del Tesoro al mismo tiempo? —me asumí como abogado del diablo—. Un grupo de individuos que no sólo trabajaban juntos, sino que se reunían socialmente, acusados de espionaje.

En la mirada de Leah detecté cierta ternura.

—Tú mismo lo dijiste hace poco. ¿De verdad crees que los arquitectos de nuestro sistema capitalista eran espías rusos?

—Suena inverosímil pero, ¿qué interés tendrían Bentley y Chambers en acusarlos si no fuese cierto?

—Buena pregunta —un inquietante fulgor surcó el turquesa de sus ojos—. Por eso ahora nos corresponde averiguar quiénes eran esos dos pájaros.

Escena IX. *Sobre cómo ensamblar una bomba H con bonos basura y cómo cantar a tres un dúo de* La Bohème

Coro de los banqueros

Era la guerra.

Desde nuestras trincheras en J.P. Morgan nos enfrentamos al enemigo sin temor, contuvimos sus embestidas, desmantelamos a la resistencia y al final no dejamos piedra sobre piedra.

Los reguladores de la SEC eran, por supuesto, los villanos.

Para cualquier inversionista —y cualquier paladín del liberalismo— éstos eran poco menos que bandidos o saqueadores, palurdos toscos y elementales que, enfundados en sus trajes de Macy's (probablemente al 3 x 1) y sus corbatas de Tie Rack, y ateridos en sus cuchitriles burocráticos, no hacían más que rumiar su descontento e imaginar cómo jodernos.

La caricatura no elude grandes dosis de verdad pues, mientras ellos sufrían al final de cada mes para pagar sus facturas de luz o de teléfono, nosotros dilapidábamos en joyas, perfumes y champán; mientras ellos se casaban con sus noviecitas del Medio Oeste, nosotros nos internábamos en los serrallos del jet set; mientras ellos conducían ramblers destartaladas, nosotros volábamos en maseratis; mientras sus hijos eran brutalizados en legañosas escuelas públicas, los nuestros se ejercitaban en competencias de polo o jockey en los jardines o las pistas de hielo de sus academias privadas. ¿Cómo no habrían de detestarnos?

La naturaleza del libre mercado nos había colocado en los extremos opuestos de la cadena evolutiva: acá, no tanto los mejores cuanto los más aptos, quienes sabíamos medrar, desafiábamos las convenciones y nos alzábamos como amos del mundo; y allá, del otro lado, esos miserables, los que se conformaban con sus risas y sinsabores cotidianos, a mendigar sus suelditos de mierda, al *commuting* y a los suburbios, y desde allí fraguaban reglas y barreras sólo para mortificarnos.

Aguafiestas. Envidiosos. *¡Comunistas!*

Hacia principios de los noventa, el mercado de derivados había alcanzado un primer *boom*: pequeños bancos, fondos de pensiones e incluso medianas empresas se habían lanzado en masa en pos de estos novedosos productos financieros que aseguraban exorbitantes dividendos. J. P. Morgan los había creado para diluir el riesgo, pero nuestros imitadores los usaban como fichas de casino, *apalancando* sus inversiones a niveles nunca vistos.[1] Hasta que el viento cambió de dirección. El 4 de febrero de 1994, al Gran Gurú Greenspan, Sumo Sacerdote de la Reserva Federal, se despertó con la ocurrencia de elevar las tasas de interés de 3 a 3.25% para enfriar la sobrecalentada economía estadounidense.

Felicidades, señor Greenspan, en un abrir y cerrar de ojos usted consiguió que el precio de los bonos cayese en picada y que el mercado de derivados estuviese a punto de irse a la basura. Decenas de bancos, empresas y fondos de inversión rozaron la bancarrota, Gibson Greetings, Procter & Gamble, Mead Co., Askin Capital Management, Paine Webber y un largo etcétera. De pronto había mucha gente enfadada. *Realmente* enfadada.

Aquí una (sosa) lección de historia: siempre que sobreviene una crisis, los buitres huelen la carroña, abandonan sus nidos, despliegan sus negras alas y abren sus picos: "Nosotros lo advertimos desde el principio, bla, bla, bla, los derivados son dañinos, bla, bla, bla, es necesario ponerles un alto". Los reguladores necesitaban un chivo expiatorio y la Oficina General de Cuentas publicó un estudio de 196 páginas que llamaba a intervenirlos.

[1] Apalancar significa, en términos simples, pedir dinero prestado para realizar una inversión o estar sometido a niveles muy sensibles de movimientos en los precios.

De inmediato entraron en acción esos pelagatos que sólo cuando ya hay varios niños ahogados señalan la urgencia de tapar el pozo: los políticos. Congresistas demócratas y republicanos, hidra bicéfala y amorfa, presentaron cuatro distintas iniciativas para regular los derivados financieros. Si cualquiera de ellas prosperaba, los bancos de inversión perderíamos billones. Por fortuna la más antigua democracia del planeta cuenta con instrumentos para que los poderosos defiendan sus intereses (que, no me malentiendan, son los *verdaderos* intereses de la nación): los *lobbies*. Mark Brickell y yo fuimos comisionados por J.P. Morgan para *sensibilizar* a senadores y congresistas sobre la importancia de no ponerle riendas a este nuevo y brioso mercado. La propuesta de regular los derivados, le dijimos a todo aquel que quiso oírnos, nos parecía un severo atentado contra la libertad.

No sé cuántas llamadas, desayunos, almuerzos y cenas de trabajo, cafés y visitas de cortesía realizamos en Washington a lo largo de aquellas frenéticas semanas. Periodistas lameculos, políticos esquivos, columnistas sindicados, orondos conductores de noticias, medrosos agentes del gobierno y aviesos propietarios de estaciones de radio y televisión debían entender que, si se frenaba el mercado de derivados mediante leyes inoportunas, la economía sufriría un brusco freno. Sin duda se habían cometido errores, pero el mercado de derivados era perfectamente capaz de regularse a sí mismo.

Tras una interminable serie de viajes a Washington, Nueva York, Londres y Tokio, la balanza poco a poco comenzó a inclinarse de nuestro lado. El punto de inflexión se produjo cuando Lloyd Bentsen, secretario del Tesoro de Clinton (ese lúbrico encantador de serpientes, en teoría tan socialista), declaró en mayo de 1994, previo acuerdo con su jefe:

—Los derivados son instrumentos perfectamente legítimos para manejar el riesgo—. *Derivados* no es una mala palabra. Debemos ser muy cuidadosos en no interferir en el mercado de forma grosera.

Poco después, el Gran Gurú Greenspan lo secundó:

—La legislación dirigida a regular los derivados no puede sustituir una reforma más amplia pero, en ausencia de esa reforma, podría incrementar los riesgos en nuestro sistema financiero al crear un régimen regulatorio inefectivo que disminuya la disciplina de mercado.

Traducción: regular era peor que no regular.

A fines de año, las cuatro iniciativas presentadas en el Congreso habían sido desechadas.

Reguladores, 0 – J.P. Morgan, 4.

Interludio

Nuestro siguiente objetivo: dinamitar los Acuerdos de Basilea.

Me explico. Tras una agotadora ronda de deliberaciones —como reza el cliché periodístico—, en 1988 el Comité de Basilea había publicado la reglas sobre el monto mínimo de capital que los bancos de inversión debían almacenar en sus reservas. Cuatro años más tarde, el G-10 aceptó estos infames requisitos y un centenar de naciones se apresuró a secundarlo.

Basilea I (después habría un errático Basilea II, pero eso no nos compete) clasificaba los activos de los bancos conforme a su nivel de riesgo, desde los más seguros —los bonos de deuda soberana de Estados Unidos— hasta los llamados bonos basura. Y establecía una regla de oro: los bancos de inversión, como J.P. Morgan, estaban obligados a conservar al menos un 8% de los activos de riesgo en sus reservas.

Tal como nos señaló nuestro CEO, Dennis Weatherstone, un británico puntilloso y aterciopelado, para J.P. Morgan ello suponía congelar cantidades inauditas: un 8% del capital de riesgo era una barbaridad que, por culpa de Basilea, se mantendría inservible.

—Imaginen lo que podríamos hacer si hubiese otra forma de contabilizar el riesgo —nos sugirió una mañana.

Weatherstone era una mezcla de zorro y ardilla, tan escurridizo como el primero y tan avaricioso como la segunda. Todos los días, en punto de las 4:15 de la tarde, nos hacía enviarle un informe exhaustivo sobre el nivel de riesgo de cada área del banco. Muy pronto aquel informe le pareció insuficiente y formó un grupo de trabajo dedicado a medir el riesgo que el banco experimentaba cada día. Tras arduos meses de trabajo, los *quants* encontraron una manera de calibrar ese riesgo en una sola cifra.

VaR.

Acrónimo de "Valor-de-Riesgo".

Una estimación, con 95% de certeza, de cuánto dinero podría perder el banco en cada jornada.

—¿Y por qué no 100%? —preguntarán ustedes.

—Porque no vale la pena quebrarse la cabeza por el despreciable 5% restante, conformado sólo por los más insólitos escenarios de desastre —era la respuesta de los *quants*.

El sistema se basaba en observar el comportamiento del banco en los años anteriores y predecir cuánto dinero podría perderse si hubiera una repentina sacudida del mercado. Para asegurarnos de que esta información no fuese utilizada a la ligera, sólo los altos funcionarios de J.P. Morgan teníamos acceso a la mágica cifra. No contábamos con que a la larga el VaR se revelaría como una invención tan eficaz que a todo el mundo se le olvidaría que era una simple aproximación al futuro y no una profecía ineluctable.

Gracias a los prodigios del VaR, ahora los actores de Wall Street éramos capaces de prever el comportamiento de los derivados sin necesidad de que el gobierno se preocupase por nosotros. La estimación era, sí, de 95%, pero en esa época de euforia y grandes esperanzas, ¿quién hubiese podido vaticinar que ese malhadado 5% podría llegar a verificarse? ¡Las probabilidades de un cataclismo eran menores a las de que te cayese un meteorito en la cabeza y luego te partiera un rayo en mil pedazos!

Al combinar el VaR con la última de nuestras innovaciones financieras, obtuvimos el arma más poderosa jamás inventada por Wall Street.

BISTRO.

Acrónimo de… ¿qué importa?

Weatherstone nos había exigido hallar la forma de turbocargar el mercado de derivados, de impulsarlo hasta la luna.

BISTRO era la respuesta.

A los miembros del equipo de derivados de J.P. Morgan, comandado entonces por Bill Demchak, se nos ocurrió la idea de negociar decenas de operaciones de riesgo simultáneas, creando derivados a partir de su suma.

—Si armamos paquetes que combinen préstamos de alto riesgo con otros más seguros —sugirió Bill—, los segundos compensarán a los primeros.

—Y el paquete lucirá más apetecible que nunca —completé yo.

Eso era BISTRO.

Piensa, desconcertado lector, en un pastel de cumpleaños dividido en trozos, de modo que cada uno contenga varias hipotecas con distintos niveles de riesgo (distintas capas de mermelada, por así decirlo): el posible impago de la frambuesa quedará compensado con la certeza del melocotón. Y piensa luego, atónito lector, que J.P. Morgan podría obtener ganancias gigantescas vendiendo el riesgo presente en cada trozo de pastel a través de un derivado financiero.

¡Bingo!

La idea era vender trozos de pastel con distintos niveles de riesgo. Al nivel más alto, que generaría más beneficios, lo denominamos *junior*; al medio, *mezzanine*; y al más bajo, *senior*.

Si se produjesen pérdidas por la falta de pago de cierto número de hipotecas, éstas comenzarían a compensarse con los *seniors*, a continuación con los *mezzanine* y, en casos de verdad inimaginables, con los *juniors*.

Según este esquema, J.P. Morgan podría vender el riesgo de cada operación de modo que, quien comprase un paquete de derivados (CDS) de nivel *junior*, tendría mayor riesgo y mayores ganancias; si optase por un *mezzanine*, éstas se ubicarían en un rango medio; y, si se decantase por un *senior*, sus beneficios serían mínimos aunque prácticamente seguros (al menos en teoría).

Por último, sugerimos crear compañías dedicadas a comprar esos paquetes de hipotecas, conocidos en el argot financiero como Vehículos para Propósitos Especiales (SPV), ubicados en sitios tan acogedores como las Islas Caimán. A cambio de una pequeña tasa, cada SPV *aseguraría* a J.P. Morgan frente al riesgo de un paquete de préstamos, y por su parte la SPV cubriría a Morgan en caso de un impago. Mientras tanto la SPV vendería pequeños trozos de riesgo a los inversores para financiar todo el asunto.

Sé que todo esto suena como ingeniería espacial, y es que lo era.

Fraguada la teoría, pasamos a la práctica.

—¿Y si empezamos con una suma modesta? —preguntó Bill.

—Digamos unos... 10 mil millones de dólares en inversiones de alto riesgo? —propuse yo.

—Hermosa cifra, Volpi.

De acuerdo con nuestras estimaciones, si J.P. Morgan utilizaba el esquema BISTRO, no requeriría más de 700 millones de dólares para cubrir esta exorbitante cantidad. 10 mil millones reducidos a 700, ¿se dan cuenta?

No fue fácil convencer a las agencias de calificación, pero a la postre Moody's atisbó las ventajas del negocio y dos tercios del paquete obtuvieron una fabulosa nota *aaa*, mientras que sólo un tercio mereció una despreciable *ba2*.[1]

En diciembre de 1997, durante una conferencia de prensa que habría de sacudir los cimientos del sistema financiero global, J.P. Morgan anunció al mundo su nueva creación. En Nueva York hacía un día frío y ventoso con apenas unos destellos plateados en el cielo.

—Con ustedes, amigos de la prensa, el gran, el magnífico, el imbatible BISTRO —anunció Bill Demchak.

En menos de una semana el banco reunió los 700 millones de dólares para poner en marcha el portento.

¡Lo habíamos logrado!

—¿Qué, exactamente?

Eliminar enormes cantidades de riesgo de nuestros libros contables de un plumazo.

---

[1] La nota más alta concedida por Moody's es *aaa*; *ba2* entra en el campo de los "bonos basura".

Acuerdos de Basilea, 0 – J.P. Morgan, $ 10,000,000,000 USD.

Dúo

Nuestro virus no tardó en expandirse.

A finales de los noventa, los CDS ensamblados bajo el modelo BISTRO habían sido retomados por centenares de bancos a lo largo y ancho del planeta, siempre deseosos de liberar grandes cantidades de riesgo —y capital— de sus libros contables. En J.P. Morgan maquilamos incontables acuerdos para instituciones crediticias japonesas y americanas, y muy pronto otros dos gigantes, Crédit Suisse y Paribas, anunciaron sus propios derivados estilo BISTRO. A partir de allí la epidemia se tornó incontenible. Los miembros del equipo de derivados estábamos estupefactos; adivinábamos los encantos de nuestra criatura, pero jamás previmos que fuese a multiplicarse a tal velocidad.

Cualquier otro banco nos habría recompensado con bonos millonarios, pero ésa no era la cultura financiera de J. P. Morgan. Para nuestros jefes nosotros no éramos los *reyes del mambo*,[1] sino empleados que merecían una compensación moderada y racional. Pete fue nombrado jefe financiero y jefe de riesgos del banco, apenas a unos pasos del nuevo CEO, Sandy Warner; Blythe se convirtió en jefa del mercado de derivados de crédito y yo me responsabilicé de los préstamos de alto nivel. No sé cuánto se embolsarían ellos, pero los miembros de mi equipo, Krishna, Vikram, Ted y yo, junto con muchos otros brókers y *quants* que contribuyeron decisivamente a la creación de BISTRO, apenas ingresamos en nuestras cuentas medio millón. A ustedes les parecerá una cifra inalcanzable, menesterosos lectores, pero en otro sitio el monto hubiese sido cuatro veces mayor.

Como cualquier prostituta, no tardé en ser tentado por indecorosas ofertas de la competencia, de Lehman Brothers y

[1] En español en el original (N. del T.)

Goldman Sachs. Aunque disfruté el cortejo, al final las rechacé no por una absurda fidelidad hacia la empresa, en la que nunca he creído, sino por la oportunidad de pertenecer al grupo de derivados de J.P. Morgan. Éramos nosotros quienes encabezábamos la revolución financiera en Wall Street. Más allá de las afinidades y temperamentos de cada uno, la sensación de transformar el mercado nos convertía en una pandilla sólida y compacta, dispuesta a llevar los planteamientos del modelo BISTRO hasta sus últimas consecuencias. No exagero: pasábamos todo el día juntos, ocho horas en nuestras oficinas y otras tantas en los restaurantes, bares y clubes o las mesas de juego en Atlantic City, a las que solíamos lanzarnos los viernes por la noche.

Un último episodio cerró aquella era de Grandes Descubrimientos Financieros. A fines de 1998, el Bayerisches Landesbank nos solicitó un nuevo tipo de operación tipo BISTRO: los alemanes querían deshacerse del incómodo riesgo que representaban los 14 mil millones de dólares en préstamos hipotecarios presentes en sus libros. La propuesta me pareció genial, pero Krishna no tardó en expresar sus dudas.

—Hasta ahora siempre hemos sabido cuál es el estado de las deudas que empaquetamos y vendemos —nos aleccionó— y cuál es la *correlación* entre ellas: podemos calcular las probabilidades de que el impago de unas repercuta en otras, generando una cadena o una espiral. La posibilidad de una catástrofe es mínima pero no inexistente. El problema es que en el mercado hipotecario no tenemos ni puta idea de cuál podría ser el nivel de correlación.

—Será despreciable, ¿no? —intervine.

—Bastaría que sea un poco más alta de lo que sospechamos —Krishna me miró con dureza— para que el riesgo aumentase en una magnitud exponencial.

Krishna Varikooty y Vikram Kureishy eran los dos genecitos indios de nuestra área; habían desembarcado en Estados Unidos para estudiar sus doctorados en matemáticas pero, en vez de transformarse en científicos nucleares, distintas instituciones financieras se habían peleado para contratarlos como si fuesen estrellas del futbol. Mientras Krishna era soberbio y pantanoso, y no perdía la ocasión de presumirnos su erudición estadística, Vikram era suave y callado, lo que no eludía una ambición tan acentuada como la de su compatriota. Krishna y yo chocamos desde el principio, quizás porque muy pronto descubrí que su "amigo" no sólo llamaba mi atención por sus talentos aritméticos.

El asunto de las hipotecas dividió al grupo de derivados de J.P. Morgan en dos bandos, quienes creíamos que eran una consecuencia natural del modelo BISTRO y quienes se negaban a arriesgarse con ellas.

—La correlación es imposible de determinar —repetía Krishna, con su aliento a curry y a cilantro—. ¿Entiendes lo que digo? No podemos saber qué ocurriría si un grupo de hipotecas se derrumba. ¿Cuántas de ellas arrastrarán otras hipotecas, seguros, bonos, derivados? Imposible calcularlo sin un tremendo margen de error.

—El mercado inmobiliario en América se ha mantenido estable desde principios de siglo —repetí la cantilena que todos conocíamos—. ¿Por qué se iba a venir a pique de la noche a la mañana? ¿Y si antes sufrimos una invasión extraterrestre?

Bill, que hasta entonces se había mantenido imparcial, se levantó de su asiento y tomó la palabra. El mago de los derivados de seguro apoyaría mi posición.

—Esta vez estoy con Krishna —zanjó—. No quiero estar sentado en una bomba de tiempo.

De entre todos los presentes, sólo Vikram secundó mi posición. Por fortuna, los obcecados teutones del Bayerisches Landesbank no dieron su brazo a torcer y nos advirtieron que, si no los ayudábamos, buscarían un socio más flexible. A regañadientes, Bill aprobó la operación.

Pese a las desavenencias que había generado la operación entre nosotros, decidimos festejar el acuerdo, con la obvia excepción de Krishna, aquejado de un repentino malestar intestinal. En cuanto me adentré en las sombras del Bull and Bear, uno de nuestros bares favoritos, Vikram ya se encontraba allí, arrellanado en un sillón. Me senté a su lado y ordenamos dos tequilas. No paramos de beber y charlar, sin quitarnos los ojos de encima (o eso quiero recordar ahora). Los dos compartimos nuestra decepción: J.P. Morgan había perdido el impulso que lo había convertido en el laboratorio nuclear de Wall Street. De pronto Bill se había vuelto medroso y pusilánime. No podíamos aceptar que nuestro líder, el rey de los derivados y el artífice de los *swaps*, los CDS y BISTRO, reculara de modo tan vulgar. Era como si, después de haber conducido nuestra nave más allá de la estrellas, nos obligase a dar marcha atrás. Nada ocurrió esa noche entre Vikram y yo —nada físico, quiero decir—, pero surgió entre nosotros una *correlación* que no tardaría en cambiar el rumbo de nuestras vidas.

Tras la firma con el Bayerisches Ladesbank, Bill ya sólo autorizó otro acuerdo con derivados hipotecarios. Después de que J.P. Morgan crease este nuevo mercado, renunció de tajo a invertir en él. Yo no lograba digerir esa derrota. Mientras J.P. Morgan se replegaba, nuestros competidores de toda la vida, Goldman Sachs, Lehman Brothers, Merrill Lynch y Bear Sterns, menos anquilosados por falsos prejuicios éticos, acumulaban millones.

En enero de 1999 recibí una llamada de John Meriwether, el legendario inversor de Wall Street. A sus oídos habían llegado los rumores de que yo ya no me sentía cómodo en J.P. Morgan y me invitó a trabajar en Long-Term Capital Management, el *hedge-fund* que había fundado con Bob Merton y Myron Scholes, quienes acababan de recibir el Premio Nobel de Economía. (Sí, los mismos de la fórmula Black-Scholes.)

No dudé.

El Fondo de los Genios, fundado en 1994, había experimentado unas ganancias inverosímiles durante su primer lustro de operaciones y, si bien en esos momentos atravesaba una sacudida por culpa de la crisis asiática —por ello mi experiencia con los derivados les parecía tan atractiva—, colaborar con ellos era una de esas oportunidades que sólo se presentan una vez en la vida. A J.M. sólo le exigí una condición, que me permitiese llevar conmigo a uno de mis hombres de confianza. Esa misma noche invité a cenar a Vikram, convencido de que su respuesta sería positiva. Ninguno de los dos adivinaba los lazos que habrían de hermanarnos a partir de entonces y menos aún que, sin darnos cuenta, los dos nos disponíamos a abordar un barco en llamas.

Escena X. *Sobre cómo influir en la gente y traicionar a tus amigos y los cuervos que anidan en el corazón*

Recitativo

Hoy ha sido un gran día. Por fin Vikram está a mi lado. (En realidad descansa en la habitación, molido por el *jetlag* y el sexo intempestivo.) Mientras duerme, yo me atraganto con un nuevo *gin-tonic* mientras contemplo la negrura del océano. Siempre odié el mar y sus contornos, esa superficie plácida o aguerrida cuyos fondos nos eluden. De niño mi madre me arrastraba a las pedregosas playas de Long Island y yo no me atrevía siquiera a mojar los pies, temeroso ante las fauces de las morenas y las dentaduras de las pirañas que de seguro se deslizaban a unos centímetros de mi piel y de mi miedo. ¡Qué paradoja sobrevivir en sus orillas!

Según una tradición de los aborígenes locales —estos apolos pardos, de sonrisas anónimas y músculos como láminas de anatomía—, cuando se presenta un diferendo entre dos hombres la disputa ha de ser resuelta por el mar. Los contendientes marchan hacia la costa norte, célebre por sus camadas de tiburones, y ambos deben internarse en las aguas hasta que sólo se divisan sus cabezas, ensortijadas boyas al garete. Los inocentes, aseguran los chamanes, jamás serán mordidos. En cuanto las olas se entintan de rojo, se descubre quién de ellos miente y quién dice la verdad. A menos, supongo, que las hambrientas deidades marinas devoren a los dos miserables a la vez.

Esta sugerente ordalía, no muy lejana de nuestros medievales juicios de dios y nuestros actuales juicios del orden criminal, resume una de nuestras pasiones seculares, cómo averiguar lo que esconden las miradas límpidas o turbias de nuestros familiares, amigos y vecinos, sus muecas corteses o rabiosas, sus alabanzas sibilinas o sus groseros exabruptos. Tú aseguras ser inocente. Yo digo lo contrario. Comienza entonces el juego o el desafío.

Juicios y procedimientos, audiencias y careos, desahogos de pruebas y comparecencias de testigos: un complejo entramado legal que, en mi opinión, resulta menos preciso que el veredicto de los tiburones.

En uno y otro caso, al final nos carcome una lacerante certeza, la de que es probable que nunca lleguemos a discernir quién dice la verdad. Esa verdad que, como aseguran los filósofos —y mi madre—, nos está vetada de antemano. A lo más podemos conformarnos con ese sucedáneo que los leguleyos nombran "verdad judicial", esa verdad adjetivada que, si somos sinceros, en nada se distingue de la mera especulación.

¿Cómo diablos saber que alguien miente?

¿Cómo diablos saber qué aves anidan en el corazón de nuestros semejantes?

Estamos condenados a la grisura, a la misma enervante opacidad de los océanos. A irnos a la cama, como yo me dispongo a hacer ahora, ansioso por resguardarme en al tibio cuerpo de mi amigo, con un hueco en el estómago.

Cavatina de Elizabeth Bentley

Desde el otro lado de la acera, guarecida del impertinente sol estival bajo un alero, lleva más de una hora escrutando los semblantes de quienes entran y salen del edificio. La mayoría hombres solos, de entre treinta y cincuenta años, con el aplomo de quien sabe lo que busca; algunas parejas con desmesurados paquetes en las manos; una familia con dos niños, uno de ellos bañado en lodo (y lágrimas); un par de ancianos; y, al menos en lo que va de la mañana, apenas tres mujeres más o menos de su edad. Elizabeth mira a diestra y siniestra, se desliza unos pasos y cambia el punto de observación. Se ha esmerado en tomar precauciones —dos autobuses con direcciones contrarias, un requiebre en mitad del parque, el desvío a través de un almacén y una cafetería, e incontables vueltas a la manzana, por no mencionar el sombrerillo y las gafas oscuras—, pero reconoce que *ellos* son muy listos y no se atrevería a jurar que nadie la ha seguido. ¿No sería mejor regresar a casa y esperar, simplemente esperar, que nada ocurra? No tiene alternativa. Si se arrepiente ahora, mañana vendrán por ella.

¿Qué diría Yasha si la descubriese allí, a punto de renegar de la fe que los unió? ¿Se avergonzaría o la animaría a seguir adelante? A él siempre le preocupó su futuro, siempre cuidó de ella, la preparó para sobrevivir incluso en las circunstancias más adversas. Quizá al principio luciría decepcionado, pero acabaría por aplaudir su arrojo: jamás habría deseado para ella una suerte como la de la pobre Juliet, cuyo departamento se quedó vacío, con los restos de la cena todavía sobre la mesa. Elizabeth está obligada a cruzar el umbral de ese edificio aunque sólo sea para terminar con sus pesadillas. Anoche volvió a soñar la misma escena: triste y abandonada frente al pelotón de fusilamiento, distingue a una mujer con los ojos vendados. ¿Juliet o ella misma? Tal vez una mezcla de ambas. Una mezcla que se desvanece cuando la víctima, antes de caer acribillada, dirige su índice hacia Elizabeth, ahora agazapada en la tribuna, y la increpa con una voz cavernosa: *muero por tu culpa*. *¡Basta! ¡No más!* Son demasiados meses de incertidumbre, de amenazas y chantajes, de imaginar este día, el día en que por fin abandonará la vida doble que la tortura desde hace lustros, la apuesta que la llevó a servir a dios y al diablo al mismo tiempo. ¿Y por qué? ¿Por unas ideas en las que, si es sincera, jamás creyó del todo? ¿Por el amor de un hombre que ya no es sino un cadáver que se pudre bajo tierra?

Elizabeth toma impulso y avanza en dirección al edificio, su corazón retumba como una estruendosa marcha fúnebre. Intenta cerciorarse de que nadie la examina. Apresura el paso, aprieta el bolso contra el cuerpo, toma aire y se adentra en las tinieblas del vestíbulo. Deslumbrada, atropella a un transeúnte. Camina entonces hacia el elevador y se coloca entre un sujeto sudoroso y una gorda de amarillo. Elizabeth ya ha decidido su próxima jugada, subirá hasta el séptimo nivel, donde ha localizado una agencia inmobiliaria, y luego bajará dos niveles por las escaleras de servicio.

Mientras asciende —le preocupa la calculada indiferencia de esos desconocidos— la redonda cara de Peter se clava en su memoria. ¿Cómo pudo ser tan tonta? Su única justificación: en esas húmedas semanas de abril ella era un animal acorralado y Peter se aprovechó de su flaqueza. Elizabeth acababa de mudarse al Hotel Saint George, en Brooklyn Heights, obligada a desalojar su departamento porque *ellos* pensaban que ya no era seguro. Además le habían exigido entregar a todos sus contactos al nuevo jefe de estación y renunciar a su puesto en U.S. Service & Shipping, la empresa que Yasha y ella habían armado con tanto celo.

Peter debió percibir su desamparo cuando sus miradas se cruzaron en el *lobby* del Saint George; a su vez, Elizabeth quedó encandilada con sus ojos azules, los rojos contornos de sus patillas, su tórax de gorila. Él se le acercó, decidido, y consiguió arrancarle su primera sonrisa en semanas. Peter —Peter Heller, dijo llamarse— acababa de llegar a Nueva York por cuestiones de negocios, quizás ella podría recomendarle un sitio para cenar. El anzuelo funcionó. Elizabeth le dijo que conocía un italiano a pocas cuadras, Peter la invitó a acompañarlo —si no tiene, madame, otro compromiso—, y ella no vaciló. Triste y achispada, tampoco dudó a la hora de abrirle la puerta de su habitación. ¡Y ahora ni siquiera recuerda qué pasó después! En el desayuno, Peter le contó que era abogado y teniente de la Guardia Nacional. Durante una semana no se separaron y ella quiso descubrir en el misterioso viajante una señal. Dejaría atrás su trabajo en World Tourists y en U.S. Service & Shipping, rompería todo contacto con *ellos*, se casaría con el caballeroso y dulce Peter Heller y se mudaría con él a Maine o California.

Su vida estaba a punto de recuperar su normalidad cuando su imaginario prometido se esfumó. En el Saint Georges le dijeron que el señor Heller había pagado su cuenta y se había marchado sin dejar ningún mensaje. Elizabeth exigió revisar su cuarto —sobornó a un botones y lo encontró vacío e impoluto—, regresó a los restaurantes, bares y boutiques que había recorrido a su lado, esperó su llamada hasta la medianoche y por fin hurgó en la guía telefónica en busca de su nombre. Había un solo Peter F. Heller. Tras preguntarle cómo había conseguido ese número, una voz malhumorada le colgó.

Peter se presentó en el hotel tres días después y, sin apenas disculparse, le explicó que había sufrido un accidente y que había estado internado en el Hospital Naval, donde lo habían tratado de maravilla gracias a *su profesión*. "¿Qué profesión?", preguntó ella, perpleja. "No debería decírtelo", contestó él en tono críptico, "soy espía del gobierno". ¿Qué juego era ése? A Elizabeth se le enchinó la piel, lo más probable era que Peter fuese uno de *ellos* —no sería la primera vez que tramasen una intriga semejante—, destinado a sacarle información. Se esforzó por continuar como si nada hasta que una madrugada le confesó, llorando, que *ella* era espía comunista y temía por su vida. Él casi se divirtió al tranquilizarla.

A Elizabeth no le quedó otro remedio que referirle la escena a su contacto ruso. Albert le ordenó terminar con Heller de manera suave y expedita —no podemos arriesgarnos a que en verdad sea un hombre de Hoover— y le recomendó alistarse para viajar a Moscú. Elizabeth no estaba dispuesta a huir sin papeles en regla, Yasha la había prevenido sobre la suerte de los agentes requeridos por Moscú. Sus opciones se agotaban, si de plano se rehusaba a viajar, *ellos* no tardarían en considerarla peligrosa y, si en realidad Peter era un agente del FBI, quizás el gobierno ya estuviese al tanto de sus actividades y una patrulla no tardaría en presentarse en el Saint George para arrestarla. Elizabeth prefirió tomar la iniciativa, presentarse en la comisaría por su propia voluntad y tratar de averiguar cuáles eran las intenciones de Peter.

Mientras baja los escalones rumbo a las oficinas del FBI de New Haven —le pareció más prudente acudir a esta pequeña comisaría en su ciudad natal que a la central de Nueva York—, Elizabeth siente que un rayo divino guía sus pasos, o al menos eso es lo que le dirá a los buitres de la prensa: "De pronto entendí que había estado sumida en la ignominia y que nada justificaba el engaño y los dobleces". Elizabeth se acomoda los holanes de la blusa y da vuelta al picaporte. Ya no hay marcha atrás.

—Quisiera ver al agente de guardia —las palabras se le atoran en la garganta.

La recepcionista la escruta de arriba abajo —Elizabeth lleva un vestido azul con petunias blancas y rosadas, un collar de plata y el dichoso sombrerito—, y le señala la sala de espera. Elizabeth piensa en Yasha y se yergue; luego rememora el cabello pelirrojo de Peter y regresa a su sitio.

—Su turno, señora —le indica la joven.

Elizabeth se adentra en el despacho del agente Edward Coady. A primera vista le parece un tipo de una pieza, joven, con la mirada ambarina y la rudeza de un guardián de la ley. Éste le hace una seña para que tome asiento y le ofrece un cigarrillo, Elizabeth lo acepta y, escudada tras el humo, estudia a su interlocutor.

—Mi nombre es Elizabeth Bentley, de New Haven, y vengo a presentar una queja contra el teniente Peter Heller, de la Guardia Nacional de Nueva York. El señor Heller afirma ser un espía del gobierno. Decidí venir al FBI cuando él me preguntó si yo también era espía.

Coady piensa que es otra de esas amas de casa que, para eludir la abulia de los suburbios, se imaginan protagonistas de una película de gángsters.

—Soy la vicepresidenta de U.S. Service & Shipping, una empresa de mensajería dedicada al envío de cartas y paquetes a Rusia —continúa la mujer—. El señor Heller me aseguró que mi puesto podría serle de utilidad al gobierno. Si quiere que le diga la verdad, agente Coady, no estoy muy segura de que él sea un espía, eso es lo que me inquieta y por eso me he atrevido a venir con usted.

Algo no encaja, se dice Coady, no se trata de la típica lunática, azotada por delirios de grandeza, dispuesta a inventarse cualquier despropósito con tal de llamar la atención, pero tampoco cree que el motivo de su visita sea denunciar al tal Heller.

Jamás ha escuchado ese nombre y tampoco recuerda ninguna investigación en torno a una señorita Elizabeth Bentley.

Cuidándose de no revelar otros datos, ella le cuenta cómo conoció a Peter (sin mencionar el primer acostón), describe su apariencia (preciosos ojos celestes, patillas y coronilla pelirrojas, cuerpo de león), resume sus conversaciones e insiste en que ella nada tiene que ocultar, sólo es una ciudadana preocupada de que alguien se haga pasar por agente federal, algo que de seguro debe constituir un delito o una falta, ¿no es así, agente Coady?

—¿Al menos podría confirmarme si Heller trabaja para ustedes?

—Me temo que no estoy autorizado a compartir esa información, señorita Bentley. Pero la mantendremos al tanto de los avances del caso.

Elizabeth apenas contiene su decepción, después de arriesgarse a venir hasta aquí no ha conseguido ni una pista. La actitud reservada del agente Coady le hace presentir, en cualquier caso, que Heller no es uno de los suyos. Siguiendo un camino distinto al que tomó para llegar, Elizabeth regresa a casa, dispuesta a sortear el fin de semana en New Haven.

El agente Coady escribe su informe con desgano: RE: TENIENTE PETER HELLER; FALSA IDENTIDAD; ESPIONAJE, y lo envía a las oficinas de Nueva York. Allí, el agente especial Frank Aldrich revisa los archivos y comprueba que, como suponía su colega, ningún agente del FBI responde al nombre de Peter F. Heller: debe tratarse de un caso de usurpación de personalidad. En sus conclusiones, Aldrich recomienda dar seguimiento al asunto, aunque sin ningún énfasis.[1]

Elizabeth regresa a Nueva York y, desobedeciendo las instrucciones de Al, se presenta en U.S. Service & Shipping como cada mañana. Su jefe la recibe con los brazos abiertos, pues no tolera a la sustituta que *ellos* han elegido. Elizabeth se demora en la oficina, el único lugar del mundo donde se siente segura. Las noches en el Saint George son frías y mudas desde

[1] Leah me aclaró que, al cabo de unas semanas, el FBI descubrió que Heller era un donjuán de pueblo que se inventaba cuentos de espionaje para ocultar su matrimonio y seducir a mujeres deseosas de aventuras.

que Heller no la acompaña, ¿por qué diablos querría volver a su desconchada habitación?

Elizabeth se presenta con veinte minutos de retraso a su nueva reunión con Al. Lleva encima tres *dry martinis*, suficientes para sentirse liberada y justos para no tambalearse frente a él. Al es un ruso hipócrita y grosero, como todos; primero finge ser cortés, se interesa por su salud y encomia su sombrero, y sin pausa la reprende. Insiste en conocer todos los detalles de su relación con Heller y le pregunta si ya ha logrado deshacerse de él.

—Tienes que abandonar el trabajo y desaparecer por una temporada —Al le aprieta el antebrazo—. Es muy peligroso que sigas aquí. Tenemos que aclarar quién es Heller.

Elizabeth se rehúsa.

—Podemos adelantarte una suma para que montes un pequeño negocio en otra parte —se emperra Al—. Tal vez una sombrerería...

Ella vuelve a negarse.

—Después de un tiempo podrás volver a trabajar. Entonces te asignaremos tres o cuatro contactos para que los manejes. Y todo será como antes.

Elizabeth pierde la compostura y hace una trompetilla.

—Estoy harta de jugar al escondite —hipea.

—Muy bien, muy bien. Tal vez podríamos conseguirte empleo en una escuela rusa en Washington.

A Elizabeth le da lo mismo si al cabo de unos días su cadáver aparece en el desagüe, hoy no va a dejarse machacar. No, señor.

—Quiero continuar en la compañía.

—Eso está fuera de discusión —truena Al.

—Todos los rusos son unos hijos de puta —gruñe Elizabeth y a ella misma le asustan sus palabras—. Y tú no eres la excepción. Quieres manejarme como si fuera una muñeca, como si no valiera nada, pero no lo lograrán. Soy ciudadana americana y no voy a dejarme mangonear por un tipejo apestoso a vodka como tú.

Al le pide que baje la voz, que la mujer esté borracha no la vuelve menos peligrosa. Ahora tendrá que dar cuenta de su comportamiento a Moscú.

—Ustedes sólo se preocupan por lo que pasa en su jodida Rusia —ella es un remolino—. Yasha me lo advirtió. Al final él tampoco se sentía bien con ustedes, si no hubiera muerto no sé lo que hubiera hecho… Heller me ha pedido que colabore con él y yo aún no decido qué voy a hacer…

—No tenemos que llegar a esto —Al suaviza el tono.

Una vez sola, Elizabeth recupera de golpe la sobriedad y la cordura. ¿Cómo demonios se atrevió a amenazarlo? Le tiemblan las piernas y le suda la espalda. ¿Y ahora qué hará? ¿Tomar un tren al fin del mundo? Regresa a su habitación, tambaleándose, vomita en el baño y sin quitarse la ropa se abandona al sueño.

Elizabeth Bentley

Mientras se dirige a U.S. Service & Shipping al día siguiente, se topa con una horrible noticia en las primeras planas de los diarios matutinos, Louis Budenz, hasta ese momento jefe de redacción del *Daily Worker* —y antiguo agente encubierto como ella— ha abandonado el comunismo y se ha convertido a la fe católica. El infeliz sabe quién es ella y cuál ha sido su papel durante los últimos años, si colabora con el FBI ella muy pronto se verá tras las rejas.

El 16 de octubre de 1945, Elizabeth acude a su cita con el agente especial Aldrich para ratificar su denuncia contra Heller. En lugar de escurrirse hasta el edificio del FBI en New Haven, toma el metro rumbo a la gigantesca mole de la Corte Federal en Manhattan. Sube la escalera a toda prisa y se presenta en la oficina de Aldrich resollando.

En su nueva declaración, Elizabeth contradice todo lo que declaró ante el agente Coady.

—Peter es un tipo sin escrúpulos. Sospecho que es un agente ruso. Me ordenó permanecer callada y no revelar lo que sé gracias a mi trabajo en U.S. Service & Shipping. Su tono era amenazante, agente Aldrich. No me siento a salvo. Necesito protección.

El agente especial, un sesentón a punto del retiro, no tiene la paciencia de su predecesor.

—Gracias a mi trabajo, agente Aldrich —continúa Elizabeth—, he tenido la ocasión de conocer a decenas de comunistas rusos y americanos, y he trabado lazos con personas de las que sospecho, sí, agente Aldrich, de las que sospecho que en realidad trabajan para los soviéticos.

—¿Ah, sí? ¿Y me podría proporcionar algunos nombres, señorita Bentley? —pregunta él, incrédulo.

Ella baraja sus opciones. No piensa traicionar a nadie. No todavía.

—Earl y William Browder. Y Jacob Golos.

Los Browder son dirigentes históricos del Partido Comunista de Estados Unidos, hasta un agente a punto de jubilarse como Aldrich sabe quiénes son. Pero al mencionar a Yasha, su antiguo amante, a su difunto *esposo*, Elizabeth siente que ha cruzado una frontera sin regreso.

—Y también Louis Budenz —añade, destapando su as bajo la manga—. Pero no sé por qué le cuento esto, agente Aldrich, porque estoy segura de que usted está al tanto de todo. Sé muy bien que el FBI me sigue desde 1941.

Aldrich se convence de que es una chalada, el nombre de Elizabeth Bentley no figura en ningún expediente del FBI.

—¿Tendrá usted alguna prueba, señorita Bentley?

—Temo que no.

Aldrich le asegura que dará trámite a su denuncia y le promete comunicarse con ella a la brevedad. En realidad tiene otros planes, jubilarse y abandonar para siempre este trabajo de locos.

Poco antes de entregar su placa, el agente especial Aldrich por fin encuentra un momento para escribir su informe. Antes de enviarlo le hace una breve llamada al agente especial Edward Buckley, el nuevo encargado del asunto.

—Si no está loca de remate —lo previene—, quizás esta mujer pueda convertirse en una buena informante.

Sale Aldrich, entra Buckley: un hombretón con una paciencia y una sagacidad de las que carecen sus predecesores. Desde que recibe el expediente no deja de marcar el número de Elizabeth. Cada vez más aterrorizada, ella se niega a responder. Hasta que un último incidente la hace cambiar de opinión: ahora *ellos* no sólo la hostigan y la amenazan, sino que pretenden esquilmarla.

Tras examinar los libros contables de U.S. Service & Shipping, han descubierto un faltante de 15,000 dólares y quieren que ella los devuelva. ¡Una locura! Elizabeth no tiene ese dinero, ella no ha realizado ningún manejo turbio, es otra maniobra para acorralarla. Ante este nuevo desplante, *ellos* no dudan en dejarle ver, esta vez sin eufemismos, que su vida pende de un hilo.

El 6 de noviembre el teléfono vuelve a repicar en la habitación de Elizabeth. Ella descuelga. Tras media hora de escuchar sus argumentos, el agente especial Buckley le pide que se reúna con él en la estación de metro de Foley Square a las 4:30 de la tarde; ella tendrá que llevar una chaqueta negra y un ejemplar de *Time* bajo el brazo. ¡Por fin alguien que la toma en serio! Elizabeth sigue las instrucciones y Buckley la conduce a través de un laberinto de escaleras y elevadores hasta su despacho en el tercer piso del Edificio Federal.

El 8 de noviembre, la oficina del FBI en Nueva York envía un teletipo urgente a J. Edgar Hoover, en Washington:

> PARA EL DIRECTOR URGENTE. RE: ELIZABETH TERRILL BENTLEY. EL SIETE DE NOVIEMBRE DE MIL NOVECIENTOS CUARENTA Y CINCO LA MENCIONADA ACUDIÓ VOLUNTARIAMENTE A LA DIVISIÓN DE CAMPO DE NUEVA YORK DONDE LLEA [*sic*] PROPORCIONÓ INFORMACIÓN RELATIVA A UN CÍRCULO DE ESPIONAJE RUSO AL QUE ESTABA AFILIADA Y QUE ACTUALMENTE SE HALLA OPERATIVO EN EL PAÍS.

Frente al agente especial Buckley y su compañero Don Jardine, Elizabeth cuenta, si no toda la historia —como buena jugadora de póker se reserva numerosas sorpresas para el futuro—, al menos una buena parte. Su deposición se prolonga ocho horas y llena treintaiún páginas de expediente. Desde entonces se presenta a diario a la misma oficina, escoltada por un impávido agente en traje de paisano, hasta completar una declaración que alcanza los 107 folios. Elizabeth no se ahorra los nombres con los que se ha topado a lo largo de los ocho años de su carrera como espía: además de sus contactos directos, a los que sólo conoce por sus apodos —Al o Bill—, menciona, entre muchos otros, a Silvermaster, a Silverman, a Glasser, a Ullmann, a Currie, a White. Ochenta espías soviéticos incrustados en los más altos escalones del gobierno.

Cavatina de Whittaker Chambers

¿Cuándo empezó a dudar? ¿O siempre lo hizo y procuró acallar sus dudas y adormecer su conciencia? Si algo no consigue explicarse es cómo se mantuvo tanto tiempo entre *ellos*, cómo desestimó las incoherencias y las contradicciones, cómo se obstinó en creer a ciegas. Había decenas de indicios, de llamadas de atención, de prevenciones, el misterio y la fidelidad a toda prueba, las condenas contra los disidentes, las confesiones infamantes, el culto a la personalidad, pero él no supo o no quiso verlos. Hoy, cuando al fin ha dejado atrás esa caterva de simulaciones y mentiras, Whittaker Chambers aún se fustiga. Sabe que lo más peligroso del comunismo es su capacidad de seducción, su palabrería en torno a la igualdad y la justicia, esas soflamas revolucionarias que atraen a los espíritus más nobles e ingenuos, o a quienes se sienten ahítos de humanidad y de aventura —como él mismo—, y los convencen de cambiar el mundo por la fuerza y de postrarse bajo los dogmas de unos cuantos. Sólo después de haberse sumergido en el pantano del marxismo, sólo después de engatusar a sus amigos y de emparedarse a sí mismo en esas turbias convicciones, sólo después de atravesar ese purgatorio ideológico, ha logrado colocarse del lado de la luz. Hoy no duda, allí se parapeta el mal, el mal absoluto, el peor de los peligros para América.

Chambers no oculta su responsabilidad en la maniobra, él mismo fue parte del plan, un actor secundario pero relevante, un eslabón imprescindible a la hora de ensamblar esa vasta conspiración contra la democracia y el gobierno. Imposible borrar ese pasado. Aunque procure limpiar su nombre y desprenderse de la mierda, ser fiel a sus nuevos principios y a su nueva ética, ha sido un criminal y nada cancelará de tajo sus delitos; en caso de llegar ante un jurado, sus detractores no dudarán en echárselos en cara. Lo reconforta creer que, si se empeña en ser prudente, no es sólo a causa del pánico; si ya traicionó a su patria, no querría traicionar también a sus antiguos camaradas, a sus ilusos compañeros de viaje. Sin duda están errados y él hará lo imposible para demostrar sus falacias, pero no está dispuesto a que los persigan y encarcelen, preferiría pagar él mismo las consecuencias, arrostrar la previsible condena por su silencio.

Por si los remordimientos no bastaran, le preocupa la suerte de Esther y de los niños. Si planeó con tanto celo su huida del comunismo, si se ocultó por semanas en la granja y estuvo dispuesto a padecer frío, hambre y miseria, si su ruptura con el aparato clandestino fue apenas perceptible hasta que encontró un empleo capaz de protegerlo —gracias a la aparición de Henry Luce—, fue para no exponerlos ni a las represalias ni a la ignominia, para no pringarlos con su lodo.

El anuncio del Pacto de No Agresión Germano-Soviético ha sido la más amarga confirmación de sus ideas. Stalin por fin exhibió la deformidad de su carácter, permitiendo que Hitler se apoderase de Polonia a cambio de un trozo del pastel. ¿Ése es el Padrecito de los Pueblos? ¿El defensor de los desprotegidos? ¿El Guía que conducirá a los trabajadores rumbo a un luminoso porvenir? ¡Farsante! ¡Tirano! Estar en lo cierto no lo reconforta, las probabilidades de que los dos dictadores se salgan con la suya es menos remota que nunca. América tendría que estar alerta, muy alerta.

—El peligro no sólo es para el país, sino para ti mismo —le ha advertido Don—. En cuanto los rusos intercambien información con sus nuevos aliados, los nazis quedarán al tanto del círculo de espionaje en el que tú mismo colaboraste. Imagínate si lo hacen público. Podrías terminar en la cárcel.

Chambers no oculta su ansiedad, padece taquicardias y su cuerpo se ha transformado en una mole inerte.

—Voy a buscarte una cita con Roosevelt —insiste su amigo—. Tienes que contarle lo que sabes, tal vez podría concederte algún tipo de inmunidad.

Isaac Don Levine tal vez sea el anticomunista más bilioso con el que Chambers se haya topado; conoce a medio mundo en Washington y es amigo personal del secretario del presidente. Haciendo honor a su palabra, Don visita a su amigo en la capital y consigue interesarlo. Pero pasan las semanas y nada ocurre.

Chambers continúa escribiendo sus artículos para *Time* —los encargos de Luce son cada vez más relevantes y él ha vuelto a tomarle el pulso al periodismo— hasta que una tarde Don le anuncia que, debido al estado de emergencia provocado por el Pacto, Roosevelt no podrá recibirlo; en su lugar lo hará el subsecretario de Estado, Adolf Berle, un hombre recto, de todas sus confianzas. Aunque Chambers preferiría ver al presidente, encontrarse con Berle no lo incomoda, su odio hacia los rojos es bien conocido.

Durante el trayecto a Washington, Chambers continúa torturándose. Aunque detesta convertirse en un chivato, el riesgo que el espionaje soviético representa para su país no le deja otra salida: apenas ayer las tropas de Hitler cruzaron la frontera polaca y la Luftwaffe no ha cesado de bombardear las principales ciudades del país eslavo. Con los dedos sudorosos, cada día más parecidos a salchichas, Chambers coge un puñado de cacahuates y se los lleva a la boca; aunque el médico le ha prohibido las grasas y los carbohidratos, no es capaz de controlarse. Hastiado, arroja la bolsa vacía al basurero y desciende al andén.

Antes de su cita, Chambers da un largo paseo por el Mall: nunca la Casa Blanca le pareció tan luminosa. Si antes representó para él un símbolo del imperialismo, ahora la contempla con devoción. En el vestíbulo del Hay-Adams, Don lo recibe con un abrazo y ambos toman un taxi rumbo a la mansión de Berle en Woodley Oaks, a unos pasos de la Catedral Nacional.

Berle los recibe en punto de las ocho luciendo unas ojeras purpúreas; desde el anuncio del Pacto Germano-Soviético apenas ha dormido dos o tres horas al día. Beatrice, su esposa, los convida a los aperitivos y luego los conduce al enorme comedor estilo francés. La conversación se centra en la inminencia de la guerra, el descaro de Hitler, la insensatez de Stalin y el papel que América tendría que desempeñar en el conflicto. Mientras Don y Berle se enzarzan en una charla vehemente y animada —¿tenemos que ser árbitros o participantes?—, Chambers devora el venado sin pronunciar una palabra. Agotado el pudín, la señora Berle los conduce a la pérgola que preside el amplio jardín trasero (la mansión ha sido habitada en el pasado por dos presidentes) y ella se retira a sus habitaciones. Chambers rechaza el café que le ofrece un sirviente y pide un whisky con soda.

—Como ya te conté, Adolf —Don rompe el hielo—, Whit perteneció a un grupo de simpatizantes comunistas del que terminó por distanciarse. En esa condición, necesita compartirle al presidente, a través tuyo, información que no puedo sino calificar como urgente y especial.

A sus 44 años, Berle aparenta sesenta. La presión ha hecho estragos en la lozanía de su piel.

—Estados Unidos podría entrar en guerra en menos de cuarenta y ocho horas, señores —se lamenta—. Todas las agencias del gobierno necesitan estar completamente limpias.

El alcohol apenas ha liberado a Chambers de su inquietud; ahora que debe hablar se asfixia, tartamudea y un desagradable hilo de sudor desciende por su espalda. Sabe que debe ir al grano, pero no evita un largo excurso sobre la naturaleza maléfica del comunismo, los peligros que entraña para el alma, la estructura del Partido Comunista de Estados Unidos, los grupos clandestinos nacidos a su sombra (menciona siglas incomprensibles) y las distintas organizaciones del espionaje soviético presentes en el país.

Pese a lo enrevesado del relato, Berle encaja las piezas y entrevé la magnitud de la amenaza. Los nombres que Chambers va desgranando no le son ajenos: los hermanos Alger y Donald Hiss y Laurence Duggan, del Departamento de Estado; el asesor especial del presidente, Lauchlin Currie; o el alto diplomático Noel Field, ahora estacionado en la Sociedad de las Naciones. Chambers menciona también a un grupo infiltrado en la Defensa y a otro en el Tesoro, aunque sin pronunciar apellidos concretos todavía.

Tras dos horas de charla, Berle conduce a sus invitados a la biblioteca, donde continúa tomando notas hasta la medianoche.

—No esperen resultados inmediatos —les explica a Levine y a Chambers mientras los acompaña a la salida—. El asunto es delicado y debe mantenerse en el más absoluto secreto.

De camino al Hay-Adams, Chambers no está seguro de que Berle le haya creído, o no del todo. Su talento para juzgar a las personas —una de las principales habilidades de cualquier espía respetable— no falla, el subsecretario piensa que el cuadro dibujado por el columnista de *Time* debe contener buenas dosis de verdad, aunque se resiste a creer que todos esos hombres, algunos de los más inteligentes y dedicados funcionarios de su generación, pertenezcan a una trama de espionaje ruso.

El columnista, por su parte, se ha cuidado de no revelar que posee pruebas irrefutables que permitirían condenar a los traidores. No ha querido siquiera mencionarlas, primero, porque no está dispuesto a que sus antiguos camaradas sean acusados criminalmente —lo único que busca es que sean apartados de sus puestos— y, segundo, porque esos documentos, custodiados por su madre en Brooklyn, constituyen la única baza con la que él podría negociar en caso de ser indiciado.

Whittaker Chambers

Chambers no se equivoca, el tiempo de las denuncias públicas no ha llegado. Durante los primeros años de la guerra Estados Unidos mantiene una difícil neutralidad y, tras la invasión alemana de la Unión Soviética de 1941, ésta pasa a convertirse en una potencia amiga: a nadie le interesa perseguir o enjuiciar a una red de espías rusos. Consciente de haber perdido la batalla, Chambers concentra su lucha en otro frente, sus artículos de *Time*. Con una pluma cada vez más acerada agota sus energías en azotar al comunismo y a los demócratas que simpatizan con él o lo defienden. No es sino hasta marzo de 1945, cuando el curso de la guerra parece asegurado y los resquemores entre Estados Unidos y la Unión Soviética se agudizan, cuando Chambers recibe la llamada de Raymond Murphy, un oficial del Departamento de Estado que investiga las denuncias de espionaje.

Chambers se ha vuelto célebre como un ágil y venenoso articulista, ha escalado hasta la cima de *Time*, acogido por Luce como su hombre de confianza, y ha sufrido un infarto que lo ha obligado a renunciar a ese ritmo de vida inagotable. Murphy viaja a su casa de campo en Westminster, donde Chambers lo recibe en un estado lamentable aunque no deja de fumar un cigarrillo tras otro. Durante dos horas le repite lo mismo que le dijo a Berle en 1939; a diferencia de esa vez, Murphy redacta un memorando que no tardará en circular en los más diversos ambientes políticos de Washington.

Mientras la Guerra Fría se convierte en una confrontación ineluctable, en 1946 los republicanos se hacen con la mayoría del Congreso y de inmediato acusan a los demócratas, Truman incluido, de proteger a los simpatizantes comunistas que laboran en el gobierno. El *peligro rojo* se convierte en el tópico del día. Sintiéndose contra las cuerdas, Truman se saca de la manga nuevas leyes de confianza para los funcionarios públicos e instruye a su secretario de Estado, James F. Byrnes, para que se deshaga de todos los elementos sospechosos. La elección de J. Parnell Thomas, un republicano rabioso y energético, como presidente del Comité de Actividades Antiamericanas, se convierte en el disparo de salida de la era persecución y de sospecha que más tarde quedará simbolizada con los gruñidos y desplantes del senador Joseph McCarthy.

En este nuevo ambiente, el memorando de Murphy despierta un repentino interés tanto entre los representantes populares como en la administración Truman. Entre 1946 y 1947, Chambers se entrevista con Murphy en numerosas ocasiones, así como con agentes del FBI y de la comisión de lealtad impulsada por el presidente. En todos los casos ratifica sus acusaciones, aunque se niega a realizar denuncias particulares. A pregunta expresa del FBI, niega haber formado parte de ninguna red de espionaje y declara no poseer pruebas sobre los vínculos con los rusos de las personas a las que antes ha delatado.

¿Por qué este prurito? Chambers ha decidido que su cruzada no se dirige contra los individuos concretos sino contra el comunismo como fuerza destructora. Él no pretende destruir a nadie, si habló con Berle fue porque entonces creyó que el espionaje soviético representaba un auténtico peligro para el país. Ahora que el conflicto ha terminado, prefiere concentrarse en sus artículos en vez de involucrarse en las pesquisas del HUAC. Así, cuando la Amenaza Roja por fin se ha convertido en un asunto capital en la vida americana, a Chambers ya sólo le interesa desmantelar las turbias ideas que sustentan el marxismo.

Demasiado tarde.

La paranoia anticomunista que él contribuyó a desatar se expande a diestra y siniestra, políticos y periodistas no parecen ocuparse más que de desenmascarar espías.

El 20 de julio de 1948 estalla la bomba cuando el *World-Telegram* publica que una "hermosa rubia", antigua militante comunista, ha revelado al FBI los nombres de una gigantesca trama subversiva enquistada en el gobierno. La "reina de los espías rojos" no es, como sabemos, ni rubia ni hermosa, sino la regordeta Elizabeth Bentley. El 31 de julio ésta testifica ante el HUAC y repite la larga lista de nombres que comenzó a recitar ante los agentes especiales Buckley y Jardine en al Edificio Federal de Nueva York. Cuando Chambers se topa con las declaraciones de la señorita Bentley en la prensa, comprende que ya no podrá seguir callando.

El 1 de agosto de 1948, el jefe de investigaciones del HUAC declara ante la prensa que las acusaciones de la señorita Bentley serán ratificadas por un nuevo testigo: una orden de comparecencia ha sido enviada al señor Whittaker Chambers, columnista de *Time* y antiguo militante comunista. La bola de nieve que él mismo hizo rodar nueve años atrás, cuando acudió a cenar un ragú de venado en la mansión del subsecretario Adolf Berle, al fin lo alcanza.

FINAL I

—¿Por qué me mentiste? —le espeté a Judith en su abominable retiro tropical.

Esa tarde me pareció más correosa, más irritante que de costumbre. Lucía un espantoso vestido verde y calcetines de lana. Mi madre clavó sus ojos tornasolados, diluidos apenas entre las arrugas de los párpados, en los míos. *Esa* mirada. Luego rió. No una sonrisa de las suyas, maligna y socarrona, sino una carcajada feroz, casi animal. Apaciguada por la tos y el carraspeo, esta vez no me repitió que cada quien tiene la verdad que se merece —su línea de culebrón de la otra tarde— y ni siquiera trató de justificarse. Tomó un sorbo de té, se aclaró la garganta y lanzó un suspiro casi enternecedor.

—¿Qué querías que te dijera? —susurró—. ¿Que antes de morir tu padre había sido acusado de ser espía comunista? ¿Oyes lo ridículo que suena?

Cargaba a cuestas con demasiadas novelas de Le Carré y demasiadas noveluchas de sus imitadores, demasiadas películas de acción y demasiadas series sobre agentes infiltrados —por no hablar de parodias estilo *Get Smart*— para que una trama así resultase ya no verosímil, sino apenas inquietante. Pero esa no había sido la razón de su silencio. En los años sesenta y setenta el peligro rojo aún parecía activo y, si bien el macartismo se había precipitado en la deshonra, las actividades encubiertas del KGB y de la CIA continuaban desplegándose a lo largo del planeta. Y, en resumidas cuentas, Noah había sido acusado de espionaje y sólo su muerte accidental, que ya no me lo parecía tanto, lo había salvado de ir a juicio y tal vez a la cárcel.

—Sólo dime una cosa —la reté—. ¿Fue un accidente?

—La paloma.

—¿Cómo lo sabes? Él estaba solo, nadie lo vio tropezar.

—Por Dios, hijo mío —me reprendió igual que cuando yo resolvía mal las divisiones en la escuela—, fue ese estúpido pichón.

Otra mentira.

—Pese a su timidez, Noah era bravo y aguerrido, siempre preocupado por las causas sociales. ¿Se topó en esa época con militantes comunistas? Sin duda. ¿Fue él mismo un comunista? Lo dudo. ¿Trabajó para los rusos? Desde luego que no.

—¿Eso también lo sabes?

—Nadie lo conoció como yo —se llevó las manos al pecho—. A él sólo le importaba su trabajo en el Tesoro, estaba convencido de que contribuía a la creación de un mundo mejor. Como en todo, el pobre se equivocó.

—¿Por qué nunca me constaste nada de esto?

—Quedé viuda cuando tú ni siquiera habías nacido —remarcó con orgullo—. Mi esposo había sido acusado de ser comunista, el peor insulto que alguien podía encajar entonces. ¿Crees que quería recordarlo? ¿Revivir esos años de mierda? Tenía que empezar eso que los predicadores de la televisión llaman *una nueva vida*. Contigo, hijo. O más bien para ti.

La contemplé allí, bajo el artero sol de la Florida, el cutis rugoso, las raíces blancas que denunciaban el tinte castaño de su pelo, pero no fui capaz de sentir pena o compasión por esa mujer.

—¿Jamás te interesó saber quién era él? —la sacudí—. ¿Saber quién era tu esposo? ¿Averiguar si te había mentido?

—Estaba muerto, ¿qué importaba ya?

Judith se alisó el vestido y tocó la campanilla para que la enfermera viniese a recogerla. Su rostro no demostraba enojo ni hartazgo, ni siquiera aburrimiento.

—¿Y crees que tú sí serás capaz de descubrir quién era él, hijo mío? —su voz era muy tenue—. ¿Que tú si descubrirás quién era Noah Volpi? ¿Que tú sí desentrañarás a quién le era leal?

Trastabilló al levantarse de la silla; la enfermera la ayudó a incorporarse. Mi madre seguía mintiendo. Una y otra y otra vez. Tercamente. Hasta el final.

¿Es posible saber qué aves habitan en nuestro corazón? En el de mi madre no anidaban palomas, sino cuervos.

Segundo acto
L'occasione fa il ladro

Escena I. *Sobre cómo visitar Washington de noche y arrastrar un cadáver por el lodo*

Aria del espía

Donde debería alzarse el lívido escorzo de la luna sólo distingue un hueco tan lúgubre como la enramada que azota el parabrisas. Los reflejos nocturnos —el parpadeo de una farola, el halo rosado de una mansión en la distancia, la fosforescencia de la niebla— no alivian su sensación de adentrarse en una madriguera. Al torcer el ángulo de visión, nada mejora y la brumosa punta del obelisco le parece una estaca clavada en el corazón de la ciudad. "¿Seguro que nadie nos sigue?", quisiera preguntarle a Jim por enésima vez, pero sabe que el otro lo enfrentará con una mueca sardónica. ¡Qué necedad dar vueltas por la capital en compañía de ese extranjero legañoso! Aunque él mismo propuso este sistema tras citarse con Jim frente a un taller mecánico, las escalinatas del monumento a Lincoln, los baños de la Biblioteca del Congreso y la matiné de un cine de medio pelo, ahora se arrepiente. Creyó que así lograría aplacar su nerviosismo, pero el temblor en las rodillas o el sudor en su pechera no lo han abandonado. Por eso se empeña en recogerlo en sitios siempre distintos y en depositarlo al cabo de media hora —nunca más que eso— en alguna esquina poco transitada, lo más lejos posible del Tesoro. Y ni así se tranquiliza. Toma rutas cada vez más enrevesadas, zigzaguea y da vueltas repentinas. "Celebro todas estas precauciones", le advirtió Jim, "pero bien podríamos tomar un café para aliviar el maldito frío".

Detenerse es la clave para pasar inadvertidos, piensa Jurista, y se estremece al recordar la ocasión en que los detuvo la policía. Cuando advirtió el chillido de la sirena y los destellos azules y rojos entintaron el volante sintió que estaba perdido, en cambio Jim se mantuvo impasible, incluso malhumorado frente al motorista que les exigió bajar la ventanilla. "Una de las luces traseras no funciona, no se demore en arreglarla", lo reprendió. Y eso fue todo. Antes de reemprender la marcha, Jim quiso darle una lección: "Lo más importante es conservar la calma". Jurista se puso furioso. "Estoy harto de este juego", le contestó con el rostro congestionado. Bajando la guardia, Jim le exigió paciencia, a fin de cuentas nada había ocurrido, y le recordó la primacía de la causa.

La *causa*. La razón secreta e inexpresable que lo empuja a realizar esos paseos nocturnos y a redactar sus informes quincenales. El motivo por el cual se somete a esta ansiedad incontrolable. La causa, sí, la causa. Combatir el nazismo. Buscar la paz mundial y la amistad entre los pueblos. Reinstaurar la igualdad y la justicia. La maldita causa que está a punto de reventarle el corazón y de acabar con su propia paz. ¿Por qué diablos volvió a colaborar con los rusos cuando años atrás se atrevió a abandonarlos? Si su temperamento no se presta a secreteos y añagazas, ¿por qué se halla aquí de nuevo, con Jim de copiloto, a punto de extraer los documentos que guarda en el bolsillo interior de su chaqueta? ¿Por qué no se atuvo a su palabra —o se plegó a su pánico— y se conformó con su abulia burguesa? ¿Por qué no le bastó con cumplir sus labores oficiales y proseguir su rutina de burócrata? Porque, a pesar de todo, Jurista aún cree en la causa.

A su derecha distingue las sombras del Mall y su malestar se acrecienta. "Demos otra vuelta", lo apremia Jim. Él desvía la mirada para no vislumbrar el perfil mortecino de la Casa Blanca. Cuando se adentran en una zona con jardines andrajosos y casuchas mal pintadas —un barrio de negros, sin duda—, Jim inicia el interrogatorio y le pregunta cómo ha ido la semana. En otras palabras: qué me has traído hoy. Jurista aborrece la condescendencia del ruso. Si lo tiene allí, en su auto, a punto de confiarle otro de sus informes, es porque aspira a ser coherente con sus principios, con las convicciones que —así nadie lo sospeche— ha defendido desde joven. La última vez que abandonó el trabajo clandestino no sólo fue a causa del pacto que los rusos suscribieron con los alemanes, sino de la falta de sensibilidad de sus agentes. No merece ser tratado con esa arrogancia, él es una de las figuras más respetadas del gobierno y se juega todo —todo— al colaborar con los soviéticos. ¿O creen que pueden comprarlo con una miserable alfombra persa? Ridículo. Si se arriesga es porque se le da la gana, simplemente.

"No fue una semana particularmente activa", admite en un susurro. Y, encendiendo un cigarrillo, resume el estado de las conversaciones con los británicos, la penosa situación de China, los resquemores del Departamento de Estado frente a los japoneses, datos en su mayor parte públicos pero que Jim atesora como revelaciones de primer orden porque aquí y allá, entremezcladas con análisis más o menos anodinos, Jurista deja caer unas cuantas perlas, datos crudos que nadie más conoce, cifras y presupuestos que harán las delicias de sus jefes en Moscú. La noche se mantiene tersa y nebulosa, y los dos se enzarzan en un intercambio sobre el desarrollo de la guerra. Ésta es la parte que Jurista más disfruta de sus encuentros, cuando, libre ya de culpas, recupera su temple profesoral y se lanza a disertar sobre política económica. A veces se pregunta si no se arriesga sólo para llegar al momento en que se le permite desplegar su vasto arsenal de ideas y opiniones e imparte una lección de política monetaria como si aconsejase al mismísimo Stalin por interpósita persona. Se asume poseedor de una verdad superior y nada disfruta tanto como compartirla, convencido de que así influirá en las relaciones que americanos y soviéticos mantendrán al término del conflicto. ¿Un salvador? Más bien un propiciador. Un intermediario. Alguien capaz de jugarse su reputación con tal de ser escuchado a un lado y otro del océano.

Jim lo mira a los ojos, satisfecho. Aprecia la súbita vehemencia de Jurista, advierte en ella una prueba de su compromiso. Como todos los sujetos de su clase, necesita creerse irremplazable a fin de justificar sus mentiras y sus hurtos. A Jim lo han reprendido varias veces por concederle un margen de maniobra tan amplio a este contacto, por no apretarle las tuercas y no obligarlo a conseguir información aún más delicada, pero el ruso sabe que con Jurista debe andarse con tiento, sólo así conservará la calma y la confianza para proseguir con su misión. A fin de cuentas sí es, como él no se cansa de decirlo, uno de los pilares del aparato.

Concluida su charla magistral, Jurista le confía los folios que ha escrito con una caligrafía pequeña y angulosa. Jim ni siquiera los ojea —ya tendrá tiempo para devorarlos en su habitación— y se los guarda en el bolsillo del pantalón como si fuesen billetes arrugados. "¿Dónde te dejo?", le pregunta Jurista. Jim le da unas indicaciones y ambos se mantienen en silencio durante la última parte del trayecto, tratando de adivinar quién ha ganado más con el intercambio de esta noche.

Conforme se aproxima la despedida, Jurista vuelve a sentir las manos sudorosas, una vez más se descubre vacío y agotado. Furioso. Se promete que será la última vez, que no volverá a acudir a estas odiosas citas, que hará caso omiso a las llamadas de Jim y de los suyos, y de nuevo reconoce que no es capaz de vivir sin el torbellino que lo sacude cada vez que el ruso se monta en su coche y que no puede renunciar a la idea de que su inteligencia sea apreciada en Moscú tanto como en Washington. Al llegar a la esquina indicada —la punta del obelisco apenas se abre paso entre la bruma—, Jim abre la portezuela y desciende sobre la nieve percudida. Ni siquiera se dan la mano. Concluida su misión, Jurista se prepara para regresar a la placidez de su hogar, a la tierna acogida de su esposa, a esa otra mitad de su vida que tanto añora y tanto lo avergüenza.

Dúo

—El protagonista de este fantástico relato —me explicó Leah—, no era otro que Harry Dexter White, entonces subsecretario en funciones del Tesoro. O al menos eso sugerían las acusaciones de Bentley y de Chambers.

—La escena parece extraída de *El tercer hombre* —presumí mi erudición—. ¿Recuerdas la aparición de Orson Welles, aquel hipopótamo soberbio? La niebla espesa, la ciudad vacía y amenazante, el agente soviético sarcástico e implacable.

—Pues así es como los republicanos querían dibujar a White en los años posteriores a su muerte —Leah le dio un mínimo sorbo a su vaso y yo me descubrí admirando sus labios—. En las elecciones de 1952 el general Eisenhower aplastó al demócrata Adlai Stevenson y a Henry Wallace, el candidato del Partido Progresista, antiguo vicepresidente de Roosevelt y viejo amigo de White, y nombró vicepresidente ni más ni menos que a Richard Nixon. El ambiente de la nación no podía hallarse más enrarecido, la vieja alianza con los soviéticos se había quebrado, Churchill acababa de lanzar su discurso sobre el telón de acero, McCarthy había iniciado su cacería de brujas y quien no temblaba ante el peligro rojo temía ser acusado de ser un rojo encubierto…

Esta vez nuestra reunión no se celebraba en mi oficina o en una aséptica cafetería del Midtown, sino frente a un Sancerre, unas ostras (para mí) y un plato de lechugas multicolores (para ella), en un pequeño restaurante francés en Madison que a primera vista no parecía el lugar más indicado para una reunión de trabajo, el saloncito a media luz, con sólo ocho o nueve mesas, todas con pequeñas velas encendidas. A regañadientes Leah había abandonado los jeans y los suéteres de cuello de tortuga y lucía una blusa negra cuyo escote parecía incomodarla. Se había soltado el cabello —una mata larguí— y llevaba unos discretos pendientes de plata en sus diminutas orejas. Me divertía su manera de disimular que el vino había comenzado a entorpecer su lengua.

—Aunque los republicanos habían ganado las elecciones federales —me explicó—, acababan de ser vencidos en Wisconsin y Nueva Jersey, y las primarias de California estaban a la vuelta de la esquina. Por eso los miembros del gabinete empezaron a utilizar todos los foros para golpear a los demócratas. En noviembre de 1953, el nuevo procurador, Herbert Brownell, se dirigió a los miembros del Club de Ejecutivos de

Chicago y, tras alabar al FBI, se lanzó a denunciar a la administración Truman por negarse a actuar contra los agentes comunistas infiltrados en el gobierno. Y, como ejemplo supremo de su descuido antipatriótico, mencionó el nombre de Harry Dexter White.

Me sorprendió la animosidad con que Leah se refería a los republicanos. No es que yo lo fuera (en realidad los desprecio casi más que a los demócratas), pero no había convivido con alguien con posiciones tan ostensiblemente liberales desde que abandoné el hogar materno. Pensé que había algo fascinante en el desprecio que Leah le reservaba a los poderosos, y de pronto me descubrí con mi mano sobre la suya. En vez de retirarla, ella la dejó allí, fría e inmóvil.

—Para empezar, Brownell enumeró todos los cargos ocupados por White en el Tesoro y el Fondo Monetario Internacional y resaltó su contribución a los acuerdos de Bretton Woods —Leah se limitó a alzar una de sus cejas, indiferente a mis caricias—. Y luego lo acusó de entregar documentos secretos a los rusos para que éstos los transmitiesen a Moscú. Pero lo peor, según él, era que los demócratas *sabían* que era un espía comunista cuando lo nombraron director ejecutivo de la delegación estadounidense en el Fondo Monetario Internacional.

—¿Y cómo respondió Truman?

Traté de servirle un poco más de vino, pero ella me lo impidió liberando su mano de la mía y colocándola sobre el cristal.

—Me da sueño —se disculpó.

—Eso pasa con la primera copa —sonreí—. Verás que si te tomas dos o tres el efecto será el contrario.

Sonrió y por primera vez reparé en sus colmillos de vampiro.

—Durante una aparición televisiva, el presidente negó las acusaciones de Brownell —pese a sus esfuerzos por mantenerse alerta, su voz empezaba a denunciar las fluctuaciones provocadas por el alcohol—. Truman afirmó que, si bien White estaba siendo investigado por el FBI, entonces había sido *prácticamente* imposible probar los cargos en su contra y aseguró que, si permitió su nombramiento en el Fondo Monetario, fue porque se trataba de un puesto menos sensible que el de subsecretario del Tesoro.

Apartándose de su guión, Leah se disculpó y se dirigió al baño (la imaginé rociándose el rostro para espabilarse). Sin consultarla, le dije al mesero que no tomaríamos postres ni cafés y pedí la cuenta. De regreso volvió a su relato mientras yo la conducía del brazo rumbo a la salida, donde ya nos aguardaba el chofer. Ni siquiera me preguntó adónde nos dirigíamos.

—A fines de noviembre de 1953, Brownell y Hoover se presentaron ante el Subcomité de Seguridad Interior del Senado —las luces de Park Avenue se deslizaban por las ventanillas como luciérnagas—. El procurador aseguró que sus palabras habían sido malinterpretadas y que jamás pretendió sugerir la deslealtad de Truman, pero insistió en que el expresidente se había negado a enfrentar la infiltración comunista por considerar que se trataba de un distractor. Luego, en el momento culminante de la audiencia, Hoover sostuvo que el FBI jamás recomendó que White fuese nombrado en el Fondo para proseguir las investigaciones sobre él y negó que hubiese sido relevado del Tesoro por razones de seguridad, como había afirmado el presidente. Y remató diciendo que no tenía la menor duda de que White había estado al servicio de los soviéticos.

—¿Cómo reaccionó Eisenhower?

—Temeroso de poner en jaque a la institución presidencial, prometió que el asunto de los comunistas en el gobierno... hip... no se convertirá en un tema central de las próximas elecciones y dijo que él no respondería a ninguna pregunta relacionada con el *caso White*. Pero el llamado a la concordia duró poco... hip... Decididos a arrebatarle la persecución de comunistas a McCarthy, los miembros del Subcomité de Seguridad Interna del Senado llamaron a comparecer a los supuestos cómplices de White. Frank Coe, Harold Glasser y Noah Volpi. Tu padre fue convocado para el 20 de diciembre de 1953.

—Una semana antes de su encuentro con el pichón —me sorprendió la falta de emoción con la que pronuncié estas palabras.

Para entonces nuestros rostros se hallaban a unas pulgadas de distancia en el elevador que nos conducía a mi apartamento. En cuanto entramos Leah se quitó los zapatos y se acomodó en uno de los amplios sillones de la sala; le ofrecí una copa de champaña, que rechazó con un gesto de asco.

—Las burbujas no me sientan bien.

Alzándome de hombros, llené su copa con vino blanco.

—¿Qué podría haberle ocurrido a mi padre de no haber muerto? —me senté a su lado y posé mi mano sobre su muslo. Una vez más, ella aceptó mi avance en silencio, más resignada que excitada.

—Es difícil responder a eso —balbuceó—. Por un lado, los Rosenberg acababan de ser enviados a la silla eléctrica. Y por otro, tras la muerte de Stalin había empezado a verificarse cierta distensión entre las dos superpotencias. Poco a poco las escaramuzas entre republicanos y demócratas se trasladaron a campos menos dramáticos que el espionaje... hip... Truman pronto volvió a ser considerado un patriota, McCarthy acabó desprestigiado, Brownell cayó en el olvido y el nombre de White desapareció de las primeras planas hasta convertirse en una nota a pie de página en los libros de historia, aunque no ya como fundador del FMI, sino como un posible espía comunista... hip... Al menos hasta que su lealtad o su traición, al igual que la lealtad o la traición de sus colaboradores, dejaron de importarle a nadie...

—A nadie salvo a nosotros —concluí.

Unos segundos antes de pronunciar esas palabras había comenzado a desabotonar su blusa. Sus senos diminutos podían confundirse con los de un muchacho.

Escena II. *Sobre cómo dos economistas consiguieron la piedra filosofal y dos economistas estelarizaron la pelea del siglo*

Preludio

¿Se puede hacer dinero de la nada?

Los alquimistas medievales trataron de convertir el plomo en oro a través de un arcano mecanismo de transmutación. Para poner en marcha el proceso, utilizaban un metal impuro, un principio elemental —la pirita— que, tras ser limpiado y purificado en morteros y retortas, alcanzaba un estadio superior y comenzaba a relucir. A diferencia de sus ancestros, nuestros modernos alquimistas financieros renunciaron a cualquier materia prima y en su lugar conjugaron etéreas fórmulas matemáticas para enriquecerse a voluntad.

No todos los científicos, queda claro, son iguales. Cuando un biólogo, un físico o un químico pone a prueba sus hipótesis, espera un resultado que, además de granjearle la gloria eterna, beneficie al resto de la humanidad; en cambio, cuando un economista constata el poder de sus ideas, simplemente intenta amasar una fortuna. Ésta es la fábula de dos premios Nobel de Economía que, confiados de ser los tipos más listos del planeta, decidieron poner en práctica sus teorías sobre el valor de las acciones y la eficiencia del mercado… en el mercado.

¿Su objetivo? Crear millones de dólares del aire.

Coro de los inversionistas

—Siempre hemos ganado cuando otros han perdido —me instruyó mi nuevo jefe antes de golpear la pelotita—.

Ésa es la naturaleza de nuestro fondo y la clave de nuestro éxito. No debemos temer las turbulencias, sino exprimirlas en nuestro favor.

El sermón de John Meriwether apenas me sorprendió. Yo me había incorporado a Long-Term Capital Management cuando se hallaba en un momento de zozobra; más aún, había sido llevado allí para tratar de revertir su racha negativa (dos trimestres de pérdidas tras cinco años de inverosímiles ganancias). No niego que ver a J.M. (como lo llamaban sus amigos y rivales) de punta en blanco al lado de sus socios predilectos, todos a sus anchas en su inmenso club de golf —confieso mi aversión a los deportes—, me hacía sentir fuera de lugar. Si bien su rostro afable y redondeado, tan irlandés, y su media sonrisa en una boca desprovista de labios invitaban a confundirlo con un sacerdote católico o un afable policía, dos profesiones que barajó en la adolescencia, no se me olvidaba que J.M. era el mítico fundador del Grupo de Arbitraje de Solomon Brothers ni que ahora era el capitán del *hedge fund* más exclusivo del planeta.[1]

Según una anécdota repetida hasta el cansancio en Wall Street, J.M. era un ludópata que no perdía la ocasión de apostar en partidos de beisbol, carreras de caballos o las elecciones locales de Vermont o Rhode Island, y en alguna ocasión llegó a perder diez millones de dólares en una sola partida de *póker del mentiroso* (su pasatiempo favorito), pero su temple matemático, su devoción a la Virgen y la pasión por la vida familiar no encajaban con ese perfil de jugador desbalagado. Sin duda era capaz de ganar o perder varios millones en una mañana, pero jamás se dejaba guiar por sus caprichos. Desde su época en Solomon se jactaba de contratar sólo a aquellos *traders* que

[1] Aunque se pusieron en marcha hacia 1950, los *hedge funds* sólo se convirtieron en instituciones centrales de nuestro sistema financiero en años recientes. A diferencia de los fondos mutuos, siempre han operado en la sombra, pues no necesitan registrarse en la Comisión de Seguros y Cambios. Son una especie de clubes de ricos, formados según la ley por no más de 99 inversores, con una participación de al menos un millón de dólares, o 500 si cada uno invierte al menos 5 millones. Sus portafolios se mantienen ocultos y están autorizados a pedir prestado tanto dinero como quieran sin ninguna restricción.

no veían el mercado como el reino del azar o el sinsentido, sino como una austera disciplina intelectual.

J.M. había sido de los primeros en incorporar al grasiento medio financiero a *freaks* provenientes de los más altos escalones de la academia, sujetos tímidos y abstraídos, socialmente autistas, que sin su apoyo jamás habrían tenido la ocasión de trabajar —y enriquecerse— en Wall Street. Con ellos había formado su célebre equipo de Solomon y muchos lo habían seguido, luego de su momentánea caída en desgracia a fines de los ochenta, hasta Long-Term (y hasta este reluciente campo de golf): Eric Rosenfeld, antiguo profesor de la Escuela de Negocios de Harvard; Victor J. Haghani, un judío iraní educado en la London School of Economics; y el brazo derecho de J.M., Lawrence Hilibrand, con dos doctorados en el MIT. Pero su mayor logro como cazatalentos había sido el fichaje de dos futuros premios Nobel, Robert C. Merton —hijo del economista que inventó el término *profecía autocumplida*— y Myron Scholes. ¿Qué mejor estrategia para atraer capitales a su nuevo fondo que incorporar a dos de los cerebros económicos más admirados del orbe? ¿Y qué mejor manera de aprovechar las ineficiencias del mercado que cobijando a quienes habían demostrado su eficiencia?

—Te voy a confiar lo más importante que he aprendido en el golf y en los negocios —me espetó J.M. sin reparar en la torpeza de su último golpe—. Lo único que se necesita para que las pérdidas se conviertan en ganancias es tiempo. Sólo eso. Tiempo.

Si el mercado fuese perfecto, como lo imaginaban Gene Fama y sus compinches de Chicago, sería imposible obtener ganancias con la insulsa tarea de negociar bonos, la especialidad de J.M., pues los precios quedarían fijados en un solo momento, sin lugar para desajustes. Pero como nuestros mercados sólo *tienden* a la perfección sin alcanzarla —algo que Merton y Scholes habían demostrado—, los precios fluctúan de un mercado a otro. Con el tiempo el margen entre los bonos más y menos riesgosos tiende a converger, pero entretanto es posible aprovechar las discrepancias y obtener enormes dividendos.

Ésa era la definición del arbitraje, al menos tal como lo practicaba J.M., la posibilidad de enriquecerse con costo cero; a ello se había consagrado en Solomon Brothers y a ello se dedicaba ahora, con más energía, en Long-Term Capital Management.

El césped, de un verde casi artificial, se extendía hasta el horizonte bajo la luz del mediodía. Aquél era el auténtico reino de J.M. Mientras en las oficinas centrales de LTCM en Greenwich, Connecticut, prefería pasarse el día frente a las pantallas, copado por sus *brókers* y sus *traders*, dando voces a diestra y siniestra, sometido al vértigo de las fluctuaciones, y sólo de vez en cuando convocaba a una junta en su acolchada oficina del segundo piso, todos los asuntos que en verdad le importaban se dirimían aquí, en el campo de golf.

Hilibrand, Rosenfeld y Haghani no tardaron en alcanzarnos, perseguidos por sus cadis, exultantes ante los erráticos golpes de J.M. Pero éste no se daba por vencido, como no lo había hecho tras abandonar Solomon; desde entonces había soñado con recrear su Grupo de Arbitraje sin depender del capital de los demás y con esa filosofía creó Long-Term, un *hedge fund* distinto a cualquier otro que, si bien se concentraría en el mercado de bonos, estaba dispuesto a apalancar sus apuestas en una medida veinte o treinta veces mayor que la de sus competidores.

—¡Maldición! —exclamó J.M. al observar que la bola había ido a parar en unos setos mientras Hilibrand apenas contenía una risita.

El cadi le entregó un nuevo palo y los demás lo vimos adentrarse en los arbustos.

—J.M. apostó diez de los grandes a que lo conseguiría —me confió Haghani, divertido—. Nunca lo había visto fallar así.

Mientras un típico fondo de riesgo suele comenzar sus operaciones con unos 20 o 25 millones de dólares, J.M. esperaba reunir unos 2 mil quinientos millones; y, mientras la mayor parte de los fondos concede alrededor de 20 por ciento de las ganancias a sus socios, él le prometió a los suyos el 25. A cambio, sus inversores estaban obligados a permanecer a su lado por un plazo de tres años (de allí el nombre de Long-Term), de modo que, en caso de volatilidad extrema, las reservas pudiesen sostener el barco hasta que los vientos volviesen a ser favorables.

Esta vez J.M. dio un golpe seco que no sólo arrancó la pelotita del seto, sino la hizo volar a unas cuantas pulgadas del hoyo. La sonrisa se borró de los rostros de Hilibrand, Rosenfeld y Haghani.

—Cuando todo parece perdido —J.M. abanicó el aire con su visera—, lo único que necesitas, además de tiempo, es suerte...

Durante sus primeros años, Long-Term había disfrutado de *mucha* suerte; cuando a principios de 1994 el Gran Gurú Greenspan dictaminó una inesperada alza en las tasas de interés a corto plazo, provocando una severa inestabilidad en los mercados, J.M. se aprovechó del caos con astucia. De la noche a la mañana los bonos americanos y europeos se desplomaron y numerosos fondos se precipitaron en la ruina. "¡Estupendo, lo mejor que puede ocurrirnos es que nuestros rivales tiren la toalla!", fue su único comentario: el naufragio ampliaría los márgenes de los bonos, justo lo que Long-Term requería. Aplicando esta estrategia, J.M. obtuvo un 7 por ciento de ganancias en un mes.

En 1994, J.M. hizo su apuesta más arriesgada en bonos del Tesoro de Estados Unidos, en teoría los instrumentos financieros más seguros —y aburridos— del planeta. Dotado con las fórmulas de sus genios, calculó el riesgo de la operación y convenció a los bancos de prestarle el dinero necesario. La belleza —no cabe otra palabra— de la maniobra era inaudita; dado que la cantidad invertida en la venta de unos bonos era la misma que la invertida en la compra de otros, y que todo el proceso se llevaba a cabo con dinero prestado, J.M. no tuvo que invertir *ni un centavo propio*. Al final, obtuvo una ganancia de 15 millones de dólares. ¡15 millones de la nada!

—Queridos amigos —susurró J.M. tras culminar el hoyo 18 por encima de sus colegas—, me deben unas cervezas. Y diez mil dólares cada uno.

Meriwether le dio una gigantesca propina a su cadi y, antes de dirigirse hacia su coche, me señaló con el dedo.

—Tienes que mejorar, Volpi —me ordenó.

Haghani colocó su pesado brazo en torno a mi cuello, como si nos conociésemos de toda la vida.

—Habla en serio —me reprendió—. J.M. detesta a quienes no están a su altura en el golf. ¡Más te vale practicar!

Recitativo

Desde mi divorcio de Rachel me había propuesto no volver a rozar, ya no digamos estrujar, amasar o penetrar, otro cuerpo femenino. Aunque intentase justificarme aduciendo la apariencia un tanto andrógina de Leah, su torso esbelto, desprovisto de protuberancias alarmantes, sus pantorrillas musculosas —de futbolista, bromeó al desnudarse— o su nariz francamente masculina, sería absurdo negar la atracción que, al menos durante los álgidos instantes previos a la cópula, me produjo su lánguida belleza. Había en ella una fragilidad discreta, apenas perceptible, que contrastaba con su temple contestatario. Incluso el olor de su piel, que me recordó el aroma que desprenden los recién nacidos, reforzaba esa indefensión que (yo era el primer sorprendido) de pronto se me hacía irresistible.

Lo anterior no implicó que, una vez tendidos sobre la cama, apenas fuésemos capaces de sortear el desastre. Para empezar, jamás he tolerado esos sexos depilados que se exhiben como moluscos frescos y, en cuanto descubrí su pubis imberbe, sentí la necesidad de escapar de una vez de aquel malentendido. Sólo la paciencia de Leah, que se propuso conducir nuestros vaivenes como si dirigiese una banda de músicos de pueblo, me permitió concentrarme en la transparencia de sus ojos y en la vitalidad un tanto exagerada de sus muslos, lanzándome en un rápido orgasmo que luego me vi obligado a corresponder a costa de entumecerme los nudillos. El veredicto final, mientras reposábamos después de la batalla con los ojos fijos en el techo, era evidente para ambos: ni esforzándonos toda la vida lograríamos que nuestros cuerpos se acomodasen a nuestros deseos.

Sin embargo, al despertar no me pregunté qué diablos hacía ella a mi lado, como me ocurría con frecuencia, tampoco quise echarla a trompicones ni me apresuré a lavarme para desprenderme de su rastro. La contemplé mientras dormía, encogida sobre sí misma como si en sueños se resguardase del ataque de una bestia, y no eludí la tentación de cobijarla. Cuando al fin despertó, atolondrada y ciega, le preparé un café sin azúcar que se bebió en pequeños sorbos, suavemente, mientras yo acariciaba sus piernas desnudas, envueltos en la naturalidad de una pareja que lleva años repitiendo la misma costumbre matutina. Traté de adivinar en su cutis deslavado un signo de turbación o de arrepentimiento, pero Leah se apresuró a ducharse, se vistió y se despidió sin mostrar otra emoción que la tristeza más o menos apacible que suele provocar un coito aburrido.

Pasé toda la mañana sin apartar de mi mente su ágil desnudez paseándose desde la habitación hasta el cuarto de baño. ¿Qué había sido aquello? Me costaba entender por qué me había esforzado en seducirla y por qué ella no se había resistido. Lo mejor para ambos sería fingir que nada había pasado, un paréntesis inofensivo entre dos adultos que han tomado más copas de la cuenta. Tal vez no fuese muy difícil contratar otra historiadora capaz de auxiliarme en mis pesquisas, pero la sintonía con Leah había sido tan reconfortante que me resistía a despedirla o a arruinar nuestro trabajo en común por culpa de una inversión erótica que —a estas alturas era obvio— no me produciría ningunos dividendos.

Por la tarde la cité en la escalinata de la Biblioteca Pública de Nueva York y, aprovechando la tardía calidez del otoño, le propuse que trabajásemos en alguna de las mesitas al aire libre de Bryant Park. Ella llegó unos minutos tarde —la puntualidad no se contaba entre sus virtudes—, con sus mismos jeans desgarrados en las rodillas, una camiseta blanquecina y el cabello recogido en una rústica cola de caballo. Aunque otra vez no lucía una gota de maquillaje, se le veía fresca, casi relajada. Se disculpó por el retraso y colocó su morral repleto de papeles frente a mí. Celebré que nuestros encuentros hubiesen recuperado su carácter profesional, al tiempo que me escocía la idea no volver a poseerla entre las sábanas.

Leah se explayó sobre White y sobre Keynes, imaginándolos como púgiles en una pelea de boxeo, pero yo apenas presté atención a sus metáforas. De pronto me pareció absurdo que ella indagase sin pudor en los secretos de mi padre sin que yo le hubiese preguntado nada sobre ella. En cuanto concluyó su comparación entre los dos economistas, le pedí que me hablase un poco de sí misma. Sonrojada, aseguró que no había mucho qué contar (mentira: a las mujeres les fascina que uno demuestre interés por su pasado, por horrible o anodino que éste luzca) y procedió a resumirme su errático itinerario sentimental.

Leah había nacido en un pequeño pueblo en la parte alta del estado de Nueva York y, tal como yo imaginaba —no se requiere ser vidente para advertir las cicatrices del abandono—, provenía de una familia desestructurada de clase obrera. Su madre se había embarazado a los dieciocho y a los veinticinco había escapado de la opresión de su marido, un trabajador metalúrgico con una acusada propensión a los celos y, según su hija, a la psicosis. Desde entonces Leah había convivido con al menos seis padres sustitutos —desde un conductor de autobús que le acariciaba las ingles hasta un larguirucho maestro de primaria que le compraba Barbies de segunda mano—, como si su madre hubiese puesto en marcha un *casting* para descubrir a los mayores perdedores de la comarca. Los vecinos respondieron a esta manía coleccionista con rumores según los cuales la madre era, además de ninfómana, adicta a la heroína (ella lo negaba). Para contrarrestar estos exabruptos, Leah siempre fue una niña bien portada y, pese a su timidez recalcitrante, siempre ocupó los primeros lugares de su clase, de allí las becas que le permitieron estudiar el *college* en Cornell y el doctorado en CUNY. De su vida emocional, en cambio, se resistió a darme el menor detalle, aunque no dejó de insinuar que en ese rubro sus éxitos habían sido más bien magros (entendí que nulos). Según ella, sus únicos amores verdaderos, al menos hasta el momento, habían sido sus perros, por los que sentía una malsana devoción, desde el roñoso dálmata que la acompañó de niña hasta Salinger, el insufrible beagle con el que ahora compartía su estudio.

En cambio, me sorprendió un poco que me confesase su dificultad para hacer amigos. Según ella, no sólo le costaba congeniar con sus compañeros y profesores, que sin falta se le hacían necios o retrógrados, sino que había protagonizado una sonora pelea con el jefe del Departamento de Historia por defender a una condiscípula que, al quedar embarazada, había sido sancionada con la suspensión de su beca. Tras escuchar aquellas vagas revelaciones entendí mejor su ingenua debilidad por los demócratas: pertenecía a ese pequeño porcentaje de la población que piensa que su ascenso social se debe a la ayuda del Estado más que a su tesón o su talento. No puedo negar que la idea de mostrarle la verdadera naturaleza de las cosas, y en particular las ventajas del egoísmo, fue otro de los alicientes que me impulsaron a retenerla. A cambio de su ayuda me correspondía demostrarle a esta joven justiciera la inutilidad de sus buenas intenciones.

Al acabar su relato, una noche fresca y luminosa se había precipitado sobre nosotros. Leah consultó su reloj y dijo que tenía que marcharse. Al desgaire le propuse llevarla a su casa. Al principio se rehusó, pero acabó por subirse al auto cuando Charles se colocó frente a ella y le abrió la puerta como si fuese una princesa. Era inevitable que al llegar a nuestro destino (en la parte alta de Harlem) se produjese uno de esos agrestes silencios de quienes ya han compartido sus fluidos y le pregunté si podía subir con ella. Subimos los cuatro pisos en silencio y nos deslizamos en un miserable *loft* en el que se amontonaban la cocina, el comedor y la cama a escasas pulgadas de distancia. Salinger se apresuró a olisquearme y luego se aferró de forma poco educada a mi pierna derecha. Si Leah no lo hubiese encerrado en el baño, no habría tenido otro remedio que marcharme.

Me costaba imaginar que alguien pudiese pasar tantas horas en un cajón de zapatos como ése, y menos acompañada por un perro. Tras rebuscar en la despensa, Leah se disculpó pues no tenía que ofrecerme más que un té herbal o un vino orgánico. Opté por el segundo: craso error. Era evidente que el único modo de aliviar la tensión sería permitiendo que otra vez nuestros cuerpos se arriesgasen a encontrarse. De pronto ella se desnudó frente a mí, sin ningún aviso previo: los tímidos a veces no lo son tanto. Si alguno de los dos esperaba que el sexo mejorase respecto a la noche anterior, la decepción debió ser mayúscula —dos orgasmos obtenidos casi por la fuerza en tiempos discontinuos—, pero, de forma imprevisible, dormimos abrazados hasta la madrugada. En definitiva, aquélla no iba a ser la mejor inversión de mi vida, pero a veces los hombres de negocios no somos, como querrían las teorías, puramente racionales.

Dúo

Keynes *vs.* White. *Primer round.*

En esta esquina, con calzoncillos azules y 59 años de edad, nacido en la pintoresca aldea universitaria de Cambridge, el campeón de los pesos pesados, damas y caballeros, el único e inigualable golpeador de las Islas Británicas, el maestro de generaciones de fajadores, especuladores y ministros, el muy celebrado autor de los incomparables e incomprensibles mamotretos *Las consecuencias económicas de la paz* y *La teoría general sobre el empleo, el interés y el dinero*, con los cuales noqueó a más de un adversario, el antiguo miembro de la pandilla de Bloomsbury, señoras y señores, con ustedes el brillante, el genial, el indiscutible, el soberbio Loooord John Maynard (favor de pronunciar a la inglesa) Kaaaaaaaynz…

Y en la esquina opuesta, con calzoncillos rojos (nunca mejor dicho) y 50 años de edad, nacido en la gélida y cosmopolita ciudad de Boston, el ciclópeo retador al cetro mundial, damas y caballeros, el astuto y chicanero abanderado de Estados Unidos de América, la estrella ascendente del boxeo económico mundial, señoras y señores, el peleador surgido de las cuadras del secretario Morgenthau y del presidente Roosevelt, el campeón del Departamento del Tesoro, el brillante, el indiscutible, el soberbio Haaaaarry Dexter Whiiiiiiiiite...

¡Qué pelea se avecina, amigos y amigas! La experiencia contra la ambición, la técnica contra la fuerza, la sagacidad contra la malicia, la tradición contra la novedad, la nobleza contra la burguesía, la cultura contra la civilización, la monarquía contra la democracia, el sutil humor británico contra la eficiencia americana. En diez rounds, que se celebrarán entre 1942 y 1945 a ambos lados del Atlántico, estos dos boxeadores se enfrentarán por el anhelado Título Mundial de los Rescatadores del Mundo. Sólo uno acaparará la gloria y los honores, damas y caballeros, sólo uno se convertirá en el Salvador del Planeta, señoras y señores, sólo uno diseñará el plan económico de la posguerra, amigos y amigas, sólo uno será ungido como el creador de la jaula económica que aún nos encierra.

¿Los distinguen allá, en sus banquillos, rodeados por legiones de *managers*, secretarias y asistentes que masajean y abrillantan sus cerebros con toda clase de ungüentos y pomadas? En el fulgor de su mirada se anuncia la expectación ante la ferocidad de la contienda. Ya se levantan, brincan y calientan los músculos, conscientes del histórico momento. Ahora el réferi los llama al centro del ring, ambos acuden de mala gana, se miden a la distancia y chocan sus guantes en un tímido saludo. ¡Todo está listo, damas y caballeros!

¡Ésta es la Pelea del Siglooooooo!

Como nos indica la voluptuosa jovencita con su cartulina al frente, hoy es 23 de octubre de 1942, y da inicio el primer asalto.

¡Cling!

Recitativo

Un destello amoratado ilumina las nubes por un instante, luego el cielo regresa a la oscuridad y la nave da tumbos a 25 mil pies de altura sobre el océano. Harry aún no olvida la incomodidad y el horror de la travesía: ocho horas de turbulencias, amarrado a su asiento —una pulga en una cajetilla de fósforos—, suplicando para que un caza alemán no se atraviese en su camino. El apresurado aterrizaje en Escocia tampoco alivió su mareo y, durante la inspección de armamentos a la que debió acudir al lado de Morgenthau, aún no había recuperado el equilibrio y debió disculparse para correr a vomitar sobre el lavabo. Desde entonces el malestar estomacal no le ha dado tregua. A lo largo de las agotadoras reuniones con los oficiales del Ministerio de Hacienda, sus tripas no dejaron de retorcerse, produciendo embarazosos estertores.

Hoy Harry se siente un poco mejor —por primera vez en varios días evacuó correctamente—, aunque aún sufre cólicos y acidez en el esófago. ¡Qué ocurrencia más tonta! ¡Por supuesto que sus padecimientos no tienen un origen nervioso! Aunque el embajador Winant concertó la cita en el último instante, a estas alturas White no teme encontrarse con Keynes. Los dos llevan semanas trabajando en sus respectivos planes y hubiese resultado inconcebible no aprovechar su viaje a Inglaterra para un primer intercambio de opiniones con el Maestro.

La vez anterior que se encontraron, muchos años atrás, la presencia del británico sí le produjo sudores anticipados, pero las circunstancias eran muy distintas. En abril de 1935, cuando Morgenthau lo envió en su primera misión oficial a Europa, White apenas iniciaba su carrera en el Tesoro y, si bien era tenido como un joven ambicioso y prometedor, no dejó de sentirse en desventaja frente a Keynes, el mayor economista del planeta. En aquella ocasión éste lo trató con la educada displicencia que White siempre ha odiado en los británicos; no podría afirmar que el sabio hubiese sido cortante o descortés, pero jamás abandonó cierto aire de superioridad frente a su imberbe colega americano.

Siete años después, White todavía experimenta un profundo respeto hacia Lord Keynes —meses atrás el rey Jorge lo nombró barón por sus altos servicios a la Corona— y aún piensa que se trata del mayor economista vivo, pero ahora él es la voz del Tesoro en las negociaciones económicas sobre la posguerra. Así, mientras el Maestro empleará toda su sagacidad para conservar los últimos privilegios del Imperio Británico, White le dejará claro que Estados Unidos impondrá sus condiciones. Quizás esta desigualdad sea la parte más apasionante de la pelea que se avecina, dado que ambos reconocen la disparidad de medios con que cuentan, estarán obligados a enzarzarse en una batalla llena de sutilezas, trampas y cláusulas con letra pequeña. Aun en desventaja, Lord Keynes es un adversario formidable y White tendrá que utilizar todos sus recursos para derrotarlo no sólo en el plano de los hechos (algo que da por descontado) sino en el de las ideas.

Sosteniéndose el vientre con ambas manos, White ocupa un sillón al lado de Morgenthau, mientras el resto de la comitiva se acomoda en los puestos aledaños al tiempo que el embajador Winant anuncia el arribo de los británicos. Tras los parabienes protocolarios, Keynes se sienta frente a White, aunque se desvía en una edulcorada conversación con otro de los invitados. A Harry le parece que el Maestro ha envejecido de golpe, su bigotito chaplinesco ha encanecido y su occipucio despunta entre las matas de cabello como una colina en un yermo. La piel de sus manos se ha vuelto de pergamino y las oscuras bolsas bajo los ojos denuncian cierta fatiga crónica, aunque el resplandor de su mirada no haya perdido su vigor. White sabe que el cascado actor secundario de una opereta de Gilbert & Sullivan esconde en su interior un tigre de garras afiladas.

Un mesero reparte copas y volovanes —sólo los cascos de metal en el porche y la patrulla militar apostada en la esquina de la Embajada estadounidense en Londres recuerdan que la ciudad sufre los cotidianos bombardeos nazis— y la conversación fluye de un tema a otro, lo que provoca el fastidio conjunto de Keynes y de White, igual de intolerantes frente a la palabrería. Estudiados de cerca, ambos no se distinguen de dos cangrejos que, listos para el ataque, se conforman con abrir y cerrar sus tenazas. Keynes reparte perlas de ironía —sobre todo al referirse, oblicuamente, al *Plan White*— y el americano blande dos o tres puntualizaciones severas y amargas, e igual de oblicuas, sobre el *Plan Keynes*. Esas primeras escaramuzas anuncian el inicio de las hostilidades.

Poco a poco los demás convidados —incluido Winant, quien en su calidad de réferi apenas intercala dos o tres frases deportivas— cierran la boca y se acomodan en sus palcos. El primer mazazo lo propina Lord Keynes: el Fondo Monetario que propone White no le parece lo suficientemente ambicioso como para resolver los desafíos de la posguerra, a diferencia de la mucho más elegante y compleja Unión Internacional de Compensación que él ha propuesto. White encaja el golpe, protege sus partes blandas y escapa del *clinch* del británico.

—El Congreso jamás aprobaría algo distinto —replica White sin sarcasmo, como diciendo así son las cosas, yo no soy más que el emisario de la realidad.

Harry Dexter White y John Maynard Keynes

Lord Keynes blande su copa, le da un pequeño sorbo y contempla con desdén a su adversario.

—La Unión Internacional de Compensación sin duda es una idea brillante, qué digo brillante —White empuja a su oponente hacia las cuerdas—, ¡brillantísima!, sólo que resulta políticamente inviable. En otro mundo...

Un golpe bajo que el árbitro no sanciona. Keynes se queda sin aire, pero no tarda en recomponerse mientras se atraganta con un bocadillo de salmón.

—Si algo puede bloquear la libertad del Fondo Monetario —desliza Lord Keynes—, es que funcione a través de suscripciones de capital. Lo imagino como un pulpo desprovisto de tentáculos. En cambio, crear una moneda de cambio universal garantizaría su independencia...

—¿El *bancor*? —se mofa White.

—Póngale el nombre que guste —se defiende el inglés.

Una gota de sangre escurre por la frente de White: no, no es nada grave, puede continuar, no hay necesidad de detener la pelea. Para pasar el mal trago, el americano masca un pepinillo y se refresca con un trago de champaña.

"¡Keynes, Keynes, Keynes!", parecen aullar los fanáticos británicos, formando una ola en la sala de recepciones de la embajada. Su pugilista no los defrauda y mantiene el castigo.

—Inglaterra jamás aceptará que las variaciones en el cambio de moneda sólo puedan ser aprobadas por una mayoría de cuatro quintas partes de los miembros del Fondo —exclama, desatando el aplauso de los suyos—. Dado que nuestro país es el que más ha invertido y sufrido en la guerra, atravesará una situación muy compleja al término del conflicto. Inglaterra necesita completa libertad para fijar el tipo de cambio de la libra.

"¡Larga vida a Lord Keynes!", le gustaría canturrear a la hinchada.

White esquiva el gancho al hígado y se burla de su adversario con una sonrisita cuya traducción aproximada sería: en efecto, ésa es la cuestión, Lord Keynes, al término del conflicto Gran Bretaña será una potencia de segundo orden que no podrá decidir *nada*. Como una consideración especial a sus esfuerzos es que nos hallamos hoy aquí, nosotros preferiríamos pelear en otras ligas, con adversarios de nuestro peso. Si yo fuera usted, me limitaría a agradecerlo.

Si White piensa lo anterior, prefiere concederle un poco de aire a su rival: nos hallamos apenas en el primer round y no quiere humillar al Maestro.

—Tal vez debamos dejar esta charla para después…

Keynes, dando bocanadas, no se rinde.

—Inglaterra tampoco está conforme con la idea de que Estados Unidos cuente con la cuota más grande en el Fondo. Eso significaría que podría tomar todas las decisiones…

El público sufre un repentino ataque de ternura hacia la embestida del británico, no cabe duda de que es un púgil de cepa.

—Tampoco podemos volver atrás las manecillas del reloj —contraataca White—. Su plan busca volver a las condiciones previas a la guerra…

A estas alturas el viejo Keynes se muestra exhausto.

—Debemos proseguir con estas conversaciones sólo entre nosotros, antes de invitar a los miembros de las demás naciones aliadas —argumenta con firmeza—. Quizá un poco más adelante podríamos llamar a los rusos, para evitar suspicacias.

Esta vez White no sonríe, consciente de que éste será el golpe definitivo, segundos antes de que suene la campanilla.

—Mucho me temo, Lord Keynes, que eso daría pie a toda clase de sospechas. Nuestros aliados podrían pensar que hemos formado una pandilla anglosajona, y eso no podemos permitirlo…

Como en los dibujos animados, el martillazo de White provoca que el británico vea pajaritos en torno suyo. Por fortuna el tiempo se ha agotado y Lord Keynes se aferra, de pie, a su última copa de champaña.

¡Cling!

Serenata

Debo confesarlo: me había enamorado. Aguda, torpe, febrilmente, por primera vez en mi vida (acaso por segunda, si contamos el devaneo juvenil con Lars), cuando menos lo esperaba. Cuando menos lo necesitaba. Y no de Leah Levitt, como ustedes podrían haber supuesto, sino del Dr. Allan Whiterspoon. ¿Tendré el descaro de retratarlo? Inmunólogo residente en el Hospital Monte Sinaí, amante de Nietzsche y Schopenhauer y descocado admirador de Puccini. ¡Aún me estremezco al recordar cómo se desprendía de su bata, se envolvía en una sábana y, con un meritorio falsete, bordaba las dos arias de Liù antes de precipitarse al suelo, herido de muerte por los esbirros de Turandot!

También era capaz de encarnar a Manon, Mimì, Tosca, Magda y Minnie, e incluso a Lauretta y Suor Angelica, con el mismo garbo. A veces me atrevía a acompañarlo y con mi patética ronquera de barítono destrozaba los agudos de Rodolfo, Cavaradossi, Jack Rance o Calaf sólo para acogerlo entre mis brazos. Para aliviar un poco la nostalgia, enumeraré sus defectos: Allan no era guapo, al menos a primera vista —ojos castaños, delgado aunque no esquelético, demasiado lampiño— y era un escalón más afeminado de lo que yo soy capaz de tolerar, de modo que por momentos sus ademanes y contoneos me empalagaban.

Un par de años atrás había distinguido su rostro moreno y sus canas prematuras en el vestíbulo del Met —¿en una abúlica *Carmen*?—, pero no había tenido el valor de abordarlo durante el intervalo. Volví a verlo a la distancia en otras ocasiones, uno más entre los aficionados habituales de la compañía, siempre solo y siempre con un traje blanco, hasta que una noche, cuando estaba a punto de iniciar el tercer acto de una fastidiosa *Bohème*, me dirigió una mirada penetrante desde el otro lado de la sala. Imposible no corresponderla. En cuanto se apagaron las luces se levantó de su asiento y se dirigió sigilosamente hacia mi lado.

—Esta función apesta —me susurró al oído.

Me tomó del brazo y yo lo seguí, excitado y atónito, hasta el baño de caballeros. Las melancólicas frases de Rodolfo y Marcello resonaban a lo lejos mientras él me bajaba la cremallera.

—*Che gelida*... —sonrió—. *Se la lasci riscaldar.*

Era noche de luna y la luna la teníamos tan cerca...

—Te diré con dos palabras quién soy, qué hago, cómo vivo —canturreó—, ¿quieres? ¿Quién soy? Soy Allan Whiterspoon. ¿Qué hago? Ya lo ves. ¿Y cómo vivo?

—Vivo —completé.

—¿Dónde?

—Solo, solito, allá donde ves aquellos tejados —concluí mientras descendíamos a toda prisa por las escalinatas del Lincoln Center.

Charles nos llevó a mi apartamento, que distaba años luz de ser una *bianca cameretta.* En la alfombra, ante el ventanal que nos entregaba el claroscuro de Manhattan, concluimos nuestro dúo.

—No vendo flores de papel, pero sí papeles, muchos papeles —le confesé mientras le arrancaba los pantalones.

—¿No eres poeta? ¿Y no soy yo la poesía?

—La lírica del dinero —le confesé—. J.P. Morgan.

—Te creí Mimì y resultaste un marquesito.

—¿Te gustaría ser mi Mussetta?

—*Quando me'n vò...*

Se marchó a las pocas horas, obligado a presentarse a las siete de la mañana en su consulta, pero recibí una llamada suya a media tarde. Sin jugueteos inútiles, sin estrategias ocultas, sin dobles intenciones.

—Hoy te toca visitarme. Podríamos oír la Butterfly de la Scotto mientras yo te preparo un... *risotto* —se hizo el gracioso.

Las dotes culinarias de Allan palidecían en comparación con sus habilidades camerísticas, pero no me costó disculpar su arroz pegajoso tras haber degustado la consistencia *al dente* de su sexo. Creo que a lo largo de esas semanas no hubo una sola noche en que no despertase en su cama —algo que me había negado a consentirle a todas mis conquistas anteriores—, presa de uno de esos raptos químicos que sólo nos sacuden de vez en cuando. Aunque en alguna ocasión Allan accedió a volver a mi casa, demasiado fría e impersonal para su gusto, prefería llevarme a su modesto refugio en el Meatpacking District, un dos piezas decorado como un barco de vela con un par de claraboyas incrustadas en las puertas, barandales y cuerdas de aluminio en los entrepisos y los muros tapizados con madera laminada. Como toda decoración, a lo largo del salón se extendía una línea de peceras vacías iluminadas con un fulgor azul fosforescente. Escrutando sus estanterías comprobé que su colección de óperas no rivalizaba con la mía, excepto en el número de versiones piratas de las obras del genio de Lucca. Su afición marina apenas se distanciaba del mal gusto, pero ello no me impidió navegar con él noche tras noche.

Pasada aquella rutilante obertura, Allan y yo nos deslizamos en el primer acto de una ópera romántica sólo interrumpido por mis impostergables citas con Leah. A ella mis ausencias no le habían parecido sospechosas, el mundo de las finanzas poseía reglas que escapaban a su comprensión de estudiante graduada y mis largos viajes de negocios le parecían inevitables dada mi posición en Wall Street. Quizás lo más natural hubiese sido cancelar la precaria intimidad que me unía con ella, pero yo no lo quise así. Por malo que sea, el sexo nunca es sólo sexo y una vez acostumbrado a Leah no estaba dispuesto a renunciar a su lucidez y a su estimulante compañía. Si no otra cosa, esos minutos de frustración erótica con ella me garantizaban su fidelidad intelectual. A mis ojos, Allan y ella se complementaban a la perfección y gozar del fogoso inmunólogo no tenía por qué obligarme a renunciar a la discreta experta en Bretton Woods. Si jugaba bien mis cartas (y yo me preciaba de ser un avezado tahúr) confiaba en conservar tanto la infatuación que vivía con el desbocado fanático de la ópera como la serena respetabilidad que mi joven amiga empezaba a conferirle a mi vida social.

Para entonces Leah no sólo me acompañaba a todas las funciones, conciertos y galas a que asistía en la Gran Pútrida Manzana, sino que me había atrevido a presentársela a mis hijos. En contra de lo que preví, Isaac la recibió con una educada indiferencia que podría haber pasado por una tácita señal de aprobación. En cambio Susan, quien nunca solía cuestionar mis decisiones, no tardó en ver en Leah a una competidora —ambas tenían prácticamente la misma edad— y le dispensó esa velada inquina con que suelen envenenarse las mujeres. Si no criticaba su estilo ("¿de dónde la sacaste, papá, de una comuna hippy?") se mofaba de su acento o, fingiendo interesarse en sus estudios, la hacía lucir como una académica tiesa y aburrida (quizás Leah lo fuese un poco). Aunque le supliqué que me ayudase a introducirla en los rígidos corsés de *nuestro* mundo, mi hija se negó de plano, estaba claro que jamás le perdonaría su soberbia y menos su oprobiosa juventud.

Introvertida mas no apocada, Leah respondía a sus provocaciones con ironías tan sutiles que mi hija difícilmente reparaba en sus aristas. Observarlas picotearse como dos grullas recelosas resultaba casi entretenido y al cabo dejé de inmiscuirme en sus batallas, a fin de cuentas no les quedaría más remedio que aprender a convivir. Entre tanto yo me vanagloriaba de mi habilidad para gozar de mis dos cuentas de negocios. La misma estrategia que regía mis transacciones financieras se aplicaba a mi economía sentimental. Si podía tenerlo todo, ¿por qué limitar la contabilidad de mi deseo?

Leah y Allan. Allan y Leah. Un equilibrio perfecto.

Escena III. *Sobre cómo enamorarse de una espía y engordar con una dieta de rencor*

Aria de Elizabeth Bentley

Había una vez una muchacha poco agraciada, solitaria e insegura, educada en el hogar de un vendedor de embutidos y una severa maestra de primaria, que terminó convertida en espía rusa y luego en delatora. Aunque yo imaginaba que el retrato que me hizo Leah de Elizabeth Bentley se parecería a una novela de misterio o a un *film noire*, resultó una vulgar historia de amor (más bien de desamor).

1. *Donde nuestra heroína descubre cómo combatir el mal de amores*

Aunque no es la primera vez que admira el cuerpo de un hombre mayor (en su loca vida italiana ha conocido decenas, en el bíblico sentido del término), el de Mario le parece distinto, suave, firme, juvenil. Su director de tesis le lleva veinte años, pero mientras él conserva unas piernas sólidas, unos pectorales generosos y un vientre casi plano, a ella le abochornan sus piernas larguiruchas, su piel cubierta de erupciones y sus senos caídos: si acabaron juntos se debió a que ella suele comportarse como preceptora y él en cambio se desmadra como un niño. Poco importa que el *professore* Casella sea uno de los críticos literarios más prominentes de su generación o que su nombre figure entre los más aguerridos detractores del *Duce* en la Toscana, a Elizabeth no deja de parecerle que ella está obligada a regañarlo como si fuese su madre y no su amante.

Sí, su *amante*. La futura aprendiz de Mata Hari se regodea al balbucir esta palabra. Durante años pensó que ningún hombre se fijaría en sus caderas de matrona o sus nalgas celulíticas, y que terminaría sola y amargada, y en cambio hoy no conseguiría acordarse de los nombres de sus innumerables visitas nocturnas. Su vida sentimental se había iniciado muy tarde, pues mientras sus rivales de Vassar se escabullían con sus noviecitos, fumaban y bebían en secreto y recortaban sus faldas para exhibir las pantorrillas, ella vestía como instructora de primaria, rechazaba el alcohol y no dio su primer beso hasta los dieciocho, poco antes de perder la virginidad en el barco que la condujo por primera vez a Europa. ¡Pero vaya forma de tomarse la revancha! Después de rumiar sus penas en New Milford y Rochester, de hundirse en interminables depresiones e imaginarse aburrida e incasable, un año en Italia le demostró que una mujer joven —*cualquier* mujer joven— es capaz de conseguir un hombre si en verdad se lo propone. Y eso ha hecho desde que llegó a Florencia, comprobar el poderío de su sexo. ¿Qué importa que sus compañeras la acusen de fácil, zorra o puta? Es mejor que ser tildada de cerebral o de machorra, como en Vassar, y conservarse solterona.

Elizabeth ni siquiera necesitó pedirle a Casella que la ayudase con su tesis, él mismo le prometió que su asistente se encargaría de redactar el manuscrito. No es que ella se sintiese incapaz de concluir el trabajo —a fin de cuentas realizó toda la investigación sobre el maldito poema—, pero prefiere hacer el amor con su maestro en vez de arruinarse los ojos con estancias medievales. Nuestra heroína no se contiene y acaricia el sexo de su amante y éste se desperaza poco a poco. Elizabeth persiste con la mano y luego con los labios —la enorgullece su pericia— y los músculos faciales del militante antifascista dibujan un espasmo. La joven no puede negar que Casella ha sido una influencia decisiva en sus ideas. Antes de conocerlo llegó a flirtear con un grupo mussoliniano —por culpa de otro galancito—, pero ahora se considera una convencida militante revolucionaria. Elizabeth no duda en tragar la semilla del *professore*, se limpia la boca con el dorso de la mano y se acurruca en su hombro.

—Acabo de recibir una notificación de la universidad —le dice de pronto—. ¡Quieren expulsarme!

Su director de tesis le dice que hará cuanto esté en su poder para apoyarla, pero su vaguedad no la tranquiliza.

—¡Prométělo! —chilla Elizabeth.

En una escena calcada de un melodrama italiano, Elizabeth abandona el piso de Casella y se precipita hasta el cuartucho que alquila en Santa Croce, donde se encierra durante las siguientes setenta y dos horas. El *professore* la visita un par de veces y ella le escupe desde la ventana. Agotada, extrae las píldoras que ha cargado consigo desde América y se echa un puño en la garganta. Dos horas más tarde una vecina la descubre y la obliga a vomitar en el retrete. Gracias a la rápida intervención del cónsul americano, el asunto no se filtra a la prensa y Elizabeth abandona la ciudad del Arno sin siquiera despedirse de Casella. Bajo el brazo carga el mamotreto con su tesis. La misma tesis que, instalada ya en Nueva York, presentará con sorprendente éxito —aunque no sin sospechas de plagio— en la Universidad de Columbia.

2. *Donde nuestra heroína descubre las ventajas sexuales del comunismo*

Elizabeth despierta pasada la medianoche, se asoma a la ventana de su cuchitril en el Upper West Side para comprobar que nadie la vigila —una práctica que el *camarada maestro* le recomendó desde la primera clase— y se detiene a observar los cuerpos entrelazados de George y de Hussein. Compara sus sexos como si se tratase de dos especies animales. Mientras el del griego, rosado y carnoso, se encoge tras la cópula, el del iraquí se ensancha y apelmaza. ¿Cuál prefiere? Elizabeth (por precaución se ha cambiado el apellido a Sherman) aún no lo decide. Tal vez George sea mejor amante, consigue mantener el mismo ritmo sin fatigarse, pero peca de bruto e insensible; Hussein se muestra en cambio más refinado, aunque sus maniobras orales palidezcan ante las de su rival.

¿Quién le iba a decir a ella que los tres terminarían en la cama? Ésta sí es una primicia para Elizabeth, quien durante años soñó con esta fantasía sin atreverse a realizarla. A George lo conoció poco después de su regreso de Italia, tras inscribirse a regañadientes en la escuela secretarial de Columbia. Al término de su segunda jornada de lecciones —la taquigrafía le había machacado los dedos—, nuestra heroína decidió concederse un respiro en un bar de mala muerte; allí se topó con el griego quien, todavía cubierto con su mono de albañil, agotaba unas cervezas con otros cavernícolas. A Elizabeth la conquistaron su nariz recta, sus ojos negrísimos, sus brazos velludos; a los pocos minutos George ya le invitaba una copa y a la media hora mordisqueaba sus pezones en los baños.

De joven Elizabeth jamás imaginó que un desconocido, y menos un perro sudoroso como George, fuese a manosearla en un sitio público (y púbico). A su madre le hubiese dado un colapso averiguar que su hija se había convertido en una puta, e incluso sus compañeras de Vassar College, en teoría tan liberales, se habrían escandalizado; en cambio sus amigas del Partido no sólo aplauden sus desafíos a la moral burguesa, sino que la animan a embarcarse en aventuras cada vez más obscenas. Elizabeth había evitado mostrarse demasiado interesada por el alcohol o por los hombres, y sólo cuando Juliet se burló de ella por no pedir un segundo *bourbon* y la impulsó a acostarse con un tal Sr. Smith a cambio de cien dólares, entendió que una auténtica comunista no se detiene ante ningún prejuicio.

A las pocas semanas conoció a Hussein, un estudiante de intercambio de Columbia, y Elizabeth se abrió un segundo frente. Pese a sus precauciones, una noche Hussein la descubrió retozando con George. A ella misma le sorprendió oírse proponiéndoles a los dos hombres que se quedasen a dormir con ella. Y ahora los tres reposan encima de las sábanas, las piernas morenas del iraquí encima de los muslos blanquísimos del griego, mientras ella los admira como si formasen un *tableau vivant*, una obra de arte surgida de su ingenio.

¿Quién le iba a decir que el comunismo iba a ser una fiesta? Cuando por fin le dijo a su amiga Lee que sí estaba dispuesta a enrolarse en el Partido pensaba continuar la carrera antifascista que había emprendido con Casella sin prever que su militancia le proporcionaría un sinfín de encuentros eróticos con otros agentes. En los últimos seis meses ha recibido en su casa (y en su cama) a una veintena de comunistas en busca de refugio. Quizás Juliet tenía razón: el capitalismo sobrevalora el sexo. ¿Qué razón hay para tasarlo y limitarlo como si, por el sólo hecho de acostarse con alguien, uno se sumase a su patrimonio? Por ahora su actividad en el Partido no ha sido particularmente intensa, pero su vida sexual nunca ha sido más variada. Lástima que Juliet desapareciese de pronto, a Elizabeth le hubiese encantado presumirle su trío con George y con Hussein, seguro que ella lo habría celebrado.

3. *Donde nuestra heroína encuentra al (rojo) amor de su vida*

Elizabeth despierta pasada la medianoche y contempla el desguanzado cuerpo de su amante bajo la retícula que filtran las persianas. Nuestra heroína observa su quijada ancha y cuadrada, su tórax simiesco, su abdomen prominente y sus pies de ogro, luego escucha el soplido que se filtra desde sus bronquios. Yasha se despereza, sobresaltado, y al abrazarla casi le quiebra los huesos. No, Elizabeth jamás se ha sentido tan segura, tan protegida, tan, ¿por qué no decirlo?, tan amada. Pese a su estatura de gnomo, sus belfos colgantes o su voz de bajo, Yasha es un ser tímido y desvalido. Desde que irrumpió en su vida —bajo el estúpido nombre de Timmy—, nuestra heroína no piensa más que en acurrucarse a su lado, en auxiliarlo en sus tareas, en aliviar sus sufrimientos. Luego de cruzarse en el Partido con tantos sujetos agrestes o groseros fue una bendición que Brown lo eligiese como su agente de contacto.

En una feliz coincidencia, Columbia había enviado a Elizabeth a realizar sus prácticas secretariales a la Biblioteca Italiana de Información, un centro que, como nuestra heroína no tardaría en descubrir, se dedicaba a difundir propaganda fascista. Consciente de que su trabajo allí podría serle útil al Partido, contactó con Brown tras una larga temporada de silencio. Éste le dictó la dirección de Greenwich Village adonde pasaría a recogerla. Cuando el coche se detuvo, Brown le ordenó ocupar su asiento y, tras presentarle al conductor, se marchó hacia el subterráneo. El agente al volante no le causó buena impresión, su abrigo sucio y deslavado, su melena polvorienta y su hedor ácido lo hacían parecer un artista ambulante o un pordiosero (sólo después comprendería que esa era la apariencia de los verdaderos comunistas). Timmy condujo en silencio hasta llegar a un restaurante griego en la Calle 14. Durante la cena nuestra heroína descubrió que el gnomo poseía una mente despierta y unas convicciones de hierro y Elizabeth se descubrió charlando con él con un desparpajo que jamás se había permitido. Timmy no paró de sermonearla sobre el peligro que se cernía sobre Europa por culpa del nazismo y le habló de la persecución de judíos y comunistas. Al acabar los postres, el gnomo le propuso dar un paseo en el auto. De buenas a primeras se estacionó en un descampado y, mirando a Elizabeth con severidad, le dijo que la Biblioteca Italiana de Información era un lugar crucial para la causa.

—Tienes que permanecer allí a cualquier precio.

Después de meses en la sombra, alguien por fin la hacía responsable de una misión relevante, acaso peligrosa. Timmy le ordenó contactarlo sólo a través de un intermediario y cuidar cada uno de sus pasos.

—A partir de hoy ya no eres una simple comunista, sino un miembro del aparato clandestino.

El mejor piropo que nadie le hubiese lanzado. A partir de ahora, Elizabeth ya no podría acudir a las reuniones del Partido y tendría que abandonar los círculos progresistas de la ciudad; si se topaba con algún compañero, debía sostener que había roto sus lazos con los comunistas. Su único contacto sería Timmy.

—Sé que no será fácil. Excepto por mí, ahora estarás completamente sola. Tus antiguos camaradas pensarán que los has traicionado. Pero el Partido no te exigiría este sacrificio si no fuese imprescindible.

Elizabeth se entregó devotamente a su misión, llegaba muy temprano a la Biblioteca, se escabullía en las oficinas del director, esculcaba escritorios y archiveros, tomaba notas y extraía documentos que luego copiaba en un cuaderno. Cada quince días se reunía con Timmy, siempre a la hora de la cena, y le hacía un recuento de sus logros.

Al cabo de seis meses, el gnomo volvió a proponerle un paseo nocturno en auto y tomó Riverside Drive hacia el norte, sin detenerse y sin abrir la boca, hasta Terrytown, a varias millas de Manhattan. Aunque ambos presentían lo que iba a ocurrir, se jactaban de ser disciplinados militantes comunistas, no un par de tórtolos en una escapada adolescente. El ocaso tendía una urdimbre de nubes sobre las montañas y los copos de nieve se desparramaban sobre el parabrisas. Timmy tomó la mano de Elizabeth y le soltó una frase típicamente marxista-leninista: "Te amo". Tras ese arranque de pasión revolucionaria le aclaró que aquél no era un momento de dicha.

—Todo sería más sencillo si fuésemos dos simples militantes en los círculos del Partido —se quejó el gnomo—. Pero no somos camaradas sino agentes clandestinos. Para nosotros las reglas son muy estrictas. No podemos tener vidas personales. Nos está vedado tener amigos y más aún enamorarnos. Según los principios comunistas, no podemos sentir lo que sentimos. Te daré un nuevo contacto y luego desapareceré de tu vida para siempre.

Elizabeth besuqueó a Timmy hasta que el parabrisas se llenó de vaho.

—O tal vez podríamos mantener nuestra relación en secreto —propuso entonces mientras se limpiaba el labial del cuello.

¿Qué puede ser más excitante que ser espía y amante prohibida de otro espía? Timmy y ella continuaron citándose en lugares públicos para sus reuniones de trabajo y en lugares privados para sus placeres doblemente ocultos. Obsesionado con transformarla en su alumna, el gnomo se aplicó a enseñarle las más sutiles técnicas del espionaje. Nuestra heroína sonríe al recordar las largas veladas en que él la instruía sobre el cifrado de mensajes, las tácticas de seguimiento y evasión o las maniobras para forzar puertas y cajones con ganzúas. En cambio su ceño se frunce al rememorar el día en que descubrió por accidente que Timmy en realidad se apellidaba Golos.

—Jacob Golos —le gritó al verse descubierto.

Aplacada su rabia, Yasha accedió a contarle su historia. Le confesó que era judío y que había nacido en Ucrania; que se afilió a los bolcheviques en la primera hora y a los veinticinco huyó de Rusia, perseguido por los zelotes del zar; que encontró refugió en América y regresó a la Unión Soviética tras el triunfo de la Revolución de Octubre; que volvió a Estados Unidos en 1921 para refundar el malhadado Partido Comunista; que trabajó en Detroit y en Chicago infiltrándose en los sindicatos; que fue administrador de la Sociedad Técnica para Ayudar a la Rusia Soviética, una pantalla para sus labores de espionaje; y que actualmente ocupaba el tercer rango en el Partido Comunista y fungía como director de Turistas Mundiales, la compañía que contaba con el monopolio para viajar a la URSS y le servía de tapadera. Por último, le contó que desde hacía unos meses era presa de los sabuesos del FBI y del maldito Comité Dies, ante el cual se había visto obligado a testificar. Ésa era, por lo visto, la causa de sus problemas de salud. (En cambio, no le reveló que no se apellidaba Golos sino Reizen, que había sido miembro de la Cheka, que vivía con otra amante en Washington Square o que en Rusia tenía una esposa y una hija.)

Cuando terminó de oír el relato de su amado, nuestra heroína comprendió que su destino quedaría ligado al del gnomo. Y ahora, mientras se deja envolver por sus brazos fuertes y peludos, Elizabeth renueva su fidelidad hacia él.

—Te amo, Yasha.

—Y yo a ti, Elizzzabettt —carraspea Golos, y ambos se aprietan uno contra el otro bajo el halo que se filtra a través de las persianas.

Aria de Whittaker Chambers

A diferencia de Elizabeth Bentley, la carrera como espía y delator de Whittaker Chambers nunca estuvo ligada con el sexo, sino con su peso corporal. Cuando se afilió al Partido Comunista era un robusto universitario que había torneado sus músculos como cargador. Veinte años más tarde, santificado ya por la derecha, apenas conseguía levantarse de la silla. Según Leah, su transformación ideológica era el perfecto correlato de su metamorfosis física.

1925. 155 libras (70 kilos)

—¿Dónde puedo encontrar una oficina del Partido Comunista? —Whittaker arruga el entrecejo—. He decidido afiliarme.

Garlin Sender lo mira casi con ternura. Sabe que desde hace meses su compañero de Columbia se dedica a devorar literatura comunista —sus amigos huyen de él para evadir sus sermones sobre *Los Sóviets trabajando*—, pero lo suponía menos ingenuo en términos políticos.

—El Partido Comunista no existe más —le revela Garlin—. El año pasado lo declararon ilegal y sus miembros se dispersaron por aquí y por allá. Algunos crearon otra agrupación, el Partido de los Trabajadores de América, lo único que se me ocurre es ponerte en contacto con ellos.

Whit ha leído de cabo a rabo la enérgica piecita de Lenin y sin mucho esfuerzo podría recitarla de memoria. No piensa que su lectura haya sido una revelación —siempre ha deplorado la injusticia—, pero sí el revulsivo que lo ha hecho desengañarse de la democracia. En Europa comprobó las atroces condiciones de vida de obreros y campesinos, e incluso antes de eso, durante los meses que pasó esclavizado en Engel & Hevenor ensamblando vías y durmientes, él mismo fue víctima de la explotación capitalista. Si en algún momento se imaginó apolítico y trató de consagrarse a las más puras variedades de la lírica, hoy sabe que el arte no es sino otro instrumento de control social. Por eso abandonó Columbia: había imaginado que la prestigiosa institución sería un semillero de revoluciones, pero se le reveló como un nosocomio diseñado para adocenar a los rebeldes, limar las asperezas de los críticos y ensamblar los círculos que se adueñarían del país. La fraternidad cristiana a la que se adhirió luego, siguiendo los consejos de Laha (su intrusiva madre), tampoco le ofreció ningún refugio, la religión no era el opio de los pueblos sino su catafalco.

Furioso ante la pasividad de sus coetáneos, Whit se refugia en la Biblioteca Pública de Nueva York, un oasis donde se consagra a fraguar sus bombas literarias, pero ni una sola línea surge de su pluma. Nuestro héroe hojea una revista, fastidiado ante la esterilidad de otra mañana, cuando un sujeto bajo y recio, con una bufanda púrpura enroscada en el cuello de toro, se le aproxima con sigilo.

—¿Tú eres el que quiere unirse?

Nuestro héroe se pone a la defensiva (le repugna el aliento a café del intruso) y sólo al cabo de un rato comprende la naturaleza de la invitación.

—Sí.

Sam lo conduce al exterior del edificio y le explica que el Partido ha aceptado reclutarlo. Whit lo acompaña entonces a un destartalado salón en el Lado Oeste, donde una pequeña turba asfixiada entre volutas de humo discute en cinco idiomas qué diablos hacer con el planeta. El recién llegado observa a sus nuevos camaradas con recelo, decepcionado ante su pinta desgarbada y sus ríos de melancolía. Creyó que iba a reunirse con la guardia pretoriana de la revolución, bellos espíritus en cuerpos aún más bellos, y en su lugar descubre a estos desharrapados.

Sam lo acomoda entre dos sujetos verdosos y flacuchos, tal vez polacos o checos, con enormes narices semíticas. ¿De que hablan en ese inglés de sintaxis imposible? ¿De la lucha de clases, del materialismo dialéctico, de la dictadura del proletariado? Incapaz de descifrar sus neologismos, Whit se arroja en una larga parrafada sobre la decadencia de Occidente. Sus interlocutores le vuelven la cara, quejándose en sus lenguas orientales de su inglés amanerado.

No pasa un día sin que Whit visite el lúgubre conciliábulo del Lado Oeste y, al tiempo que exhibe su pasión por la retórica, gana confianza en las incipientes sutilezas del comunismo, en sus filias y sus fobias, sus dialectos, escuelas y variantes. En su siguientes intervenciones borda sus argumentos con un alud de citas marxistas-leninistas. Aprobado su periodo de prueba, el 17 de octubre de 1925 es bautizado en una discreta ceremonia en la cual recibe su libro del Partido —su número de afiliación inscrito en la portada—, sellado y firmado por Bert Miller, secretario de organización para el distrito de Nueva York.

Se ha convertido en pescador de almas.

1932. 175 libras (80 kilos)

—¿Instituciones especiales?

—Es una muestra de confianza —Bedacht lo azuza con una vocecilla cantarina mientras su mostacho entrecano salta y se repliega—. Un premio.

—¿Pero cuál es el trabajo clandestino? —Whit muestra su dentadura estragada casi con orgullo.

En sus siete años como militante comunista jamás escuchó hablar de esas *instituciones especiales*. Si acaso llegaron a sus oídos rumores vagos, nunca confirmados, de labores reservadas a los altos cuadros del Partido, y ahora Bedacht lo cita en su oficina del Centro de los Trabajadores y no sólo le confirma la existencia de ese universo subterráneo, sino que lo invita a convertirse en uno de sus agentes. Mientras formó parte de las plantillas del *The Daily Worker* y de *The New Masses*, Whit nunca se acostumbró a los recelos, envidias y sospechas que parecían formar parte de la naturaleza del Partido; a la postre sobrevivió a la expulsión de los seguidores de Lovestone, a las acusaciones de ser un trotskista enmascarado y a las descalificaciones por sus escritos literarios, pero no se considera idóneo para someterse a la disciplina que le exige Bedacht.

—¿Por qué yo?

El antiguo zapatero le explica que Moscú reconoce su inteligencia y valora sus pretensiones literarias, y le explica que ha llegado el momento de demostrar su compromiso. Tendrá que abandonar su puesto como redactor jefe en *The New Masses*, olvidarse de sus articulitos y disolverse en el aire.

—Vamos a esparcir el rumor de que has sido expulsado del Partido.

Whit por fin tendrá oportunidad de hacer algo más relevante que pergeñar sus fábulas socialistas y desperdiciar su talento en poemas y reseñas. Frente a la tumba abierta de Richard, Whit prometió declararle la guerra al capitalismo, un sistema capaz de impulsar al suicidio a una criatura tan dulce y frágil como su hermano, pero sus escritos no le parecen suficientes para cumplir con su venganza. Sólo que no puede aceptar así como así, no tan pronto, no sin consultarlo con Esther.

—Necesito pensarlo un poco —sus mejillas enrojecen como si fuese un niño que requiere la aprobación de su madre para acudir a una fiesta.

Whit regresa a casa con una peonía y unos ojos lánguidos y enormes. Tras verlo masticar un muslo de pollo por media hora, Esther le exige una explicación. Nuestro héroe remolonea, trastabilla de manera infantil y acartonada, ¡qué distinta es esta mujer de sus esposas anteriores! *Esposas*. Así estaba obligado a llamar a todas las mujeres que precedieron a Esther, sus "esposas comunistas". Gertrude fue la primera, una viuda carnosa y malhablada; se fue a vivir con ella por orden del Partido y luego invitó a Bub Bang a mudarse con ellos y, según los maledicentes, a turnársela en la cama. Con Ida, la segunda, que parecía hecha de cristal, las cosas terminaron cuando ella se embarazó y él le exigió abortar. Para entonces Whit ya salía con Esther. Con ella el acuerdo fue aún más ambiguo: en su pequeño departamento convivían con Mike y Grace Intrator, cercanos amigos de ambos, lo cual no tardó en azuzar un nuevo chismerío, que si los cuatro eran raros o desviados, que si por las noches se intercambiaban en toda suerte de posturas. Pese a su pinta de niña de la calle, sus abrigos rancios y deshilachados, sus calcetines húmedos y sus uñas renegridas, al final Esther terminó enamorándose de él y le exigió una boda como Dios manda.

—¡No!

Whit lo preveía: comunista o no comunista, Esther piensa ahora en sonajas y cunitas, en niños persiguiéndose por el jardín, en el paseo con un labrador a media tarde. El trabajo clandestino no es el mejor complemento para una familia. Nuestro héroe quisiera exponerle sus argumentos, hablarle de su fe revolucionaria y de la grandeza de su sino, y no se atreve.

Whit vuelve a subir las escaleras hasta la oficina de Bedacht en el Centro de los Trabajadores. Se come las uñas, avergonzado de que su mujer no le haya dado permiso de sumarse al aparato clandestino.

—Lo siento —Whit no alza la vista—. Tú sabes cómo son las mujeres: cuando buscan un hijo, nada las contiene.

El antiguo sastre infla los mofletes y su mostacho se frunce como cepillo.

—Demasiado tarde, Chambers, los arreglos están hechos. Ya no puedes echarte para atrás, ¿entiendes?

Sí, entiende. Whit mide sus alternativas, decir que sí y soportar el enojo de Esther, o decir que no y ser represaliado por Moscú. En definitiva, malas noticias para quien aspira a convertirse en padre de familia.

—Hablaré con ella.

Bedacht estrecha su mano como si lo felicitase por su boda. Los dos abandonan el edificio y toman el metro hasta la calle 14, donde los espera John Sherman, uno de sus antiguos compañeros del *Daily Worker*, a quien Bedacht ahora le presenta como Don. Nuestro héroe y su contacto caminan hombro con hombro frente a las chacinerías del barrio. Whit le formula una batería de preguntas, quiere aprovechar esa intimidad para familiarizarse con sus nuevas funciones.

—Ahora eres un clandestino —lo corta Don, quisquilloso—. Aquí yo hago las preguntas y tú las contestas. Y tú haces las preguntas y yo no las contesto, ¿estamos?

Whit asiente.

—Lo mejor será separarnos —Don se arremanga—. Encontrémonos de nuevo a las seis frente a esta misma estación.

Nuestro héroe no resiste la tentación de celebrar su nuevo empleo con media botella de whisky; la imagen de Esther, biliosa y tremebunda, sobrevuela en su cabeza. Esa tarde al lado de Don constituye su primera clase de espionaje, ambos se suben al metro en carros distintos, descienden en la calle 110 y caminan hacia el norte en aceras opuestas, bordean la costa del East River y rodean la tumba de Grant en la calle 123, donde los recoge un coche. El conductor, a quien Don llama Nick, un hombretón de cabello rubio y acento eslavo, dirige la charla. Conoce el expediente de Whit al dedillo y lo interroga sobre sus inclinaciones pasadas, su vínculo con Lovestone, su falta de disciplina y su relación con los trotskistas.

—Tal vez haya cometido errores en el pasado —Whit se muerde el pulgar—, pero ahora estoy dispuesto a aceptar la línea del Partido.

Nick deposita su mano sobre el grueso muslo de nuestro héroe.

—A partir de hoy, tu nombre será Carl.

Yo soy Pedro y sobre esta piedra, etcétera…

—Dejarás la redacción de *The New Masses* y el Partido se ocupará de tus gastos —le indica Nick—. Don te entregará cien dólares cada mes. Si necesitas más, háblalo con él. Desde luego, tendrás que comprobar todos tus gastos.

Nick se detiene en un callejón, extrae unos billetes de su cartera y se los entrega a nuestro héroe.

—Para que te compres un traje decente.

Whit se despide con torpeza y se dirige rumbo al metro: un enorme bebé con su peluche. A lo largo del camino no se le ocurre ninguna fórmula para explicarle a Esther su nueva vida.

1925. 187 libras (85 kilos)

Pobre Hal, se lamenta nuestro héroe. Hal Ware era, en su opinión, el comunista más diligente, ambicioso e infatigable con el que se hubiese topado. Whit llevaba ya demasiados años haciendo de correo —*Verbindungsmensch*, en la lengua franca de los conspiradores de antaño—, una tarea que no estaba a la altura de sus expectativas, hasta que Hal lo hizo responsable de coordinar uno de sus grupos más activos. En verdad lamenta no asistir a su entierro, pero el Partido ha ordenado a todos sus agentes evitar cualquier acto público.

—En paz descanse —musita Whit (más bien Carl).

Antes de Ware, el Partido estaba integrado por una lamentable corte de desheredados; gracias a sus esfuerzos, en apenas dos años sus tentáculos se habían extendido a una docena de agencias y organismos federales, incluidos el Departamento de Agricultura, el Departamento de Justicia, el Departamento de Estado y el Tesoro. Sus agentes dejaron de ser esos inmigrantes de modales campesinos y pasaron a ser egresados de la Ivy League y jóvenes de buenas familias. El *crash* del 29 fue el mejor caldo de cultivo para reclutar a esos idealistas, a todos ellos los laceraba la desigualdad y la injusticia, y convencerlos de sumarse a la lucha contra el imperialismo dejó de ser una tarea absurda o imposible.

Cuando Carl regresa a New Hope, donde ha alquilado una casa para acomodar a Esther y a su hija recién nacida, se entera de que J. Peters ha decidido dividir el círculo de Ware en dos subgrupos y de que él seguirá a cargo de los agentes de Washington. Su rutina se mantiene, sin embargo, inalterada. Todos los días conduce dos horas y media desde New Hope hasta Washington, donde se cita con alguno de sus contactos en un café, un cine o un parque. Desliza los papeles que éste le entrega en un forro secreto de su maletín y, tras una agotadora serie de dribles y zigzagueos, los lleva a una casa segura en Baltimore. Otra hora de camino. Nuestro héroe fotografía los documentos con una Leica y deja que los microfilmes se sequen durante la noche. Conduce otras tres horas de vuelta a casa sólo para volver a Baltimore por la mañana a recuperar el material. De inmediato emprende un nuevo viaje dos horas a Nueva York, donde él mismo se lo entrega a un ruso paranoico de ojillos como aceitunas.

Doblegado por la falta de sueño, al cabo de unos meses Carl termina en el hospital. El espionaje, se convence, acabará por matarlo. Gracias a un préstamo de Laha, invierte todos sus ahorros en una granja en Maryland, un poco más cerca de la capital, y solicita una reducción en sus tareas aduciendo que no sólo es humanamente imposible, sino estratégicamente peligroso, concentrar tantas responsabilidades en un solo individuo.

—¿Te imaginas si llegasen a arrestarme? El flujo de información podría detenerse por semanas.

De mala gana el ruso ordena que otro agente, nombre clave Felix, se encargue de fotografiar los documentos, permitiendo que nuestro héroe dedique más tiempo a ampliar su red, a la cual se incorporan —según su posterior testimonio ante un gran jurado y el Comité de Actividades Antiamericanas—, Silvermaster, White y varios de sus colaboradores del Tesoro. Carl se convierte así en el eje de la mayor trama de espionaje jamás infiltrada en Washington.

1938. 200 libras (90 kilos)

—¿Son todos?

Esa mañana de primavera apenas se distingue de otras: opaca, fría, sin gracia. Carl (aún es Carl, al menos por lo que resta del día) le entrega a Felix los documentos que acaba de recolectar en Washington. Cuando éste acaba de fotografiarlos, devuelve los originales a sus dueños.

Con una salvedad: en esta ocasión Whit conserva los que le parecen más relevantes o delicados, aquellos que podrían ayudarlo en el futuro. Y, en vez de conducir rumbo a Nueva York, donde el ruso lo espera con su ansiedad habitual, Whit (de nuevo es Whit) se desvía hacia Maryland.

—¿Están listas?

Esther le abrocha el cinturón a la pequeña Ellen y se acomoda en el auto al lado de su esposo.

—Entonces vámonos.

Whit siempre sospechó que el estalinismo era una perversión o un desvarío, pero el frenesí de sus labores secretas lo hizo cerrar los ojos ante la demencia del tirano. La incesante persecución de enemigos del pueblo —incluidos numerosos camaradas suyos, como Bill y su mujer—, las condenas al exilio, las ejecuciones sumarias y los decesos misteriosos no le dejan dudas sobre la podredumbre que se oculta bajo la causa revolucionaria. Nadie en su sano juicio podría creer que tantos y tan buenos agentes fuesen los mismos zánganos capitalistas que luego confesaron una retahíla de crímenes horrendos. Esther lo ha apoyado sin reservas, pero ya está harta de la invisibilidad forzosa, de las mudanzas, del desvelo; harta de padecer la cotidiana angustia de ser arrestados por el FBI o ejecutados por los rusos.

Conforme a su sigiloso plan de escape, Whit alquiló una habitación en Old Court Road, un conjunto habitacional en Woodlawn, Maryland, y su mujer se encargó de comprar un automóvil nuevo. Tras dejar plantado al ruso en Nueva York, la familia Chambers emprende el largo viaje al sur hasta Petersburg, Virginia. Al día siguiente llegan a Sumter, en Carolina del Sur, y más tarde a Jacksonville. Al final alquilan una casita en Daytona Beach y se enclaustran en ella durante un par de semanas.

—Serán unas lindas vacaciones —le miente Whit a su hija.

Aprovechando su reclusión forzosa, termina una traducción del alemán para la prensa universitaria de Oxford, su único ingreso previsible, y se prepara para la parte más brillante de su plan. Discretamente, los Chambers se lanzan de regreso al destartalado cuartucho de Old Court Road y una semana después rentan una casita en el 2610 de St. Paul Street, al lado de la Universidad Johns Hopkins. ¡Un golpe de astucia! Aunque para entonces el ruso —su verdadero nombre es Borís Bikov y es el *rezident* del servicio de inteligencia militar soviético (GRU) en Estados Unidos— y sus esbirros ya le han puesto precio a su cabeza, Whit y su familia permanecen sanos y salvos en el último lugar en donde a los rusos se les ocurriría buscarlos. En Maryland, a pocas millas de Washington y de su pasado como espía.

1948. 265 libras (120 kilos)

—¿Y los niños?

En la voz de Esther no hay espacio para el sentimentalismo. Whit toma su mano y le da un beso.

—Debemos estar agradecidos por haber llegado tan lejos en un ambiente de paz y felicidad —nuestro héroe se deja caer a plomo en su sillón; tras el infarto del año pasado, ya no resiste más de cinco minutos de pie.

Whit está obligado a testificar, no tiene otro remedio.

Desde que terminó la guerra no ha dudado en entrevistarse con un sinfín de investigadores del FBI y otras ramas del gobierno, ha concedido interminables entrevistas a reporteros y académicos y se ha prestado a colaborar con senadores y congresistas —e incluso ha tolerado las insistentes llamadas de McCarthy—, pero se ha negado a delatar a sus amigos. Quizás su mala salud haya moderado su vehemencia; la única guerra que le importa, se dice, es contra el comunismo como sistema de ideas, no contra sus seguidores. No pretende que sus antiguos camaradas terminen en la cárcel y por supuesto tampoco quiere acabar él mismo en una celda, sólo que ahora la realidad no le deja alternativas.

Whit no sabe quién es esa rubia misteriosa, la "reina de los espías rojos" de la que hablan todos los medios, pero los nombres que la delatora ha pronunciado ante el HUAC y ante la prensa corresponden con los de muchos de sus antiguos contactos, los colaboradores de Ware y del aparato clandestino de quienes en infinidad de ocasiones recolectó documentos clasificados para luego entregárselos a los rusos. A varios de ellos incluso los frecuentó socialmente. Si lo llaman a comparecer tendrá que revelar todo lo que sabe —bueno, quizás no *todo*.

Cuando el teléfono repica, Whit comprende que su suerte está echada. El primero en llamar es el corresponsal de *Time* —el semanario en el que él mismo ha trabajado a lo largo de los últimos años— en el Congreso. Hace unos minutos, le dice éste, el jefe de investigadores del HUAC ha anunciado ante la prensa que, a fin de confirmar las acusaciones vertidas por la señora Elizabeth Bentley contra distintos miembros de la administración Roosevelt, ha girado una orden de comparecencia para que un nuevo testigo, usted, señor Chambers, comparezca ante los senadores y congresistas.

—Por el momento no tengo nada qué declarar —responde nuestro héroe.

Primera llamada, primera.

Empieza el circo.

Escena IV. *Sobre cómo pinchar una burbuja erótica y la guerra de los mundos*

Recitativo

¿Qué le voy a hacer? Aunque Vikram aún me tacha de bárbaro y reprueba mi mal gusto, desde ese día detesto el picante, los curris de todas las tonalidades, la cúrcuma, el clavo, la canela, la pasta de tamarindo, las salsas agridulces, las semillas de mostaza, las hojas de limón kafir, los cardamomos, los tallarines de arroz, la leche de coco, el cilantro, todas esas exquisiteces que veneran los esnobs y los nuevos ricos en América. Mi malestar tampoco me llevó a añorar las plásticas hamburguesas o las insondables salchichas americanas, siempre ocultas bajo una capa rojiza-amarillenta de origen impreciso —Stephen y su equipo en cambio no salieron del McDonald's—, pero mi estómago no toleraba un plato más de pad-thai, un nuevo rollito de camarones u otra ensalada de papaya verde. Luego de ocho días de atiborrarme con estos manjares por culpa de nuestros anfitriones —atildados ejecutivos con trajes de lino blanco y corbatas de flores—, llevaba doce horas en una doble ordalía de vómito y diarrea, sometido a elefantiásicas dosis de suero oral que me obligaban a orinar con cada suspiro.

Nunca entendí por qué J.M. juzgó imprescindible que yo comandase esa misión a Corea del Sur, Malaysia, Indonesia, Singapur y Tailandia. Desde hacía semanas las monedas de estas naciones caían en picada, más enfermas que yo mismo, sin que hubiese remedio conocido, no ya para frenar su desliz, sino para aliviar las náuseas que Long-Term padecía por su culpa. Como siempre ocurre con las burbujas —siempre es *siempre*—, tan parecidas a granos y espinillas, éstas crecen y se hinchan hasta que un buen día su pus te explota en media cara. Durante meses los bancos centrales de los Tigres Asiáticos habían mantenido tasas de interés en niveles irresistibles para los inversionistas extranjeros (el epíteto que preferimos los chacales), provocando un oleaginoso flujo de capitales hacia sus economías. Como era previsible, esta repentina abundancia fertilizó sus índices de crecimiento y agudizó la especulación con sus divisas —por no mencionar los millones esquilmados por reguladores y politicastros—, hasta que sus cables se sobrecalentaron y el tinglado estalló como uno de esos fuegos de artificio que tanto asombran a los nativos sin que a sus líderes les quedase otra salida que llamar en su auxilio a los bomberos del FMI. (Bomberos que, perdonen que lo diga, son más bien pirómanos.)

En fin, no es mi intención fatigarlos, impacientes lectores, con una lección sobre cómo funcionan (o dejan de funcionar) las economías emergentes, baste decir que LTCM había apostado millones al bhat y otras monedas impronunciables debido a que los modelos desarrollados por los discípulos de Merton y Scholes habían asegurado que la posibilidad de una devaluación era impensable —qué digo impensable: *casi* nula—, y J.M. me ordenó emprender un recorrido de norte a sur por estas "paradisíacas comarcas" a fin de averiguar por qué diablos nuestras infalibles fórmulas se habían equivocado. En pocas palabras: Vikram, Stephen y yo debíamos averiguar por qué el cantado Milagro Económico Asiático hacía tantas aguas como mi vientre.

Descorazonado ante mi incapacidad de concentrarme en otra cosa que mis necesidades físicas, me zambutí una botella de antidiarreicos y, acompañado por mis subordinados —en principio reacios a este tipo de incursiones—, inicié mi particular exploración de los mercados orientales.

¿Qué puedo decir excepto que las calles de Bangkok eran un paraíso para los adalides del *laissez-faire*? El Estado, si existía, no intervenía en esta zona del mercado. Como si se tratase del sueño cumplido de mi adorada Ayn Rand, aquí los empresarios creativos triunfaban sin que la voz de los débiles perturbase sus conquistas. Los más listos se convertían en dueños de bares, garitos y clubes de alterne; unos y otros competían entre sí sin que ninguna molesta autoridad frenase su vigor capitalista. Quien reclutaba a las muchachitas o a los muchachitos más hermosos, más aniñados o más *dulces,* tenía las de ganar: más clientes y más inversión extranjera para su negocio.

A lo largo de esas deliciosas jornadas me zambullí en una investigación de mercado que arrojó resultados nada sorprendentes: la proliferación de turistas y exploradores de los más lejanos confines del planeta, con sus fajos de dinero contante y sonante —y sus hormonas a tope— no había provocado un alza significativa en el precio de los servicios prestados por los sexo-servidores, sino el aumento en el número de burdeles y prostíbulos, los cuales pronto colonizaron los pintorescos barrios adyacentes a la zona roja. Todo tailandés con un dedo de frente se convenció de que estas microempresas eran el camino más directo hacia la riqueza y miles de visionarios pidieron prestadas ingentes sumas de dinero (por lo general a mafiosos y extorsionadores de la peor calaña) a fin de construir más de esos templos de placer. Una típica burbuja. Una burbuja sexual que, como *todas* las burbujas, nadie quiso mirar.

"Creímos que los clientes llegarían sin fin", me confesó el atribulado dueño del Club Tres Dragones en un inglés selvático, "no había motivos para adivinar una repentina disminución en el número de visitantes extranjeros". Por supuesto que no. Se trataba no sólo del negocio más antiguo del mundo, sino del más *seguro y eficiente,* o al menos era lo que repetían esos capitalistas tropicales. "Los europeos y americanos podrán privarse de cualquier cosa, menos de un chochito". Y quizás estos genios de las finanzas lúbricas hubiesen tenido razón de no ser porque su pequeña burbuja estaba contenida en otra mayor, la burbuja económica tailandesa, que a su vez era parte de la gigantesca burbuja asiática.

Un buen día, sin previo aviso, los clientes escasearon. Primero lentamente y luego de forma acelerada las hordas de gordos turistas alemanes, franceses o nipones dejaron de descender de sus yates, aviones y limusinas con sus pantaloncillos floreados, sus cámaras digitales y sus vergas enhiestas (y sus marcos, sus yenes, sus libras o sus dólares), provocando una desoladora contracción en el mercado. ¿Y los miles de listillos que habían solicitado préstamos a mafiosos y extorsionadores, convencidos de que en un santiamén nadarían en dinero y pagarían sus deudas con creces? Unos terminaron en el fondo de la bahía, con plomos atados a los tobillos; otros se convirtieron en esclavos de los prestamistas; y otros más se refugiaron en las marismas del interior.

—¿Creen posible extraer una moraleja de este relato de sexo y avaricia? —les pregunté a Stephen y Vikram al término de nuestro recorrido.

El indio se alzó de hombros. El americano ni siquiera me volteó a ver.

—La lección no radica en moderar los impulsos, en no dejarse cegar por la demencia colectiva o en eludir a los mafiosos —los instruí—. Las burbujas han estado y estarán siempre allí, multiplicándose de un lugar o en otro. Lo que tenemos que hacer es tratar de escapar de ellas en el último segundo.

—¡Qué lucidez la tuya! —se mofó Stephen.

Aquella burbuja erótica, tan parecida a la burbuja económica que la envolvía, se convirtió a mis ojos en el precedente de las que continuarían agitando y estimulando la economía del planeta en los lustros sucesivos (de la mayor de ellas, la inmobiliaria de 2001-2007, hablaré más adelante). Tal como le reporté a J.M. a mi regreso, el error de LTCM había sido el mismo que el de cualquiera de esos rústicos empresarios de burdeles. Habíamos detectado la burbuja en buen momento y habíamos ganado cantidades exorbitantes en ella, pero nuestros galácticos teoremas no nos habían prevenido sobre cuándo abandonarla.

Dúo

—Uno genial, el otro sólo brillante; uno arriesgado e ingenioso, el otro idealista y severo; uno exuberante, el otro desconfiado; uno aristocrático y apasionado de las artes, el otro plebeyo y aficionado de los deportes de raqueta —Leah dibujaba a sus personajes como si formasen parte de su familia—. Si las diferencias de carácter entre Keynes y White eran mayúsculas (sólo los unía el altísimo concepto que cada uno poseía de sí mismo), sus planes para la posguerra no podían ser más diversos.

Leah se quitó los zapatos y se apoltronó en el sofá como si estuviera en su casa, dándole sorbitos al té de yerbabuena que ella misma se había preparado. A sus pies, Salinger roncaba estrepitosamente como si quisiera dejar clara su presencia en mi sala.

—Keynes se refugió en Tilton en septiembre de 1941, poco después de haber sido nombrado miembro de la corte del Banco de Inglaterra, para reflexionar sobre el destino económico del planeta —Leah me resumía el capítulo 4 de su tesis—. El viejo llevaba meses dándole vueltas al asunto: ¿cuáles son las fallas del patrón oro?, ¿qué problemas enfrentará Inglaterra tras la victoria? Pero sólo en la tranquilidad de la campiña dio con su esquema ideal.

Un tanto indiferente a su clase de historia económica, volví a examinar a mi compañera, convencido de que era un ser de otro planeta. Su frente amplia, cubierta por un flequillo que la hacía parecer aún más aniñada, daba paso a unos ojillos despiertos, enclaustrados en unos pómulos severos, la única parte de su rostro que mitigaba la dulzura de su expresión. Quizás lo que más me atraía de ella era que fuese una de esas personas llenas de ideas sobre cómo vivir éticamente que no abundan en el medio financiero. Nada extraño, pues, que en la pelea entre White y Keynes eligiese sin dudar el bando del segundo.

—El principal objetivo de la Unión Internacional de Compensación de Keynes consistiría en asegurar el ajuste de las naciones acreedoras sin renunciar a la disciplina de las deudoras —continuaba, indiferente a mis cavilaciones—. Según el británico, las transacciones internacionales deberían ser negociadas a través de cuentas de compensación que los bancos centrales poseerían en un nuevo Banco Internacional de Compensación. Los bancos centrales podrían comprar y vender sus propias monedas contra créditos y deudas de sus cuentas y sus balances se expresarían en una nueva unidad de medida, el *bancor*.

Salir a comer con ella era una experiencia que oscilaba entre la exploración botánica y el dogma religioso. Su compasión hacia el género humano se acentuaba con las reses y los cerdos que eran mancillados y luego degollados en siniestros complejos industriales. Si no me convencía de acudir a uno de los restaurantes que servían su alimento extraterrestre —falsas hamburguesas y falsas piernas de pollo hechas de pienso, de bayas o de alfalfa—, me tocaba contemplar cómo deconstruía los menús hasta inventarse platillos lo bastante puros como para deslizarse por su tracto digestivo.

—Cada banco central tendría derecho a una cantidad de *bancors* idéntica a la mitad del valor promedio de su comercio total en los últimos cinco años —Leah proseguía con sus explicaciones sin reparar en mis bostezos—, y cada moneda nacional poseería una tasa fija, aunque ajustable, de conversión a la nueva moneda. El mecanismo permitiría mantener un equilibrio en la balanza de pagos entre los países miembros. Los depósitos en el banco se crearían a partir de excedentes o déficits y se extinguirían con su liquidación. Y, en el giro más elegante del diseño keynesiano, si al final del año todos los países lograban un equilibrio perfecto, la balanza de *bancors* se expresaría con un cero. Además, Keynes imaginó una policía supranacional y una institución para la reconstrucción y el desarrollo. Por desgracia, este hermoso proyecto nunca llegó a realizarse, boicoteado por White.

—¡Y así nos ha ido! —me burlé.

Me encantaba escucharla así, con esa vehemencia incontenible que me resultaba tan sorprendente y tan ajena. Contra todas las predicciones (y pese a la intrusión del odioso Salinger), empezábamos a formar eso que suele llamarse, con extrema cursilería, una buena pareja.

—A diferencia de Keynes, White propuso la creación de dos instituciones paralelas, un Banco y un Fondo de Estabilización Inter-Aliada —se mojó el dedo para pasar las páginas de su tesis—. Más realismo y menos utopía. Para empezar, su plan no contemplaba una nueva unidad bancaria y proponía que el Fondo se constituyese con suscripciones en oro, monedas locales e instrumentos financieros de los países miembros, repartidas según cuotas proporcionales (que en buena medida serían decididas por él mismo). Los recursos del Fondo quedarían a disposición de los países miembros con problemas en su balanza de pagos. En contrapartida, éstos tendrían que ceder un poco de su soberanía financiera y someterse a la supervisión del Fondo. El Banco de Reconstrucción y Desarrollo (el Banco Mundial) aportaría los volúmenes de capital necesarios para resarcir los destrozos de la guerra mediante préstamos a largo plazo con bajas tasas de interés.

—Si he entendido bien —intenté ponerme serio—, el plan de Keynes era más ambicioso e innovador que el de White, pero para entonces estaba claro que Estados Unidos impondría sus decisiones frente a una potencia de segundo orden como Gran Bretaña.

Leah esbozó una sonrisa que me permitió apreciar una vez más sus tiernos colmillos de vampiro.

—Si White era un espía comunista —concluyó al fin—, debía ser parte de una clase muy particular, menos interesado en expandir las ideas de Marx que en asegurar la supremacía de Estados Unidos sobre el planeta.

Su conclusión no alcanzó a tranquilizarme, pero el gran reloj que presidía el salón señaló el mediodía. Salinger despertó de su letargo y Leah lo cargó en brazos como si fuera un muñeco. Era hora de suspender nuestra charla y salir en busca de sus zanahorias y sus nabos.

Coro de los hijos malagradecidos

Ante las atrocidades que nos infligen nuestros padres —la primera: arrancarnos de la nada para abandonarnos en este barrizal—, sólo nos quedan dos caminos: distinguirnos de ellos de todas las maneras posibles, incluso al precio de malograr nuestros talentos (como Isaac), o exacerbar sus necedades y sus yerros, convencidos de que su aprobación será la única medida de nuestro mérito (como Susan). He aquí la pobre dimensión de nuestro albedrío, decapitar al Viejo y lacerarnos con cada golpe de hacha o imitarlo y quedar reducidos a la condición de guacamayas o macacos sin deseos. Puede ocurrir que alguien crea oponerse al Padre y termine convertido en su reflejo (como Isaac), o que alguien se obstine en buscar su bendición sólo para liquidarlo por vías más truculentas (como Susan).

Aunque desde los doce o trece años Rachel obligó a mis dos hijos a humillarse ante una larga lista de terapeutas de sectas antagónicas —desde freudianos agresivos hasta mortecinos lacanianos, sin olvidar un par de delirantes seguidores de Carl Gustav Jung—, la prueba de que el psicoanálisis no es más que un sofisticado e inútil juego de salón es que ni Susan ni Isaac repararon en que, a fuerza de atormentarse a todas horas a causa de su conflictiva relación conmigo, me convirtieron en el centro de sus vidas. ¡Pobre Rachel! Miles y miles de dólares dilapidados sólo para que, al cabo de varios lustros de interpretar sueños banales y balbucir tremebundas confesiones, ninguno fuese capaz de hacerse cargo de sí mismo. Infinitas horas desperdiciadas para concluir que yo era el culpable de sus miedos y fracasos sin que semejante revelación les sirviese para algo (¡y a los amos de Wall Street nos acusan de defraudar a miles de inocentes!).

Obsesionado con evitar mi ejemplo a toda costa, Isaac se esmeró en obtener la medalla al padre perfecto, lo que en sus términos significaba inmiscuirse en todos los asuntos de sus vástagos y consentir hasta el más desproporcionado de sus caprichos. No me cabe duda de que Tweedledee y Tweedledum —Dave y Joe— se transformaron en esas abúlicas bolas de sebo porque, decidido a no lastimar su sensibilidad, Isaac se negaba a prohibirles las golosinas y coca-colas que deglutían en cantidades industriales. "Los niños no son imbéciles ni discapacitados", proclamaba mi hijo repitiendo las tesis de Kate, "los niños son *personitas*". Y, basado en esta hipótesis, intentó razonar con ellos desde que tenían tres años. Sin comprender que los niños no son otra cosa que máquinas de deseos —egoístas consumados—, trataba de convencerlos de hacer esto o de no hacer aquello con argumentos que los pequeños pulverizaban con aullidos o berrinches. Frustrado el diálogo, Isaac y su mujer se resignaban a satisfacer hasta las peticiones más enloquecidas que les exigían, muy orondos, los dos gordos. Gracias a esta táctica, éstos no sólo acumularon toneladas de grasa, sino portentosas colecciones de juguetes —uno de robots, el otro de dinosaurios— que se hacían eco de mis propias colecciones de cómics y de discos. Más adelante llegaron los videojuegos y con ellos la disolución de esa enternecedora vida familiar que Isaac tanto presumía.

Cuando Leah y yo los visitábamos, Tweedledee y Tweedledum apenas sacaban las narices de su cuarto, donde combatían contra dragones y alienígenas o acompañaban los incombustibles saltitos de Luigi y Mario, sus únicos amigos verdaderos. Vista a la distancia, su ausencia era bienvenida, pues cuando los bodoques abandonaban la consola se empeñaban en picotearse las nalgas hasta que alguno terminaba lloriqueando en el suelo. En vez de castigarlos —¡jamás!—, sus padres intentaba razonar con ellos y con paciencia de detective investigaban quién había iniciado las agresiones. Para entonces Tweedledee y Tweedledum habían dejado de responder a su interrogatorio y habían reiniciado sus manotazos y bofetadas o se habían repantingado frente al televisor (su única fuente de placer), indiferentes a las inquisiciones de su padre. ¡Pobre Isaac! Esforzándose por rehuir mi indiferencia sólo había conseguido criar unos seres tan patéticos, malhumorados y solitarios como él mismo.

El caso de Susan con las mellizas era aún más preocupante, pues su temperamento arisco y la debilidad de sus nervios —en el siglo pasado sin duda hubiese sido diagnosticada como histérica— nunca la prepararon para los desafíos de la maternidad. Mi hija trataba a Audrey y Sarah como si fueran dos inquilinas que se habían instalado en su casa a su pesar. Dos *okupas*. A diferencia de Isaac, ella nunca las hubiese calificado de *personitas* y las contemplaba con esa mezcla de ansiedad y turbación que uno le reserva a los anfibios. Un poco más creciditas, las mellizas (rubias, pálidas, siniestramente idénticas) deambulaban de una habitación a otra de puntillas, ocupadas en unos juegos cuyas reglas Susan no se atrevía a desentrañar. Afectadas acaso por una leve forma de autismo, y estimuladas por la pasmosa complicidad de los monocigóticos, Audrey y Sarah se bastaban a sí mismas y huían de su madre como de un monstruo. Mientras a Terry le reservaban todos sus mimos y carantoñas, procuraban no aproximarse a Susan, la cual tampoco hacía grandes esfuerzos para atraer su atención, como si tuviesen vidas separadas que sólo se encontraban cuando Terry organizaba paseos o sesiones de cine los domingos.

Cuando cumplieron siete u ocho años, Susan empezó a ver a las mellizas no sólo con prevención sino con algo que se acercaba al miedo. Las pequeñas jamás hicieron nada terrible —sus travesuras jamás rozaron las de sus obesos primos—, pero su conducta irreprochable, sus risitas en *staccato*, sus bromas enrevesadas y sus idas y venidas sigilosas convencieron a su madre de que había algo extraño en ellas, algo ominoso e inasible, y no se le ocurrió mejor remedio que inscribirlas en decenas de actividades extraescolares para alejarlas de su lado la mayor parte del día. Contra su voluntad, Audrey y Sarah se vieron obligadas a asistir a talleres de costura y cursos de matemáticas, clases de piano y de dibujo y, lo más desagradable para dos chicas tan atildadas como ellas, largos entrenamientos de soccer y *lacrosse*. Como si ésa fuese la única forma de paliar sus culpas, Susan las arrastraba de un confín a otro de la ciudad sin tomar en cuenta sus protestas, sus nulos progresos aritméticos o artísticos o los moretones que exhibían en brazos y piernas al final de sus torneos.

En contraste con Tweedledee y Tweedledum, a mí las mellizas jamás me resultaron antipáticas, sino francamente *interesantes*. Desde luego distaban de ser encantadoras —Sarah sólo respondía con monosílabos y Audrey no dejó de orinarse en la cama hasta los once—, pero poseían una callada inteligencia que se traslucía en comentarios irónicos y chistes de doble sentido impropios de su edad. Imposible deducir si en el fondo eran *malas*, como Susan llegó a confesarme con horror, aunque sin duda poseían una tendencia más acusada que otras chicas a criticar y lastimar a las criaturas de su sexo. Incapaz de resistir sus burlas y risitas, Susan se desentendió de ellas. Permitió que el chofer las condujese a sus abrumadoras clases vespertinas y que su padre fuese el único interesado en sus logros escolares, mientras ella no volvía a casa hasta la hora de la cena. Terry, quien nunca fue una luminaria, achacó las ausencias cada vez más prolongadas de su esposa a la pésima relación que mantenía con sus hijas, aunque en realidad Susan había encontrado un sucedáneo a la devoción filial en otra parte.

—Lo siento, papá.

En los ojos oliváceos de mi hija vibraba una tela acuosa, si bien las lágrimas no llegaban a escurrir por sus mejillas. Me había citado en el café de la Morgan Library y lucía más nerviosa que de costumbre. Taconeaba sin remedio y se mordía las puntas del cabello con una insistencia que presagiaba un ataque de ansiedad. Tras intercambiar las habituales preguntas familiares, se encerró en uno de sus obstinados silencios. El capuchino light se enfriaba ante ella sin que le hubiese dado ni un sorbo.

—Lo amo —me confesó por fin.

Era peor de lo que creía: Susan no se había conformado con engañar a su marido, algo previsible e incluso loable dadas las escasas virtudes de Terry, sino que había recurrido una y otra vez al mismo sujeto hasta acabar bobaliconamente prendada del cretino. ¿Cómo explicarle que la lujuria jamás ha de mezclarse con el amor? ¿Es que no había aprendido nada de su padre? Yo hubiese celebrado que le pusiese los cuernos a Terry a la menor oportunidad, pero sin comprometer su estabilidad o arriesgar sus sentimientos.

—No puedo hacer nada, papá —gimió—. Lo quiero.

Su mohín me recordó sus caprichos infantiles. ¿Cómo no regalarle aquel enorme panda de peluche, cómo no dejarla viajar a Madrid con sus amigas, cómo no comprarle el BMW tras su graduación y como no mantener su escandaloso tren de vida? Pero esto era diferente.

—Entonces sólo te pido que te cuides —me resigné.

Susan ladeó la cabeza, desconcertada, como si yo le hablase en una lengua extranjera, y volvió a mordisquearse el pelo.

—Está casado —susurró.

—¿Cómo?

—Milton.

¿Milton?

—Y tú lo amas… —no contuve la ironía.

Era increíble constatar los estragos que una estúpida idea (el amor) podía realizar en un espíritu débil como el de mi hija.

—Y él me ama *a mí* —insistió Susan con seriedad.

No podía creerlo. No quería creerlo.

—Tonterías —me enervé—. Si te amara, estaría contigo.

—No quiere divorciarse porque sus hijos…

Estrellé la mano sobre la mesa.

—Lo único que quiere *Milton* es acostarse contigo. Y tú con él —exclamé—. Y todo esto estaría muy bien si no se anduviesen con cuentos. No puedes permitir que te ciegue un falso enamoramiento que ya no se corresponde con tu edad.

Aún se me revuelve el estómago al rememorar el episodio. ¿Cómo Susan, una mujer inteligente o por lo menos con un IQ más alto que el promedio, podía ser víctima de un cliché tan vulgar? ¿Sería cierta toda esa palabrería sobre la inteligencia emocional? En tal caso, ella debería figurar entre los retardados.

—No sé por qué decidí contártelo.

—Yo tampoco.

—Me voy.

—Adelante, vete con tu *Milton* —le grité—. Si es que en este momento no está con su mujer.

Alzando al vuelo su Louis Vuitton como si fuese a dar un paso de baile, Susan se deslizó vaporosamente hacia la salida. Obstinada toda la vida con darme gusto, al final me había apuñalado por la espalda.

Concertante

Casi me gustaría decirles que ocurrió durante un rapto de locura, un arrebatamiento repentino o una inusual concesión al romanticismo, pacientes lectores, pero ustedes saben que ése nunca fue mi estilo. Llevaba meses planeándolo a conciencia, una más de las decisiones que ha de tomar alguien que aspira a un lugar de privilegio en la élite de la Gran Pútrida Manzana. Así como un inversionista está obligado a adquirir unas acciones cuya suerte imagina promisoria aunque deteste el ramo o las políticas de la empresa que las emite, yo debía dar este paso para blindar mi imagen ante mis hijos y mis socios y ante esa esfinge vulgar e insaciable que llamamos alta sociedad. Quizás Leah no hubiese sido mi primera elección en otras circunstancias —de no ser por las pesquisas en torno al pasado de mi padre difícilmente nos habríamos conocido—, pero a estas alturas no estaba dispuesto a perseguir una cara más bonita o una fortuna más jugosa. Pese a sus buenos sentimientos, sus convicciones demócratas, su vegetarianismo militante y su engorrosa fascinación por los animales, la joven historiadora resultaba ideal para mis propósitos, una mujer más guapa e inteligente que el promedio y que, fuera de su obsesión por aumentar mis donaciones filantrópicas, no se inmiscuía en mis negocios y se contentaba con compartir sólo una parte marginal de mi vida cotidiana.

Muy consciente de nuestra mutua aversión a la cursilería, un sábado la invité cenar y, sin anillos ni declaraciones pomposas, le dije que el matrimonio sería una buena idea para ambos. Vestida con más solemnidad que de costumbre —de seguro algo sospechaba—, Leah desplegó una sonrisa que casi llegó a desconcertarme, alzó su copa y, tartamudeando apenas, me respondió que sí, que sería estupendo, que sólo me pedía que fuese una ceremonia más o menos íntima y no una de esas bacanales que acostumbran los millonarios. Le prometí hacer lo posible por satisfacer sus exigencias —en realidad ya había reservado un salón del Plaza— y brindé con ella por nuestra felicidad futura. Nada de lágrimas, nada de arrebatos: una transacción feliz, sin contratiempos.

¿El único inconveniente? Allan, por supuesto.

No sabía cómo decírselo. Cómo explicárselo. Para un joven de su generación (nacido en el 68), modelado fuera de los prejuicios de mi época, mi decisión no sólo le parecería absurda, sino triste y ridícula. ¿Qué necesidad de fingir y esconder mis auténticos deseos? Por desgracia, *mi* mundo y *su* mundo no eran equivalentes. Quizás en su condición de médico neoyorquino él pudiese disfrutar de una libertad ilimitada, pero yo no podía darme el lujo de ser apartado de esa odiosa parte de la sociedad cuyo apoyo sería crucial para mi futuro financiero. Además, por un prurito que hoy suena infantil, aún no estaba dispuesto a revelarme tal cual ante mis hijos. Como he dicho, lo quería todo al mismo tiempo. A Allan y a Leah.

Leah Levitt

Durante los agotadores preparativos de la boda, preferí no decirle nada a mi amigo. ¿Qué razón había para enturbiar nuestras veladas de forma prematura? Continué visitando su casa dos o tres veces por semana, prometiéndome cada vez que sería la última ocasión que guardaría silencio, sólo para callar de nuevo en cada caso. La víspera del enlace con Leah —las invitaciones habían circulado entre cientos de invitados— supe que no tenía alternativa y me presenté en su velero cerca de las nueve de la noche. Allan había preparado un *sole meunière* y teníamos previsto escuchar la *Turandot* con Birgit Nilsson. Después del sexo y de la cena hubo más sexo y luego un silencio inmensurable. De pronto Allan se levantó de la cama, se envolvió con una bata color granate y permaneció de pie frente a mí, amenazante y bello.

—Los enigmas son tres, la muerte una —exclamó.

—¿Cómo?

—Se engaña a sí mismo, nunca a los otros.

—Lo siento de verdad —balbucí.

—Engaña a quien más quiere porque cree que quien lo quiere habrá de perdonarlo.

—Lo siento, Allan. Iba a decírtelo...

—Su engaño es mayor porque ni siquiera se da cuenta de que es un engaño —y me señaló la puerta.

—Soy un imbécil, perdóname.

—Ahora sé tu nombre —remachó mientras yo me vestía torpemente.

Volví a distinguir su tez morena y sus canas prematuras en numerosas funciones del Met, pero nunca más se dignó a hablar conmigo.

Escena V. *Sobre cómo reconocer una mala dentadura y cómo acorralar a un espía con una calabaza*

Recitativo

Enquistadas en la fofa piel de su rostro, las ojeras lo hacen lucir como un campeón de boxeo castigado por el retador; su panza amenaza con expulsar el botón que la comprime, mientras sus tirantes, que a duras penas sostienen el pantalón, vibran como cuerdas de violín. Para colmo, cuando Whit sólo consiguió alzarse a eso de las siete, tropezando contra la cómoda y el ropero —no pegó ojo hasta el alba— y se arrastró hasta el baño de su amigo McNaughton, un afeitado tembloroso le rebanó la barbilla (la papada, diría yo) y le dejó amplias sombras parduzcas en la nuca y los mofletes. Su pinta no inspira la menor confianza, en vez de lucir como un ciudadano ejemplar, un editor respetable o un pecador arrepentido, sus interrogadores descubrirán a un payaso obeso o un orangután sin fuerzas.

Y es que sentado allí, frente al investigador jefe del Comité de Actividades Antiamericanas, Whit no se ve como el implacable azote del comunismo que publicaba sus artículos en *Time*, ni como la vindicativa conciencia de la América evangélica, y ni siquiera como un espía jubilado, sino como una lamentable pieza de caza, un trofeo exhibido para mofa de la prensa que abarrota la escalinata del Viejo Edificio de Oficinas del Congreso.

Sus nervios, reconoce, no derivan sólo del severo examen al que habrá de someterse, el cual determinará su fama pública y su paso a la historia —aunque esto último, según él, le tenga sin cuidado—, sino de las amenazas que volverán a cernirse sobre su familia cuando revele los nombres de sus contactos y correos. Por eso en cuanto llegó al departamento de McNaughton se echó al piso en busca de micrófonos y le exigió a su anfitrión que corriese las cortinas, ajustase las ventanas y encadenase la puerta. Sólo entonces pudo sentarse a escribir la declaración que leerá esta mañana, aunque luego no haya sido capaz de conciliar el sueño ni siquiera cuando McNaughton, fastidiado con su paranoia, colocó su calibre .45 en la mesita de noche y le aseguró que la usaría contra cualquier intruso.

Tembloroso, Whit se adentra en el salón 226, donde se llevará a cabo la primera sesión de la mañana, ejecutiva y secreta, sin acceso al público.

—El señor Chambers trae consigo una declaración que quisiera leer antes de iniciar el procedimiento —le aclara McNaughton a Robert Stripling, el investigador jefe del Comité.

El musculoso Strip (así le gusta que lo llamen) se acomoda el copete y hojea los papeles que le entrega Chambers.

—¿*Esto* es lo que usted quiere declarar?

Strip ni siquiera le da ocasión de responder y lo conduce a otra sala, donde los aguarda una turbamulta de congresistas, senadores, secretarias, asistentes y taquígrafos. Tras echarle un primer vistazo a sus interrogadores, Whit poco a poco recupera el aplomo y aposenta su enorme culo en la madera del banquillo.

—¿Es usted David Whittaker Chambers y jura decir toda la verdad y nada más que la verdad? —Strip le extiende la Biblia.

—Lo juro —la cubierta queda impregnada de sudor—. ¿Y ahora puedo leer mi declaración?

—Una copia obra ya en el expediente —Strip desliza una floritura con los dedos—, si insiste podrá leerla más tarde.

El investigador jefe revisa sus fichas, displicente.

—Dígame, señor Chambers, durante el tiempo en que fue miembro del Partido Comunista, ¿estaba al tanto del círculo de espías que entonces funcionaba en Washington?

Whit reacciona como solía hacerlo cuando era espía y miente como un bellaco.

—No, no lo estaba.

—¿No?

—Quiero decir que estaba consciente de la posibilidad de que una parte del aparato clandestino pudiese ser desviado a labores de espionaje.

—Aclárenos, señor Chambers, ¿sabía o no sabía que el aparato había sido creado con fines de espionaje?

—Diría que sí, que ése era uno de sus propósitos.

—¿Y quién montó el aparato?

—¿No estábamos refiriéndonos a un aparato hipotético?

—¿Quién era el jefe de ese aparato en Washington? —ahora es John Rankin, demócrata de Misisipí, quien lo acorrala.

—Estoy tratando de entender de qué aparato hablamos —Whit insiste en su táctica evasiva.

—Conteste la pregunta.

—Sólo estoy en condiciones de hablar del grupo al que yo pertenecí. Fue creado por Harold Ware en 1938 o 1939. Su objetivo era colocar comunistas en posiciones clave del gobierno desde donde pudieran influir en la toma de decisiones o hacer cambios de personal, o bien, si lo juzgaban conveniente, tal vez realizar labores de espionaje.

—Entonces admite que su grupo *sí* tenía el propósito de realizar labores de espionaje...

—Pero no desde el inicio.

¿A qué juega Chambers? Se ha prestado voluntariamente a este jueguito, pero ahora hace trampa; está decidido a acusar a sus camaradas, pero no de manera frontal; pretende revelar sus conexiones clandestinas, pero sin reconocer del todo su participación. Un equilibrio demasiado inestable. Para ganar tiempo, se lanza en una enrevesada disquisición sobre la naturaleza teórica de los aparatos clandestinos. Fastidiados, Strip y los miembros del Comité le exigen nombres, nombres y más nombres.

—La cabeza del grupo era Nathan Witt, un abogado que trabajaba en el Consejo de Relaciones Laborales. Entre sus líderes también figuraban John Abt, Lee Pressman y Victor Perlo. Y Alger Hiss y su hermano Donald. Y Charles Kramer, cuyo verdadero nombre era Krevitsky, me parece. Y Henry Collins.

Los miembros del HUAC ladean las cabezas al unísono, como en un musical de Broadway, aunque en realidad ya hubiesen oído todos esos nombres, días atrás, en labios de Elizabeth Bentley.

—¿Conoce a Harry Dexter White? —Strip se saca un as de la manga.

—Sí.

—¿Era miembro de este grupo?

—No.

—¿Era comunista?

—No puedo decir que yo supiese que lo fuera.

—¿Se le consideraba amigo de los comunistas?

—Sólo algunos pensaban eso, como J. Peters.

—¿Pero no usted?

—Yo no puedo decir que fuera comunista.

Dicho esto, el Comité no sólo juzga que es hora de abrirle las puertas a la prensa sino que, dada la relevancia del nuevo testigo, resultará mejor trasladarse a un salón más amplio en el Nuevo Edificio de Oficinas del Congreso. El circo, como el propio Whit lo calificará en sus memorias, pasa a la pista central.

Whit se desparrama en su nuevo asiento, rodeado de micrófonos, y vuelve a colocar su pastosa mano sobre la Biblia. De inmediato lee las páginas que ha preparado, las páginas que explican su temprano encantamiento revolucionario, sus reclutamiento como agente, sus trabajos clandestinos, su toma de conciencia, su huida, su conversión al cristianismo y su nueva, vigorosa fe en Dios.

—Hace diez años rompí con el Partido Comunista —su voz se atempera—. Durante este tiempo he tratado de vivir una vida de trabajo, temerosa de Dios. A la vez he combatido al comunismo sin tregua, con actos y con la palabra escrita. Estoy orgulloso de comparecer ante este Comité. La inevitable publicidad que conlleva este testimonio ha oscurecido, y sin duda seguirá oscureciendo, mi esfuerzo por integrarme a la comunidad de hombres libres, pero es un pequeño precio que debo pagar si mi testimonio ayuda a que los estadounidenses reconozcan que se hallan amenazados por una secreta, siniestra y terriblemente poderosa fuerza cuyo propósito es esclavizarlos. Quisiera llamar a todos los antiguos comunistas que aún no han confesado, y a todos los hombres en el Partido Comunista cuyos mejores instintos no han sido destrozados o corrompidos, a que contribuyan en esta lucha cuando todavía queda tiempo.

Culminado su alegato, los miembros del HUAC se lanzan por más carroña. Dos episodios resaltan en la parte final de su comparecencia. Primero, cuando el gangoso y narigudo congresista Nixon, callado y ausente a lo largo de la mañana, vuelve a preguntarle al testigo por Harry Dexter White y éste elude una respuesta directa. Y, segundo, cuando relata cómo, poco antes de dejar el aparato en 1938, visitó a Alger Hiss, un buen amigo, en su casa de Georgetown, para tratar de convencerlo a él y a su esposa Priscilla de separarse del Partido.

—Los tres cenamos unos huevos fritos —Whit no se ahorra los detalles— y yo traté con todas mis fuerzas de convencerlos de seguirme, pero Hiss, nervioso y contrariado, se rehusó a romper. Cuando nos separamos, se puso a llorar.

—¿A llorar?

—A llorar —el timbre de Whit emite un sonsonete melancólico—. Es que yo apreciaba mucho al señor Hiss.

Aria de Alger Hiss (con coro de congresistas)

Una semana más tarde, Alger Hiss desliza la sortija de matrimonio a través de su anular y la deposita sobre el lavabo; se enjabona las muñecas y las palmas, una y otra vez, mil veces, con el gesto imperturbable, ajeno a la fría imagen que asoma en el espejo. Su mente se halla tan apartada de allí, absorbida en otro universo o en el pasado, que si su pulcra imagen desapareciese de pronto, como la de un vampiro, quizás no se daría cuenta. Tras secarse las manos con idéntico empeño vuelve a colocarse el anillo, mira el reloj y se dirige al salón de sesiones.

Su elegancia un tanto exagerada, su porte altivo y los suaves destellos en su acento —culpa de su educación harvardiana— no dejan lugar a dudas sobre su alcurnia. A diferencia de Chambers, deslenguado y mal vestido, Hiss luce como lo que siempre ha sido o aparentado ser, un funcionario ejemplar, integrante de la clase privilegiada que, a la sombra de Roosevelt y el *New Deal*, rescató al país de la bancarrota. Aunque su cuna privilegiada sea un malentendido —Alger debió hacerse cargo de sus hermanos tras el suicidio de su padre, un comerciante sin demasiados recursos—, el contraste con su acusador resulta tan ostentoso que, para bien o para mal, uno y otro cargarán con los estereotipos del ex comunista lastimero y el catrín ampuloso.

—Quiero dejar claro que no soy y nunca he sido miembro del Partido Comunista —declara Hiss con la voz aterciopelada de quien años atrás encabezó la Conferencia de Dumbarton Oaks—. No suscribo y nunca he suscrito los principios del Partido Comunista. No soy y nunca he sido miembro de ninguna asociación afiliada al Partido Comunista. Nunca he seguido las directrices del Partido Comunista de manera directa o indirecta. Y, hasta donde puedo saberlo, ninguno de mis amigos es comunista.

Alger Hiss (1950)

Strip le solicita su currículum y Hiss enlista la ejemplar nómina de cargos que ha acumulado a lo largo de veinte años en el servicio público, desde sus prácticas con el legendario juez Oliver Wendell Holmes hasta su actual puesto como director ejecutivo de la Fundación Carnegie (presidida por alguien tan respetado por los republicanos como John Foster Dulles). Visto así, con todo su garbo y toda su elocuencia, nadie podría creer que se trata del mismo revolucionario sensiblero descrito por Whit el 3 de agosto. ¿O es que Strip, alguno de los congresistas o senadores, o incluso algún buitre de los medios, podría imaginarlo gimoteando después de que Chambers tratase de apartarlo de las garras soviéticas?

En un momento culminante de la audiencia, Strip le muestra a Hiss una fotografía reciente de Whit y le pregunta si lo reconoce. Éste la estudia con el ceño fruncido, cogiéndola con las puntas de los dedos como si fuese una boñiga, antes de devolvérsela al investigador jefe.

—Si éste es un retrato del señor Chambers, no tiene una apariencia nada inusual —Alger alza la ceja—. Se parece a mucha gente. Incluso podría confundirlo con el presidente de este Comité...

Karl Mundt, con su rostro de pez globo, presidente en funciones del HUAC ante la ausencia de J. Parnell Thomas, es el único que no se suma al coro de carcajadas que cimbra la sala.

—No lo digo para hacerme el gracioso —Alger recupera la solemnidad—, quisiera poder verlo a la cara, pienso que entonces estaría más capacitado para decir si alguna vez lo he visto.

Una formulación un tanto enrevesada pero a fin de cuentas efectiva. Como si estuviese protegido por un escudo —su honorabilidad y su arrogancia—, la batería de misiles dirigida del HUAC estalla en el aire sin rozarlo. Al término de la sesión uno de sus interrogadores incluso le pide una disculpa por el daño que pudiera haberle causado la comparecencia a alguien "a quien muchos estadounidenses, incluidos varios miembros del Comité, tenemos en tan alta estima", y otro le da un ostentoso apretón de manos (Algie tendrá que volver a enjabonarse).

A ojos de todos los observadores, Hiss emerge de la audiencia como un hidalgo injustamente vilipendiado y Whit como un exespía rastrero y mentiroso. Nixon es el único que no suelta a su presa. Mientras Mundt, Hébert y los demás integrantes del Comité se muestran cautos o de plano avergonzados, él vigila los deslices o titubeos de Hiss con una lente de aumento. Como congresista primerizo le vendrá bien demostrar su celo anticomunista. El californiano piensa que Hiss se comportó con una altivez intolerable y que su manera de negar a Chambers —tan fácil que hubiese sido decir *no lo conozco*— es el hilo del que tirará hasta el final. ¿Y qué mejor aliado para replantear su ataque que Whit?

Recitativo

El escenario es ahora la Corte Federal en Nueva York, en Foley Square, a la que acuden Nixon y Whit, un par de miembros del HUAC y el equipo de investigación liderado por Strip. Sólo que ahora el Narigudo hace las preguntas.

—El señor Hiss aseguró jamás haber oído su nombre, señor Chambers. ¿Usaba usted otro nombre en su época como agente clandestino?

—En esa época me hacía llamar Carl.

—¿Y él jamás le preguntó por su apellido?

—Hubiese sido impensable en los círculos comunistas.

—¿Por qué está tan seguro de que Hiss era comunista?

—J. Peters me lo aseguró —Whit comienza a relajarse— y yo mismo lo vi. En varias ocasiones recopilé información directamente de sus manos. Por supuesto no tenía una credencial del Partido, pero jamás dudé de su militancia.

—¿Qué tan bien lo conocía?

—Diría que bastante bien. Éramos amigos. Su nombre entonces era Hill o Hilly, y el de su esposa Dilly o Pross —Whit repasa los diez años que pertenecieron al mismo bando—. Priscilla antes estuvo casada con el editor Thayer Hobson, del que siempre hablaba mal pero pagaba las cuentas de Timmy, el pequeño hijo de ambos. Los Hiss poseían un hermoso cocker spaniel.

—¿Tenía alguna afición? —interviene Ben Mandel.

—Alger y Priscila disfrutaban de la ornitología —Whit advierte la importancia que adquieren minucias como ésta—. Por las mañanas iban a Chesapeake, al Canal de Ohio y a Glen Echo a observar aves. Recuerdo que una vez estaban muy emocionados por haber visto una reinita cabecidorada.

—¿Alguna vez fue usted huésped de los Hiss?

—Su casa era para mí una especie de cuartel informal. Recuerdo diversas direcciones en las que vivieron en esos años, siempre de manera frugal. No le tenían aprecio a los bienes materiales y solían comer muy poco, creo que jamás tomé un coctel con ellos. El señor Hiss era un hombre de gran simplicidad, con una enorme gentileza y dulzura de carácter. Manejaba un viejo Ford hecho trizas, aunque en 1936, me parece, lo cambió por un Plymouth.

—¿Y qué hizo con el viejo coche? —insiste Mendel.

—Me lo dejó a mí. Y luego, en contra de todas las reglas del entorno clandestino, se empeñó en entregarlo al Partido para que pudiera ser utilizado por algún militante pobre del Medio Oeste o de alguna otra parte.

—Muchas gracias, señor Chambers —Nixon luce satisfecho—. ¿Estaría dispuesto a someterse a un detector de mentiras?

—Si es necesario, desde luego.

—¿Tan confiado se siente?

—Estoy diciendo la verdad.

Emocionado por su propia actuación, el Narigudo se multiplica, visita a John Foster Dulles y lo convence de no apoyar públicamente a Hiss; se encuentra con periodistas y políticos republicanos que lo animan a perseverar con su cruzada; telefonea sin descanso a Strip, cuyos investigadores se demoran en confirmar las informaciones proporcionadas por Chambers; y aun se da tiempo de asistir a las sesiones en las cuales comparecen ante el HUAC otros inculpados: Harry Dexter White, Lauchlin Currie y Donald Hiss. Por fin, el 16 de agosto consigue que Alger se siente de nuevo en el banquillo.

—Jamás tuve contacto con alguien llamado Carl —bosteza Hiss, remoloneando en el asiento.

Nixon le muestra entonces una fotografía de Whit joven, es decir, con 60 o 70 libras menos (casi apuesto). Esta vez Algie la estudia concienzudamente.

—Su cara me suena. Por eso quisiera verlo de frente.

Nixon se truena los nudillos.

—Lo que no comprendo —se encabrita Hiss— es por qué Chambers y yo somos tratados de la misma manera cuando yo he llevado una vida pública impecable y él en cambio es un comunista declarado. Además he leído en la prensa que usted, señor Nixon, pasó el fin de semana en su granja.

—Le puedo asegurar que nunca he pasado la noche con él —se excusa Nixon, incómodo.

(En efecto, el Narigudo visitó a Whit en su granja, aunque no se quedó para la cena.)

—Puedo asegurarle que no tenemos ningún acuerdo previo con el señor Chambers —interviene Strip—. Él afirma que pasó una semana en su casa, señor Hiss, y a nosotros nos corresponde verificarlo. Y puedo decirle que, o bien él se dedicó a estudiar minuciosamente su vida, o bien sí lo visitó en esa época.

—El asunto no es si nos conocíamos y yo no lo recuerdo —estalla Hiss—, sino si tuvimos la conversación que él ha descrito.

—¡No sé cuál de ustedes está mintiendo —interviene el senador Hébert—, pero uno de los dos es el mejor actor que haya producido América!

La confusión se acentúa cuando, reculando o dándole un giro inesperado a su testimonio, Alger señala que, ahora que lo piensa, le viene a la mente haberle alquilado su casa durante una semana a un tipo que no se llamaba Carl, por supuesto, y mucho menos Whittaker Chambers (horrible nombre), sino George Crosley, un tipejo que masticaba las palabras con voz de bajo, casado y con una niña pequeñita.

—¿Y ese señor Crosley se quedó en su departamento, señor Hiss? —Nixon sonríe.

—Ese señor Crosley, sí.

—¿Puede describir a la esposa de Crosley?

—Una mujer más bien opaca, diría incluso que muy opaca, no creo que sería capaz de reconocerla.

—¿Y qué estatura tenía ese hombre?

—Era más bien bajo.

—¿Gordo?

—No demasiado.

—¿Y qué me dice de sus dientes?

—Tenía muy mala dentadura, ése es uno de los detalles que quisiera ver en el señor Chambers. Ese hombre tenía los dientes hechos trizas, parecía nunca haber cuidado de ellos.

—¿Y qué automóvil tenía el señor Crosley? —irrumpe Strip.

—Ninguno. Yo le di mi automóvil, un viejo Ford. No estaba en muy buen estado pero tenía una cajuela muy amplia.

—¿Usted le dio su coche a Crosley? —insiste Nixon.

—Así es.

—¿Y usted se compró uno nuevo?

—Un Plymouth sedan. Pero confieso que luego me arrepentí y le pedí a ese hombre que me lo pagara —corrige Hiss—. Al final nunca lo hizo, me entregó 20 o 25 dólares y una alfombra persa que todavía conservo, eso fue todo. En 1935 dejé de ver a Crosley y no volví a saber de él.

—¿Usted piensa que el señor Crosley y el señor Chambers son la misma persona?

—No podría asegurarlo hasta no verlo de frente.

—¿Usaban usted y su familia nombres de cariño en esa época?

—El mío era Hill o Hilly. A Priscilla la llamábamos Pross o Prossy y a Timothy, mi hijastro, Timmy o Moby.

—¿Tenían mascotas?

—Un cocker spaniel.

—¿Qué me dice de sus aficiones de entonces?

—El tenis y la ornitología.

—¿Y alguna vez vio una reinita cabecidorada?

—¡Sí! —se entusiasma Alger, como si el pajarraco revolotease frente a él—. Aquí mismo, en el Potomac. Suelen venir acá y anidar en los pantanos. Hermosa cabeza, ¡qué gran ave!

El Narigudo y sus compinches quisieran abrazarse de alegría.

—Muy bien, señor Hiss —concluye Strip—. Habrá una nueva audiencia el 25 de agosto, a las 10:30 am, en el Salón de Caucus del Congreso. Tanto usted como el señor Chambers serán llamados a testificar.

—Me alegrará tener la oportunidad de confrontar al señor Chambers.

Mientras unos y otros se retiran, el Narigudo canturrea en voz baja: *reinita cabecidorada, reinita cabecidorada, reinita cabecidorada...*

Dueto (con coro de congresistas)

¿Por qué el repentino cambio de planes? ¿Por qué el congresista McDowell le dijo a Hiss que lo visitaría en su oficina de la Fundación Carnegie y ahora lo convoca en su habitación del Hotel Commodore? En cuanto abre la puerta, Alger se da cuenta de que ha caído en una trampa. El equipo de Strip reacomoda los muebles de la suite para convertirla en un tribunal en miniatura. Sospechando que Hiss podría recomponer su versión de los hechos, Nixon ha orquestado esta sesión improvisada para arrinconar a quien ya no ve tan sólo como una presa, sino como la piedra angular de su futuro político.

—Póngase cómodo —le indica McDowell a Hiss, señalando una silla de madera—. Puede fumar si lo desea.

Tanta amabilidad no esconde la naturaleza oficial del careo. McDowell le toma el juramento y el Narigudo inicia la ofensiva.

—Nos pareció que lo mejor sería aclarar de una vez por todas si el señor Crosley y el señor Chambers son la misma persona —su voz gangosa taladra los oídos de Alger.

Hiss toma aire y se dirige al congresista con una mirada desafiante.

—En ese caso quiero que se grabe la sesión. De camino hacia aquí me enteré de la muerte de Harry Dexter White. Ha sido un gran golpe y no estoy seguro de encontrarme en la mejor disposición para testificar.

El Comité tiene las manos manchadas de sangre, sus miembros son los responsables del fallecimiento de antiguo subsecretario del Tesoro, parece decir. Más correoso que una nutria, el Narigudo sólo traga saliva.

—Háganlo entrar.

Dando pasos lentos, plomizos y sonoros como el gigante de *Juanito y las habichuelas*, Whit se abre paso desde el cuarto vecino y, circundando a Hiss, quien lo mira sin mirarlo, se desploma en un sofá.

—Señor Hiss —lo apostrofa Nixon—, este hombre es Whittaker Chambers. Le pregunto ahora si lo reconoce.

Algie titubea. Se detiene frente a su acusador y lo revisa palmo a palmo, desde la testuz hasta el dedo gordo del pie.

—¿Puedo hablar con él? —le pregunta a Nixon, como si Whit fuera un aborigen que necesitara de traducción simultánea—. ¿O podría usted pedirle que diga algo?

—Señor Chambers, díganos su nombre —accede Nixon.

—Mi nombre es Whittaker Chambers.

Alger se levanta y, como si examinase a un perezoso disecado, escruta el rostro de su acusador. El Gordo y el Flaco: uno obeso, bajito, rubicundo; el otro altísimo, gélido, inexpresivo.

—¿Le importaría abrir la boca? —lo reta Hiss.

—Mi nombre es Whittaker Chambers.

—No, sólo le pido que abra la boca —Alger se vuelve hacia el Narigudo—. Usted sabe a lo que me refiero.

—Soy editor ejecutivo en *Time* —Whit mira al techo.

—¿Puedo preguntar si la voz de este señor, cuando testificó en mi contra, sonaba como ésta? —insiste Hiss.

—¿Su voz? —repite Nixon.

—¿Podría hablar en un tono más bajo?

—Lea algo, señor Chambers —el Narigudo le entrega una revista.

Whit se queda paralizado, un Humpty Dumpty al borde del abismo.

—¿Es usted George Crosley? —Alger lo mira a los ojos.

—No —responde Whit—. Pero usted es Alger Hiss, supongo.

—Por supuesto que lo soy.

Presionado por Nixon, Whit lee en voz alta un artículo de *Time.*

—Esta voz suena un poco como la que recuerdo en George Crosley —Hiss se inclina hacia él como un domador que introduce la cabeza en las fauces de un león—, aunque me parece que su dentadura ha mejorado o que sufrió un extenso trabajo de ortodoncia.

—Un especialista me arregló los dientes en 1944.

—Creo que este señor es George Crosley —resume Hiss—, si bien hay detalles que han cambiado, además de los dientes. ¿Me permite hacerle algunas preguntas directas?

—Adelante —replica Whit.

—¿Alguna vez usó usted el nombre de George Crosley?

—No.

—¿Alguna vez alquiló un apartamento en la Calle 29?

—No.

—¿No?

—No.

—¿Alguna vez pasó una temporada, con su esposa y su hijo, en un apartamento en la Calle 29 de Washington cuando yo vivía con mi familia en la Calle P?

—Así es.

—¿Lo hizo o no lo hizo?

—Sí lo hice.

—¿Puede decirme entonces cómo reconciliar su negativa anterior con esta afirmación?

—Sin problemas, Alger. Porque yo era comunista y tú eras comunista.

—¿Esa es tu respuesta?

—Como testifiqué anteriormente, vine a Washington en calidad de funcionario del Partido Comunista de Estados Unidos —sostiene Whit—. Yo estaba en contacto con el grupo clandestino al que pertenecía el señor Hiss. El señor Hiss y yo nos hicimos amigos. Hasta donde recuerdo, el propio señor Hiss me ofreció su apartamento y yo lo acepté agradecido.

—Señor presidente —Alger se dirige a McDowell—, no necesito hacerle más preguntas al señor Chambers. Ahora estoy seguro de que es George Crosley.

—¿Y esta persona es el Alger Hiss al que se refirió usted en su testimonio, señor Chambers?

—Sin duda.

Alger no puede más. Por primera vez sus facciones se descomponen, sus ojos enrojecen, su seguridad se resquebraja. Incontenible, señala a Whit con el índice a escasos centímetros de sus mejillas.

—Quisiera invitar al señor Chambers a repetir estas mismas declaraciones sin la presencia de este Comité y el privilegio de no poder ser acusado de difamación. —Y, dirigiéndose a él, añade con rabia—: ¡Te reto a que lo hagas y, con un demonio, espero que lo hagas cuanto antes!

Previendo una trifulca, uno de los miembros del equipo de Strip retiene el brazo de Hiss por la fuerza.

—No pienso tocarlo —chilla Alger—, ¡y en cambio usted me está tocando a mí!

Las sombras de la tarde se ciernen sobre la habitación y el congresista McDowell, presidente en funciones del HUAC, se apresura a cerrar el careo.

Recitativo

Bajo un sol infernal y con la presencia de unas mil doscientas personas, así como de las cámaras de televisión —una primicia—, el 25 de agosto es titulado por los tabloides "El día de la confrontación".

Chambers *vs.* Hiss.

Al introducirse en la sala, Whit reaparece con su apariencia de siempre, despeinado y sudoroso. Hiss modela en cambio un traje de lino impecablemente planchado y una sonrisa Colgate.

No tiene caso reproducir aquí sus intercambios de ese día, que en lo esencial reiteran los argumentos que cada uno defendió durante la sesión del Hotel Commodore. Ambos reconocen haberse conocido en 1935 y aseguran que Whit pasó unas semanas en el apartamento de Hiss en la Calle 29 y de que usó su Ford; en lo demás, prolongan su desacuerdo.

Un episodio destaca en medio de un sinfín de minucias: a la pregunta de Nixon, Chambers reafirma el aprecio que sentía por Hiss en el pasado.

—¿El señor Hiss era amigo suyo? —el Narigudo hiende el dedo en la herida.

—El señor Hiss era el mejor amigo que llegué a tener en el Partido Comunista.

—Señor Chambers, ¿podría usted encontrar en su memoria algún motivo por el cual acusar hoy al señor Hiss?

—¿Qué motivo podría tener?

—No lo sé, tal vez el señor Hiss hizo algo contra usted…

—Se ha esparcido el rumor de que mi testimonio se basa en alguna desavenencia pasada, o que lo hago por venganza o por odio —los ojos de Whit se llenan de lágrimas—. Yo no odio al señor Hiss. Éramos amigos, pero ahora estamos atrapados en la tragedia de la historia. El señor Hiss representa al enemigo escondido contra el que todos luchamos y que yo combato. He testificado contra él con remordimiento y compasión, pero en medio del peligro que se cierne sobre nuestra nación, que Dios me ayude, no habría podido obrar de otra manera.

Al término del interrogatorio, los miembros del HUAC ya no tienen dudas de que el mentiroso más grande que ha pisado América no es otro que Hiss, quien deberá comparecer ante un gran jurado acusado de perjurio.

Los abogados de Alger responden presentando en los tribunales de Baltimore una demanda por difamación contra Chambers y exigen una compensación de 50 mil dólares por daños y perjuicios.

El combate es ahora cuerpo a cuerpo.

Aria de Whittaker Chambers

En este ambiente se celebran las elecciones del 2 de noviembre de 1948 que, para sorpresa de propios y extraños, vuelven a otorgarle la presidencia y el Congreso a los demócratas. Al enterarse de la noticia, Chambers juzga que sus compatriotas siguen sin reparar en el peligro de la conjura comunista y por eso resulta aún más urgente demostrar que Hiss es un falsario y que sus jefes demócratas, con Truman a la cabeza, nada hicieron para desenmascararlo.

—Sientes que algo falta en este asunto, ¿o no? —le pregunta Whit a su abogado, Richard Cleveland, mientras revisan los argumentos que presentarán durante el juicio.

—Sí.

—Eso es porque, en efecto, *algo* falta —susurra Whit—. El espionaje, mi amigo. El espionaje.

No diré que Cleveland, el mastodóntico hijo del presidente del mismo nombre, se queda boquiabierto, pero la confesión lo descoloca. Hasta ahora Whit jamás ha empleado la palabra *espionaje*, durante las audiencias ante el HUAC se limitó a decir que los dos habían sido comunistas, que pagaban sus cuotas al Partido y que Alger le prestó su apartamento y su automóvil, pero en los años treinta nada de esto constituía ningún crimen. El Partido Comunista era una organización legal y también era legal militar en él, reunirse en público o en secreto, pagar sus cuotas y compartir casas y automóviles a voluntad. De comprobarse el perjurio de Hiss, sólo exhibiría su reticencia a confesar su pasado ante el Comité. El cargo de espionaje trastoca el escenario: se trata de un delito mayor, infinitamente más dañino para la reputación del acusado —y del acusador.

—¿Tienes alguna prueba concreta? —pregunta Cleveland.

—Me temo que sí.

Su seguro de vida.

Como sabemos, poco antes de abandonar el aparato clandestino, Whit se aseguró de esquilmar unos cuantos documentos confidenciales de sus contactos y los puso en manos de Nathan Levin, el sobrino de Esther. Aunque hace cuatro años que no lo ve, no duda en marcarle. Poco después le envía un telegrama, avisándole que llegará a su departamento de Brooklyn hacia la una de la tarde. El texto sólo contiene una línea más: POR FAVOR TEN MIS COSAS LISTAS.

Cuando Whit acude a la cita, Nathan se encuentra en plena comilona familiar y le confiesa a su tío que no sabe a qué se refiere. Whit le recuerda que diez años atrás le confió un sobre amarillo. Haciendo memoria, Nathan le explica que cree haberlo dejado en casa de sus padres. Cuando los dos se introducen en el baño de los señores Levin, Whit al fin respira. En el interior de un tarro de porcelana, cubierto de telarañas y de polvo, aparece el viejo sobre.

—¡Dios mío, pensé que esto ya no existiría!

De vuelta en Westminster extiende su contenido sobre la mesa del comedor:

1 hoja de papel, aproximadamente 3" x 5", con apuntes;
4 pequeñas hojas de cuaderno cuidadosamente dobladas;
5 hojas de papel legal amarillo cubiertas con anotaciones manuscritas en ambas caras;
65 hojas mecanografiadas, 8½" x 11" y 8½" x 10";
2 tiras de microfilm revelado, totalizando 58 cuadros;
3 cilindros de metal con microfilmes no revelados, sellados con cinta adhesiva negra.

Una bomba.

Consciente de que ese material radioactivo podría destruirlo junto con Hiss, Whit devora lo primero que se le atraviesa, huevos fritos, tocino, patatas hervidas, jamón, pan, mermelada de moras azules, mantequilla y un galón de leche. Toda esa comida no lo sacia y a las dos horas calienta una hornilla y se prepara un sanguinolento trozo de carne. Por la tarde, otra dotación de huevos fritos, tocino, mantequilla y pan. No duerme en toda la noche, danza y remolonea en la cama. Esther se muestra tan nerviosa y agitada como él.

A la mañana siguiente Whit se dirige a una reunión con los abogados de Hiss en la oficina de Cleveland, decidido a cruzar su Rubicón.

—Estoy listo para presentar los documentos en el juicio —les anuncia en cuanto llega—. Son algunos manuscritos del señor Hiss y otros textos mecanografiados.

—¿Por qué tardó tanto en ofrecerlos? —pregunta William Marbury, el abogado de Alger.

—Me sentía muy ansioso por razones de amistad y porque el señor Hiss es uno de los hombres más brillantes del país y no quería lastimarlo más de lo necesario —y se apresura a mostrarles las cuatro notas manuscritas y las 65 páginas mecanografiadas (del resto nada dice).

Whit se relaja, como si hubiese adelgazado varias libras de un tirón, y por primera vez en años se lanza a contar con libertad —maticemos: con *cierta* libertad— la verdadera naturaleza de su trabajo clandestino. Les habla de Bikov, el agente ruso que le servía de contacto; de los enrevesados viajes que emprendía entre Baltimore, Nueva York y Washington para conseguir los documentos, fotografiarlos y devolverlos a sus remitentes; de la manera en que Hiss le entregaba los papeles ("en más de veinte ocasiones", precisa) y de su estrecha amistad con él. Marbury, el letrado de Alger, calibra el efecto devastador que los documentos tendrán sobre la demanda de difamación; peor aún, su cliente podría quedar sujeto a un proceso criminal.

¿Una victoria para Whit?

Una victoria pírrica.

Si bien las pruebas apuntalan su versión, sus detractores no tardarán en preguntarse por qué le mintió al HUAC y por qué sólo ahora se atreve a presentar las pruebas. Para colmo, según el *Estatuto de limitaciones* del gobierno, el delito de espionaje prescribe a los tres años, por lo que Hiss sólo podría ser acusado de perjurio.

Cuando sus abogados le muestran a Alger los papeles de Chambers, éste reconoce que se parecen a los documentos que recibía cuando era asistente del subsecretario Francis Sayre en el Departamento de Estado y confirma la autoría de las notas manuscritas.

—Pero no tengo la más remota idea de cómo pudieron llegar a manos de Chambers.

En su oficina del Congreso, Nixon se halla tan deprimido como el resto de sus correligionarios. Está convencido de que la victoria de Truman significará el fin del proceso contra Hiss. Decepcionado, le ha prometido a su esposa un crucero a Panamá y, cuando Strip abre la puerta sin anunciarse y le dice que los dos deben viajar de inmediato a Westminster a visitar a Chambers, el Narigudo no duda en mandarlo al demonio.

—Estoy hasta la coronilla de este caso. No quiero oír nada más. Me largo a Panamá.

Strip le cuenta que al parecer Chambers le ha confiado a su abogado pruebas concretas de las actividades de espionaje de Hiss.

—Y creo que el malnacido todavía esconde algo.

Los dos llegan a la casa de su incómodo aliado cerca de las tres de la tarde. Whit los recibe en el granero, con la camisa a cuadros —más parece una sábana— cubierta con cagarrutas de pájaro (¿de reinita cabecidorada?).

—Lo lamento, los abogados me impiden hablar con ustedes.

"Ahora se calla", piensa Nixon. Strip, en cambio, cree que Whit se muere por revelarles sus secretos.

—Dejé caer una bomba —reconoce Chambers—. Pero no se compara con la que caerá más adelante.

—¿Eso quiere decir que tienes más evidencias? —le pregunta Strip.

—¿Conocen ustedes un buen fotógrafo? ¿A un auténtico experto?

—¿Para qué? —se irrita Nixon.

—No puedo decirlo.

—Larguémonos de aquí —maldice el Narigudo.

A la mañana siguiente Whit se levanta de buen humor: hace semanas, quizás meses, que no se siente tan bien. Nada ha cambiado; de hecho, nunca ha corrido tanto peligro como ahora —en cualquier momento podría recibir el citatorio para comparecer ante el tribunal acusado de perjurio—, pero siente una repentina paz interior. La paz de quien no tiene nada que perder.

Tras ordeñar a sus vacas y tomar un café con Esther —cada vez más diminuta, más invisible—, Whit decide dar un paseo por sus campos de labranza. El viento invernal azota su rostro y lo despeja. Whit recoge una gorda calabaza y la lleva a la cocina. Como si preparase una linterna de Halloween, abre la fruta con un cuchillo y extrae la pulpa y las semillas, luego envuelve los cilindros con los microfilmes en un papel de estraza y los deposita en su interior. Concluida su labor, devuelve la calabaza al huerto. Allí, a la intemperie, sobre la tierra yerma y congelada, descansa su nueva arma, su bomba de hidrógeno.

Cuando por fin le entregue los documentos a Strip al día siguiente, ya no le quedará ningún secreto más que revelar. O *casi* ninguno. Porque en una carpeta guardada con llave en el fondo de su escritorio reposa un último documento de sus años como espía.

Unas hojas manuscritas cuya escritura no pertenece a Hiss.

Un memorándum confidencial del Departamento del Tesoro.

¿Su autor? Cuando al cabo de unos días Strip lo pregunte, él pronunciará el nombre con perfecta claridad.

—Harry Dexter White.

Escena VI. *Sobre cómo formar un perfecto matrimonio y abofetear delicadamente a tu Maestro*

Dúo

Siempre lo sospeche al constatar las interminables sesiones de trabajo que Leah compartía con Pam —una historiadora del arte, pelirroja natural, casada con un ejecutivo de Merrill Lynch— y la manera como nos acomodábamos a una rutina sexual cada vez más esporádica, al advertir la vibrante oscuridad de su voz y su cabello siempre recogido en una rústica cola de caballo, al compartir su devoción hacia esta o aquella actriz francesa o italiana o sus ácidos juicios sobre la brutalidad o el descuido masculinos —así como al escuchar una y otra vez sus rabiosos exabruptos contra las amigas de Pam—, pero sus inclinaciones habían quedado almacenadas en alguna parte de mi cerebro como una de esas certezas que uno prefiere no sacar a la luz. Si mi reluciente esposa prefería callar sus preferencias, yo estaba decidido a respetarla: jamás he husmeado en los cajones o los correos electrónicos ajenos, bastante tengo con administrar mis propios secretos. A fin de cuentas yo también la suponía al tanto de mis recovecos en un acuerdo que acentuaba la placidez de nuestro arreglo y evitaba esas riñas que suelen envenenar a los recién casados. Quizás por eso me sorprendió tanto que, poco antes de pasar a nuestra mesa en el restaurante del Grand Tier del Metropolitan para la cena de gala posterior a una función doble de *Il Tabarro* y *Pagliacci* con Pavarotti, Domingo y la gran Teresa Stratas (con una aparatosa puesta en escena de Zeffirelli), Leah se deslizase en un llanto generoso y expansivo, rompiendo el encanto de la noche.

—Supongo que las lágrimas no son por la muerte de Nedda —le extendí un pañuelo.

—¡Maldita Pam! —suspiró.

—¿Le pasa algo? —aunque adivinaba el giro que daría la charla, preferí seguir el guión de esposo sorprendido.

—Primero me llama a todas horas y me quiere a su entera disposición —al sonarse la nariz Leah provocó un estertor que hizo respingar a un par de viejas damas que se abrían paso hacia sus mesas—, y luego desaparece, no responde el teléfono, no me da explicaciones…

—¿Qué puedo decirte? Nunca he entendido a las mujeres.

—No es verdad…

A cambio de una modesta contribución de 35 mil dólares anuales, al fin había logrado convertirme en uno de los patrones del Met (su directora ejecutiva incluso me había invitado a almorzar esa misma semana) y aquella gala era la oportunidad de codearme con mis nuevos colegas; lo que menos me apetecía, en semejantes circunstancias, era una intriga doméstica.

—Dime qué pasa.

—Necesito tu ayuda —Leah arrugó la nariz.

—De acuerdo. Voy a serte sincero. En mi opinión, Pam debe tener otra amiga (o amigo) que le importa más o le gusta más que tú. No quiero ser rudo, cariño, pero tú eres su plato de segunda mesa.

Mi mujer reincidió en el llanto, pero esta vez era distinto, más racional y calculado si eso puede decirse del llanto.

—En una guerra lo primero es averiguar qué terreno pisamos —sugerí.

—¿Puedes ayudarme?

Al parecer Leah tenía todo calculado y sólo había buscado la manera de engatusarme (como Nedda a Canio), pero su actitud no hizo que me enfadara con ella. Si descartábamos la cama, formábamos una buena pareja, mejor que cualquiera de las que yo frecuentaba en el medio financiero, ¿por qué no habría de ayudarla? Asentí.

Mi joven esposa detuvo sus gimoteos, se empolvó la nariz y las mejillas, se acomodó un rizo y me tomó del brazo.

—Si alguien nota que se me corrió el rímel diré que "Vesti la giubba" me conmueve sin remedio.

Qué lejos parecía haber quedado la joven inocente que se presentó a trabajar para mí unos años atrás. No quiero decir que el contacto conmigo hubiese llegado a *corromperla* —seguía presumiendo sus convicciones liberales y a la menor oportunidad despotricaba contra los republicanos—, pero por fortuna su horizonte moral se había ensanchado.

Atravesamos el salón, saludando a diestra y siniestra (sin que al parecer nadie nos reconociese), hasta llegar a nuestros sitios en el rincón más alejado de la mesa principal. Pavarotti, Domingo y la Stratas hicieron su entrada triunfal y todos nos pusimos de pie para ovacionarlos. ¡Qué desazón estar tan lejos! Los divos se apresuraron a colocarse al lado de Jim Levine y de Joe Volpe, el director artístico y el odioso superintendente del Met (que por cierto había iniciado su carrera como tramoyista). Traté de mantener la compostura y me dediqué a conversar con mis vecinos, un par de médicos y el dueño de una empresa de insecticidas o perfumes, pero en el fondo me sentía tan despechado como Leah. En ese instante, mientras los meseros servían un banal *clam-chowder* y los comensales presumían su fabricada erudición musical, me prometí que no pasaría un año sin que me convirtiese en otra de las estrellas del mundito operístico, en un mecenas de primer orden que no sólo podría escoger dónde sentarse, sino dónde acomodar a los demás.

—Déjalo en mis manos —le susurré a Leah al oído.

Recitativo

La lección de la historia, y en especial de la historia del capitalismo, es siempre idéntica: alguien descubre una nueva forma de hacerse rico con facilidad o ligereza (antes, un nuevo invento tecnológico; hoy, una fórmula para predecir el comportamiento de los mercados), la utiliza una y otra vez, eficazmente, hasta amasar millones, pronto comienza a sentirse insatisfecho, entrevé nuevas estrategias para aumentar su ventaja, se deja llevar por sus impulsos, pierde de vista la realidad comparada con sus metas, sobreestima su astucia, descuida o menosprecia las señales de peligro, se arriesga más de la cuenta, empieza a perder dinero y aumenta las apuestas, pierde aún más y ni así recula o cambia de parecer y cuando se dice que su suerte está a punto de cambiar… llega la quiebra. Siempre la misma historia. Y nadie aprende.

J.M. nos había llevado a Vikram y a mí a Long-Term, el Fondo de los Genios, para devolverle un poco de cordura a sus estrellas, al impulsivo Haghani y al impetuoso Hilibrand, para reinstaurar el sentido común entre aquellos amos del universo y tratar de revertir las pérdidas que la firma sufría de manera cada día más escandalosa. Su impulso era correcto, contratar a gente capaz de insuflar un poco de aire puro a las enrarecidas oficinas de Greenwich y detectar por qué, pese a la belleza y precisión de sus fórmulas, la sangría no lograba contenerse.

Vikram y yo nos limitamos a cumplir con nuestro trabajo, revisamos las distintas operaciones de LTCM y tratamos de encontrar una explicación más que una cura. Haghani y Hilibrand se convirtieron, irremediablemente, en nuestros mayores detractores. Qué fácil encontrar un fallo *ex post facto*, nos decían.

—Resulta más sencillo y placentero averiguar por qué alguien erró en el pasado que tomar una decisión para el futuro, pero para eso nos pagan —los confrontó Vikram.

Cuestionar los modelos de Merton y Scholes no estaba contemplado entre nuestras funciones. En todo caso, nos correspondía detectar las inversiones que se apartasen del rigor establecido por nuestros premios Nobel. Tras sumergirse en sus cálculos, al cabo de unos meses Vikram encontró una primera respuesta. El éxito de LTCM, su tremendo éxito, era la principal causa de su debacle. En menos de un lustro el fondo había generado ganancias exorbitantes y de pronto la cuestión había sido qué diablos hacer con el capital acumulado. Aunque la mayor parte se había reinvertido en nuevas operaciones de arbitraje conforme a los patrones dictados por los genios, había sobrado lo suficiente como para que Haghani, Hilibrand & Cía. cayesen en la tentación de apostar enormes sumas por aquí y por allá, basados en sus corazonadas y no en sus análisis. Ellos jamás admitirían que sus decisiones respondían más a sus cojones que a sus estadísticas y que sus pérdidas eran un típico producto de la imprudencia o de la *hubris*, enmascararían sus vísceras con cifras y más cifras, esperando que nadie, y nosotros menos que nadie, descubriese que tras el dulce aroma desprendido por las fórmulas de Merton y Scholes se escondía un arenque putrefacto.

Tal como señaló Vikram, galvanizados por sus ganancias y su buena suerte —el mayor peligro para un especulador—, los socios de Long-Term habían perdido la paciencia y la cordura. Años atrás habrían pasado semanas analizando los datos de la economía italiana para lanzarse a favor o en contra de sus bonos o su moneda, y en cambio ahora ninguno tenía tiempo para siquiera releer un informe. Entonces, justo entonces, alguien pronunció la palabra que habría de definir el destino de LTCM: *Rusia*. El nuevo Cuerno de la Abundancia, la nueva Jauja del Capitalismo, el nuevo Eldorado. A primera vista, los socios mostraron su entusiasmo por el nuevo proyecto de inversión, a fin de cuentas el gobernador del banco central ruso, Serguéi Dubinin, acababa de declarar que el rublo no se devaluaría y los bonos rusos a un año llegaron a pagar hasta un 90 por ciento de interés. Las posibilidades de jugar al arbitraje en la helada tierra de Dostoievski parecían más que alentadoras. Pero, ¿y dónde quedaron los números y los estudios exhaustivos que habían caracterizado a LTCM hasta entonces?

—Esta decisión me deja muy mal sabor de boca —le confesé a J.M. en una reunión en Greenwich—. Los mequetrefes del FMI dicen que Rusia es un problema controlado por el rescate de 22 mil millones de dólares que acaban de entregarle a Yeltsin. No lo creo. Ese dinero terminará en los bolsillos de los oligarcas...

No se necesitaba ser un experto en política rusa para llegar a esta conclusión, pero Haghani desdeñó nuestro análisis con un ademán grotesco.

—Las potencias nucleares no puedan quebrar, Estados Unidos nunca lo permitiría. Así que relájate, Volpi. Además, déjame decirte que también contamos con un modelo para el muy improbable caso de un *default* ruso.

—¿Una fórmula capaz de predecir qué pasaría si la mayor potencia nuclear del planeta no puede honrar sus pagos? ¿De verdad?

—Aquí nos basamos en la experiencia —Haghani no ocultaba su exasperación—. Si no estás dispuesto a extraer conclusiones de la experiencia, entonces puedes quedarte sentado de brazos y no hacer nada.

Un error de principiante: creer, en el mundo de las finanzas, que el pasado es un buen termómetro del porvenir. Cuando un par de horas más tarde me atreví a decirle a J.M. que el razonamiento de Haghani ponía en peligro a la firma, éste me miró como si fuese un intruso o un espía.

—La gente como él es la que gana el dinero para el Fondo.

Cuando se escucha una alerta sismológica es que el epicentro del terremoto suele encontrarse muy cerca. Al menos así sucede en el mundo financiero: cuando los signos de la crisis son tan obvios que cualquiera puede advertirlos es porque ya no hay adónde correr. En vista de los sucesos posteriores, no me atrevería a confirmar esta afirmación (de otro modo no estaría bajo este inmundo cocotero), pero al menos puedo jactarme de que *esa vez* yo sí preví el sacudimiento que se avecinaba, la eclosión y el torbellino, y supe escapar a tiempo. Como le dije a Vikram una tarde, quizás había llegado la hora de dejar de servir a otros.

Dúo de la venganza

Mi intuición no resultó errónea: el álbum fotográfico que me entregó el detective, más propio de *Hustler* que de *Playboy*, no dejaba lugar a dudas. Al menos tres veces por semana Pam se refocilaba con una dominicana de tetas aerostáticas además de revolcarse con mi esposa los lunes y los miércoles a la hora del té. Imposible saber si había un mínimo sustrato de amor en aquella gimnasia amatoria, ululantes invocaciones a Dios y entrechocar de clítoris. Atlética —odiaría decir ninfómana—, a Pam aún le quedaba energía para satisfacer a su marido, el pulcro ejecutivo de Citibank. Sin dejar de admirar su ímpetu, tuve que compartir con Leah la voracidad de su enamorada. Con los dedos crispados, mi mujer se sumió en un llanto que esta vez era agresivo y vigoroso, lleno de rencor.

—¿Y ahora?

—¿Ahora?

—¿Qué puedo hacer?

—Olvidarla.

—No.

—Compartirla.

—¡Tampoco!

La inclemente (e inútil) hidra de los celos.

—De acuerdo, déjamelo a mí —le prometí otra vez.

Aún me sorprende rememorar la complicidad que Leah y yo tramamos entre nosotros en aquella época, cuando los dos nos manteníamos al tanto de nuestras respectivas aventuras eróticas y nos aconsejábamos o nos consólabamos sin resquemores. Y me aguijonea la nostalgia al recordar que, muy probablemente, nunca volveré a estar a su lado ni a juguetear con la pequeña Becca, que ni siquiera lleva mi apellido y cuyo pequeño rostro nunca he contemplado.

El feo asunto de Pam se resolvió de manera drástica. Cuando la dominicana de tetas aerostáticas emergía de un bazar de baratijas, cubierta de anillos y pulseras multicolores, alguien se ocupó de ofrecerle una buena suma para que embarcase de vuelta a su isla o al menos lo fingiese. Muy digna, la mulata se negó. Entonces, como en *Los Soprano*, el matón (lo imagino italiano, chimuelo y contundente, con una mancha rojiza en el cogote) le reveló que la alternativa era una denuncia anónima ante las autoridades migratorias.

Nunca volvimos a tener noticias de la dominicana. Y Leah y Pam quedaron más unidas que nunca.

Sobornar o chantajear a una inmigrante ilegal, veinte mil dólares.

Que tu esposa sonría (y no te estropee las galas en el Met) no tiene precio.

Sin duda hay cosas que el dinero sí compra…

Recitativo

No fue una coincidencia ni un milagro, ahora pienso que el descubrimiento fue parte de un plan maliciosamente trazado por mi madre. Abandonada en su residencia para jubilados en Orlando, Judith continuaba ejercitándose como una titiritera capaz de hacer avanzar o retroceder nuestras pesquisas (como las seguía llamando Leah) a su gusto. Como si hubiesen sido rescatados del fondo de los mares —o de su memoria—, de pronto descansaba sobre mi escritorio, dentro de un grueso paquete de FedEx de una pulgada de espesor, una nueva e insospechada colección de diarios de mi padre, esta vez correspondientes al período 1943-1945 (¿por qué sólo esos años?, preguntó mi quisquillosa mujer), que cubrían las negociaciones entre las delegaciones estadounidense y británica sobre la política económica de la posguerra y los entretelones de la Conferencia de Bretton Woods. Un regalo que, en su infinita benevolencia, mi madre me hacía llegar sin admitir ninguna pregunta sobre su origen o las razones de su repentina aparición.

A diferencia de los cuadernos anteriores, en éstos la caligrafía de Noah se tornaba más severa, como si se esforzase por mantener la firmeza del pulso. En cambio sus observaciones, tanto técnicas como humanas (por adjetivarlas de algún modo) adquirían un tono en exceso puntilloso a la hora de detallar la negociación con los ingleses. Sus descripciones de los intríngulis de Bretton Woods hicieron las delicias de Leah —Noah había sido uno de los redactores de los acuerdos de la conferencia—, pero a mí pronto me resultaron largas y cansinas.

—Centrémonos en aquellas entradas que nos permitan observar la relación de White y de mi padre con la Unión Soviética —le pedí a Leah.

—En mi opinión, White y sus subordinados no buscaban otra cosa que doblegar a los británicos —declaró—. Sin duda el subsecretario del Tesoro respetaba a Keynes, pero estaba decidido a sabotear todas sus iniciativas.

Aunque el estilo de Leah continuaba siendo sencillo, a últimas fechas se había operado una sutil transformación en su imagen. Continuaba usando un mínimo toque de maquillaje, pero ahora no dudaba en comprar productos de L'Oréal o de Lancôme en vez de sus mezclas orgánicas de Whole Foods. Seguía prefiriendo los jeans y las sandalias, aunque ahora combinaba stella mccartneys, jimmy choos y manohlo blahniks con prendas traídas de Colombia o de la India. En lo único que se mantenía inflexible era en su fe vegana y en su decisión de beber sólo café y chocolate con etiquetas de comercio justo, la dosis mínima de compromiso social con la que una consumidora neoyorquina puede aplacar sus culpas.

—¿Qué me dices de este fragmento? —le señalé una página señalada con un marcador:

23 de octubre de 1943

Hoy acompañé a Harry a un almuerzo con el embajador Molotov, un hombretón con un inglés macarrónico y labios abultados de antiguo luchador. Mientras nuestro invitado deglutía sus ostras de Maine, Harry le dictó una conferencia sobre las negociaciones con los británicos y los avances del plan monetario para la posguerra. Estoy convencido de que el curtido diplomático registraba cada una de nuestras palabras. Harry le explicó los aspectos generales del Fondo y no dejó de insistir en que la presencia de la Unión Soviética en el organismo era indispensable. Con una cortesía alambicada, Molotov nos aseguró que enviaría toda la información a Moscú y que esperaba una respuesta positiva por el bien de la cooperación entre las dos naciones, etcétera.

"El problema", resumió Harry, "es que los rusos jamás te darán una respuesta directa, todo debe ser consultado mil veces, es una pesadilla".

—Hay que recordar que, entre diciembre de 1943 y abril de 1944, White y Keynes proseguían su disputa a la distancia —refunfuñó Leah—. White necesitaba publicar cuanto antes un acuerdo de principios que sirviese como base a la conferencia monetaria que Roosevelt quería celebrar antes del verano. Keynes, en cambio, no dejaba pasar un día sin enviarle un telegrama al Canciller del Exchéquer para quejarse del borrador preparado por White. Al final, fuera de unas cuantas pinceladas, apenas quedó huella del ambicioso proyecto keynesiano en el acuerdo, con excepción del nombre elegido para bautizar al Fondo Monetario Internacional, un término acuñado por el británico frente al más ambiguo y técnico Fondo de Estabilización Internacional empleado por White. Mira:

13 de febrero de 1944

La *unitas* ha sido definitivamente descartada. Winant, nuestro embajador en Londres, se lo ha confirmado al secretario. Los británicos han perdido la última batalla y no les queda ya más que una rendición sin condiciones. De nuestro lado, el presidente ha vuelto a insistir en que la conferencia se celebre durante el mes de mayo. ¡No faltan más que unas semanas! Y lo peor es que a Glasser y a mí nos corresponderá organizarlo.

—Tres meses más tarde, vuelven a aparecer en escena los soviéticos —le señalo otras dos entradas:

20 de abril de 1944

"Otra vez sin noticias de los rusos", me confió Harry. "Mañana el secretario Morgenthau anunciará el Acuerdo de Principios y Molotov sigue sin darnos una respuesta. He hablado diez veces con él y continúa diciendo que no están seguros sobre los principios del Fondo. Si la respuesta no llega mañana a esta hora, no sé qué haremos."

Yo traté de tranquilizarlo, en vano.

21 de abril de 1944

Unas horas antes de que el secretario anunciara el Acuerdo de Principios, al fin llegó la contestación de los rusos. No se trata de una adhesión entusiasta, ni mucho menos, pero al menos algo más explícito que el silencio previo. A pesar de no estar de acuerdo en temas sustanciales, decía el cable, hemos decidido apoyar el plan Morgenthau.

No sé si con esto al fin podremos respirar.

—Otra vez no veo nada extraño —de pronto Leah se impacientaba con mi tozudez—. White necesitaba la anuencia de la URSS para continuar con los preparativos de la conferencia. Una vez confirmada la participación de británicos y rusos, Morgenthau pudo anunciar que ésta se celebraría en julio. Sin embargo, es cierto que la publicación del Acuerdo de Principios no alivió la tensión entre White y Keynes. Miles de pequeños detalles (la fecha y el lugar de la conferencia, los miembros del nuevo comité de redacción, el número de países convocados) continuaron oponiéndolos. Sólo para darte una idea de su humor, te voy a leer un fragmento de esta carta de Keynes —mi mujer no dudó en imitar las engoladas cadencias propias del acento británico:

La idea del Dr. White en todo esto se vuelve "peculiar y más peculiar". 42 naciones, que se convierten en 43, han sido invitadas el 1 de julio. No podrán comprometerse ni tomar decisiones finales porque todo será ad referéndum. No obstante, ahora parece que ni siquiera fingirán realizar trabajo alguno, pues todo estará listo antes de que lleguen. Los periódicos estadounidenses indican que "la conferencia empezará el 1 de julio y podría prolongarse por semanas". A menos que sea una errata, no es fácil adivinar en qué se ocupará esa jaula de monos todo ese tiempo. Es previsible un agudo envenenamiento alcohólico antes de que concluya.

—No se le nota muy contento —admití.

—Harto de las críticas de rusos y británicos —Leah se llevó la mano a la frente—, Morgenthau por fin anunció la sede de la conferencia, el Hotel Washington de Bretton Woods. Antes de eso, White convocó a una reunión de expertos del Tesoro y de la Secretaría de Estado en el Hotel Claridge de Atlantic City, en una suerte de ensayo general del cual surgirían las posiciones que los delegados estadounidenses defenderían frente a los británicos. Te ahorraré las descripciones que tu padre hace del encuentro (un campo minado con la apariencia de un picnic de familia) para que nos concentremos en la última anotación de Noah sobre los soviéticos antes de trasladarse a Bretton Woods:

28 de junio de 1944

¿Y los rusos? Ésta es la pregunta que todos nos hacemos día con día. A Harry apenas lo deja dormir. Que vienen, que no vienen. Que vienen dispuestos a participar de lleno, que sólo como observadores. Que están encantados, que están encolerizados.

Después de todo lo que hemos hecho por ellos.

—*Después de todo lo que hemos hecho por ellos* —repetí—. ¿Tú no crees que esta frase basta para documentar su traición?

Escena VII. *Sobre cómo ganar perdiendo y perder ganando y cómo montar un pequeño álbum de familia*

Cuarteto (con coro de congresistas y del público)

Un siseo recorre la atiborrada sala de audiencias cuando el 1 de junio de 1949 la pareja se desliza sobre la alfombra roja. Con una elegancia a un tiempo ostentosa y comedida —ella lleva una delicada blusa de raso; él, uno de sus infaltables trajes de lino gris perla—, Alger y Priscilla Hiss conservan el sello de la inocencia. Poco importa que hayan pasado seis meses desde que él fuera formalmente acusado de perjurio, que la mitad del país lo considere un espía y que, en vez de asistir a una comedia musical, esté obligado a defenderse en el caso *U.S. vs. Alger Hiss* en el juzgado de Foley Square, en Nueva York.

Arrugando la nariz, el juez Samuel Kaufman (un novato que no lleva ni un mes en su puesto) remolonea en su silla tapizada en cuero verde y dirige la mirada hacia Tom Murphy, el fiscal a cargo de la acusación.

—¿Comenzamos, señor Murphy?

Murphy, un elefante orondo y atrabiliario, no aguarda ni un segundo antes de colocarse frente a los jurados agitando un fajo de papeles.

—Estamos aquí para juzgar al señor Alger Hiss, a quien se le acusa de haber mentido dos veces ante un gran jurado —extiende la trompa hacia uno de los palcos—. Primero, cuando afirmó que nunca le entregó documentos del Departamento de Estado al señor Whittaker Chambers y, luego, cuando aseguró no haber vuelto a ver a Chambers después del 1 de enero de 1937. La acusación cuenta con un solo testigo, su señoría, el propio Whittaker Chambers, quien está dispuesto a declarar cómo recibió los documentos del señor Hiss para luego fotografiarlos. Y también confirmará que, en un esfuerzo para acelerar el proceso, la señora Priscilla Hiss se unió al equipo de espías, mecanografiando los documentos que su esposo sustraía de su oficina y se llevaba a casa. Por desgracia —Murphy baja la voz—, aunque nuestros agentes han barrido de cabo a rabo la ciudad de Washington, la acusación no cuenta aún con una pieza clave de evidencia, la máquina de escribir Woodstock en la que la señora Hiss transcribía los documentos. Sin embargo, el gobierno posee pruebas suficientes para demostrar la acusación.

Resollando, el fiscal desplaza su mole hacia la esquina opuesta de la sala, en un baile que recuerda a los hipopótamos de *Fantasía*.

—Los miembros del jurado deberán estudiar cuidadosamente a Chambers —los instruye—, mirar su conducta en el estrado, observar el tono de su cara, escudriñar sus rasgos y sus movimientos porque, si al final ustedes no le creen a Chambers, entonces no tendremos oportunidad de ganar este caso.

¡Con semejante acusador quién necesita una defensa! ¡Casi parece que Chambers es el indiciado!

Tras un receso de cinco minutos, Lloyd Stryker, el abogado de Hiss, presenta a su cliente.

—Los días de los fuegos de artificio, la televisión y toda la parafernalia que ha rodeado este caso han terminado —Stryker avanza hacia la banca del jurado—. Después de meses de ser objeto de una brutal inquisición, Alger Hiss por fin ha llegado al puerto seguro de la quietud y la tranquilidad de una corte de justicia. Creo que mi colega, el señor Murphy, tenía razón cuando les dijo que lo único que importa aquí es decidir la credibilidad de ese señor, Whittaker Chambers.

Stryker se torna maniqueo: dibuja a Hiss como un ángel y a Chambers, más que como demonio, como un pobre diablo, un vil comunista que una y otra vez se negó a presentar la evidencia de sus acusaciones y que, con tal de eludir la demanda por difamación entablada por Hiss, se inventó una trama de espionaje.

—Pero déjenme añadir algo —Stryker se dirige a Murphy—. Usted dijo, señor Murphy, que sus agentes barrieron la ciudad de Washington de cabo a rabo y no lograron encontrar la máquina de escribir de los señores Hiss, ¿no es cierto?

—Así es.

—Pues quiero anunciar que nosotros la tenemos —y, sacándose un conejo de la chistera, repite—: ¡nosotros tenemos la Woodstock de los señores Hiss!

El público se pega a sus asientos.

—El señor Hiss fue la víctima inocente de quien entonces se hacía llamar George Crosley, un hombre en apariencia talentoso y agradable, buen conversador y escritor en ciernes. Por desgracia, entonces no había nadie al lado del señor Hiss para prevenirlo sobre este sujeto, como lo haré yo ahora ante ustedes. En los países del sur —el abogado arquea las cejas—, donde aún quedan leprosos, a veces se escucha en las calles a un hombre que grita "¡un inmundo, un inmundo!" cada vez que un leproso se aproxima. Yo les diría lo mismo a ustedes ante la cercanía de este leproso moral. *¡Un inmundo, un inmundo!* Muchas gracias.

Sólo Murphy parece celebrar que haya llegado la hora del almuerzo.

Recitativo

Nada reconforta más a un hombre de negocios que un acuerdo transparente, un pacto sin letra pequeña, un contrato sin vicios ocultos. Una vez que Leah abrió sus cartas —a partir de su revelación durante aquella insufrible gala en el Metropolitan no dejó de mencionar a Pam y apenas ocultaba los celos que padecía por su culpa— la tersa relación que habíamos fraguado se volvió aún más sólida. Nos habíamos convertido en socios de una empresa que nos prodigaba numerosos beneficios: a mí, su pasión por nuestras pesquisas y la simpatía que despertaba en los círculos donde estábamos obligado a movernos; a ella, una libertad de la que nunca antes había gozado —la libertad que sólo otorga el dinero—, la cual le permitió doctorarse en CUNY con las notas más altas y consagrarse a las causas sociales que, con cierto escepticismo, yo accedía a financiarle. Cañerías en El Salvador, comedores infantiles en Malasia, centros de acogida en Nigeria y financiamiento a decenas de sociedades protectoras de animales, esas bicocas que ayudan a unos cuantos y limpian la conciencia de los ricos. Así, mientras ella se esforzaba por hacer algo positivo por el mundo, yo exprimía ese mismo mundo que a mis ojos nunca sería otra cosa que un chiquero.

Por el lado sentimental, nuestro pacto nos reportaba una libertad aún más beneficiosa. Si al inicio nos costaba detallar nuestras respectivas aventuras, poco a poco nuestras charlas eróticas se volvieron más explícitas, desprovistas de ese bochorno pequeñoburgués del que nos costaba desprendernos. Sólo entonces Leah se atrevió a contarme algunos detalles de su pasado amoroso. Al parecer las mujeres la atraían desde niña, aunque las ambiguas normas de la camaradería femenina siempre enmascararon sus preferencias. La primera vez que besó a una de sus compañeras, en teoría para aprender las técnicas que habría de emplear con los chicos, le confirmó por qué en sus fantasías siempre aparecían senos enormes, poderosas caderas y melenas rizadas. Si bien jamás rechazó los cuerpos masculinos —llegó a tener dos o tres novios más o menos serios en el *college*—, prefería adentrarse en las oquedades de su propio sexo. Su timidez le impedía acercarse a las chicas que de veras le gustaban —porristas y actricitas bobaliconas— y por mucho tiempo debió conformarse con las marimachas con bíceps de luchadoras y cráneos rasurados que la seducían tras abotagarla con tequila. No dejaba de sorprenderme que una mujer tan radical y contestataria como Leah sucumbiese a los estereotipos del *show business*, pues sólo la excitaban las mismas hembras de tetas mastodónticas, cinturas diminutas y culos respingones que volvían locos a obreros y mecánicos. (Con sus labios hinchados y sus caderas generosas, Pam ocupaba un lugar privilegiado entre los miembros de esta especie.) Otra excentricidad suya, reverso justo de la mía: el vello corporal le parecía una prueba de suciedad intolerable y sólo disfrutaba el contacto con pieles impolutas.

Aclarada su posición, yo no tardé en contarle la historia de Allan y de inmediato le señalé mi siguiente objetivo: Vikram Kureishy. Aunque de entrada mi elección pareció desconcertarla, la idea terminó por entusiasmarle. Desde que trabajábamos en J.P. Morgan me habían atraído los modales silenciosos de mi socio indio, su ambición mustia y sosegada, el tono cenizo de sus ojos y sus labios, pero no me había atrevido a llevarlo a la cama no tanto por temor al rechazo, sino porque una de mis escasas reglas éticas (más bien prácticas) me impulsaba a separar el sexo de los negocios. Con su talento financiero y su lealtad a toda prueba, Vikram se había vuelto consustancial a mi estrategia y no quería arriesgarme a perderlo por una banal noche de lujuria. Ni siquiera durante nuestro viaje al sudeste asiático le había insinuado mis deseos: si bien ambos habíamos disfrutado de los placeres locales —ustedes saben a lo que me refiero—, cada uno lo había hecho por su cuenta. Fue Leah quien me animó a mirar hacia delante, pues presentía (atinadamente) que la unión de nuestros cuerpos acentuaría su compromiso con *nuestra* causa.

Esa misma tarde le dije a Vikram que necesitaba hablar con él y quedamos de encontrarnos en un discreto bar en el West Village. Apenas se mostró sorprendido —un leve arqueo de la ceja izquierda— cuando le propuse abandonar Long-Term y fundar nuestro propio *hedge fund*. Él había pedido un Martini de sandía u otro de esos cocteles multicolores que tanto le gustan (a mí me parecen repugnantes) y se lo bebió de un tirón. Pidió otro y volvió a deglutirlo de un solo trago mientras afinábamos nuestro plan de negocios. Nunca antes o después lo vi beber de esa manera. Aun así, cuando abandonamos el bar cerca de la medianoche sólo yo parecía sufrir los estragos del alcohol, y eso que me había limitado a pedir tres aburridos whiskies con hielo.

Nos encaminamos a su *loft* en Brooklyn, un estudio más amplio de lo que supuse al verlo por fuera, en un segundo piso, decorado con todos los clichés que solemos asociar con los indios: estampitas de dioses y héroes mitológicos, vasijas y chucherías de cobre y ese inconfundible aroma a cúrcuma e incienso al que entonces aún no me había acostumbrado. Mi ebriedad no me impidió desnudarlo en tiempo récord. Entonces Vikram me arrojó sobre la cama, boca abajo, y me amarró las muñecas a los postigos con unas cuerdas de seda que extrajo de un cajón. No puedo decir que aquel fuese el orgasmo más intenso de mi vida, pues desde entonces me ha proporcionado muchos otros, pero sí el más inesperado. Sin ningún anticipo lo sentí dentro de mí, sacudiéndose (y sacudiéndome) con una energía que no podría sino calificar como vehemente. Cuando desperté por la mañana, con el cuerpo dolorido, Vikram me sirvió un desayuno indio y me propuso el nombre que debíamos darle a *nuestro* fondo.

—JV Capital Management, por supuesto.

Coro del público

—¡Es él, es él! —murmura el público cuando, tras una retahíla de aburridos testimonios técnicos, Whit por fin entra en escena.

Comprimido en un traje negro que parece una lúgubre tienda de campaña, el testigo estrella de la fiscalía luce desmejorado, las ojeras se han vuelto aún más purpúreas y un halo de resignación abotaga su semblante. Nunca había estado tan gordo, la culpa, la rabia y la fatiga lo han convertido en un mastodonte jubilado. Tras jurar sobre la Biblia, Whit vuelve a resumir su historia. Más que hablar, cuchichea, ora se sume en un silencio denso y ominoso, ora se extravía en enredados excursos académicos. Stryker lo interrumpe presentando una objeción tras otra, decidido a exponerlo como un alma malévola y rijosa.

Murphy recupera la iniciativa y resume la trayectoria comunista del testigo (dado que Hiss sólo está acusado de perjurio, el juez ordenó no extenderse sobre sus actividades en el Partido). Cuidándose de no filtrar detalles escabrosos, establece la fecha en que Hiss y él se conocieron en Washington y habla de su amistad, del departamento y el Ford prestados, de los documentos que Hiss le confiaba, de la inclusión en el círculo de Priscilla.

Luego, Murphy le muestra a Whit una bolsa de celofán con un paquete de documentos y microfilmes (los "papeles de la calabaza"). El testigo los identifica como suyos, reafirma su amistad con Hiss y repite la melodramática secuencia de su despedida, cuando quiso convencerlo de renunciar al espionaje y éste, según su testimonio, terminó llorando como niña.

—¿Lo conocían en esa época bajo el nombre de George Crosley? —lo interroga.

—No lo recuerdo, es probable. Lo que de pronto me viene a la memoria es nuestra conversación de ese día. Alger me dijo que era una pena que yo abandonase nuestra red justo cuando él estaba por ascender en el escalafón del Departamento de Estado. Antes de despedirnos me preguntó cómo pasaría la Navidad.

—¿Y qué le respondió usted?

—Que imaginaba una Navidad muy triste. Entonces Alger me entregó un pequeño juguete de madera como regalo para mi hija Ellen.

Sin dejarse impresionar por esta salida melodramática, Stryker se faja los pantalones y, con el aplomo de un viejo lobo de mar, se planta frente a Whit.

—¿No es verdad, señor Chambers, que un comunista debe obedecer como esclavo las órdenes del Partido aun si le indican que debe cambiar de trabajo o incluso de esposo o de esposa?

—Así es.

—¿Y lo mismo si el Partido le ordena mentir, robar o salir a la calle y empezar una pelea?

—Así es.

—¿Y no es entonces cada comunista un espía un saboteador y un enemigo del gobierno?

—Sí.

—Y todos los miembros del Partido eran traidores a nuestro país, ¿no es verdad?

—Sí.

—¿Y usted traicionó a nuestro país?

—Sí.

—Para ocultar su trabajo como espía, ¿usted mintió en sus declaraciones ante el secretario Adolf Berle, ante el señor Ray Murphy y ante el Comité de Actividades Antiamericanas?

—Así es.

—Y cuando usted compareció por primera vez ante el gran jurado y afirmó no tener conocimiento de ningún acto de espionaje, ¿era una respuesta falsa o verdadera?

—Falsa.

—¿Entonces usted admite que declaró falsamente y cometió perjurio ante el gran jurado en este mismo edificio y en esta misma sala?

—Así es.

Paladeando su triunfo, Stryker dice no tener más preguntas y, tras consultar su reloj —la 1:58 pm— solicita a Kaufman que la audiencia sea pospuesta hasta el lunes siguiente. En cuanto el juez golpea la mesa con su martillete, el equipo de Stryker se apresura a felicitar a su jefe mientras Murphy, en el extremo opuesto de la sala, sólo aprieta los dientes.

Aria de Susan

Una foto de familia.

Vistos a la distancia, sin acercarse nunca a menos de unos pasos, lucían como la familia perfecta: el padre sereno y atlético con la barba partida y las patillas recortadas que uno ya sólo encuentra en los seriales de los ochenta, el Patek Philippe en la muñeca y la viril apostura de un James Dean apenas entrado en carnes. Con sus brazos musculosos y velludos —la camisa arremangada—, Terry abraza a una de las mellizas (tal vez Audrey), un primor de ocho años con coletas casi albinas, nariz respingada y la boquita abierta, en forma de rosa. A su izquierda, bajo la sombra de un arce, la otra melliza (Sarah acaso), un poco menos coqueta que su hermana, se aferra a su osito de felpa. Y por fin, en el lado derecho de la imagen, un paso atrás, la delgadísima figura de la madre con la tez un tanto pálida, las mechas recogidas con una diadema, unos jeans un tanto flojos y esa mirada que no sabes si te arroba o te taladra. Terry, Audrey, Sarah y Susan. Mi yerno, mis dos nietas y mi hija. La familia que contratarían para un anuncio de dentífricos, hojuelas de maíz o croquetas para perros. La familia de los cuentos con finales felices y cuencos de perdices.

Lástima que esa imagen, tan amorosamente cultivada —Susan era experta en atenuar las asperezas cotidianas como si les aplicase Photoshop—, fuese la pantalla de una infelicidad desgarradora. Detrás de su impecable dentadura y sus ínfulas de dandi, Terry era áspero y brutal, un punto sádico. Fuera de breves paréntesis de calma, Audrey (¿o sería Sarah?) no paraba de quejarse de su mala suerte día y noche. Más introvertida, Sarah (¿o Audrey?) era punzante, casi malévola, y recién había sido expulsada de la escuela por desgarrarle la oreja a un compañero. Y Susan, ya lo he dicho, Susan permanecía estúpidamente enamorada de Milton (el infeliz que faltaba en la foto).

¿Qué derecho tenía ella, entonces, para juzgarme? ¿Para gritarme como si yo fuese Terry, o una de sus hijas, o ese imbécil de quien se decía enamorada? Si la moral siempre me ha parecido un escudo para someter a los más débiles y lavar las conciencias de los ricos, hay pocas cosas que deteste tanto como la incongruencia de quien se presume intachable y esconde vicios peores de los que señala con el dedo. Es decir: yo puedo revolcarme con Milton tres veces por semana, a escondidas de mi esposo y de mis hijas, pero en cambio me escandalizo porque mi padre tiene un acuerdo abierto, racional, con dos adultos. O me las doy de liberal y tolerante, e incluso me jacto de que mi mejor amigo es gay, pero no soporto que una de las dos personas con las que mi padre mantiene su civilizado acuerdo sea un hombre.

Cuando irrumpió en mi departamento, cerca de las once de la noche, Vikram se daba un baño tras una tarde de sexo intempestivo. ¿Qué caso hubiese tenido enmascarar lo obvio? La llevé a mi estudio y me encerré con ella. Su piel lucía aún más traslúcida que de costumbre, matizada apenas por la expresión de desagrado —diría *de asco*— incrustada en su semblante.

—Sí, es justo lo que piensas —le dije sin más.

Susan me imprecó. Esperé a que se calmara y le ofrecí un brandy que ella apuró en un segundo.

—¿Y Leah? —musitó como si de pronto le importase la opinión de mi mujer.

—Leah tiene sus propias historias.

Me sobrepuse a la rabia e intenté explicarle nuestro acuerdo, mis razones y las razones de cada uno de nosotros, la educada convivencia que se desarrollaba entre los tres como si le mostrase cómo hacer una suma. Le exigí que respetase nuestras decisiones y en especial que no le dijese nada a su hermano. Como toda respuesta, Susan se cubrió el rostro y se hundió en un nuevo sollozo.

—Deja de llorar —le ordené.

Sin decirme por qué había ido a buscarme a esas horas, Susan se arregló un poco el maquillaje y me dijo que no era nada, nada importante, que podía esperar. Cuando se escabullía a toda prisa hacia la calle se topó con Vikram. Con su habitual serenidad, mi amigo se limitó a sonreírle.

Cuarteto (con coro de congresistas y del público)

A diferencia de lo que ocurre con las trepidantes películas de juicios, los juicios auténticos son tan sosos, lentos y aburridos como la tetralogía wagneriana en un teatro de provincias (en cambio Verdi, incluso mal interpretado, nunca deja de conmoverme). Durante la mayor parte del tiempo nada interesante ocurre en los juzgados mientras peritos y testigos desgranan, a paso de tortuga, los indicios y las pruebas. La cosa sólo se anima cuando, luego de semanas de haber sido crucificado y escarnecido, o reivindicado y ensalzado por la prensa partisana, Alger Hiss por fin sube al estrado. Otra vez vestido como un dandi. Otra vez sereno y arrogante. Otra vez con las emociones (si las tiene) férreamente controladas. Otra vez guapo. Otra vez confiado en su prestigio y en su labia. Otra vez listo para soportar estoicamente la corrida. Alger, toro bravo.

—Señor Hiss, ¿es usted, o alguna vez fue, miembro del Partido Comunista? —comienza Stryke.

—No lo soy y nunca lo he sido.

—¿O compañero de ruta o simpatizante de los comunistas?

—No, señor Stryke.

—¿Son suyas estas notas? —el abogado le muestra los "papeles de Baltimore" que Whit le entregó al FBI.

—Sí, lo son.

—¿Alguna vez le entregó documentos como éstos al señor Whittaker Chambers?

—No.

—¿Alguna vez en su vida proporcionó, entregó o transmitió documentos confidenciales, reservados o secretos del Departamento de Estado a Whittaker Chambers o a otra persona?

—No.

—¿Sus respuestas ante el gran jurado y el Comité de Actividades Antiamericanas fueron honestas?

—Lo fueron.

—¿Y ahora lo son?

—Lo son.

Tomándolo de la mano —son sus palabras—, Stryker conduce a Alger por el sinuoso camino de su vida, desde sus primeros estudios hasta esta aciaga prueba, permitiéndole rememorar una vez más su intachable expediente como funcionario.

—¿Usted mecanografió los documentos exhibidos como prueba?

—No.

—¿Y su esposa?

—Por supuesto que no.

—¿Lo hizo ella en su presencia o bajo su conocimiento?

—No, señor.

—¿Invocó usted su privilegio constitucional de no responder a las preguntas del Comité de Actividades Antiamericanas o del gran jurado?

—Nunca lo hice.

—¿Cooperó con el FBI?

—Siempre. Yo estaba tan interesado en que se supiese la verdad como ellos.

—¿Y cómo explica la existencia de estas notas manuscritas?

—En el Departamento de Estado manejábamos gran cantidad de papeles. A veces el material era tan ingente que yo escribía breves notas para que el subsecretario Francis Sayre estuviese al tanto de su contenido.

—¿Y cómo pudieron llegar esas notas a manos del señor Chambers?

—Un robo quizás —Hiss descruza las piernas—. En aquella época apenas había restricciones para entrar al Departamento de Estado. Julian Wadleigh, por ejemplo, solía presentarse en mi oficina, o en la del subsecretario, sin previo aviso.

—¿Cuándo fue la última vez que vio al señor Chambers antes de ser acusado por él?

—En la primavera de 1936.

—Señor Hiss, usted solicitó solemnemente que el veredicto sea de no culpable para todos los cargos que se le imputan, ¿no es cierto?

—Así es —responde Alger sin parpadear.

—¿Y en verdad no es culpable?

—No lo soy.

(¡Olé!)

Al término de un breve receso, Murphy toma la alternativa. Se planta en el ruedo, desenfunda su espada frente al cajón de los jurados y, tratando de lucirse en cada lance, detalla el cúmulo de inconsistencias de Hiss: la Woodstock, el Ford, George Crosley, las fechas de una cosa o de la otra. En plan matador, Murphy intenta ultimarlo a la primera. Más hábil o más sutil —abogado de Harvard, no de Fordham—, éste lo esquiva y enfurece. A cada lance Alger responde con aire profesoral, a veces petulante, a veces sarcástico, y escapa del cerco con astucia. Murphy no deja de exhibir la duplicidad del acusado pero, incapaz de herirlo de muerte, se frustra y queda como un imbécil.

Si Alger sale indemne del acoso, Priscilla en cambio no escapa de la rabia de Murphy. Como si acusador y acusado fuesen las dos caras de la moneda, la esposa de Hiss luce tan frágil, tan insegura y tan nerviosa como la mujer de Chambers. Más allá del amor o la devoción conyugal hacia sus maridos, ninguna quiso verse jamás en este trance. Melindrosa, reticente, Priscilla ni siquiera quiso ensayar su testimonio, la pobre carga consigo las semanas de haber sido exhibida o vituperada en los tabloides —hay quien la acusa de ser la auténtica espía y Alger una víctima—, abandonada por sus amigos y colegas, y no se siente capaz de soportar la ruina moral y financiera que les deparará el juicio aun si lo ganan.

Con tacto, Stryker la guía a través de su contrastante biografía, su educación en Bryn Mawr y en Yale, su desgraciado matrimonio con el editor Thayer Hobson, su separación, el vergonzoso aborto al que fue sometida después (por culpa de otro canalla) y su matrimonio con Hiss. Priscilla apuntala la posición de su marido: jamás intimaron con sus inquilinos, jamás tuvo amistad con Esther, jamás socializaron ni fueron juntas al pediatra. Y por supuesto niega haber mecanografiado los documentos de su esposo o habérselos entregado a Chambers. Priscilla no llega a estallar en mil pedazos, pero al término del interrogatorio su piel luce ajada y sus ojillos vidriosos. Su corazón está hecho añicos.

Aria de Isaac

Otro cliché: el hijo pródigo. Incapaz de tolerar un segundo más las disposiciones de su autoritario y anacrónico padre —lo cito—, a los veintidós años Isaac abandonó la universidad, se llenó el cuerpo de tatuajes angélicos, se dejó crecer las uñas hasta que se curvaron, cambió las playeras Lacoste y los tenis Nike por camisolas de manta y sandalias, se llenó la boca de palabras como *karma*, *namasté* y *compasión*, cargó una mochila al hombro con manuales de autoayuda con vagos nombres orientales y se esfumó en Colorado en un campamento jipi, una comunidad de *harekrishnas* o una reserva de nativos americanos, no lo sé con certeza. Antes de marcharse me envió una carta interminable, plagada de signos de exclamación, mayúsculas, paréntesis y faltas de ortografía —supongo que debidas a la mariguana u otros efluvios para abrir los umbrales de la conciencia— en lo que denominaba su GRAN RECHAZO.

No creo haber logrado descifrar más de diez por ciento de sus teorías, pero en resumen era una especie de manifiesto contra mí disfrazado de proclama anticapitalista. Isaac me decía que no estaba dispuesto a ser otro "lobo de hombres", que renunciaba a la "moral carnívora" y a la "competencia para aplastar a los miserables", que mis ideas individualistas estaban corrompidas por "el virus que llevó a los judíos a los campos de concentración" y que mi defensa del libre mercado era una tosca pantalla "para embozar mi ansia de lucro" (admito que aquí no se equivocaba) y, en fin, que él "no se mancharía las manos con la sangre de los débiles". Fuera de un par de bonitos párrafos sobre la vida de los astros y el tamaño del cosmos, la palabrería anticapitalista de siempre. Su madre me llamó para advertirme que si algo le ocurría al muchacho yo sería responsable y lo pagaría muy caro. ¿Me preocupé o escandalicé? En absoluto. Tampoco me sentí particularmente herido, ni siquiera cuando mi hijo me comparó con Al Capone y con Pol-Pot.

Como era previsible, un año y medio después —cuando se agotaron sus ahorros y se hartó de su dieta de matojos y arroz hervido—, Isaac regresó a la civilización que tanto despreciaba, a su vida con Kate y sus engendros, Tweedledee y Tweedledum. No hacía falta que pidiera disculpas: su tono rabioso y altivo a la hora de exigirme que volviese a pagarle la matrícula y a depositar el dinero que yo le debía "por haberlo traído a este asqueroso mundo" equivalía a una admisión de culpa. Siguiendo el consejo bíblico, no lo castigué, no lo reprendí y ni siquiera me mofé de su fracaso. Tampoco lo recibí con los brazos abiertos, como en las pinturas y grabados de la escena, pues asumí que mis puntuales depósitos en el banco le serían más útiles. Bienvenido a casa, hijo mío.

Cuando por fin concluyó su MBA, Isaac peregrinó de un extremo a otro del sistema financiero sin encontrar su lugar en ninguna parte. ¿Su pasión? Ninguna. Nada le gustaba, nada le satisfacía, no había un trabajo suficientemente bueno para él o terminaba por descubrir que sus jefes y colegas eran sin falta borregos envidiosos o víboras incultas con quienes jamás sabría entenderse. Yo logré enchufarlo en el despacho de derivados de Bear Sterns, donde duró tres meses. ¿Qué te parece entonces Goldman Sachs? Seis semanas. En Bank of America rompió su récord: ¡nueve días!

Dejé de recomendarlo y él vagabundeó entonces por varios fondos de inversión, una consultoría para mercados emergentes, una compañía de seguros y, luego de concederse otro año de descanso —¿de qué?—, desembarcó en Merrill Lynch... Duró allí un año y medio, al término del cual afirmó, sabiamente, que el mundo de los negocios no era lo suyo. Sobrevivía de los depósitos que yo ingresaba en su cuenta: su mujer, más avispada que él, había pedido una excedencia en el departamento legal de Best Buy para criar a Tweedledee y Tweedledum.

Previendo mi futura independencia, a mediados de 1998 le pedí a Isaac que iniciase los trámites legales para poner en marcha JV Capital Management, nuestro —*mi*— propio fondo de riesgo. Jamás le hubiese confiado la gestión de una cuenta, pero la idea era mantenerlo entretenido con los trámites ante las distintas instancias federales y estatales. Cuando le sugerí un par de atajos —el habitual tráfico de influencias que prevalece en nuestro medio— se negó en redondo. Él era honesto y siempre lo sería, me advirtió respingando la nariz. Como ustedes supondrán, desconfiados lectores, no me enorgullecí de su conciencia inmaculada ni de sus sólidos principios. ¿A quién diablos se le ocurría presumir una moral intachable, como Isaac, y trabajar en Wall Street?

Cuarteto (con coro de congresistas y del público)

Un último duelo entre el lagarto y el elefante.

—Whittaker Chambers es un perjuro confeso y reincidente, un mentiroso cabal por enseñanza, entrenamiento, inclinación y preferencia —comienza Stryker, recorriendo el parqué de lado a lado con su traje color cian y una pajarita rosada de caballero decimonónico—. Peor aún, Chambers es un enemigo de la República, un blasfemo de Cristo, un falso creyente en Dios que no alberga el menor respeto hacia el matrimonio o la maternidad, un hombre sin principios y sin fe. No hay un solo término decente que yo pudiese utilizar para describirlo, la zafiedad, el engaño y el crimen han marcado su alma con fuego…

Y así, sin parar, a lo largo de cuatro horas. Descalificando cada prueba y cada indicio. Despreciando cada testimonio en contra de su cliente. Y ensalzando a Hiss sin reparos. Señalándolo como la víctima de una gran conjura.

—¡Esto no es un proceso! ¡Esto es una infamia! —Stryker toma aire y, actor consumado, recupera la serenidad antes de apostrofar a los jurados—. Si en alguna medida los he ofendido con mi discurso, les suplico que lo tomen contra mí, no contra el señor Hiss.

El letrado se vuelve entonces hacia su cliente.

—Alger Hiss, esta larga pesadilla está a punto de acabar. Descanse bien. Su caso, su vida, su libertad están en buenas manos. Gracias, damas y caballeros.

Murphy, el elefante, no compite por el Oscar: no tiene los medios ni la habilidad para un monólogo. Prefiere concentrarse en las evidencias que repite una y otra vez. La Woodstock. Los manuscritos de Hiss en posesión de Chambers. Las copias mecanografiadas. La Woodstock. Los manuscritos de Hiss en posesión de Chambers. Las copias mecanografiadas. La Woodstock. Los manuscritos de Hiss en posesión de Chambers. Las copias mecanografiadas.

—Si hubiera que comparar al señor Hiss con alguien, sería con Judas Iscariote —Murphy no evita el cliché—. Él también tenía una buena reputación. Era uno de los Doce. Estaba cerca de Dios, y sabemos lo que hizo. Whittaker Chambers tal vez sea una serpiente enroscada, pero Alger Hiss es

Lucifer mismo, uno de los ángeles caídos. ¿Cuál es el nombre de un empleado del gobierno que toma papeles de ese gobierno y se los entrega a un espía comunista? ¿Cuál es el nombre de esa persona? Un hombre brillante como él, que abusa de confianza, apesta. Bajo esa cara sonriente yace un corazón negro y canceroso, el negro corazón de un traidor.

Si el aplausómetro hubiese sido inventado en esa época, la alocución de Murphy hubiese rozado el máximo.

A las cuatro y veinte de la tarde, el juez Kaufman solicita a los diez hombres y las dos mujeres del jurado que se retiren a deliberar.

A las diez y media de la noche, el juez Kaufman pregunta a los jurados si llegarán a ponerse de acuerdo en un tiempo razonable o si necesitarán un hotel.

—No entreveo un veredicto inmediato —confirma su portavoz.

Custodiados por cuatro agentes, los jurados son conducidos al Hotel Knickerbocker.

A las nueve y media de la mañana del 8 de julio, el jurado regresa a deliberar. A las once y media, sus miembros le entregan una carta sellada al oficial del juzgado en la que advierten que aún no hay veredicto.

A las tres quince de la tarde vuelven a enviarle un sobre al juez Kaufman: "El jurado siente que no puede llegar a un veredicto". Frustrado, éste los conmina a continuar intentándolo.

A las cuatro y media, los jurados reaparecen, legañosos y abatidos. El juez de nuevo los envía a deliberar.

A las cinco y cincuenta, su portavoz anuncia que realizarán un último esfuerzo.

A las seis y media, el juez Kaufman les pregunta a los jurados si quieren hacer un receso para cenar.

A las nueve y quince de la noche, los jurados anuncian que son incapaces de llegar a un acuerdo y al juez Kaufman, resignado, no le queda más remedio que asentar que el proceso ha concluido con un jurado dividido.

Hiss no se alegra. Y Priscilla ahora sí está a punto de quebrarse en mil pedazos. Ambos desalojan la sala tambaleándose.

¿Qué significa esto?
Que no han sido absueltos.
Que el juicio deberá repetirse.
Que los espera un nuevo juicio.

Escena VIII. *Sobre cómo reconstruir el mundo en un hotel de lujo y la plácida jubilación de los espías*

Aria de Noah

Te imagino de pie, tenso y solitario en mitad de la playa, plantado sobre la arena pedregosa, admirando a la distancia la robusta arquitectura española del Hotel Mt. Washington, esa ballena blanca cubierta de ventanitas y remates de estuco que despunta bajo el azul de la medianoche. Más allá se alza el zigzagueante contorno de la colina y desde las crestas de los pinos una parvada de gansos levanta su vuelo rasante y estruendoso. Afuera del hotel no hay siquiera una avenida principal, calles aledañas, tiendas o restaurantes, sólo el verdor del bosque y los senderos recorridos por liebres y ciervos. En cambio, en el interior del edificio se esconde un microcosmos de salones de belleza, barberías, boutiques de ropa, pistas de boliche y un hormiguero de improvisadas oficinas para satisfacer a una pléyade de funcionarios con ínfulas (casi siempre de naciones periféricas), taquígrafos y estenógrafos, reporteros y asesores de presidentes y ministros.

Tú eres uno de los artífices de lo que habrá de ocurrir en ese plácido confín de New Hampshire a partir del día siguiente. A lado de Harold Glasser, Frank Coe y el resto del equipo del Tesoro has preparado la conferencia con esmero, engrasando las poleas y engranajes de la sofisticada maquinaria que el mundo adoptará para salvarse de la recesión y de la guerra. Bretton Woods también es obra tuya, la herencia más perdurable —me atrevería a decir: más exitosa— jamás surgida del cerebro de un economista. Sin embargo, no te veo satisfecho ni excitado; al contrario, en tu mueca adivino una sombra de recelo, un destello de lucidez que te hace sospechar que el sistema que has creado bajo las órdenes de White con el objetivo de acabar con los sobresaltos económicos podría convertirse en una camisa de fuerza al servicio de unos cuantos.

A lo largo de estos días has tenido que lidiar con todas las delegaciones, enfrentadas a causa del tamaño de sus cuotas. Por razones de orgullo patrio cada una pretende más de lo que el Tesoro les ha asignado y de lo que el Congreso está dispuesto a concederles. China insiste en poseer la tercera cuota más grande, lo mismo que los rusos —Estados Unidos será primero y el Imperio Británico segundo, eso ni siquiera se discute—, Francia e India el quinto, y las naciones sudamericanas, Australia, India y Sudáfrica aspiran a subir en el escalafón a toda costa. Otro tema polémico: White te ha dicho que el voto debe ser equivalente al monto de las cuotas, pero las naciones pequeñas te han advertido que no se conformarán con ser irrelevantes. Pero lo que mas te inquieta es la inclusión de la Unión Soviética en el sistema financiero de la posguerra, pues los británicos no han dejado de insinuar que la URSS debería quedar al margen, con su maldito sistema de planeación central y su industria férreamente controlada por el estado, pero ni White ni tú están dispuestos a dejarla fuera. "El Fondo necesita a Rusia", ha dicho Harry en más de una ocasión.

El 1 de julio de 1944 los delegados se concentran en el gran salón de baile para la primera sesión plenaria. "Más que de expectación, el ambiente remite a una fiesta de disfraces", escribes en tu cuaderno. Tras la lectura del mensaje de bienvenida del presidente Roosevelt, los delegados de China, Checoslovaquia, Brasil, Canadá, Rusia y México se embarcan en una sucesión de discursos que te parecen melodramáticos, hilarantes o anodinos, antes de que Morgenthau por fin pueda dirigirse a la asamblea. "En los campos de batalla de todo el mundo", pontifica el secretario de Tesoro, "los jóvenes de nuestros países han muerto juntos, muerto por un propósito común. No está lejos de nuestros poderes permitir que los jóvenes de nuestros países *vivan* juntos para poner sus energías, su talento y sus aspiraciones al servicio del enriquecimiento mutuo y del progreso pacífico."

Los primeros días se agotan con intervenciones engoladas o ridículas, traducidas de un batiburrillo de idiomas al inglés —Babel con jerga de economistas—, lo cual ralentiza aún más el ritmo de por sí moroso de la conferencia. El 3 de julio se organizan las distintas comisiones y comités según el plan de White, quien ha decidido que los presidentes de las primeras, casi honoríficas, recaigan en extranjeros, mientras que en las segundas queden a cargo de sus secretarios. A ti te corresponde negociar, entre otros, con los rusos. Casi de inmediato comienza el extenuante toma y daca para la asignación de cuotas. Harry te ha prevenido: "Deja que los delegados hablen todo lo que quieran, siempre y cuando no tengan nada qué decir. Separemos el auténtico trabajo de la palabrería".

Tu misión consiste en encauzar las discusiones más allá del guirigay, traducir las escaramuzas en avances concretos y dirigir a los delegados, de la forma más sutil posible, rumbo a las metas diseñadas en Atlantic City. A lo largo de dos semanas que te parecen fatigosas, insensatas, brillantísimas, observas cómo algunas de las mayores mentes financieras del planeta se torpedean, se aguijonan, se escurren, se zarandean, se apelmazan, se dividen, se reconcilian y más o menos se ponen de acuerdo sobre las bases mínimas de la repartición. Tal como te dijo White, las controversias se resuelven tras bambalinas, en reuniones de emergencia entre los delegados de los países afectados —mexicanos, indios y franceses de modo recurrente— y los representantes de Estados Unidos.

El mayor problema surge cuando los rusos, densos e inflexibles, te informan que no están dispuestos a aceptar una cuota menor que la de los británicos. En el esquema de White, las contribuciones totales al Fondo no pueden superar los 8 mil millones de dólares, por lo que ceder a sus presiones será casi imposible. Para colmo, pronto descubres que los soviéticos han filtrado a la prensa sus reclamos, ¿cómo trabajar en semejantes condiciones? Sus exigencias nunca se detienen. Para la mayoría, su intransigencia prueba su falta de interés en formar parte del sistema de Bretton Woods. "Rusia quiere utilizar al Fondo Monetario como una bolsa de golosinas", se queja el congresista Walcott.

Ante esta salida de tono, Harry pierde los estribos: "No creo que esa sea una suposición acertada", le reclama. "La URSS tiene ventajas que ningún otro país posee: una gran producción de oro, una tremenda capacidad productiva y, lo más importante, es capaz de determinar por sí misma cuándo vender. Ningún país capitalista puede hacerlo porque siempre requiere una ganancia. Así que cuando las URSS nos dice, con franqueza: 'Vamos a usar este Fondo para comprar cosas porque ésta es una época de necesidad y para eso sirve un fondo de estabilización, y lo pagaremos de vuelta después de cinco, seis o siete años', yo creo que se trata de una operación de estabilización equivalente a la de cualquier otro país. Hay una tendencia a señalar con el índice a la URSS porque sus delegados dicen con franqueza lo que otros países harán de todos modos. ¿Cómo creen que se comportarán Polonia, Holanda, Francia, Bélgica o China? *Igual.* Si no lo hicieran, sus ministros de economía serían unos imbéciles."

Pese a la arenga de White, Walcott dice que ha llegado el momento de ponerle un ultimátum a los rusos, y tú tratas de mediar diciendo que aún hay tiempo para la negociación. Siguiendo tus consejos, Morgenthau y White se reúnen en privado con Stepanov, el subsecretario del Pueblo para Comercio Extranjero de la URSS, un peso pesado que, para hacer el asunto aún más complejo, no habla una palabra de inglés. Las conversaciones se demoran al infinito. El ruso insiste en obtener una cuota mayor y una reducción de 25 por ciento de su contribución en oro; Morgenthau se escandaliza. El intérprete traduce: "El señor Stepanov asegura que está encantado con la idea de apoyar la posición de Estados Unidos, pero la URSS quiere ocupar el lugar que considera adecuado con sus cálculos". Morgenthau se planta y Stepanov se limita a decir que entonces pedirá instrucciones a Moscú, la excusa sempiterna.

Tras dos días de silencio, Harry te pide que vuelvas a buscar al jefe de la delegación rusa. Stepanov te responde, altanero, que aún no ha recibido noticias de Moscú. Agobiado, Morgenthau al fin cede a sus demandas: "Toda la conferencia está detenida por culpa de los rusos", se queja con Harry y contigo. "Yo estaría dispuesto a considerar 1,200 millones de cuota para la URSS, y que las monedas de oro recién acuñadas no formen parte de los cálculos, algo mucho mejor que la reducción de 25 por ciento que ellos plantean. Sabemos que la posición de Rusia es única, que ellos realizaron los mayores sacrificios durante la guerra y sufrieron una gran devastación, pero si usáramos ese criterio todos los países devastados exigirían el mismo tratamiento."

White te pide que le lleves el mensaje al embajador soviético. El intérprete traduce sus palabras: "El señor Stepanov quiere agradecerle su buena actitud", lo que no sabes si interpretar como un voto de confianza o una burla. Aunque para entonces han conseguido casi todo lo que quieren, los soviéticos persisten en sus disparatadas exigencias. Morgenthau, White y tú se reúnen en otra salita y al cabo de media hora reformulan la cláusula para satisfacer a los rusos.

"El señor Stepanov se muestra de acuerdo con firmar", traduce el intérprete, "pero siendo un asunto de tanta relevancia, necesitaría el aval de Moscú si no se respeta la exacta formulación que hemos propuesto". Fastidiados, ustedes también acaban por ceder en este punto. "El señor Stepanov agradece su buena disposición", concluye el intérprete. "Dígale al señor Stepanov que será la última vez que dé las gracias en Bretton Woods", le suelta Morgenthau. Superada esta última traba, todo queda listo para anunciar el éxito de las negociaciones.

Al cabo de dos semanas de estira y afloja con los delegados de las distintas naciones aliadas, el 17 de julio de 1944 el secretario Morgenthau, más flaco que un jamelgo, al fin anuncia la buena nueva: "Hoy ha nacido el Fondo Monetario Internacional." Algunas delegaciones insisten en prolongar la conferencia para resolver de una vez algunos asuntos, pero tú maniobras para que al final sólo se acuerde un tiempo para la reflexión y el descanso.

En tu diario describes a los delegados rusos como amables y caballerosos, aunque siempre parezcan hallarse entre la espada y la pared. En alguna ocasión White y tú organizan un juego de voleibol entre los soviéticos y el equipo del Tesoro, que ustedes pierden de manera vergonzosa. En esas noches de calma también asistes con algunos de tus colegas rusos a La Comisión IV, el nombre que algún ingenioso le ha conferido al club nocturno donde los delegados más jóvenes o más pendencieros (no es tu caso) se embriagan hasta la madrugada.

Entre tanto, tu equipo redacta el Acta Final de la conferencia, un documento de 96 páginas escritas con una retórica que los abogados tornan aún más arcana e incognoscible. El texto queda listo para que los delegados lo firmen al término de la sesión de clausura, programada para el 22 de julio de 1944 a las 9:45 de la noche. Durante la cena de gala, Lord Keynes, pálido y frágil a causa de un infarto reciente, casi se arrastra hasta su silla mientras los delegados lo reciben de pie. A continuación Morgenthau lee el telegrama de felicitaciones del presidente Roosevelt y Keynes toma la palabra para dirigirse por última vez a la asamblea.

"Para mí es un honor haber sido elegido para presentar ante ustedes el Acta Final", dice Keynes con una vocecilla ratonil, y tú te hinchas de orgullo. "Los delegados a esta conferencia hemos tratado de lograr algo muy difícil. Tuvimos que llevar a cabo al mismo tiempo tareas propias del economista, del financiero, del político, del periodista, del propagandista, del abogado y del estadista —e incluso, pienso, del profeta y del augur. Hemos demostrado que un concurso de cuarenta y cuatro naciones ha sido capaz de trabajar en una tarea constructiva en un ambiente de amistad y concordia inquebrantables. Pocos lo creían posible. Si somos capaces de continuar en tareas más amplias que ésta, aún hay esperanza para el mundo. Ahora nos dispersaremos a nuestros hogares con nuevas amistades selladas y nuevas intimidades surgidas. Hemos aprendido a trabajar juntos. Si podemos continuar así, esta pesadilla, en la cual muchos de los aquí presentes hemos gastado buena parte de nuestras vidas, podrá quedar atrás. Y la hermandad entre los hombres se convertirá en algo más que una simple frase."

Como presidente de la conferencia, Morgenthau pronuncia el discurso de despedida, al término del cual una banda se lanza en una disonante interpretación de *Barras y estrellas*. Cuando Lord Keynes se levanta de su asiento, todos los presentes entonan un jovial "Porque es un buen compañero" frente a cual no logras ocultar tu emoción. En señal de reconocimiento, White te da una palmada en la espalda. Por fin llega la hora de que los delegados se encaminen hacia el salón B para firmar el Acta Final.

Tu mirada, como la de White, no se concentra en los brindis y abrazos que se reparten por doquier, sino en las anchas espaldas de Stepanov. Lo miras erguirse con parsimonia y te cercioras de verlo entrar en el salón B. Contienes la respiración mientras el jefe de la delegación soviética aguarda su turno, pero al final te relajas cuando lo ves empuñar su estilográfica y asentar su firma en el Acta Final. ¡Lo has conseguido! El arduo trabajo de estos meses, de estos años, por fin rinde los frutos que White y tú han esperado. Si no persistieras en ese autocontrol que mi madre siempre te reprocha, casi te gustaría emborracharte.

Por desgracia, la historia de Bretton Woods no concluye con ese día de fiesta. A los abrazos y brindis les sigue una atenta lectura del Acta Final en las distintas capitales de orbe, y los funcionarios de hacienda o de finanzas no tardan en señalar errores y lagunas. De vuelta en Tilton, el propio Lord Keynes juzga que el documento que has redactado es un cúmulo de contradicciones, aunque a la postre Gran Bretaña, igual que la mayor parte de las naciones aliadas, terminará por ratificarlo antes de que expire el plazo el 31 de diciembre de 1945. Con una notable —para ustedes desoladora— excepción.

En contra de lo prometido, Stalin se niega a sostener la palabra empeñada por Stepanov y se rehúsa a incorporar a la Unión Soviética al sistema de Bretton Woods. A sólo unos meses del final de la guerra, la URSS y los Estados Unidos se precipitan en una nueva era de confrontación. Y los hombres que como Harry o tú han hecho hasta lo imposible para mantener la alianza entre las dos potencias muy pronto se verán acusados de espionaje y de traición.

Aria *del sorbetto* (Leah)

Desde que nuestro jet se aproximó a Toluca —el solo nombre inspiraba desconfianza— supe que esta vez Leah había ido demasiado lejos. ¿Qué necesidad de arrastrarme a ese infierno subdesarrollado que, según los telediarios, era uno de los sitios menos seguros del planeta? No había hallado forma de disuadirla. Cuando le dije que en las mismas fechas tenía que cerrar un acuerdo en Seúl, me dijo que jamás me perdonaría si no la acompañaba; durante todos estos años ella me había seguido por medio mundo, se había integrado a mi odiosa vida social y había perseguido sin fin las huellas de mi padre, lo menos que yo podía hacer era apoyarla en esta iniciativa que resultaba tan importante para ella (en el pasado me había resistido a seguirla en sus aventuras civilizatorias en Tanzania, Laos y Nepal). Esta vez se le había metido en la cabeza que los perros mexicanos necesitaban urgentemente de su auxilio y, tras arrancarme dos millones de dólares, se había empeñado en construir un refugio modelo para albergarlos. (Dos millones que Vikram sumó en no sé qué gastos que JVCM podría descontar íntegramente de impuestos.)

Desde el aire sobrevolamos la capital —una amasijo de esmog y lucecitas— y luego nos desviamos rumbo a una zona de casuchas y desmadradas plantaciones de maíz hasta aterrizar en el aeródromo. Allí abordamos una camioneta más parecida a un tanque de guerra y a través de sus cristales blindados pudimos contemplar el idílico paisaje de muros pintarrajeados con rostros de políticos y chozas con techos de lámina hasta llegar al pueblo de nombre impronunciable en el que Leah y sus socios habían instalado su centro de acogida. Según ella, en estos países del Tercer Mundo las mascotas padecían los más horribles maltratos sin que las autoridades hiciesen nada para detenerlos. "Ni siquiera hay campañas para que la gente cobre conciencia de los derechos de los animales", me reveló Leah, mostrándome una carpeta llena con fotos de canes escuálidos y cubiertos de sarna deambulando en mercados y plazas públicas. "Nadie se ocupa de ellos y muchos mueren atropellados".

¡Pobres bestias! ¿Pero de verdad nos correspondía a nosotros la tarea de mejorar sus perrunas vidas? En opinión de Leah, no intervenir sería (apenas se ruborizó al pronunciar el adjetivo) inhumano. Luego de conseguir el apoyo de una asociación local —un grupo de aficionados que sobrevivía a duras penas— y de untar con exorbitantes sobornos a una pléyade de empleados municipales para obtener los permisos necesarios, mi mujer y sus socios habían ensamblado el gigantesco albergue para perros callejeros en un antiguo rancho a unos cuarenta y cinco minutos de la ciudad de México.

Sin dejar de dar tumbos, nuestro vehículo se adentró en un camino de grava rodeado de cactus y nopales. Sólo hacía falta un indio dormitando bajo su enorme sombrero para ratificar todos mis prejuicios. Un par de millas más adelante nos topamos con un enorme letrero que anunciaba: "Refugio para Animales Maltratados J. y L. Volpi". Un par de policías armados con metralletas nos abrió un portón de aluminio y por fin pudimos gozar de cierta libertad de movimiento. De inmediato salió a recibirnos un hombre más bien bajo, sin bigote pero con una panza descomunal que se le escapaba entre el pantalón y la camiseta, a quien Leah me presentó como el *doctor* Zavala.

En un inglés idéntico al de *Speedy* González, el administrador nos condujo por sus instalaciones de vanguardia, donde perros de todas las razas eran cuidados con un profesionalismo y un esmero inéditos en el país. No había jaulas, en el sentido estricto del término, sino *áreas libres* donde no convivían más de dos o tres ejemplares de razas parecidas. En nada se asemejaban estos labradores, galgos y foxterrier a los animaluchos que Leah me habían mostrado en las fotografías. "Sólo reciben alimento de primera, hecho a partir de ingredientes cien por ciento orgánicos", presumió el doctor Zavala con una mueca de orgullo (o tal vez de envidia). A continuación nos mostró la enfermería, atendida por dos veterinarios con el instrumental más avanzado —traído directamente desde Denver, me presumió—, y la sala donde se llevaban a cabo las intervenciones quirúrgicas y los partos. Mi mujer tomó en brazos a un par de quejumbrosos cachorritos de chihuahua (ojos saltones adheridos a cuerpos de roedor) que bautizaron su buena voluntad con una buena meada.

Leah me había prometido que la visita no duraría más de una hora, pero sus hospitalarios socios nos habían preparado un pintoresco banquete de bienvenida. Cuando nos sentamos a la mesa comprobé, sin contener la risa, que los tacos que nos habían ofrecido estaban rellenos de algo que llamaban "carnitas"[1]: trozos de cerdo fritos en manteca del mismo animal. Decidida a no incomodar a nuestros anfitriones, a Leah no le quedó más remedio que probar aquel cúmulo de grasas saturadas. Los locales no reparaban en la contradicción de trabajar para un centro dedicado a defender a los animalitos y masticar sus entrañas, acaso porque para ellos los únicos seres que merecían protección eran los ridículos bichos que su jefa mimaba con tanto cariño. Cuando por fin volvimos al jet, Leah lucía desencajada. Pero aquella experiencia al menos tuvo dos efectos positivos: en primer lugar, mi mujer no volvió a pedirme que la acompañase en nuevos proyectos para salvar animales —o, peor aún, seres humanos. Y, en segundo, conocí al eficiente doctor Zavala, quien a la par de sus labores veterinarias pronto se convirtió en mi socio en el mucho más lucrativo negocio de pesticidas que montamos en la zona.

Recitativo

Vikram me recordó la maldición china que dicta: ay de ti si te toca vivir tiempos interesantes. Yo lo rebatí con otra mejor: ay de ti si te toca vivir tiempos divertidos. ¡Y vaya que aquel verano de 1998 lo fue! ¡Los noventa se convirtieron en la década más enloquecida del siglo desde los fabulosos veinte y los promiscuos sesenta, la más descocada, la más ridícula! Adondequiera que uno volviese la mirada se topaba con un espectáculo

[1] En español en el original (N. del T.)

hilarante, más propio de una feria de pueblo o una cantina que de Broadway o del Met. Encendías la televisión y aparecía nuestro presidente, meloso y repeinado, con su nariz de papa y su acento sureño, impartiéndonos una lección de anatomía —¿o de lingüística?— según la cual deslizar un habano en el chochito de una rolliza becaria no podía considerarse, qué tontería, un acto sexual. ¡Cómo admiraba a ese sinvergüenza! Mientras unos lo vituperaban y otros lo defendían con las uñas, yo reverenciaba su vis histriónica, su capacidad para soltar excusas con su convicción de metodista, su descaro a la hora de mostrar su arrepentimiento sin dejar de mofarse de sus inquisidores! ¡Qué grande eras, Bill, aunque fueses demócrata! (Un demócrata, añado, que sirvió mejor que ningún republicano a *nuestros* intereses.)

Y mientras el líder del mundo libre se enredaba con un vestido empapado con sus fluidos, en el otro extremo del planeta, en los confines del antiguo imperio comunista, el borrachín rubicundo y sudoroso que guiaba sus destinos repetía una y otra vez que el rublo no iba a devaluarse, no señores, hip, nunca, nunca jamás, hip, hip, hip. Yeltsin lo proclamaba a voz en cuello, tambaleándose en su dacha a orillas del Mar Negro, no lejos de donde vacacionaba medio parlamento, mientras en Moscú los mercados caían en picada, el precio del petróleo descendía un 33 por ciento, la bolsa de valores detenía sus cotizaciones por temor a un *crash* y las tasas de interés a corto plazo se elevaban en 200 por ciento.

La diferencia entre ambos *shows* era que, mientras el *burlesque* de nuestro comandante en jefe mantenía a los socios de Long-Term orinándose de risa, la comedia etílica del camarada Yeltsin los conducía a un estado que, para no sonar demasiado malévolo, calificaré de pura histeria. ¿El motivo? La monstruosa suma que habían apostado a la posible convergencia de bonos ligados con el rublo, gracias a la cual Long-Term experimentaba una dolorosa sangría desde agosto. ¿Y qué se le había ocurrido a Haghani para contenerla? Ya lo sabemos: poner su *resto* en Rusia. Invertir millones en la antigua tierra de los zares, los comisarios comunistas y los oligarcas sin escrúpulos. ¿Por qué *allí*? ¿Porque una hermosa fórmula matemática predecía una insólita jugada de los *novy russki*? ¿Porque Yeltsin le había telefoneado para asegurarle que el país marchaba sobre ruedas? ¿Porque Scholes y Merton habían demostrado que Rusia ofrecía un riesgo razonable? ¡No! Si Haghani se jugó el todo por el todo con los bonos rusos fue porque le *pareció* una buena inversión. ¿Para qué entonces tantas fórmulas si al final los directivos de LTCM se iban a dejar llevar por sus malditas intuiciones?

Sólo las ratas abandonan el barco cuando éste comienza a hacer aguas. ¡Ratas listas, como Vikram y yo! El 15 de julio los dos presentamos nuestra renuncia a J.M., tan intempestiva como irrevocable. Durante un instante trató de disuadirnos y luego él, tan católico, se puso a blasfemar. Resistimos la presión con entereza: no estábamos dispuestos a hundirnos a su lado. Al final, J.M. nos dio un reticente apretón de manos y nos envió con sus abogados para acordar los términos de nuestra salida. Lo que más le preocupaba era que firmásemos la cláusula de confidencialidad que nos prohibía contar todo lo que vimos al interior de LTCM. (La misma cláusula que, como ustedes atestiguan, perspicaces lectores, ahora rompo con desvergüenza.)

No puedo decir que Vikram y yo adivinásemos la insólita debacle posterior. Sin duda el fondo atravesaba un mal momento, pero ni con toda nuestra clarividencia habríamos podido imaginar la rapidez de su caída. El lunes 17 de agosto Rusia hizo lo que Yeltsin aseguró que jamás haría (como ocurre en cada crisis) y decretó una moratoria unilateral de pagos. A ésta le siguió la tan temida y postergada devaluación. Y aun así nuestros lúcidos colegas de Wall Street se negaron a ver el incendio que ya les calcinaba las pestañas. "No creemos que Rusia vaya a convertirse en un problema mayor", declararon apretándose los huevos. Las potencias nucleares no pueden caer en *default*, había asegurado Haghani. Pero ahora Rusia, la mayor potencia nuclear del planeta, no sólo era incapaz de honrar sus compromisos, sino que lo anunciaba con la mayor desfachatez.

El jueves 20 los mercados sufrieron sus primeros altibajos y el viernes 21 el Dow Jones perdió 280 puntos antes del mediodía sólo para recuperarlos antes del cierre. Ante semejante volatilidad los inversores dejaron de confiar en los mercados emergentes, cuyas catástrofes sucesivas en México, Asia y Rusia los habían hecho perder fortunas, y se lanzaron en masa por bonos del Tesoro.

—¡Mierda!

Esta elegante expresión, en boca del empleado de Long-Term que constató que la disparidad en los *swaps* había alcanzado los 78 puntos básicos (cuando lo normal era un punto), daba cuenta del nerviosismo general. Según los modelos de los genios, una brecha semejante era *prácticamente* imposible y sólo podría ocurrir una vez cada mil años. El desperfecto radicaba, quizás, en el adverbio. Con cada minuto LTCM perdía millones. El flujo era tan vertiginoso que no había un plan B para contenerlo. Según los *quants*, el peor escenario para el fondo consistía en perder 35 millones en un día y sólo aquel 21 de agosto había dejado ir 553 millones. Pillados en sus plácidas vacaciones en Suiza, la Toscana o la Costa Azul, J.M. y sus socios se vieron obligados a volar de vuelta a sus oficinas de Connecticut.

Ese domingo los directivos de LTCM se encerraron para evaluar los daños (más bien para llorarlos). Todos sabían que su última opción radicaba en conseguir una urgente inyección de capital, algo que no parecía fácil dadas las condiciones del mercado. "Las brechas siempre tienden a converger", repetía J.M. como una plegaria, decidido a resistir la ordalía. Pero, ¿quién podría acudir en su rescate?

—Warren —propuso Rosenfeld, quien conocía al Mago de Omaha de otras épocas. Tras escuchar su petición, Buffet declinó. (No por nada es tan rico.)

Cada vez más angustiados, los socios de Long-Term se precipitaron a hostigar a medio mundo: a George Soros, a Roberto Mendoza de J.P. Morgan, a Herb Allison de Merrill Lynch, a Jamie Dimon de Treveller's, a Joe Corzine de Goldman Sachs, a Jesucristo y a Santa Claus. *En vano.* Los ríos de capital que antes irrigaron tan generosamente sus sembradíos ahora estaban secos.

Desde la comodidad de mi sillón, el desplome de LTCM no dejaba de maravillarme. En una sutil ironía, el fondo de riesgo que más rápidamente había generado ganancias en la historia perdía dinero a una velocidad que pronto se haría acreedora a un récord Guinness.

—¿Cuánto han perdido? —le pregunté a J.M. cuando me llamó el 29 de agosto. Debía estar muy desesperado para buscar mi opinión.

—La mitad —aceptó.

—Entonces estás acabado.

—¿Qué dices? Todavía tenemos la otra mitad, y a Soros...

—Lo siento —remaché—. Una vez que has perdido la mitad, la gente pensará que perderás la otra mitad de un momento a otro. Pondrán el mercado en tu contra, J.M. No refinanciarán tus acuerdos. *Estás acabado.*

El 2 de septiembre, Vikram me mostró la noticia filtrada por la agencia Bloomberg: Long-Term había perdido 52 por ciento de su capital.

—Los mercados siempre conspiran contra los débiles —le resumí a mi nuevo socio—. Tras cinco años de presentarse como los más temidos monstruos de Wall Street, ahora LTCM será devorado por sus rivales.

Merton, el gran Merton, entrevió en la debacle el descrédito de su modelo financiero y se puso a llorar. Y a Scholes, al gran Scholes, casi le dio un patatús mientras recibía un homenaje en Toronto, su ciudad natal. Sólo J.M. resistía: nada más repugnante, en nuestro círculo, que un hombre desesperado que luce como un hombre desesperado.

Para mediados de septiembre, las pérdidas de Long-Term ascendían a mil quinientos millones de dólares. ¡Una proeza! Pero el derrumbe de J.M. empezaba a ser lo de menos. En sus cinco años de andadura, el Fondo de los Genios había realizado transacciones con *todos* los actores de Wall Street. Convertido en un núcleo ardiente a punto de estallar, Long-Term podría devastar la economía de medio mundo. Los premios Nobel estaban a punto de lograr una hazaña inaudita: ¡volar el planeta en mil pedazos!

Trío

Aprovechando la oportunidad de asistir a un *Requiem* de Verdi dirigido por Barenboim, Leah y yo abordamos nuestro *jet* —mi mujer ya no se quejaba de estas comodidades esenciales— y durante el trayecto a Chicago nos concentramos en anticipar el interrogatorio como si fuésemos dos primerizos reporteros de espectáculos a punto de entrevistar a un ídolo pop. ¿Qué sabíamos entonces de Harold Glasser? Muy poco. Que su último puesto en el gobierno había sido como subdirector de la Oficina de Finanzas Internacionales del Tesoro y asesor del secretario Morgenthau en la Junta de Gobernadores del Banco Mundial; que, como White y su entorno, en 1948 había sido acusado por Elizabeth Bentley de pertenecer a su círculo de espías comunistas y a pesar de ello nunca había sido formalmente inculpado; que tras su intempestiva salida del Tesoro aceptó varios puestos más o menos anodinos aunque no mal remunerados en distintas empresas privadas; y, en fin, que ahora vivía recluido en una residencia para ancianos a orillas del lago Michigan.

Junto con Lud Ullmann y Alger Hiss, Glasser era de los últimos coetáneos de mi padre que seguían con vida. Leah me sugirió llamar al asilo para concertar una cita, pero yo no consideré sensato prevenir al antiguo asistente de White de nuestro arribo y nos presentamos en la imponente casona de piedra si prevenirlo. Una pelirroja entrada en carnes se limitó a entregarnos un cuaderno para que anotásemos nuestros nombres (señor y señora Barenboim), el parentesco con el interno (sobrinos segundos) y nuestro domicilio, y nos señaló el sendero hacia la terraza donde nuestro *tío* se entumecía bajo la raquítica resolana del otoño.

—¿Señor Glasser? —murmuró Leah con una sonrisa pueril.

Aunque en la única fotografía suya que habíamos descubierto no lucía como un ejemplo de esbeltez o de apostura —el cabello ralo en una coronilla oblonga, mejillas ampulosas y nariz de cebolleta—, los años lo habían transformado en un amasijo de arrugas bajo las cuales apenas se entreveían dos ojillos opacos. El anciano dormitaba sobre un camastro de metal con los brazos en cruz, las piernas cubiertas por una manta y la barbilla manchada por la baba que escurría de la tenue línea de la boca. A lo lejos, la llanura de agua se extendía hasta el infinito. Leah le dio un leve empujón para desperezarlo.

—¿Podemos hablar con usted, señor Glasser?

Tomé un par de sillas del jardín y las aproximé a su camastro.

—¿Hablar?

—Del pasado —dije sin saber por qué.

—¿Pasado?

—De sus años en el Tesoro.

Se incorporó con dificultad, mirando a un lado y a otro en busca de ayuda, y sorbió estruendosamente los mocos.

—El pasado no existe —clavó los ojos en Leah—, ¿señorita…?

—Barenboim —atajé yo.

—Estamos escribiendo un libro sobre Bretton Woods —Leah encarnaba hábilmente su papel.

—Bretton Woods —repitió Glasser mecánicamente.

—¿Podría hablarnos de su experiencia allí? —insistió Leah.

—Señorita —el viejo se mordió los carrillos—, eso fue hace siglos, qué más da ahora.

—Usted fungió como secretario de Harry White durante las negociaciones…

El nombre de su antiguo jefe lo hizo agitar los dedillos artríticos en un movimiento espasmódico.

—Harry, Harry… —por un instante lo pensé aquejado de demencia senil—. Fue el responsable de todo lo que ocurrió allí, de todo. Y mire cómo le pagaron.

Habíamos tocado la cuerda correcta.

—¿Por qué lo dice?

—¿Sabe que retiraron su busto del vestíbulo del Fondo? ¿Lo sabe? —Glasser se agitó—. Él creó esa institución y los miserables arrumbaron su busto en el sótano, señorita. ¿Me oye? En el sótano.

—¿Por qué harían algo semejante? —Leah fingió escandalizarse.

—Los miserables lo mataron, señorita —Glasser había perdido de vista mi presencia—. Su corazón no resistió.

—Pero... —traté de intervenir.

—¡Comunista! —el anciano prosiguió su relato cada vez más severo e indignado—. ¿Cómo iba a ser Harry comunista, señorita? Era un hombre de paz, buscaba la paz. Tal vez fuese arrogante, muchos no toleraban su malhumor ni sus desplantes, pero era incapaz de traicionar a su país. Siempre vivió conforme a los más altos valores. Hasta que se quebró su corazón.

Pensé que el anciano se echaría a llorar, pero recuperó la entereza de inmediato, rejuvenecido por la rabia.

—Ridículo. ¿Quién podría imaginarse a Harry, a Harry más que a ninguna otra persona, escurriéndose por las calles de Washington para entregarle información a una rata como Chambers? ¡Ridículo! Si usted lo hubiese conocido, señorita —apresó la mano de Leah con sus dedos callosos y entumidos—. Tan, ¿cómo decirlo?, tan perfecto. Un hombre impecable, se lo digo yo.

—Pero usted sabe que Chambers... —arguyó Leah.

—Esa rata.

—Que Chambers...

—¡No! Dígalo: *que esa rata...*

—Que esa rata presentó ante el gran jurado un documento confidencial con la caligrafía de White.

—¡Un infundio! Ese documento nada tenía de secreto —Glasser comenzó a toser—. Cualquiera pudo extraerlo de su oficina. Wadleigh o cualquier otro.

—Pero...

—¿Por qué habría de mentirle a estas alturas, señorita? —la tos lo cimbraba como un huracán a una hoja de hierba—. Harry murió, o más bien lo mataron, hace más de cuatro décadas. Ya nadie se acuerda y a nadie le preocupa ¿Por qué querría defender a un muerto?

Una enfermera reparó en la agitación de Glasser y se encaminó hacia nosotros. La entrevista no duraría mucho más.

—¿Cómo puede estar tan seguro, señor Glasser? —pregunté.

Más tos. Y más silencio.

Y la enfermera a unos pasos.

—¿Cómo puede estar tan seguro, señor Glasser? —repitió Leah.

El viejo se enroscó, estremecido con cada expectoración. La enfermera agitaba los brazos hacia nosotros.

—Porque yo sí era comunista, señorita. Por eso.

Cuando Leah intentó formular una nueva pregunta, acaso la pregunta crucial para nuestras pesquisas, ya era demasiado tarde. La enfermera había llegado hasta Glasser con una silla de ruedas y lo conducía rumbo a la enfermería a toda prisa. El cascado guardián de la residencia no tardó en conminarnos a abandonar el recinto. Glasser no se recuperaría de ese ataque y moriría unas semanas después, el 16 de noviembre de 1992. Sin jamás arrepentirse.

Escena IX. *Sobre cómo unos mellizos se apoderaron del mundo y cómo usar a tu hijo como escudo*

Dúo

—Fue Marx quien aseveró que la historia primero se presenta como tragedia y luego se repite como farsa —Leah me presumía su erudición sin dejar de juguetear con las orejas de Salinger—. En el caso de Hiss ocurrió al revés: a la comedia de equivocaciones del primer juicio le siguió el drama del segundo. Muchos de los actores principales permanecieron en escena, como Chambers o Murphy, aunque Alger prescindió de los servicios de Stryker, acaso por obtener un jurado dividido en vez de su absolución, y contrató a un abogado de Boston, Claude B. Cross, con la consigna de cuestionar no sólo la credibilidad de Whit y de su esposa, sino la evidencia presentada por la fiscalía. El juez Kaufman fue sustituido por el veterano Henry W. Goddard, cuyas simpatías republicanas no eran un secreto para nadie.

Había ocasiones, como aquélla, en que yo hubiese querido disecar al maldito beagle. Salteaba sin freno y Leah, tan pulcra para otras cosas, ni siquiera reparaba en los rastros de baba y pelos que el animal esparcía por la estancia.

—Imagino que esta vez el proceso fue más rápido —ironicé.

—El 21 de enero de 1953, la portavoz del jurado tomó la palabra y declaró a Hiss culpable de perjurio. Dos días más tarde, Hiss compareció en Foley Square para escuchar su sentencia. Goddard lo condenó a la pena máxima, cinco años en una penitenciaría federal por cada uno de los dos cargos de perjurio, los cuales habrían de correr de forma concurrente.

—Cinco años.

—Y aquí viene lo más interesante —Leah se mordió el labio—. El 26 de enero de 1953, Richard Nixon se presentó ante el Congreso con una alocución titulada: "El caso Hiss. Una lección para el pueblo americano", en la cual insistió en afirmar que las administraciones demócratas habían protegido a decenas de espías en el gobierno. Y, para reforzar su argumento, hizo público el memorándum de ocho páginas que supuestamente Harry White le entregó a Chambers para que a su vez éste lo transmitiese a los rusos.

—Supongo que ahora me explicarás su contenido.

Leah hizo una pausa dramática, disfrutando del suspenso.

—El texto no tiene paralelo entre los miles de papeles que White dejó en sus archivos —Leah revisaba sus notas, acariciaba a Salinger y alzaba los ojos hacia mí—. Más que de un auténtico memorándum, el texto es un borrador o *aide de mémoire* que cubre un periodo de treinta y siete días, entre el 10 de enero y el 15 de febrero de 1938. De acuerdo con los peritos que lo estudiaron, podría ser producto de dos entregas de fechas diferentes, la primera el 10 de enero y la segunda el 19 de enero de 1938, lo que tal vez aclararía su redacción un tanto inconexa.

—¿Y en él hay alguna prueba concreta de que White hubieses transmitido información confidencial a los rusos?

—Los detractores de White sostienen que buena parte de la información del memorándum era clasificada y que sin duda podría haber sido de utilidad para nuestros enemigos. Sus defensores, como el propio hijo de Harry, Nathan White, aseguran que no posee ninguna relevancia. Lo único cierto es que no hay forma de explicar por qué un escrito de esta naturaleza, preparado por White en su carácter de funcionario del Tesoro, terminó en manos de Chambers. El que su parte más significativa se refiera a los esfuerzos bélicos del Japón, cuya economía de guerra White estudiaba en esos años, parece confirmar que White decidió compartir esta información con los soviéticos en su afán por establecer una sólida alianza para vencer a las potencias del Eje.

Leah sirvió unas almendras en un plato y comenzó a compartirlas con el perro. Nunca llegaría a comprender su relación con esa bestia abúlica.

—Lo que sigo sin entender es por qué lo hizo —me levanté del asiento y comencé a dar vueltas alrededor de la estancia—. ¿Por qué el subsecretario del Tesoro, responsable del sistema de Bretton Woods, habría de entregarle información confidencial a los soviéticos? ¿Por dinero?

—Tú crees que todo el mundo hace las cosas por dinero —Leah se burló de mí.

—¿Y entonces?

—White jamás se vio a sí mismo como espía. Nunca se adhirió al Partido Comunista. Nunca fue un militante ni un lacayo. Un compañero de ruta, si acaso. Y ni siquiera eso: un hombre cuya tremenda arrogancia lo llevó a pensar que sería capaz de conciliar los intereses de Estados Unidos y la Unión Soviética, la única esperanza que vislumbraba para una paz futura.

—¿Ésa es tu explicación? —me sobresalté—. ¿Que White traicionó a su país a causa de su infinita vanidad?

—Al menos es una parte de la explicación.

—¿Y mi padre? ¿Él por qué lo hizo?

Leah acarició la cabeza de Salinger como si fuese la mía.

—Me temo que la respuesta a esa pregunta tendremos que buscarla en otra parte.

Aria de Susan

¿Terry adivinó en las ausencias de su esposa, en sus caricias y abrazos comedidos o distantes, en su indiferencia o su frenesí por agradarlo, las huellas del engaño? ¿La vio escurrirse hasta un restaurante o un hotel de medio pelo o siguió sus pasos alguna de esas mañanas en que se escapaba desde muy temprano de su casa? ¿O fue una corazonada, una estúpida e infernal corazonada? ¿O contrató a un detective, algo tan burdo e inevitable en nuestro medio? ¿O fue él mismo quien la siguió, acentuando su humillación y planeando su venganza? ¿Y desde cuándo? ¿Desde que se inició la aventura de Susan o en las últimas semanas, o en los últimos meses?

Mi hija siempre se creyó muy lista (defecto de familia), pero la verdad es que nunca se caracterizó por su discreción. No me atrevo a sugerir que sus remordimientos o su culpa la impulsaran a acusarse a sí misma —la conclusión del charlatán que la psicoanalizaba—, y menos a decir que merece lo que le ocurrió, pues ni la peor madre merecería un trato semejante, pero sus descuidos son imperdonables. Si se había decidido a ponerle los cuernos al zoquete, y para colmo con uno de sus socios (de esto me enteré más tarde), tendría que haber extremado las precauciones. Confiando en la apatía que impregnaba su vida conyugal, Susan estaba convencida de que Terry no sospechaba nada, y se negó a advertir los signos de la furia —sí, la furia— que se acumulaba en el pecho de su esposo.

Mi hija adolecía de los mismos defectos de nuestro tiempo: la incuria y la soberbia. Se negó a evaluar los riesgos, prefirió minimizarlos y evadirlos hasta que fue demasiado tarde. ¡No entiendo, no puedo entender por qué se aferró a ese único amante —la apuesta más peligrosa para alguien casado— en vez de concentrarse en una cadena de conquistas anónimas e incruentas!

Susan y Terry jamás fueron compatibles, eso cualquiera hubiese podido constatarlo. Desde el inicio formaron una pareja inverosímil, no tanto por sus atributos físicos —ambos podrían haber sido modelos— como por las vibraciones contrastantes que irradiaban, pero la convivencia los había arrinconado en una especie de calma chicha, una tolerancia cotidiana producto de la inercia y el letargo. Los dos se esmeraban en edulcorar sus conflictos, en hacer como si fuesen el uno para el otro. Por eso lo ocurrido fue peor, mucho peor, que en cualquier otro desarreglo de pareja, que en cualquier otro divorcio, que en cualquier otra guerra matrimonial: no una explosión repentina, sino una pesadilla bien articulada. Yo mismo jamás creí que Terry fuese capaz de semejante descarga de violencia psicológica —el rubio bobalicón del álbum de familia— y menos aún que fuese a planear su golpe con tanta frialdad.

En cuanto distinguí a Susan en la puerta de mi despacho, desguanzada y lívida, con los párpados hinchados por el llanto, creí anticipar lo que iba a relatarme, pero lo que me contó fue peor, mucho peor, de lo que imaginaba.

—Mis hijas —se derrumbó en mis brazos—. Mis hijas...

La única regla esencial e inquebrantable para las mujeres es ésta: nunca engañes a tu marido en tu propia cama. *Nunca.* La primera vez, Susan se dejó llevar por la urgencia del deseo y, aprovechando que Terry había salido en un viaje de negocios, se apresuró a enviarle un mensaje a Milton convocándolo a su lado. Aunque luego trataría de excusarse diciendo que sólo pensaba invitarle una copa, desde que apoyó sus deditos en el teclado del celular *sabía* que terminaría conduciendo a su amante a las mismas sábanas que compartía con su marido. Tan imprudente como ella, o decidido a desacralizar con sus humores el lecho de su socio (y rival), Milton no dudó en satisfacerla. "Sólo por esta vez", le susurró mi hija al oído como si fuese una travesura. El ansia de confort los hizo renunciar a los hoteles de Queens o de Long Island, siempre tan anónimos y tan desastrados, tan lejos de sus gustos exquisitos, y cada vez que Terry anunciaba un viaje a Connecticut, Maine o Pensilvania —su firma se dedicaba al fértil mercado hipotecario—, mi hija no dudaba en despachar a la servidumbre.

Esa terrible mañana Susan había vuelto a quedarse sola en casa. Terry se había marchado a Boston desde temprano, la sirvienta se reportó afectada por un virus y las mellizas se hallaban en la escuela. ¿Por qué no aprovechar esas horas con Milton, ese eterno desocupado, siempre dispuesto a acudir en cuanto ella le tronaba los dedos? El impaciente llegó cerca de las diez, mi hija lo recibió semidesnuda y le ofreció una copa de champaña con jugo de naranja. Al parecer él de inmediato le arrancó el sostén satinado y las braguitas transparentes, que terminaron sobre la mesita de centro, y cargó el liviano cuerpo de mi hija hasta la habitación principal (detesto imaginarlo).

Terry debió cronometrar sus encuentros con precisión milimétrica, o ese día gozó de una suerte endemoniada. Cuando abrió la puerta de forma intempestiva, por fortuna Milton ya no hundía su verga entre las nalgas de mi hija, ni deslizaba la lengua por su sexo, ni ella se abría de piernas o lo masturbaba con sus deditos impolutos, pero los dos aún permanecían uno encima del otro, agotados y desnudos como dos atletas jadeantes. De la mano de Terry, Audrey y Sarah sólo alcanzaron a entrever los senos diminutos y el vello púbico de su madre por unos segundos, suficientes para odiarla de por vida.

Terry fingió sorpresa, Susan y Milton se apresuraron a cubrirse, Susan se puso histérica, las gemelas corrieron a sus cuartos, Milton salió a toda prisa de escena (para nunca volver) y muy pronto el asunto quedó en manos de una legión de abogados.

En la audiencia, Terry aseguró que Audrey lo llamó desde el colegio porque se había sentido enferma y, ante el silencio de su esposa, él se vio obligado a volver desde Boston. Nunca se comprobó que esta historia fuese cierta. Con una madurez inverosímil, las mellizas confirmaron cada dicho de su padre. Aunque contraté al mejor equipo de letrados, no había mucho qué hacer. La oprobiosa infidelidad de Susan no tardó en filtrarse a la prensa de espectáculos, mi hija perdió la custodia y además fue condenada a pagar el daño moral. A Terry la cantidad fijada le pareció irrisoria y apeló para obtener un incremento.

Al principio Susan logró mantener cierto equilibrio, aunque a las pocas semanas de iniciado el proceso sufrió una nueva crisis nerviosa y me vi obligado a internarla en una clínica. Aduciendo su quebranto, Terry exigió que una asistente social acompañase a las niñas en las futuras visitas de su madre. ¿Qué clase de hombre sacrifica a sus hijas para vengarse de su esposa? Terry, el taimado y apacible Terry, era el monstruo que debió haber sido alejado de ellas, no Susan. Pero ya me encargaría yo de que pagase por el daño infligido a mi hija y a mis nietas.

Cabaletta de Noah

Vuelvo a imaginarte, padre, en los años posteriores a la guerra. Tras la euforia por el triunfo te devastan las atrocidades del nazismo, los millones de judíos asesinados, los campos de concentración y la indiferencia de las potencias occidentales ante la masacre. ¿De qué sirvió todo el esfuerzo si al final nadie tuvo el coraje de frenar el holocausto? Para colmo, la nueva rivalidad entre Estados Unidos y la Unión Soviética te deja en una posición cada vez más frágil, más incómoda. El escenario se torna inseguro, ominoso. Truman no es Roosevelt, y ni White ni tú simpatizan con sus políticas.

En un estado cercano al sonambulismo continúas con los preparativos para poner en marcha el Fondo Monetario Internacional y, en tu carácter de asistente de White, asistes a la primera reunión de gobernadores del Banco y del Fondo que se celebra en Savannah en marzo de 1946, donde ves por última vez con Lord Keynes. La falsa cordialidad de Bretton Woods se ha vuelto a traducir en un amargo intercambio de reproches; el británico ya no oculta su frustración ante el poder que exhiben los estadounidenses, mientras que a White lo notas todo el tiempo distraído o malhumorado, casi ajeno a lo que ocurre a su alrededor. Para colmo, preside la conferencia el *juez* Vinson (en tu opinión, una de las figuras más desagradables del medio financiero), el secretario del Tesoro que ha sustituido a Morgenthau, quien se lanza en un hipócrita discurso sobre las esperanzas concitadas por las nuevas instituciones financieras cuando en realidad maniobra para ponerlas a su servicio.

Más desencantado que ustedes, Lord Keynes se vale de un lenguaje ahíto de metáforas dancísticas para referirse a los peligros que acechan a las nuevas instituciones financieras, esos mellizos a los que denomina Maese Fondo y Miss Banco como si fuesen personajes extraídos de *La bella durmiente*, una de las coreografías favoritas de su esposa. “Lo peor que podría pasarle a los mellizos", proclama el Economista Más Famoso del Mundo durante su intervención, "es que un hada malévola, un Hada Carabina, los maldiga. Su maldición sería la siguiente: Ustedes, hermanitos, se convertirán en políticos. Sus pensamientos y actos estarán guiados por un *arrière-pensée*: todo lo que decidan no será por su beneficio o por sus méritos, sino por otra razón. Si los mellizos llegaran a transformarse en políticos, lo mejor que podría pasarles sería caer en un sueño eterno."

Incómodo, Vinson cree que la analogía de Keynes está dirigida contra él y te susurra al oído: "No me importa que me digan malévolo, pero no tolero que nadie me diga Hada Carabina". Pobre imbécil, piensas, o eso creo.

Pese a tus esfuerzos por apaciguar los ánimos, la rispidez entre todos los actores de la conferencia se deja sentir incluso en los actos sociales y a lo largo de los días sucesivos el británico continúa denunciando la sumisión del Fondo y del Banco a los intereses norteamericanos, mientras el *juez* Vinson, y en menor medida White y tú (más obligados por las circunstancias que por convencimiento propio) se aseguran de que nuestra Gran Nación mueva los hilos de Miss Fondo y Maese Banco. Como era previsible, Lord Keynes vuelve a perder la pelea, pero tampoco puede decirse que la conferencia sea un éxito para Harry, quien por razones que tú y él todavía desconocen no recibe el apoyo oficial para ser nombrado director gerente del Fondo —la criatura que él mismo ha concebido— y tiene que conformarse con la posición de director ejecutivo de la delegación estadounidense.

"Me niego a trabajar con Gutt", le dices a Harry, refiriéndote al ministro de Finanzas belga que ha quedado a la cabeza del Fondo.

Igualmente abatido —aunque apenas lo demuestre—, White te ofrece un puesto a su lado. Ninguno de los dos siente ya ningún entusiasmo por las instituciones que concibieron con tantos esfuerzos. Entre tanto, Lord Keynes tampoco escatima su amargura. De vuelta en Washington abres la prensa y lees sus declaraciones: "Fui a Savannah a encontrar al mundo y lo único que encontré fue un tirano". ¿Quién iba a decir que al final, sólo al final, White y él iban a coincidir en sus puntos de vista? Porque los dos concuerdan que ese tirano no es otro que Estados Unidos.

Más lánguido que nunca, e incapaz de interesarse por ninguno de los temas que solían apasionarlo —la historia, la botánica, incluso la lingüística—, Lord Keynes se refugia en su mansión de Tilton y sólo emprende fastidiosos viajes a Londres cuando no le queda otro remedio. El 20 de abril se desplaza a Firle Beacon, acompañado por Lydia y por su madre, donde ambos pasean por los brumosos senderos aledaños.

Durante su última caminata, el Mayor Economista del Mundo recita un poema de Thomas Parnell, un colega menor de Swift y Pope, que termina con estas palabras: "Y el significado de todo esto es: no te preocupes, siempre quedará la justicia divina". A la mañana siguiente —un domingo de Pascua—, Lord Keynes sufre un violento ataque de tos del que ya no se recupera. Su cuerpo es cremado en Brighton el 24 de abril de 1946 y Lydia esparce sus cenizas en su adorada campiña de Tilton. Tú le das la noticia a Harry y lo miras llorar en silencio. Y, una vez que tu jefe se marcha, tú también lloras.

Recitativo

Nadie parece recordar que el hundimiento de Long-Term fue una especie de anuncio o de preludio de la hecatombe que hoy nos azota. Todos los síntomas de la crisis subsecuente se concentraban allí en pequeña escala: la avaricia de un puñado de gestores; la ausencia de normas aplicables a los nuevos, sofisticados y anárquicos instrumentos financieros (léase derivados); la imprevisión o la estulticia de reguladores y políticos; y la azarosa y nunca vista interconexión entre los distintos focos económicos del globo. De pronto la caída de un diminuto fondo de riesgo —con su cultura del secreto y su férrea jerarquía, LCTM jamás llegó a convertirse en un gigante— había amenazado al sistema financiero en su conjunto. Si Long-Term no había sido Demasiado-Grande-Para-Caer, sí había sido Demasiado-Contagioso-Para Caer.

—Una panda de genios invierte miles de millones de dólares en apuestas de altísimo riesgo —me explayé con Vikram en su momento—. Y cuando los mercados, siempre ariscos, dejan de mimarlos, esos miles de millones se esfuman, ¡puf!, poniendo en jaque a los genios, a los bancos, a Wall Street y a la Tierra en su conjunto. ¿Y sabes cómo solucionaron el problema esos mequetrefes? Con la medida más aborrecible para cualquier defensor del *laissez-faire*.

—¿Un rescate con fondos públicos? —Vikram se escandalizó todo lo que un gurú como él era capaz de escandalizarse.

—Eso ya habría sido el colmo —rechiné los dientes—. Pero sin la intervención directa de la Reserva Federal los banqueros no hubiesen soltado ni un dólar.

—¿Al final cuánto les sacaron?

—3,625 millones —en mi risa no había lugar para el humor—. Bankers Trust, Barclays, Chase, Crédit Suisse First Boston, Deutsche Bank, Goldman Sachs, Merrill Lynch, J.P. Morgan, Morgan Stanley, UBS y Salomon Smith Barney entregaron 300 millones cada uno. Société Géneral, 125 millones. Y Lehman Brothers y Paribas, 100.

—El precio de no perder *mucho* más —filosofó mi amigo.

No niego que a veces su ecuanimidad y sus silencios me enfurecían. Me fascinaba su actitud arisca frente a ese mundo financiero en el que jamás se acomodó del todo, pero me irritaba su resistencia a compartir conmigo sus ideas o sus sentimientos. Mientras que a esas alturas de nuestra relación él lo sabía *todo* sobre mí, yo ignoraba si tenía hermanos o si sus padres aún vivían, dónde había nacido o cuáles habían sido sus amores pasados. Cuando me atrevía a confrontarlo, Vikram se las ingeniaba para reconducir para la conversación hacia mí (y, prolijo y desvergonzado como soy, yo caía una u otra vez). "No hay ningún misterio", me soltó en otra ocasión, fatigado con mis interrogatorios.

Tal vez fuese cierto que para los indios el tiempo fluye de manera amorfa o circular y no en línea recta, porque Vikram jamás experimentaba la prisa, la urgencia o la ansiedad que suelen envenenar a los moradores habituales de Wall Street. Para él las catástrofes no eran sino oportunidades y los giros de la fortuna, sendas a explorar. El único rasgo que no se correspondía con su actitud de santón era su extrema avaricia. (Y miren quién lo dice.) Aunque para entonces era rico, Vikram odiaba gastar incluso en los bienes indispensables. Más que austero o frugal —virtudes asociadas con su religión—, era eso que los loqueros denominan un *retentivo*. Su mayor placer radicaba en contar los millones acumulados en sus cuentas, al tiempo que era incapaz de disfrutarlos en la realidad. Como socio, su excentricidad era perfecta: ¿quién no querría tener cerca a un genio de las finanzas que no se concede lujos extravagantes y nunca gasta un dólar de más? Como compañero de vida su autocontención resultaba, en cambio, menos tolerable, pues yo no podía renunciar al tren de vida al que me había acostumbrado. Pero acaso en el arduo equilibrio entre el ahorro y el gasto se hallaba la medida de nuestro éxito conjunto.

—A cambio de su generosa ayuda, los bancos recibirán 90 por ciento del patrimonio de Long-Term —le revelé.

—¿Y los socios?

—Haghani, Hilibrand, Merton, Scholes y compañía se quedarán sin nada.

—¿Y J.M.?

—Meriwether concibió Long-Term para reivindicarse tras sus fracasos previos. Lo peor para él no es tanto la pérdida del capital como la dimensión pública de este nuevo fracaso —concluí—. Pero hay que reconocer que se trata de un hombre singular. No dudo que pronto se levantará de sus cenizas.[1]

Mientras Long-Term zozobraba, Vikram y yo ensamblábamos las piezas de nuestro futuro. Yo pasaba toda la mañana haciendo llamadas o visitando a posibles inversionistas, en tanto él se consagraba al diseño financiero de JV Capital Ma-

---

[1] Tras unos meses de penurias (las falsas penurias de los ricos, según Leah), J.M. inició una nueva aventura, JWM Partners, en compañía de sus fieles Haghani y Hilibrand, y anunció que proseguiría con la misma estrategia de Long-Term, sólo que *de forma más rigurosa*. Durante la crisis de 2008 se vio obligado a cerrar JWM Partners luego de acumular 44 por ciento de pérdidas.

nagement. Terminadas las labores de cada uno, nos reuníamos en su casa, donde nos entregábamos a los juegos (casi diría los rituales) que él había puesto en marcha desde la primera vez que nos acostamos. Sólo entonces su aparente pasividad indostánica se transmutaba en una fiebre destructora —no era casualidad que Kali la Negra nos contemplase desde su mesita de noche—, y él disfrutaba tanto al someterme como yo al ser despojado (por unas horas) de mi poder. Al final, lo que más me sorprendía era que, versado en las sutiles técnicas del tantrismo, Vikram nunca eyaculase, como si ni siquiera en el sexo se concediese la ocasión de dilapidar.

Vikram Kureishy

Esas semanas han quedado grabadas en mi mente como una suerte de rapto erótico y el fragor de nuestros cuerpos se convirtió en el mejor caldo de cultivo para JV Capital Management. Leah había acertado al asegurar que, al entremezclar nuestros intereses sentimentales y económicos, Vikram y yo íbamos a forjar una unión indestructible. Más allá de nuestros enfoques contrastantes, en la cama y fuera de ella nos dirigíamos hacia el mismo objetivo: poner el mundo a nuestros pies.

Cuarteto

El Alger Hiss de ochenta y siete años que nos recibió en su casa en las afueras de Boston no era el sobrio y atlético Alger Hiss que había sido llevado a juicio, ni el sobrio y esbelto Alger Hiss de su ficha policíaca, ni siquiera el caduco Alger Hiss fotografiado en decenas de reportajes tras su liberación pero, a diferencia de lo que suele ocurrir con otros viejos, los años no habían erosionado su perfil escueto y apolíneo, sino que habían acabado por pulirlo, permitiendo que la agudeza de sus pómulos y la contundencia de su frente, la profundidad de sus órbitas y la prominencia de su mentón —la fortaleza de sus huesos— lo transformasen en un Alger Hiss prototípico, la esencia o el cogollo de todos los Alger Hiss que se sucedieron a lo largo de casi un siglo de vidas tumultuosas.

A fines de 1953, Hiss y sus abogados habían solicitado un nuevo juicio, aduciendo que la Woodstock había sido falsificada. Para probar tan estrambótica teoría, sus abogados contrataron a un constructor experto que logró ensamblar un modelo idéntico a partir de piezas de segunda mano. Como no resultaba fácil argüir que el gordo Chambers, con sus dedos mantecosos, hubiese sido capaz de armar no ya una máquina de escribir sino un bolígrafo, la defensa señalaba al propio Comité de Actividades Antiamericanas, o con más probabilidad al FBI, como responsables del montaje. El caso dejaba de ser el grotesco enfrentamiento entre dos espías y se convertía en una gigantesca conspiración. Tras abandonar la cárcel en 1954, Hiss reiteró una y otra vez esta tesis, que dejó plasmada en su libro *En la corte de la opinión pública*.

Tras unos años arduos y extenuantes, en los que se vio obligado a trabajar como dependiente en una tienda de ultramarinos —y durante los cuales terminó por separarse agriamente de Priscilla—, Alger recuperó su licencia de abogado en 1975 y terminó por disfrutar de una vida más o menos plácida al lado de su segunda mujer. Aunque muchos de sus amigos le volvieron la cara, nunca dejó de recibir muestras de simpatía por parte de cientos de activistas liberales que lo consideraban la víctima emblemática de la persecución de comunistas orquestada por Hoover y McCarthy.

En 1975, Hiss y otros investigadores exigieron que los "papeles de la calabaza" fuesen puestos a disposición del público con base en la *Ley de Libertad de Información*. En julio de ese año, el Departamento de Justicia accedió a desclasificarlos. Entonces se comprobó que el primer rollo se había velado, que el segundo resultaba casi ilegible (y sólo contenía informes de la Marina sobre salvavidas y extinguidores) y el tercero conservaba los originales de los documentos presentados contra Hiss durante su juicio.

A casi cuatro décadas desde su salida de prisión, la polémica en torno a su caso no se había agotado. Leah había pasado muchas horas repasando los testimonios a favor y en contra suya, biografías oficiales y desautorizadas, estudios psicológicos (como el estrambótico *Friendship & Fratricide* del doctor Meyer A. Zeligs), encomios hagiográficos y descalificaciones implacables.

El propio Hiss no se había mantenido al margen de la polémica y desde mediados de los setenta había articulado una campaña para reivindicarse. Parte esencial de este esfuerzo había sido la publicación de *Alger Hiss: The True Story*, del periodista John Chabot Smith, y sobre todo de *Laughing Last,* el alegato escrito por su hijo Tony como una orgullosa defensa de su padre (sin más pruebas, según Leah, que su cariño filial). En contraste, ese mismo año un antiguo partidario de su causa, Allen Weinstein, había publicado su libro *Perjurio* en el que, tras años de bucear en los archivos, desestimaba sus simpatías originales y lo declaraba culpable de espionaje.

En 1978 Hiss y sus abogados presentaron ante la Corte del Distrito Sur de Nueva York una petición *coram nobis*, solicitando la anulación de la sentencia por irregularidades en el proceso. Cuatro años después, el juez Richard Owens rechazó la *coram nobis* y declaró que el juicio de 1950 había sido "justo desde cualquier punto de vista".

En 1988, Alger publicó sus memorias *Recuerdos de una vida*, en un último esfuerzo por reafirmar su versión de los hechos. Después la disputa comenzó a desdibujarse, aunque para Alger y para Tony Hiss —quien lo acompañaba muy orondo e incisivo aquella tarde—, la pelea estaba lejos de haber concluido.

—Señor Hiss, ¿se siente usted reivindicado? —le preguntó Leah, dando un sorbo al té que nos habían servido.

El amplio salón, de impecable estilo victoriano, parecía el lugar menos propicio para entrevistar a un supuesto espía soviético.

—Por supuesto que no —la voz del anciano aún sonaba contundente—. El juez nunca se detuvo a evaluar nuestros alegatos.

—¿Se refiere a la petición *coram nobis*? —intervine.

—Y a todas las pruebas que presentamos —ahora era Tony, igual de brioso—. El juicio contra mi padre fue un juicio político.

—La máquina de escribir era falsa —intervino Alger.

Padre e hijo parecían acostumbrados a responder en tándem y nos recitaron una a una las irregularidades que habían detectado en el proceso: una lista de veinte o veinticinco puntos que iban desde la falsedad de las declaraciones de Chambers (su caballito de batalla) hasta la presión sufrida por el juez a manos de Nixon, los demás miembros del Comité y una decena de políticos republicanos. De las tres horas y media que pasamos con ellos, más de dos terceras partes se agotaron en escuchar a Tony, quien se jactaba de conocer el expediente de su padre de memoria. Nada de lo que dijo llegó a convencerme. Era loable que ese muchacho abandonado hubiese querido convertirse en el principal aliado de su padre, pero su indignación no lo convertía en una fuente válida. Además, nosotros no habíamos ido a visitarlos para sumarnos a su causa, sino para dilucidar los vínculos que habrían unido a Alger con White y con mi padre.

Un cielo grisáceo, de tormenta, se cernía a través de los ventanales cuando Tony por fin nos permitió redirigir la conversación.

—Chambers aseguró que en 1938 ustedes habían viajado juntos a visitar a Harry Dexter White en Peterborough —le dijo Leah—, e incluso recordó que en el camino se detuvieron a ver una pieza de teatro.

—¿Se da cuenta de lo absurdo de la escena? —intervino Tony, sin dejar hablar a su padre—. Dos espías que, antes de entregar información confidencial, se entretienen en un teatrillo de provincias…

—¿Y el memorándum de White que apareció en manos de Chambers?

—Alguien debió robarlo. Igual que robaron los documentos de mi padre.

—Se lo preguntaré de forma más directa, señor Hiss —Leah se dirigió a Alger—. ¿Harry White era comunista?

—Por supuesto que no —volvió a ser Tony.

—¿Compañero de ruta?

—No.

—Cuando Chambers declaró que White era un contacto dedicado, y que incluso en sus tiempos libres había diseñado un plan monetario para los soviéticos, ¿mentía?

—Por supuesto que mentía, como siempre.

—¿Nadie en su círculo era comunista? —encaré a Alger.

—Julian Wadleigh —de nuevo Tony—. Quizás algunos otros, pero eso no es de nuestra incumbencia.

—¿Los colaboradores de White en el Tesoro?

Como si despertara de un letargo, Alger puso una mano en la pierna de su hijo, suplicándole un poco de silencio.

—Chambers debió contar con gente de su confianza en el Tesoro —exclamó Alger con franqueza—. Uno o dos contactos por lo menos. Alguno de ellos debió ser el responsable de sustraer los papeles del escritorio de White.

—¿Le viene algún nombre a la cabeza?

—No.

—¿Frank Coe? —propuse.

—Tal vez.

—¿Harold Glasser?

—Quizá.

—¿Lud Ullmann?
Hiss hizo una pausa dramática.
—Sí. Ullmann.
Me demoré una eternidad en pronunciar el último nombre.
—¿Noah Volpi?
El viejo Alger no dudó.
—Volpi. Sí.

Escena X. *Sobre cómo invertir en bienes raíces siendo comunista y naufragar sin salvavidas*

Aria de Noah

Si de por sí eras un espectro o una muralla, apenas un nombre idéntico al mío (sólo humo), imaginarte después de la guerra me resulta aún más arduo, como si me fuese imposible fijarte en ese trance, entrever tus miedos o tu angustia. Tus diarios concluyen a mediados de 1946, imposible saber si tras la fundación del Fondo Monetario y del Banco Mundial, las criaturas de White y también tus criaturas, dejaste de escribir, si tus cuadernos posteriores se extraviaron o si mi madre decidió escamoteárnoslos; tu escritura desaparece y ya sólo me queda el eco de tu voz que se filtra en otras voces.

Intento seguir tus pasos.

Ahora yo te espío.

Tras la conferencia de Savannah, tu trabajo se vuelve especialmente farragoso pues la junta de gobernadores decide que las dos instituciones inicien su andadura en mayo. Mi madre recuerda que esos fueron sus últimos meses de tranquilidad, pero sólo en sentido figurado, pues ya eran días y noches sin reposo plagadas de reuniones a horas inconvenientes, llamadas intempestivas sábados y domingos, días libres y vacaciones eternamente postergados. Soportando la presión, tú te mantienes impertérrito, eres un soldado de White, un soldado del FMI, y te reportas a filas en el improvisado cuartel montado en los salones del Hotel Washington sin cuestionar tus órdenes.

¿De verdad eras tan gris como te dibuja este recuento, el eterno segundón, el mil usos de Harry White? ¿Un sujeto sin otra vida que la adocenada rutina del funcionario, con sus horarios y jerarquías, sus rituales y su inercia? No puedo saberlo, no a detalle, y eso me desorienta. Te miro ir de aquí para allá, del Tesoro al Hotel Washington, de la suite de White a la de Gutt, un mensajero —no quisiera decir un recadero— extraviado entre gráficas, leyes, documentos, la información que condensas o sintetizas para que ellos la revisen al desgaire. Quizás al principio la idea de participar en el alumbramiento de un nuevo mundo te daba fuerzas para justificar tus remiendos burocráticos, tu disciplina y tu lealtad a toda prueba, pero la desazón que te invadió en Savannah se ha acentuado a lo largo de las últimas semanas. La institución que White y tú imaginaron, ese órgano que habría de flotar por encima de los intereses y querellas nacionales, que se mantendría al margen de la vulgaridad de la política y de la ambición de sus funcionarios, está ya muy lejos de la realidad que contemplas a diario. El *juez* Vinson no es Morgenthau y, como ya has percibido, su idea de cómo manejar los organismos emanados de Bretton Woods difiere del idealismo que animó su concepción. Para él, el Banco y el Fondo son simples instrumentos al servicio de Estados Unidos y cualquier otra consideración pasa a segundo plano. El propio Harry constata que su criatura elude sus designios y en su estilo prudente, acompasado, no oculta su disgusto.

Para White y para ti, la paz y la armonía internacionales eran prioritarias y, pese a las críticas en su contra, en esos momentos él continúa defendiendo públicamente la necesidad de mantener la alianza con la Unión Soviética. "La mayor tarea que confronta la diplomacia americana, y la única tarea que tiene valor real en los problemas que nos acechan", escribe Harry en un memorándum de esa época, "es diseñar los medios para continuar una relación pacífica y amigable entre Estados Unidos y Rusia". Pero la mezquindad de la política desmiente sus augurios y a una velocidad inusitada las relaciones Este-Oeste se degradan, Stalin desconfía de sus aliados y busca asegurarse el control de sus satélites y, acosado por los republicanos, Truman endurece sus posiciones.

White asume su cargo en el Fondo el 6 de mayo de 1946 en este ambiente tenebroso; tres días después, recibes tu nombramiento como secretario ejecutivo del Fondo Monetario. Los dos ignoran que, tras las denuncias de Elizabeth Bentley y de Whittaker Chambers, el antiguo círculo del Tesoro se halla bajo estrecha vigilancia por parte de agentes federales. Al principio las acusaciones suenan endebles o dudosas, y Truman y Vinson no les conceden demasiado crédito, pero la presión del FBI arrecia y un informe de veintiocho páginas sobre las supuestas actividades clandestinas de Harry no tarda en arribar a la Casa Blanca.

"Como podrá observarse", le escribe J. Edgar Hoover a Truman, "este Buró ha sido informado de que White fue acusado de ser una valiosa pieza en el aparato clandestino soviético que opera en Washington. Distintos materiales que llegaron a él como resultado de sus labores oficiales fueron entregados mediante intermediarios a Nathan Gregory Silvermaster, su esposa Helen Witte Silvermaster y William Ludwig Ullmann, quien se encargaba de fotografiar los documentos..."

El informe no te menciona a ti, sólo a Ullmann.

Convencido de la inconveniencia de mantener su puesto ante semejantes acusaciones, Vinson se niega a que White asuma sus responsabilidades en el Fondo y se entrevista con el procurador general Tom Clark para negociar una salida. Al final ambos le plantean a Truman tres escenarios: que el presidente exija la dimisión de White sin mayores comentarios, que le diga que ha cambiado de opinión y solicite su renuncia o que instruya al procurador general a proseguir con las investigaciones sin importar adónde lo lleven. ¿Llega Harry a enterarse de las oprobiosas discusiones sobre su futuro? ¿Y tú mismo? Según Hoover, quien ha decidido intervenir (ilegalmente) sus teléfonos, el reluciente director ejecutivo no tardará en sospecharlo.

En la primavera de 1946, el FBI pone en circulación distintos informes sobre los demás funcionarios del Tesoro acusados de espionaje. Temiendo lo peor, el propio Silvermaster abandona el gobierno a fines de ese año. ¿Y tú? Tú decides permanecer al lado de Harry, en el Fondo Monetario, hasta el último segundo. Qué difícil adivinar tu ánimo en esos meses asfixiantes. Fingiendo que nada ocurre, perseveras con tus labores mientras tus amigos son interrogados, y no imaginas qué harás cuando te llamen. ¿Renunciar, huir, esconderte? En junio, el FMI se traslada a las nuevas oficinas que compartirá con el Banco y tú presientes que no durarás mucho en el reluciente edificio.

Agobiado por el papeleo y la organización de los archivos —a diario hablas con Glasser, quien aún conserva su puesto en el Tesoro—, dejas que los meses se consuman, Vinson es nombrado juez de la Suprema Corte y John W. Snyder, un bilioso anticomunista, asume el cargo de secretario del Tesoro. Mientras tanto, la insistencia del FBI por fin rinde frutos y, ya sin opciones, White no tiene más remedio que firmar su renuncia el 31 de marzo de 1947. "Quiero agradecerle, señor presidente, su confianza en mí y la oportunidad que, como director ejecutivo de Estados Unidos en el Fondo, me concedió para lograr que los acuerdos de Bretton Wood llegasen a buen término", le escribe a Truman.

El presidente le responde el 7 de abril: "Con sincero dolor y considerable renuencia acepto su renuncia como director ejecutivo de Estados Unidos en el FMI, efectiva a partir del regreso del señor Gutt de Europa. Sé que usted podrá ver con gran satisfacción personal su carrera en el servicio público, coronada por sus incesantes esfuerzos para lograr una auténtica contribución a la estabilidad del comercio internacional a través del Banco Internacional y del Fondo Monetario Internacional, que retienen tantas promesas para un mundo desesperadamente ansioso de una paz duradera."

Después de trece años en Washington, White se muda a un amplio departamento en la Calle 86 Oeste, en Nueva York. El Consejo de la Federación Judía lo contrata como asesor a tiempo parcial y el Banco de México le ofrece un puesto como consultor por 18,000 dólares anuales. Deseoso de aprovechar su tiempo libre, Harry adquiere una pequeña granja en Blueberry Hill, a unas tres millas de Fitzwilliam, en New Hampshire. A principios de septiembre de 1947 sufre un infarto masivo y los médicos lo obligan a guardar cama. Según mi madre, tú acudes a visitarlo tanto como puedes.

A principios de octubre un comisario federal se presenta en casa de White y le entrega un citatorio. Su esposa (ya lo he contado) solicita una prórroga en vista de su estado de salud. Mientras convalece en St. Petersburg, Florida, Harry expresa su apoyo a Henry Wallace, el primer vicepresidente de Roosevelt, en su lucha por la presidencia. El 24 y el 25 de marzo White por fin se presenta a testificar ante el gran jurado en Nueva York, sin que su presencia desate mayores consecuencias. No es sino hasta el 30 de julio, cuando la Bentley se presenta ante el Congreso, que arrecian los problemas para el círculo del Tesoro. La bruja afirma que "el señor White le entregaba información al señor Silvermaster, que a su vez me la entregaba a mí" y sostiene que sabía que ésta terminaría en manos de los rusos; además, insiste en que White colocó a media decena de simpatizantes comunistas en distintas áreas del gobierno. Por primera ella vez menciona, al lado de Coe, Adler, Glasser, Silvermaster y Silverman, tu nombre: Noah Volpi.

¿Cómo reaccionas? ¿Te devora el pánico o, como Hiss, mantienes una templanza ineluctable? Mi madre te describe devastado, aunque tal vez reservaras tu desgracia para la intimidad de la familia. Otra vez no alcanzo a distinguir tu desesperación o tu miedo, la angustia que asolaba cada uno de tus días, para mí ya no eres la roca o el monolito que mi madre dibujó por tantos años, pero aún no puedo asirte, aún no soy capaz de saber quién eres. Te me escapas, hay algo en ti que aún desconozco, no sé si jamás llegaré a descifrarte.

La situación de White empeora cuando Chambers confirma el testimonio de la Bentley y sostiene que, cuando decidió abandonar el aparato clandestino, lo invitó a seguir sus pasos. "Me dejó en un estado de ánimo muy agitado, pues creí que lo había convencido", afirma, "pero por lo visto no lo hice".

Así llega el 13 de agosto de 1948, el día de la gallarda alocución de White ante el Comité de Actividades Antiamericanas. Tres días después está muerto. Uno de los hombres clave de tu vida, a quien has seguido y admirado por más de dos lustros, te abandona. Mi madre no logra consolarte. Los dos acuden a los funerales —eso te honra— y a la semana siguiente renuncias al Fondo. ¿O alguien te lo exige? Poco importa. Siguiendo los pasos de Harry, dejas atrás la selva de Washington y convences a mi madre de seguirte a Nueva York, ese denso hormiguero que ahora te resulta tan extraño. Vagas de aquí para allá, conciertas citas inútiles y agotas largas esperas sin hallar un nuevo empleo. Cuando asumes que acabarás al garete, mendigando en las esquinas, un antiguo compañero de Columbia te ofrece un puesto de consultor en su despacho, un trabajo sencillo, metódico, anodino, que aceptas como un mendrugo.

Al menos nadie te molesta por un tiempo. Aunque las delaciones y las acusaciones contra supuestos espías comunistas proliferan en esos años (sigues muy de cerca el juicio contra Hiss), pareces haber quedado al margen de las querellas, como si incluso tus enemigos se hubiesen olvidado de ti. Durante dos años vegetas en tu trabajito, sin jamás levantar la cara, hasta que a principios de 1950 recibes un citatorio para presentarte ante un gran jurado en Nueva York. Tal vez animado por Glasser o Ullmann te acoges a la quinta enmienda y te rehúsas a referirte a tu pasado, a ese pasado que sumes en el olvido para siempre, a ese pasado que aún yo desconozco, y regresas a tu sórdido despacho en Greenwich Village. Según Judith, la experiencia te ha dejado más muerto que un muerto. Trascurren 1951, 1952 y los primeros meses de 1953 sin nuevas amenazas. Ésa será ya tu vida para siempre, piensas resignado, una vida anónima como tantas otras, una vida rota y macilenta, la vida que mereces.

De forma inesperada te cimbran dos noticias. Primero, Judith te anuncia que está embarazada. No puedes creerlo. No quieres creerlo. Tú nunca quisiste tener hijos, se lo advertiste desde que se conocieron. Te resistes a ser padre, peleas contigo mismo y al cabo huyes. Abandonas a mi madre —y a mí, que no soy más que un horrible feto. No te culpo. Escapas del hogar, enfebrecido, y te refugias en esa buhardilla en Queens que mi madre dibuja como antesala del infierno.

El 6 de noviembre el procurador Brownell reabre el caso White para ganarse unos pingües votos y hace escarnio de un cadáver que ya no puede defenderse. Poco después un mensajero se presenta en tu casa con esa nueva orden de comparecencia que siempre temiste. Ahora sabes que el FBI es quien te persigue. Tu cuerpo ya no lo resiste, ya no lo tolera. El 15 de noviembre te despiertan los aullidos de un pichón atrapado entre el quicio y la ventana, tropiezas al tratar de liberarlo y al caer (quiero pensar) también tú te liberas.

Coro de la familia Volpi

Cuando al fin tomé su mano, Susan me sostuvo con una fuerza inverosímil en una mujer de su tamaño, como si quisiera demostrarme que otra vez era dueña de sí misma. Luego de que Terry ganase la última apelación, mi hija había vuelto a perder el apetito, vomitaba cada media hora y al cabo se extravió en una bruma mental que le impedía reconocer dónde se hallaba. Insomne crónica, pasaba las noches en vela en foros sobre constelaciones familiares e hijos abandonados o perdidos, mientras que por el día era incapaz de mantener una conversación lógica, aunque no fue sino hasta que descubrí su diario, donde dibujaba gráciles escenas de tortura, que me decidí a internarla en una clínica en Massachusetts pese a la oposición de su madre. Cuatro meses y medio después de aquel horrible día, los médicos la dieron de alta.

La última vez lucía como un despojo, con sus bracitos esqueléticos y las clavículas marcadas en la ropa, de modo que me sorprendió constatar que había ganado un peso más o menos razonable. Vestía unos jeans entallados y una blusa morada y de no ser por cierta opacidad en la mirada me hubiese parecido tan hermosa como antes. Incluso detecté cierta frialdad en el verde de sus ojos que le otorgaba un encanto nuevo, más distante pero también menos efímero.

Firmé los papeles de descargo mientras ella recogía sus cosas y nos dirigimos hacia Nueva York. Se quedaría con Leah y conmigo por unos días, al menos hasta que encontrase algún lugar en Chelsea o en Tribeca. En el trayecto se mostró más locuaz que nunca —¿efecto de los antidepresivos?— y me detalló las reuniones que tenía previstas para las próximas semanas. Me sorprendió su energía y su optimismo y temí que se tratase de una cresta pasajera que no tardaría en dar lugar a su reverso, los posos de melancolía que la invadían desde niña. No fue así, al menos de momento. Menos de dos semanas después de su regreso a la ciudad me expresó su intención de incorporarse al fondo que yo me disponía a poner en marcha al lado de Vikram y de Isaac.

Al principio sentí cierto escepticismo, pero Susan necesitaba ocupar la mayor parte de su tiempo en asuntos que le hiciesen olvidar un poco el drástico rechazo de sus hijas. Según la sentencia, tenía permitido visitarlas cada dos semanas, aunque bajo la supervisión de la trabajadora social. Aunque la humillación debía resultarle intolerable, acabó por ceder a esa rutina que Audrey y Sarah detestaban tanto como ella. Las visitaba los domingos por la tarde, charlaban un rato o más bien Susan hablaba sin parar frente a las mellizas, las cuales se contentaban con mirarla de soslayo, como si se tratase de una incómoda vendedora de seguros. Ella les regalaba pendientes o collares (que las chicas nunca usaban) y las tres terminaban aleladas frente a *American Idol* hasta que Terry volvía a casa y Susan tenía que marcharse como si fuera la mucama.

Mi hija siempre fue dueña de una rara habilidad para maquillar sus emociones y no tardó en construirse una nueva imagen, límpida y serena, como si en vez de permanecer en una clínica psiquiátrica hubiese disfrutado de unas vacaciones en Suiza. Poco a poco se tornó más extrovertida, más confiada en el manejo de sus relaciones públicas, y volvió a conferirle a su apariencia un cuidado extremo. Pasaba horas en spas y salones de belleza, decidida a lucir peinados y manicuras impecables, y no había tarde que no saliese a comprar nuevas cremas antiarrugas y tónicos faciales. Siempre al tanto de la moda, no sólo adquirió cientos de atuendos diferentes, sino que empezó a relacionarse con los diseñadores más conspicuos de la Gran

Pútrida Manzana hasta ganarse un lugar destacado en sus chirriantes revistas de sociales. Era como si para sobrevivir al dolor, al abandono y la vergüenza, Susan se hubiese inventado otra Susan, una Susan que a ojos de los demás no conocía el sufrimiento.

Yo no sabía qué me resultaba más doloroso, si observarla así, elegantísima y ausente, tan bella y espectral como una pintura o un holograma, o devastada como antes de atiborrase con pastillas. De un modo u otro me prometí tomar venganza, lo que Terry Wallace le había hecho a mi hija no podía quedar impune. "Te prometo que voy a destruirlo", le dije a Susan una de esas tardes. Hermosa e impasible como una Venus griega, ella se limitó a modelarme su último Stella McCartney y me presentó a uno de sus novios.

Isaac, entretanto, por fin había encontrado el trabajo de sus sueños. En contra de mis predicciones, en los meses previos a la apertura de nuestro fondo mi hijo cumplió las tareas que le encargué con rapidez y eficacia. Realizó cada trámite con los reguladores, el estado y el ayuntamiento, encontró las oficinas que habrían de servirnos como cuartel operativo (un noveno piso en la Calle 54 Oeste con la 6ª), acordó los términos de las contrataciones laborales, eligió a las secretarias, los contables, los abogados y buena parte de los *brókers*, visitó a decenas de posibles socios y, en fin, puso en marcha la maquinaria de JV Capital Management en un plazo récord. Por primera vez se trabó entre nosotros una relación que, si no se acercaba a la camaradería o el respeto profesional, al menos no estaba amortiguada por el rencor y las segundas intenciones. Imposible decir que lo percibiese relajado —siempre temía que algo saliese mal—, pero su rebeldía se había adocenado o había descubierto formas menos dañinas (aunque más costosas) de expresarla.

Para cuando me di cuenta de que los coches antiguos se habían convertido en su nueva pasión —yo nunca le presté atención a esas antiguallas—, Isaac poseía ya más de treinta modelos antiguos que almacenaba en un terreno que había comprado ex profeso cerca de su casa de campo en New Hampshire. Casi a diario tenía que tragarme sus letárgicas descripciones de fords, lincolns o packards de los treinta o los cuarenta, y en alguna ocasión Leah y yo incluso visitamos su colección, frente a la que tuvimos que fingir un interés desmesurado. Aquella tarde Tweedledee y Tweedledum se mostraron menos ariscos y Kate renunció a las pullas que solía lanzarle a Leah. Por una vez parecíamos (lo digo con la mínima ironía) una auténtica familia americana.

El hechizo no tardó en quebrarse, desde luego. Cuando le informé a Isaac que Vikram no sólo se convertiría en socio de la firma con el mismo número de acciones que él y que su hermana, sino que se haría cargo de su ingeniería financiera (y por tanto mi hijo quedaría bajo su supervisión directa), la efímera cordialidad paterno-filial se vino abajo, de inmediato volvió a echarme en cara las vejaciones que le había impuesto en el pasado, a la que ahora sumaba ésta, la más humillante de todas. Jamás confiaría en él, jamás me parecería lo suficientemente bueno, por eso prefería a un extraño —peor aún: a un maldito extranjero— antes que a mi propio hijo... La cantinela de siempre. Si hubiese sido tan digno como presumía, en ese instante hubiera renunciado a su posición en JV Capital Management, pero por supuesto no lo hizo. Según él, yo lo odiaba porque era la única persona a la que jamás podría comprar, a diferencia de los peleles con que solía rodearme —apenas evitó el mal gusto de mencionar los nombres de Vikram y de Leah—, pero tampoco podía darse el lujo de abandonar el primer trabajo que lo hacía sentirse útil.

A pesar de estos conflictos, el 18 de noviembre de 1999 JV Capital Management vio la luz con treinta y cinco empleados, una modesta sala de juntas y un amplio salón de operaciones. Vikram se hizo cargo de la parte técnica y, a regañadientes, Isaac se responsabilizó de la administración, mientras a mí me correspondió tramar el discurso de la firma, cortejar a los peces gordos, contratar a varios *quants* recién escapados de Long-Term y reunir el capital inicial de 150 millones de dólares. Cuando por fin nos mudamos —mi despacho, con una decoración minimalista en blanco y negro, se abría hacia el Hudson y la abulia de Nueva Jersey—, comprendí que por fin había llegado al lugar que había ansiado desde niño. Por eso quiero aclarar, de una vez por todas, que Vikram y yo forjamos un brioso y atractivo fondo de inversión y que jamás se nos pasó por la cabeza diseñar un entramado financiero propicio al fraude y al engaño, como mis adversarios han querido demostrar en los procesos abiertos en nuestra contra.

Desconfiados lectores, no se engañen: cuando Vikram y yo fundamos JV Capital Management, ninguno de los dos era un estafador ni aspiraba a serlo, simplemente queríamos aprovechar nuestra experiencia en J.P. Morgan y Long-Term para modelar una firma capaz de abrirse camino en medio de la feroz competencia que agitaba a Wall Street en ese tiempo. Tampoco es cierto que el arribo de una pléyade de grandes inversores —las familias Lowenstein, Castro, Hammond o Dumontet— se debiese a las bonificaciones que, mediante astutas triquiñuelas, yo les había prometido. JVCM era tan pulcro como cualquier otro *hedge fund* de la época (traduzco: en los límites de la legalidad, sin jamás traspasar la línea roja). Si en menos de dos años nuestra lista de clientes se quintuplicó fue gracias a una ejemplar gestión de nuestros portafolios y a la eficacia de una estrategia *à la* LTCM —pero *mucho* más confiable— puesta en marcha por Vikram y los *quants* que contratamos tras la debacle de J.M.

No niego que el repentino éxito de nuestra firma también pueda explicarse por unos de esos golpes de suerte sin los cuales un financiero jamás despuntará en los mercados: la inversión en una pequeña *start-up* de Silicon Valley. Supongo que ustedes habrán oído hablar de ella: Google. Con las ganancias obtenidas con esta operación ampliamos nuestras oficinas al octavo piso, el ahora famoso o infame octavo piso, donde Vikram y yo trasladamos nuestros despachos y donde forjamos nuestro sancta sanctórum, nuestro cuarto de mando y nuestro búnker. Gracias a la visión de mi amigo indio, sorteamos la caída de las *dot-com* a finales del año 2000 y nuestro capital de base aumentó en torno a 32 por ciento. Unos meses después habíamos ampliado nuestra nómina a ochenta y ocho empleados y llevábamos a cabo unas doscientas mil operaciones al mes para otras firmas señeras de Wall Street, como J.P. Morgan, Merrill Lynch y especialmente Lehman Brothers. Por si no bastara, mi fortuna personal —no me inquieta revelarla— había ascendido a unos 800 millones de dólares, 800 millones obtenidos de la manera más limpia y transparente que puede lograrse en nuestro medio.

Pero lo mejor de aquellos años no fue tanto el prestigio creciente de la firma o el incremento de mi patrimonio, sino la posibilidad de utilizar esas ganancias en las causas que en verdad me importaban, en especial la música y la ópera. En cuanto mis donaciones escalaron en el mismo porcentaje que mis réditos fui invitado a sentarme en las juntas directivas del Met, Juilliard y la Filarmónica de Nueva York. Pero mis ambiciones de mecenas eran tan globales como las de mi compañía y no me conformé con el ámbito glorioso pero en cualquier caso provinciano de la Costa Este y pronto mis fondos regaron también las Óperas de Washington, Houston, Chicago y Los Ángeles, y más adelante el Covent Garden, el Kirov (que había recuperado su antiguo nombre de Marinsky), la Ópera Estatal de Viena y el Festival de Salzburgo.

Así, mientras Vikram e Isaac gestionaban JVCM, y Susan financiaba su primera colección de lencería, Leah y yo viajábamos de un confín a otro del planeta para asistir a un promedio de setenta conciertos y funciones de ópera por año, aderezados con cenas de gala, cocteles y fiestas en las que al fin nos codeábamos con quienes habían sido mis ídolos y ahora eran (eso creía yo) mis camaradas. Pavarotti, Domingo, la Studer, la Fleming, la Ricciarelli, Levine, Gergiev, Osawa, Muti... y un sinfín de jóvenes cantantes y directores de orquesta a quienes apoyaba con becas y estímulos desinteresados, al menos hasta que una noche, justo en el Met, me di cuenta de mi error.

Aunque yo había pagado íntegramente la nueva producción de *Il Trovatore*, al hojear el programa de mano constaté que mi nombre aparecía hasta la última página y en una letra diminuta: *El Met agradece la generosa donación de J. Volpi para esta producción*. Nada más que eso, mientras que las gigantescas fotos de los cantantes, el director y el gerente adornaban las primeras páginas del cuadernito. En la siguiente sesión de la junta directiva del Met le eché en cara a mis colegas la inequidad de esa política, yo había invertido un millón y medio de dólares en su *Trovatore*, me parecía natural que mi nombre figurase al principio del programa e incluso sugerí que mi fotografía, con un breve currículum, apareciese a la par los artistas.

Cuando el roñoso Joe Volpe me dijo que una petición así era inaudita, amenacé con cancelar mis donaciones y le recordé que había prometido 12 millones sólo para esa temporada. Al final se halló una solución que satisfizo a todos, nada de foto ni hoja de vida, pero mi nombre, en mayúsculas, encabezaría los programas de las producciones financiadas por mí con una tipografía legible. Y lo más importante: si me comprometía a mantener mis donaciones en el mismo nivel a lo largo de las cinco temporadas sucesivas, el Grand Tier Restaurant sería rebautizado como J. Volpi Grand Tier Restaurant. De entre todos los triunfos que obtuve en esa época ninguno me entusiasmó como este *gran finale*.

Poco después celebré mi cumpleaños con una fiesta a la que acudieron más de cuatrocientos invitados en un laberíntico balneario en las Bahamas. El año se iniciaba con las mejores perspectivas, a mi lado se encontraban todos mis "seres queridos", Vikram, Leah, Susan, e incluso Isaac, Kate y sus bodoques, Plácido accedió a cantar algunas de mis arias favoritas —su "Lamento de Federico" me hizo sollozar como un mocoso— y de pronto parecía dirigirme hacia una etapa libre de inquietudes que me dejaría tiempo suficiente para conseguir lo único que entonces me hacía falta: la última verdad sobre mi padre.

Final II

Ullmann no se parecía a Glasser y menos a Hiss, y no sólo porque conservara una tez aterciopelada, sin arrugas, y unos ojillos chispeantes, o porque luciese una impecable americana, una corbata Hermès con figuritas —llamas o jirafas— y unos anteojos esmerilados que le conferían la apariencia de un retirado profesor de lenguas muertas, sino porque la firmeza de su postura y su lenguaje bien articulado lo dibujaban como a un hombre que, a diferencia de sus antiguos camaradas, había sabido resarcirse y disfrutar de una vida productiva, venerado por una comunidad que ignoraba su pasado. Lud Ullmann —jamás usó su nombre alemán— nos recibió en su mansión de Beach Haven, en Nueva Jersey, una extensa propiedad rodeada de bosques incandescentes bajo los rojos y anaranjados del otoño.

Igual que mi padre, Ullmann también había sido asistente de Harry White en Bretton Woods y, tras ser acusado por Elizabeth Bentley, había preferido retirarse del servicio público. Cambió de giro a los bienes raíces, donde al lado de Silvermaster armó una empresa que le permitió amasar un patrimonio nada desdeñable de unos 8 millones de dólares. Durante su comparecencia ante un gran jurado en Nueva York se acogió a la quinta enmienda y jamás fue perseguido ni incordiado por sus supuestos delitos de espionaje. Su papel crucial en el círculo clandestino de Washington como responsable de fotografiar y transmitir cientos de documentos confidenciales a Borís Bikov no le impidió convertirse en una figura de primer orden en su comunidad, netamente conservadora, o entre sus vecinos, quienes de seguro no podían imaginar que en el pasado fuese un espía o que participaba en un triángulo con la esposa de su socio.

Al contemplarlo apoltronado en su sillón de cuero, cobijado por las fotografías de sus hijos y sus nietos —bellos y anodinos rubitos a caballo o posando en lugares como Monte Albán, Angkor Bhat o Machu Picchu—, me interrogué sobre la suerte desigual de los iguales y lamenté el contraste casi obsceno entre la armónica existencia de este hombre y el absurdo final de mi padre. ¿Qué hiciste, Noah, para terminar así? ¿Por qué no supiste hallar una salida decorosa, una nueva identidad, un nuevo oficio? ¿Por qué tuviste que precipitarte —literalmente— en la desesperanza y la ignominia?

Leah le agradeció a Ullmann por recibirnos mientras uno de sus empleados nos ofrecía sendas copas de vino blanco. Me gustaría demorarme en describir la charla sobre el clima y su afición a los purasangres, sus recuerdos sobre las conferencias de Bretton Woods o de Savannah y el nacimiento del nuevo sistema financiero, pero eso sólo prolongaría un suspenso innecesario.

El viejo reconoció sin ambages su paso por el aparato clandestino soviético. Sí, él se encargaba de fotografiar los documentos para entregárselos a Carl, ese gordo repugnante; sí, lo hizo de manera sistemática; sí, por supuesto estaba al tanto de que la información terminaría en manos de los rusos. Y no, no se arrepentía. En los cincuenta y los sesenta, época siniestra, Ullmann había procurado esconder aquellos días de pasión y sacrificio, de fe revolucionaria y de confianza en el futuro, pero ahora se enorgullecía de su antigua militancia. Juzgada hoy, su conducta sería calificada como un acto de traición y merecería no sólo un despido ignominioso sino con la cárcel, pero entonces Estados Unidos era aliado de la Unión Soviética. No se arrepentía, insistió, porque jamás dudó que hacía lo correcto.

—¿Harry White también era espía? —le preguntó Leah.

—Digamos que simpatizaba con la Unión Soviética y detestaba a los británicos.

Sentí que me faltaba el aire y me desmayaría en ese salón tapizado de pinturas y antiguallas, artesanías y suvenires de países miserables y remotos.

—¿Alguien más en el equipo de White trabajaba con usted? —mi voz sonó desfalleciente.

—No soy un delator —me miró con severidad—. No me importa reconocer mi pasado, pero no pienso traicionar a mis viejos compañeros.

—Harold Glasser también nos confesó su pertenencia al aparato clandestino —esperaba que ese dato destrabase su lengua.

—El pobre murió hace poco, ¿no es verdad?

Ullmann guardó silencio, meditabundo o conmovido, y le dio un largo sorbo a su chardonnay. Me resultaba muy difícil imaginarlo de joven, cuando formaba parte del bochornoso trío con Nathan y Helen Silvermaster.

—Mi padre era Noah Volpi —le revelé de pronto.

—Volpi —repitió sin énfasis.

—Murió en el 53, usted debe haberse enterado de la noticia, poco antes de que yo naciera.

—Lo sé —Ullmann cerró los ojos—. Lo lamento.

El anciano palideció, o eso me pareció a mí, que debía estar aún más lívido, y se mesó los ralos cabellos que se deslizaban por su frente. En su rostro se dibujó un rictus desolado.

—Noah y yo siempre estuvimos juntos.

—¿Cómo dice?

—Los dos pertenecíamos a la misma célula desde los años treinta —reiteró con cierta melancolía.

—¿Mi padre era comunista?

Ullmann me palmeó el hombro con dulzura.

—Más comunista que Lenin y que Stalin.

Tercer acto
L'inganno felice

Escena I. *Sobre cómo salvar el mundo con esparadrapo y cómo comerciar con viento*

Aria de Noah

Dos ases y dos reyes, y aun así has perdido. ¡Dos pares, maldita sea! Te alzas de la silla, incrédulo y rabioso, tropezando con los tobillos y los codos de tus compañeros de juerga, los oyes burlarse de tu mala suerte, reírse en sordina de tu pinta desastrada y tu expresión de desamparo. "¿Tan pronto te retiras?", te pregunta uno, malévolo, consciente de que has dilapidado lo que te quedaba para llegar a fin de mes. Te vuelves hacia él mostrándole los colmillos como si fueses un mandril o un babuino, y sientes que lo eres, o algo peor, un reptil, un escarabajo, un bicho que se arrastra entre la escoria hasta cruzar la puerta y detenerse al pie de la escalera. Cada vez que despiertas entre náuseas y migrañas te prometes no regresar a este agujero que una noche sí y otra también abandonas doblemente vencido por no ser capaz de contener tus falsas esperanzas —tu obsesión por ganar al menos una partida— y por atiborrarte con ese alcohol de maíz que te descerraja el cogote.

Te dejas caer en el rellano, sollozando como cría. "Patético", murmuras. Desde la muerte de tus padres no has sabido escapar del abotagamiento que te impulsa a eludir las clases y te lanza hacia esa estúpida meta, darle la espalda al azar y vencer, más que a esos miserables, a una fatalidad que adivinas tu enemiga. ¿Cuándo te dio por creer que ganar al póker demostraría tu valor? ¿Te das cuenta de que desafiar a la fortuna es una manía propia de curas y tiranos? Una impertinente neblina enturbia el resplandor de las farolas; no han de ser ni las siete de la noche, pero te deslizas por las callejuelas de Harlem como si fuese de madrugada y te aconchas en una esquina. Doblas la cabeza y anudas las manos sobre el vientre, de tu boca escurre un reguero de carne fermentada.

Apelmazado en esa esquina escuchas los gritos, los insultos, el crujir de huesos y articulaciones a unos pasos de distancia: al otro lado de la acera tres rufianes muelen a patadas a un muchacho que no debe tener más de trece años. Si este día ya has perdido una partida, ¿por qué inmiscuirte en otra pelea que reconoces imposible? O, si tus ansias justicieras son irrefrenables, ¿por qué corres a llamar a la policía? Acaso porque no te importa ese infeliz, víctima de una golpiza barriobajera como tantas, no buscas salvarlo a él, sino a ti mismo. Te abalanzas contra los malhechores con la imprudencia de tus treinta años y repartes manotazos a diestra y siniestra sin reparar en que tus amagos se extravían en el aire. Tus enemigos han dejado escapar al chico —te quedará ese consuelo— y ahora se ensañan con tu cuerpo. Te zarandean hasta hendirte la quijada, te cosen los ojos a puñetazos y te quiebran dientes y costillas. Te hundes en el lodo, sanguinolento y aterrado, medio muerto, como el reptil o la cucaracha que creías ser y ahora eres.

La voz retumba en tus oídos como una sorda campanada; al entreabrir los ojos —dos rendijas en medio de los moretones— distingues una silueta y un brazo que te ayuda a incorporarte. "Vamos", te susurra. Te apoyas en su cintura y, en la agonía de la noche, renqueas a su lado. La sombra te ayuda a entrar a su edificio y te ayuda a subir los tres pisos hasta su pobre apartamento. Te acompaña al baño, moja una toalla y restaña tus heridas, limpia los raspones y te deposita en un destartalado sillón bajo una ventana diminuta. "¿Mejor?" De tus labios abultados sale un borbotón de sangre coagulada. "¿Cómo te llamas?", le preguntas antes de desvanecerte. "Llámame Ángel".

Por la mañana te despierta con un vaso de leche y una hogaza con mantequilla mientras alaba tu heroísmo, tu arrojo al auxiliar a ese muchacho poniendo en riesgo tu pellejo. Te gustaría replicarle que fue un malentendido, que tu decisión nada tuvo de loable, que no pensaste en salvarlo o, si lo pensaste, fue en un rapto etílico, un síntoma de desesperación o de locura. Ángel te bombardea con preguntas, quién eres, de dónde vienes, qué haces, con qué sueñas. Respondes con evasivas aunque la intensidad de su mirada te impulsa a ser sincero: le cuentas de tus estudios de economía, de la muerte de tus padres, de tu debilidad por el alcohol y por el juego. Todavía adolorido le das las gracias y le dices que tienes que marcharte, sí, ya mismo. Ángel te acompaña a la calle, balbuceas que estás mejor (mentira) y te despides para siempre (otra mentira).

Agotas dos semanas antes de volver a su apartamento. Ángel te acoge con calidez, como si fueran amigos desde niños, y así te nombra, amigo, cuando te propone un paseo por el barrio. ¡Vaya paseo! Hombres deshilachados hacen fila por cuencos de una sopa grumosa y fría, mujeres astrosas hurgan en los basureros, niños esqueléticos corretean y se empujan sin reparar en su miseria. Ángel te habla del *crash* y la injusticia, de la pobreza y las culpas de los ricos; a ti te preocupan asuntos menos grandilocuentes, tu futuro, tu afición al alcohol, al azar y a las mujeres. Aunque sientes una genuina simpatía hacia sus buenas intenciones, estás convencido de que el mundo es un chiquero sin salida.

Las caminatas por Harlem y el Bronx derivan en rutina. Si bien es más joven que tú, Ángel presume una madurez y una templanza que tú no albergas ni de lejos. No podrías asegurar que regresas a tus clases de Columbia o que tus visitas a las mesas de juego se espacian debido a su influjo, pero la ebriedad ya no te aturde todos los fines de semana. No escondes que su ejemplo y su virtud (nunca pensaste usar esta palabra) moderan tus vicios y tu acedia. Sus conversaciones se prolongan hasta que amanece. Ángel te habla de Marx, de Engels y de Lenin, nombres que tú sólo has repasado con suspicacia. Los describe como viejos conocidos con una convicción tan profunda, tan firme, que casi te convence de leerlos. Sus teorías ya no te suenan como arengas sin sentido (la opinión de tus maestros de Columbia), ni como la amenaza que anuncian en la radio. Al término de cada lección se dirige a un pequeño librero empotrado al lado de su cama y extrae un panfleto o un cuadernito que deposita entre tus manos, la tarea que el maestro asigna a su discípulo: si Ángel te adoctrina —eres consciente—, lo hace con extrema sutileza y acabas por no desconfiar de su fe y sus ideales.

Una tarde, al llegar a su casa, te abre la puerta una desconocida que ni siquiera te saluda (ojos verdes, piel grasienta). En el minúsculo espacio siete u ocho individuos peroran —sus acentos se confunden—, fuman, manotean. Ángel no te previno sobre esta reunión intempestiva en la que tú eres el único extraño; cuando por fin sale de la cocina, te señala un rincón sin darte más explicaciones. Ocupas tu lugar con los brazos cruzados y un mohín de disgusto. Obstinado en tu silencio, estudias a la concurrencia, dos mujeres y cinco hombres vehementes y agresivos, todos con ese mismo brillo en los ojos, como si miraran al sol hasta quemarse, y esa altivez que pronto reconocerás como aire de familia. Cuando concluyen sus monólogos aparece en tu mente el cartón de una película muda: *comunistas*. Eso son, comunistas. Y ahora también tú lo eres por el solo hecho de permanecer en su compañía. Ser amigo —¿camarada?— de Ángel te vuelve parte de su especie. Una parte de ti se irrita y quiere marcharse; la otra, la que vence, no se mueve. Una de las chicas te arranca de tus cavilaciones (morena, ratonil, impertinente) y tú le respondes en sus mismos términos: te sorprende hablar su misma lengua, ser capaz de tejer frases con su mismo vocabulario heroico y agreste. De pronto te escuchas perorar sobre Lenin y los planes quinquenales, la inflación en Alemania, la revolución y la urgencia por construir un mundo nuevo. ¿Aún eres tú mismo? ¿O Ángel te ha inoculado un veneno tan potente que ya eres otro?

Las reuniones de tu célula (te seduce el guiño biológico del término) se repiten dos, tres veces por semana en buhardillas igual de sórdidas que la de Ángel, iluminadas con su misma fiebre, su miseria y su lirismo. Recién llegado de Rusia, Earl Browder se presenta en una de esas ocasiones; larguirucho y desgarbado, te da la sensación de un árbol sin follaje. Ángel te recuerda que es el nuevo secretario general tras la dimisión de Max Bedacht y no habla ya de infiltrar a los sindicatos, sino de aplastar a los trotskistas. Su arenga se ve constantemente interrumpida por tus camaradas, quienes le exigen nombres y apellidos. Ángel lo defiende y Browder se lo agradece con un guiño. Al terminar la sesión, te explica que ha llegado la hora de superar la teoría y te asigna una lista de labores para las próximas semanas. Has pasado la prueba, tu fidelidad se reconoce, estás listo para dar la batalla allá, en el mundo. Alterado, le dices a Ángel que has decidido abandonar la universidad para consagrarte de lleno a la causa. "Necesitamos gente preparada", te reprende, "gente capaz de llegar a lugares importantes para servir a la causa desde arriba". Para tranquilizarte, Ángel te promete una cita con Browder para que él te explique la misión que te aguarda.

Hasta el momento no has recibido tu libro del Partido, nada acredita que seas militante, ningún papel, ningún documento te incrimina. Tu anonimato y tu doctorado en Columbia son tu fortaleza, te dice Browder con un acento meloso, irritante. La charla, en un restaurante chino, concluye cuando el secretario general se marcha intempestivamente por la puerta trasera. Durante semanas nada ocurre. Le exiges noticias a Ángel que no puede —o no quiere— revelarte. En esos días recibes una carta de la Reserva Federal de Nueva York: has pasado los exámenes de ingreso con las notas más altas. El puesto, solicitado a regañadientes, no te reconforta, pero aun así firmas tu adhesión y esa noche te emborrachas como antaño.

Ángel te despereza para indicarte que esa misma tarde deberás acudir a un restaurante en Little Italy. Allí J. Williams —se niega a revelar su nombre de pila— te conduce a la mesa más apartada y se dirige a ti como si fueras una estatua. "Te necesitamos", te ordena, lacónico. "¿En la Reserva Federal?" El ruso asiente. "¿En ese puestito de mierda?" Williams asiente de nuevo. "Pero deberás romper todos tus lazos con el Partido, fingir que nunca has militado en sus filas —en términos estrictos eso es cierto— y alejarte de tus antiguos camaradas. A partir de ahora Ángel será tu único contacto, ¿has entendido? Cada quince días le entregarás un informe de actividades y toda la información relevante que seas capaz de sustraer de la Reserva." Dudas que tu pobre encargo te dé acceso a nada relevante, pero no discutes pues ya te sientes parte del aparato clandestino.

Arioso

Al primero no lo vi, como casi nadie esa límpida mañana, Leah aún dormía, su rostro abotagado entre las sábanas —el antifaz sobre los ojos—, sus mejillas sin falta enrojecidas, su olor a crema de almendras al que por fin me había acostumbrado, su piel entintada con los brochazos de la pantalla, los rayos catódicos que deformaban sus facciones, el volumen al mínimo para no interrumpir sus pesadillas —solía gemir en largas frases sin sentido—, yo hacía ya más de una hora que me había despertado, no tolero quedarme en posición horizontal, arrebujado y pensativo, prefiero escurrirme a la cocina, atiborrarme de café, *bagels* y jugo de zanahoria para estudiar los mercados orientales o revisar por enésima vez los cuadernos de mi padre, aunque nada de eso hacía esa mañana, me escocía la resaca, sólo había resistido la cena con unos clientes alemanes gracias a los burdeos y los whiskies, o más que resaca padecía una hipersensibilidad extrema, el oído y el olfato exacerbados, el perfil de los muebles más nítido que nunca, como en una película en 3D, no pretendo insinuar que ese malestar fuese un presagio o una corazonada, que previese o adivinase el infortunio, tonterías, sólo esa lucidez casi dolorosa y ese cosquilleo en la piel al afeitarme, aún escurren en mi mente las diminutas gotas de vapor en el espejo, el bochorno y el fragor del agua en el lavabo mientras en la pantalla el torpedo atravesaba los cristales bajo la helada resolana, no lo vi, por supuesto que no lo vi, tampoco Leah, ella aún remoloneaba entre las sábanas, el antifaz la convertía en un topo o una lombriz de tierra, salí del baño, terminé de secarme frente a la pantalla, viendo sin ver y oyendo sin oír el estrépito del metal, indiferente a los vuelcos de la historia, a la historia que se escribía con ese insólito punzón y a la atroz inteligencia que lo había disparado, lo vi sin verlo y lo oí sin oírlo, insisto, confundiéndolo con un comercial o el avance de una teleserie, el tráiler de una de esas películas de catástrofes que nos encandilan, me vestí en silencio —Leah era de piedra— y me propuse llegar pronto a la oficina, mil asuntos aguardaban mi atención, la trama ya se había iniciado y yo en cambio bebía un expreso doble y mordisqueaba un *bagel* frente a la computadora en espera de un día largo y anodino, otra jornada exhaustiva en mi despacho, discutir con Isaac por el maldito asunto de las alfombras, vigilar con Vikram esa deuda que se hinchaba sin remedio, entonces sonó el teléfono, una y otra vez, tercamente, era Vikram, justo Vikram, ahora no, le dije, discutámoslo más tarde, quise colgarle pero él me interrumpió con un grito que sonó como un relincho, un accidente, un terrible accidente, alcancé a oír, sí, sí, Vikram, como digas, nos vemos más tarde, y corté la comunicación, qué odioso, me dije, a esta hora, y me sumergí en la computadora hasta que cintiló de pronto, en letras gigantescas, el siniestro titular en la pantalla, corrí a la habitación y sacudí a Leah, le arranqué el antifaz y aumenté el volumen de la televisión a lo más alto, qué pasa, murmuró ella, atrapada en su sueño o pesadilla, mira, le dije, mira, ella se irguió y se quedó paralizada, el rostro abotagado y los ojillos legañosos, y los dos miramos el segundo avión, no sé si en tiempo real o en repetición instantánea, la claridad atroz de aquel día de septiembre, su limpidez rota por el estallido y las lenguas de fuego, las llamas que —lo supe, eso sí lo supe— no tardarían en calcinarnos, las llamas y la rabia, le di un beso en la frente y me precipité rumbo al ascensor, en la calle el pánico aún no había contagiado a miles o a millones, me sorprendió la placidez de Park Avenue, en el taxi la radio borboteaba el espanto pero llegué a la oficina sin demoras, le di cincuenta dólares al chofer y me apresuré a subir a mi despacho como si escalase a un puesto de vigía, no eran ni las diez y no había nadie excepto un par de analistas que se apresuraron a compartirme la noticia, los tres nos abrazamos ante a la pantalla y contemplamos la caída, alelados, mi celular repicaba enloquecido, Leah, Vikram, Susan, Isaac, decenas de llamadas, no respondí a ninguna, ¿qué hacer?, a esa caída le seguiría otra y luego otra en un dominó infernal que acabaría por aplastarnos, eso fue lo que pensé, sólo eso, en las caídas, y comprendí que no quedaba mucho tiempo, muy pronto la ciudad quedaría sitiada por la policía y el ejército, las líneas telefónicas colapsadas, internet paralizado, Wall Street cerraría sus puertas, había que actuar como los bomberos o la policía, con su celo y su pericia, salvar lo que pudiera salvarse, incluso ganar un poco, ¿por qué no?, Vikram ya había llegado al edificio, nos encerramos en el octavo piso, el infame octavo piso, y le dije lo que teníamos qué hacer, llamadas intempestivas, una tras otra, opciones, futuros, pujas en los mercados europeos y orientales, debíamos sacar partido de ese mínimo paréntesis, de esa oportunidad de oro, el preludio del desorden, apostar aquí y allá, vender esto y comprar aquello, rápido, muy rápido, antes de ser alcanzados por la fiebre y por el odio, por el desvarío y las lenguas de fuego, antes de que a alguien se le ocurriese desalojarnos, usar esos últimos segundos como nerones frente a Roma, salvar lo que pudiera salvarse, no vidas, por supuesto, capitales, imaginaba lo que vendría, todos lo intuíamos, días y noches de duelo y de plegarias —rencores enlutados—, y luego el ansia de justicia y el redoble de tambores, la volatilidad aumentaría a niveles inverosímiles, había que agotar esos últimos minutos, la antesala del caos, exprimirla al máximo, no sé cuánto tiempo permanecimos allí, conectados al teléfono y a las redes (lo suficiente para ganar 7 millones), hasta que fuimos obligados a marcharnos, Vikram y yo nos dirigimos a consolar a Leah y a Susan y nos enganchamos sin tregua a la pantalla, a los escorzos de mártires y víctimas, a las proclamas patrióticas —en sordina, los balbuceos del presidente—, abotagados por el doloroso júbilo de haber sobrevivido.

Recitativo

Como la vida, la música también es una guerra, y la ópera acaso sea su escenario más sangriento, en ello radica la pasión que despierta tanto entre los intérpretes como los melómanos, por no hablar de los responsables de teatros y festivales, *managers*, agentes y publicistas, y a ello se deben los ánimos encendidos o las amistades rotas que deja en el camino. Consciente de mis virtudes y mis fallas, cuando abandoné la música en mi juventud no renuncié a dar la pelea, como creyó mi madre, sino que decidí librarla —ganarla— en otro terreno, no en el campo de batalla, donde se baten los cadetes en pringosos combates cuerpo a cuerpo, sino desde un puesto de mando. La mía fue una retirada estratégica, volví a la carga en cuanto acumulé municiones y pertrechos, no para caer como un mercenario en la primera línea del frente, sino para triunfar como general de mis ejércitos. Tal como me propuse, a los cincuenta ya era reconocido como uno de los mayores mecenas del planeta.

Muy pronto descubrí que, a diferencia de quienes asisten a recitales o conciertos, los fanáticos de la ópera no acuden al teatro para gozar con la música, sino para apoyar a *su* cantante o esperar que el de sus rivales fracase, lance un *gallo* o quiebre un agudo y reciba una rechifla. Lo mismo con las grabaciones: los operópatas no las coleccionan para descubrir una nueva obra o apreciar la última versión de una pieza conocida sino para ridiculizar a *x* o demostrar la superioridad de *y* durante sus tertulias de domingo. Basta recordar algunos de los grandes duelos de otros tiempos: Callas *vs.* Tebaldi (la pelea estelar); Di Stefano *vs.* Del Monaco; Del Monaco *vs.* Corelli; Corelli *vs.* Bergonzi (aunque este último, no muy agraciado, tenía pocos seguidores); y, más adelante, Pavarotti *vs.* Domingo y, aún más adelante, Villazón *vs.* Kaufmann y Kleinburg *vs.* Vela. También Freni *vs.* Scotto entre las sopranos, Bastianini *vs.* Gobbi, Merrill *vs.* McNeill o Cappucilli *vs.* Bruson entre los barítonos o Cossotto *vs.* Barbieri y Padilla *vs.* Urroz entre las *mezzos* y Raimondi *vs.* Ghiaurov entre los bajos.

Un escalafón de preferencias que recordaba las carreras de caballos: destacaban los purasangres —Gigli, Bjoerling, de los Ángeles, Kraus, Gedda, Vickers— frente a los percherones —Milnes, Christoff, Fischer-Dieskau, la Sutherland— por los que, sin rebajar sus méritos, pocos apostaban. ¿No prevalecía el talento? En absoluto. En contra de quienes asumen que nuestras preferencias obedecen a impulsos racionales, la ópera me permitió constatar que las pulsiones y manías resultan más poderosas que los argumentos: si uno quiere triunfar en ese reino —tan parecido al de las finanzas— está obligado a aprovechar la irracionalidad del enemigo.

¿Quién puede creer que alguien muere durante media hora y aúlla hasta el último aliento? Esta pregunta, propia de palurdos y bufones, también yo me la contesté en su oportunidad: los mismos palurdos y bufones que confían en las bondades de la democracia y el libre mercado. La ópera es un modelo a escala, no por marginal menos esclarecedor, de nuestra pasión por la insensatez. Todo en ella es absurdo, no sólo las tramas enrevesadas o de plano inverosímiles (salvo dos o tres excepciones), no sólo las melodías más o menos facilonas (salvo cinco o seis obras maestras), sino el mero hecho de pagar 400 dólares por un asiento o 100 mil dólares por el *caché* del pequeño Pavarotti en turno. No es una bolsa donde se jueguen los millones del pop o el futbol profesional, aunque los ingresos en caja tampoco resultan despreciables: el Pavarotti auténtico jamás ganó tanto como Maradona, pero para sus fanáticos resultaba un ídolo igual de seductor, con todo y sus 270 libras de peso.

Cuando empecé a interesarme por la ópera, el *show* lucía en franca decadencia, los grandes figurones se habían retirado (o les urgía jubilarse) mientras los jóvenes aún no llegaban a opacarlos; además, la explosión de la cultura de masas dibujaba al arte lírico como una práctica esclerótica sólo apta para ancianos. No exagero, bastaba acudir a una función del Met o Covent Garden para comprobar que la mayor parte de los asistentes renqueaban o tenían problemas de próstata. Para colmo, los telones pintados a mano y los decorados de cartón piedra *à la* Zeffirelli lucían como antiguallas, y tenores y sopranos, cada vez más cargados de grasa, arrancaban risas lastimosas en sus mallas medievales. La ópera había dejado de ser una metáfora y era ridiculizada como si aspirase a ser una copia fiel de la realidad: nadie que se considerase moderno demostraba el menor interés por ese andrajoso espectáculo cuyo funeral se anticipaba a la vuelta de la esquina.

¿Quién hubiese podido vaticinar —y apostar dinero en ello— que la ópera, o al menos algo parecido a la ópera, no sólo iba a resucitar de sus cenizas, sino que iba a conquistar a millones y a generar ingresos insospechados? Para revertir la mala fama del arte lírico era necesario someterlo a una cirugía plástica mayor y aprovecharse de la ignorancia de los nuevos públicos. Los puristas me acusaron de transformar ese bien sagrado en un circo, de corromperlo al nivel de los *realities* y las telenovelas, de ensuciarlo con la vulgaridad de Hollywood o con el espíritu de la prensa rosa y las *sitcoms* de las cadenas de cable. ¡Envidiosos! De la noche a la mañana obreros y comerciantes, amas de casa y profesores de escuela que jamás habían oído mencionar arias y duetos, oberturas y recitativos se precipitaron a comprar discos y videos de los divos de moda, esos modelos esbeltos y atildados, tan distintos de las ballenas de otras épocas, y sobre todo a admirarlos en las pantallas de televisión y de cine. ¿Que no se trataba de óperas completas, sino de retazos? Por algo se empieza. ¿Que los nuevos aficionados no eran capaces de apreciar un *legato* o un *portamento*? Reconozcámoslo: la mayor parte de los auténticos melómanos tampoco. ¿Que después de vitorear a sus ídolos en las salas de sus casas difícilmente acudirían a una función en el teatro? De todas maneras no tenían cómo pagarlo.

Los puristas deberían agradecerlo: de no ser por visionarios como Tibor Rudas, Avon Saroyan o yo mismo la ópera habría muerto de artrosis, de letargo. Los grandes teatros habrían resistido gracias a las subvenciones públicas (cada vez más raquíticas) y por aquí y por allá los mismos carcamales habrían continuado su peregrinaje a Bayreuth o Glyndeburne, pero eso habría sido todo, en especial tras la crisis de las grandes casas fonográficas. En vez de esa lenta agonía, los mastodónticos recitales patrocinados por esta nueva camada de promotores permitieron que hoy subsista una industria operística que, si no es del todo próspera —durante años fue la menos lucrativa de mis actividades—, al menos sobrevive sin números rojos. Bastó una simple idea, un mínimo disparador, para evitar la ruina. ¿No les parece un destello de genialidad haber conjuntado el futbol y la ópera? ¿Lo más zafio y lo más elevado en una misma cancha? Llevar a los Tres Tenores (como si no hubiera otros) a la Copa del Mundo de Italia cambió para siempre este negocio. ¡El agudo final del *Nessum dorma*, apelmazado entre los micrófonos de Domingo, Carreras y Pavarotti, vitoreado por millones!

Después no hubo más que llegar a las últimas consecuencias, exigir que los cantantes fuesen jóvenes y esbeltos —¡qué maravilla un Romeo que al fin se pareciese a Romeo y una Carmen sin arrugas!—, hurgar en sus secretos e introducirlos en la revista *People*, retransmitir las funciones del Met y de la Scala en cines de medio pelo, diseñar puestas en escena en la Ciudad Prohibida, las Pirámides de Egipto, estadios o plazas de toros (siempre mal sonorizados) y arrebatarle el control del espectáculo a los directores de orquesta, en esencia tan conservadores, para entregárselo a los más irreverentes y agresivos *régisseurs* (de preferencia alemanes). ¡Qué triunfo inesperado! Por supuesto se cometieron excesos, no era necesario despedir a Deborah Voigt por su exceso de carnes ni trasladar la acción de *Così fan tutte* a un cibercafé o la de *Lohengrin* a una nave espacial, y sin duda ver una ópera en el cine se parece más a ir al cine que a la ópera (como declaró mi examigo Mortier), y quizás la amplificación en estadios y sitios arqueológicos estropee la acústica, pero se trataba de sobrevivir a cualquier costo. Salvar miles de puestos de trabajo para cantantes, tramoyistas, escenógrafos, directores, agentes, *managers*, vestuaristas, apuntadores y corifeos, en una recesión como la nuestra, merecería un premio (recibí varios). Si la música clásica es una guerra sin cuartel, y la ópera su puesto de avanzada, me enorgullece afirmar que me coroné con la victoria. Sólo que, al proclamarlo, siento un pinchazo de nostalgia. ¡Cómo echo de menos, en el bochorno de esta inmunda isla del Pacífico, una pobre y artesanal función de *Rigoletto*!

Baile de los tulipanes

Frenéticos, los *bloemisten* reparten codazos a diestra y siniestra, saltan y se empujan para hacerse notar y arrebatarse la palabra —la sala, por supuesto, en claroscuro—: una mano allá, en el extremo izquierdo, aumenta el desafío; otra acá, al frente, lo supera. Bañado por el tenue resplandor de la ventana, Jacob Abrahamsz van Halmael acompaña su apuesta con una risita impertinente; para contrarrestarla, el panadero Olfert Roelofsz la duplica y recibe una palmada; tras unos segundos de tensión, el boticario Jan Sybantsz Schouten la triplica entre interjecciones de recelo y simple envidia. Cuando parece que ya nadie le arrebatará su trofeo, un caballero pellirrojo, cuya barba desciende hasta la mitad de su pechera —de seguro menonita—, proclama con voz gangosa la cantidad definitiva. En un santiamén la noticia escapará de Alkmaar y se regará por toda la provincia, atravesará Haarlem, llegará a Ámsterdam y, engrandecida y deformada, circulará por todas las capitales europeas: en la subasta organizada por la Weeskamer el 5 de febrero de 1637 en beneficio de los huérfanos de Wouter Bartholomeusz Winckel, setenta bulbos de distintas y preciosas variedades de tulipán sumaron 90 mil florines, entre cuyas joyas destacaba un delicado Viceroy, vendido en 4,203 florines, o un imponente Admirael van Enchysten, provisto con un brote, que alcanzó los 5,200 florines (para darnos una idea, el sueldo anual de un burgomaestre era de 500).

Hacía varios meses que el comercio de tulipanes, denunciado por predicadores calvinistas y satirizado en cancioncillas y panfletos, se había deslizado en una racha incontenible hasta alcanzar precios nunca imaginados, capaces de volver rico a un vendedor en una sola tarde. Desde que sesenta o setenta años atrás estas exóticas flores, cuyos pétalos se entintan con jaspes púrpuras o escarlatas por efecto de ciertos virus, habían sido arrancadas de los jardines del Gran Turco y trasplantadas a las cortes europeas, se habían convertido en los bienes más perseguidos —y mejor cotizados— del siglo XVIII. Como demuestran las pinturas y grabados de la época, su efímero fulgor se había vuelto imprescindible para animar los tenebrosos salones de los Países Bajos.

El caprichoso ciclo de vida de estas plantas definía su comercio: dependiendo de su variedad, los tulipanes florecen en abril, mayo o junio, y su esplendor se prolonga apenas unas semanas. En cuanto sus pétalos se marchitan hay que arrancar los tallos de la tierra, secar los bulbos y envolverlos con un paño —como si fuesen recién nacidos— para volver a sembrarlos a principios de septiembre en espera de que renazcan la siguiente primavera. El intercambio de los bulbos se llevaba a cabo, pues, mediante acuerdos cada vez más sofisticados; en ocasiones los compradores ni siquiera llegaban a atestiguar la belleza de sus plantas, pues se apresuraban a venderlas a otros *bloemisten* mucho antes de que hubiesen florecido. Su tráfico se conocía, por ello, como *Windhandel*: negociar con viento.

El frenesí por acumular las variedades más exóticas produjo una escalada en los precios. Reunidos en posadas, donde se conducían los pactos privados, o en subastas formales en las que también participaban cofradías especializadas en el tráfico de flores, los *bloemisten* desembolsaban fortunas (o más bien las prometían), firmando un contrato tras otro, convencidos de que siempre habría alguien dispuesto a pagar sumas más altas. Según los cronistas de la época, reseñados en el un tanto fantasioso *Extraordinary Popular Delusions and the Madness of the Crowds* de Charles Mackay (1841), un solo bulbo podía llegar a venderse cientos de veces en un día. El riesgo se tornaba enloquecido pues, debido a su fragilidad y al clima del norte de Europa, nada aseguraba que un bulbo diese el fruto anticipado. Pero las apuestas eran una pasión neerlandesa y nadie —ni siquiera el gran Rembrandt, jugador empedernido— escapaba a su influjo.

El comercio de tulipanes lucía con una salud de hierro cuando, el 6 de febrero de 1637, un influyente grupo de *bloemisten* no acudió a una de las subastas programadas. Este solo hecho originó un pánico que se regó por la ciudad y la provincia. ¿Qué hizo reventar esa burbuja primigenia, esa madre de todas las burbujas? Difícil saberlo a la distancia. Algunos eruditos afirman que ciertos comerciantes debieron sospechar que los precios no podrían mantenerse y empezaron a reclamar sus pagos. Otros, que acaso hubo un repentino aumento en el suministro, aunque ello no explicaría por qué el *crash* ocurrió en febrero, cuando los bulbos dormitaban bajo tierra. Como fuese, de buenas a primeras un grupo de deudores se negó a pagar las cantidades prometidas y decenas de litigios acabaron en los tribunales. A partir de allí, el caos. Vendedores y compradores se dirigieron cada uno por su cuenta a las autoridades. Los primeros, para exigir que los contratos fuesen anulados; los segundos, para que fuesen pagados a toda costa. Como era de esperarse, vencieron estos últimos. ¿Les suena conocida esta fábula? ¿Sienten un incómodo *déjà vu* al escucharla? ¿Les recuerda un suceso ocurrido un poco después —digamos casi cuatro siglos más tarde— al otro lado del Atlántico? ¿Y si cambiásemos los tulipanes por casas, pintorescas casas con sus jardincitos y verandas, una o dos habitaciones, les daría una pista? El sueño americano (irlandés y español) reforzado en la era de Bill Clinton: todos, incluidos los miserables y manirrotos, los inmigrantes ilegales y los desheredados, teníamos derecho a poseer nuestra casita de los sueños...

Igual que los tulipanes para los holandeses, a principios del siglo XXI los bienes inmuebles se convirtieron en el termómetro de nuestra codicia. Entre 1997 y 2005, sus precios aumentaron más de 80 por ciento, pero a nuestros sabios de siempre, a nuestros ilustres economistas y políticos, el dato no pareció alarmarles: no hay riesgo de una burbuja, repetían, e incluso el actual presidente de la Reserva Federal, el mortecino Ben Bernanke, entonces a cargo de la Oficina de Asuntos Económicos del Presidente, afirmó que el aumento de 25 por ciento en los precios de los dos últimos años reflejaba... el magnífico estado de la economía.

Y así, mientras nuestros chamanes financieros nos animaban a continuar el baile, nosotros corrimos en busca de los falsos castillos y espurios palacetes que nos prometían los comerciales. Con un pequeño inconveniente: dados sus altísimos precios, casas y terrenos no podían ser adquiridos al contado (excepto por los ricachones de costumbre), de modo que en vez de tierras, madera o ladrillo compramos, sí, *hipotecas*. Los untuosos responsables de los bancos aprovecharon las bajísimas tasas de interés —cortesía del Gran Gurú Greenspan— para encajarle una hipoteca al primer incauto que pasaba. No era que antes los agentes inmobiliarios se distinguiesen por su rigor, pero de pronto a nadie le importó hurgar en el pasado crediticio de sus clientes; bastaba con que éstos estampasen sus firmas en sus modelos de contratos para que obtuviesen sus casitas, o más bien sus hipotecas, a vuelta de correo. ¿Qué diferencia hay entre pagar 50,000 dólares (ajustados a la inflación de nuestros días) por un tulipán jaspeado o 400 mil dólares por dos habitaciones + un baño diminuto? Los lectores más perspicaces se preguntarán por qué los bancos (y las aseguradoras) estaban dispuestos a repartir hipotecas a diestra y siniestra, indiferentes a las pintas deslavadas o mugrientas de sus clientes? Muy sencillo: porque nosotros, los magos de la ingeniería financiera, los convencimos de que el peligro de un default generalizado era inexistente.

¿Se acuerdan, queridos lectores, de los contratos BISTRO que ayudé a desarrollar como empleado de J.P. Morgan? Para 2001 éstos habían evolucionado en toda suerte de obligaciones de deudas colateralizadas (disculparán la jerga) o CDOs. Durante esos años frenéticos, Vikram y yo negociamos miles de estos instrumentos, en especial los llamados "CDOs al cuadrado" o CDOs de CDOs. Durante un breve periodo el nuevo mercado aplicó estándares severos, pero entre 2001 y 2005 la venta de hipotecas *subprime* (las menos seguras) aumentó en mil por ciento hasta rozar los 800 mil millones de dólares. Y, del mismo modo que los *bloemisten* no llegaban a contemplar sus bulbos florecidos porque en cuanto los adquirían se apresuraban a revenderlos, los bancos también procuraban deshacerse de sus hipotecas cuanto antes, empaquetándolas en estos instrumentos que repartían por todo el sistema financiero.

Ya lo dije: la única enseñanza en nuestro ámbito consiste en aceptar que nadie experimenta en cabeza ajena. ¿Alguien previó lo que ocurriría si las hipotecas *subprime* dejaban de pagarse, como cuando los *bloemisten* no se presentaron a la subasta del 6 de febrero de 1637? No, nadie lo previó. Nadie, quiero decir, con poder para intervenir en el mercado. Los sabios, entretanto, machacaban su cantilena: en los últimos setenta años Estados Unidos no ha sufrido una crisis inmobiliaria, ¿por qué habría de padecerla ahora? (La respuesta era sencilla: porque *nada* establece que algo que no haya sucedido en el pasado no vaya a ocurrir mañana.)

Entre 2001 y 2007, JV Capital Management se concentró en negociar instrumentos aún más sofisticados, los CDA's de ABS. No intentaré explicar cómo funcionan porque yo mismo lo ignoro (dilucidar su naturaleza era responsabilidad exclusiva de Vikram). Me conformaré con decir que su intrincada arquitectura permitía apalancamientos nunca vistos. Gracias a ellos, ahora los banqueros podían combinar los bonos de alto riesgo... con más riesgo. Ustedes pensarán, ingratos lectores, que yo debo ser poco menos que un imbécil que, luego de pasar la mitad de mi vida comerciando con estas innovaciones financieras, no es capaz de saber cómo diablos funcionaban. Sólo puedo argumentar en mi defensa que miles de inversionistas, brókers, banqueros y reguladores no las conocían mejor que yo.

Igual que los *bloemisten*, nosotros también negociábamos con viento.

Escena II. *Sobre cómo calentarse en el invierno moscovita y cómo hacerse millonario con cupones*

Recitativo

—Aquí está todo —el tártaro estampó el paquete sobre la mesita.

No resistí la tentación de hojear los documentos, sólo distinguí frases entrecortadas, en mayúsculas, frente a sus correspondientes versiones en apretados caracteres cirílicos. Sentí los cristalinos ojos de Arkadi sobre mis manos, impacientes. Extraje el sobre de mi chaqueta y le entregué el último pago, una pequeña inversión para mí y una modesta fortuna para él. No se rebajó a contarlo en ese bar de mala muerte que, pese a estar medio vacío a esas horas de la mañana, no parecía el lugar más seguro para ningún intercambio comercial.

—*Spasiba* —le dije con torpeza.

Arkadi se irguió de sopetón, cimbrando la silla. Envolvió su cuello de toro en la bufanda y, con una sonrisa difícil de interpretar, se aventuró en la helada. Era uno de aquellos hombres duros que se distinguen por sus pasos lentos, en apariencia vacilantes. ¿Volvería a verlo o ese sería el inexpresivo final de nuestra relación? Imposible sugerir que aquel hombretón hosco y malhablado, con su rubor de niña y su torso de luchador grecorromano, se hubiese convertido en mi amigo, pero desde la primera vez que nos emborrachamos juntos —corrijo: desde que yo me emborraché mientras él deglutía vodka como agua—, descubrimos que nuestras perspectivas de la vida no eran tan distintas.

Arkadi Ivánovich (nunca supe si era su nombre auténtico) había pertenecido al KGB hasta 1990, cuando renunció ante las medidas reformistas de Gorbachov. Se convirtió entonces en periodista independiente, un término cuyo significado en la Rusia de Yeltsin resultaba más que ambiguo, y formaba parte de la Asociación de Oficiales de Inteligencia Retirados (ARIO), un grupo de influencia cuyos tentáculos se extendían por todas las ramas del gobierno. ¿Qué podía unirme a mí, el escurridizo propietario de un *hedge fund* de Wall Street, con un antiguo espía soviético? Una ambición y un escepticismo paralelos, la misma sensación de estar rodeados de hipócritas e imbéciles, un desencanto equivalente hacia nuestros respectivos entornos.

Yo había sido informado de su nombre —y de sus habilidades especiales— a fines de 1992, en Leningrado, de donde Arkadi era originario igual que el más célebre de los ex agentes del KGB, su viejo compañero de armas Vladímir Putin. La URSS acababa de desmoronarse y, en medio del caos y las esperanzas desatadas por el viraje al capitalismo de Yeltsin y sus jóvenes turcos, todo el mundo buscaba reinventarse en ese entorno salvaje y desbocado. Nuestro enlace fue un empresario *conocido* de Valery Gergiev, con quien yo había iniciado una fecunda amistad que derivaría en numerosos proyectos conjuntos con el Teatro Mariinsky, entonces todavía conocido como Kirov. Mis pesquisas sobre Noah y el círculo de espías del Tesoro se hallaban detenidas debido a la negativa del FBI y otras agencias de seguridad de Estados Unidos a abrir sus archivos pese a los esfuerzos de Leah por invocar la *Ley de Libertad de Información*. ¿Quién hubiese podido anticipar que, en contrapartida, los rusos se propondrían un auténtico ejercicio de transparencia y se mostrarían dispuestos a abrir sus archivos al escrutinio de historiadores y periodistas (eso sí, invariablemente rusos)?

—¿Qué busca? —Arkadi no toleraba los rodeos.

Se lo expliqué de la manera más sucinta posible: saber si en los archivos de inteligencia soviéticos aparecían los nombres de Noah Volpi, así como los Harry Dexter White, Nathan Gregory Silvermaster, Abraham George Silverman, Harold Glasser, Frank Coe, Sonia Gold, William Ludwig Ullmann,

Solomon Adler y William Taylor. Y, de paso (no desaprovecharía la oportunidad), el de Alger Hiss.

—Demasiados nombres —Arkadi se cruzó de brazos.

—Fije el precio.

El obeso exespía se levantó de la mesa y me ordenó ser paciente. Durante meses no recibí noticias suyas, por más que en varias ocasiones le escribí al empresario conocido de Gergiev para preguntarle si sabía algo de mi petición. No fue sino hasta el verano de 1994 cuando Arkadi volvió a citarme en el fétido bar en las inmediaciones de la Lubianka. Hablamos de mil cosas y ninguna, de las posibilidades de negocios entre Estados Unidos y Rusia, de la ola de privatizaciones, de los desfiguros etílicos de Yeltsin, de los imberbes académicos que ahora dirigían la economía, de los oligarcas y sus excentricidades, de Dostoievski e Isaac Bábel, e incluso cantamos a dúo algún fragmento del *Borís Godunov* y *ochi chornie*. Sólo por la mañana, cuando me depositó hecho un guiñapo en mi habitación de hotel, escribió en una servilleta una cifra que luego deslizó en mi bolsillo: el monto del primer pago que yo debía entregarle por la noche, en efectivo, en el mismo lugar.

En noviembre de 1994 regresé a Moscú. Mismo sitio. Misma botella de vodka. Misma rijosidad inicial.

—No sé si lo que voy a decirte son buenas o malas noticias —se relamió—. En ningún lugar aparece el nombre de Hiss.

—A fin de cuentas tal vez Hiss dijese la verdad —aventuré.

—O alguien sustrajo su expediente.

—¿Y los demás?

—Brindemos —me ordenó.

Apuré el vodka de un tirón.

—Por ahora sólo puedo decirte que todos los otros nombres se encuentran en los archivos, incluido el de tu padre.

—Eso confirma…

Arkadi anotó una nueva cantidad en la servilleta, exigió otra botella de vodka y comenzó a relatarme sus problemas sentimentales, las previsibles disputas entre su mujer y su amante, convencido de que yo no tenía nada mejor qué hacer.

Cuando me interrogó sobre mi propia vida me inventé una historia con tres mujeres que él celebró con un manotazo y una última ronda.

En enero de 1995, Leah y yo viajamos a San Petersburgo para asistir a un par de funciones en el Mariinsky (que yo había ayudado a financiar) de la versión original de *La fuerza del destino*. Cuando concluyó la temporada nos trasladamos a Moscú. Los carámbanos pendían de los abetos y el cielo relucía como una percudida losa de metal. Mientras mi esposa me esperaba en el hotel, yo me trasladé a nuestro habitual garito cerca de la Lubianka, donde Arkadi me esperaba con una botella de vodka y dos vasitos.

—Aquí está todo —estampó el paquete sobre la mesa.

Concluida la negociación —y agotado el alcohol—, me tambaleé hasta un taxi que me condujo de vuelta a nuestro hotel, donde Leah me esperaba con ansias. Abrí el sobre y extendí los folios sobre la cama. El tártaro había realizado un trabajo impecable: no sólo había traducido cada una de las fichas del KGB, sino que las había puesto en orden cronológico, enhebrando una serie de relatos que casi parecían formar una novela.

Sin contener mi impaciencia, le señalé a Leah la página en la que aparecía la siguiente inscripción: VOLPI, NOAH —*alias* LISITSA.

ROMANZA DE PONZI

Carlo concibe su Gran Idea en otra de las rachas de mala suerte que lo azotan desde que desembarcó en América en 1905. No hace ni una semana que cerró su compañía de publicidad, confirmando los malos augurios de su suegro, cuando recibe una carta de una compañía española solicitándole su catálogo. Él jamás había visto un papelito como el que acompaña la misiva. "¡Mira nada más!", se dice y no tarda en averiguar que, conforme a los dictados de la Unión Postal Universal, estos cupones permiten que los ciudadanos de los países miembros puedan recibir documentos a vuelta de correo. Sólo que los firmantes de la Unión Postal Universal no previeron que la devaluación generada por la guerra de 1914 provocaría una enorme disparidad en los precios de las estampillas americanas y los de las naciones europeas. Ni que alguien con la malicia de Carlo podría aprovechar la coyuntura para hacerse millonario.

Tomando en cuenta las diferencias en los tipos de cambio, cada cupón de un dólar adquirido en España y redimido en Boston le permitiría obtener unos 10 centavos adicionales. Y si empleara liras italianas o coronas austríacas el beneficio se elevaría a mil por ciento. ¡La gallina de los huevos de oro! Para lograr su objetivo no le hace falta nada excepto... dinero en efectivo. Pequeño inconveniente: Carlo está endeudado hasta los huesos y sus acreedores no dejan de incordiarlo. En estas condiciones nadie —y su suegro menos que nadie— le concederá un préstamo.

—Tú sabes que resulta imposible sacarle sangre a un rábano —le propone a Joseph Daniels, su vecino—. Préstame otros doscientos y prometo entregarte la suma entera, más cincuenta por ciento adicional, en noventa días.

—¿Y cómo diablos piensas obtener esa cantidad?

Carlo mal que bien explica su proyecto y, a fin de doblegar sus resistencias, le lee los párrafos de la *Guía Postal Oficial de Estados Unidos* que demuestran la legalidad de la artimaña. Para su sorpresa, Daniels acepta. ¡Su primer cliente! Rose lo celebra con él, aunque asume que será otra de las aventuras de su marido que terminarán en el fracaso. En vez de acudir con los prestamistas habituales (esos malnacidos que jamás confiarán en su talento), Carlo convence a una docena de amigos y conocidos de entregarle pequeñas cantidades, nadie le negará diez, veinte o incluso cincuenta dólares si los recompensa en el plazo prometido. Tras recabar los permisos del ayuntamiento, funda la Compañía de Intercambio de Bonos y coloca cientos de cupones entre sus compadres, quienes los reparten entre sus respectivos amigos. Transcurrido el plazo acordado, Carlo le paga en tiempo a cada uno. Azorados, sus nuevos clientes reinvierten su dinero y muy pronto una multitud se arremolina frente a sus oficinas en School Street. Para entonces su idea inicial se ha desvanecido, imposible saber si ha procurado comprar los cupones en Europa para luego intercambiarlos en Estados Unidos; el proceso resulta tan engorroso que prefiere pagar sus deudas con los billetes que atiborran su caja fuerte. Una operación de robar a Pedro para pagar a Pablo, como advierte el viejo proverbio inglés, con un ingrediente añadido: convencer a cada cliente de sumar nuevos incautos.

A sólo unas semanas de iniciada la aventura —estamos en marzo de 1919—, Carlo cuenta ya con ciento diez inversores y un capital que ronda los 25 mil dólares. Anticipando cualquier complicación legal, utiliza parte de sus ganancias para sostener a la Asociación de Apoyo a la Policía de Boston, la primera de las múltiples labores filantrópicas que lo transformarán en una de las celebridades de la ciudad. Nada detiene la avalancha y Carlo abre sucursales en Brockton, Clinton, Fall River, Framingham, Lynn, Plymouth, Quincy y Worcester, a las que luego añade otras en New Hampshire, Vermont, Connecticut, Maine, Rhode Island y Nueva Jersey. Su vida privada da un vuelco paralelo: para agasajar a Rose adquiere una mansión con aire acondicionado, un gran piano de cola y una piscina térmica, mientras que a su madre le paga un pasaje de primera clase desde Italia. Por si fuera poco, llena de dólares las cuentas que abre en todos los bancos de Nueva Inglaterra.

Cuando el 20 de agosto de 1920 el *Boston Post* publica un elogioso artículo sobre la Compañía de Intercambios de Bonos, Carlo ha alcanzado la cima. Por un instante piensa en devolver el dinero y huir con Rose —y unos miles de dólares—, pero sólo es un instante y la inercia, sumada a un inagotable flujo de efectivo, lo convencen de rezar para que nadie lo descubra. Carlo huye hacia delante: adquiere acciones de un sinfín de empresas (numerosos bancos incluidos), confiando en que sus negocios legítimos enmascaren el engaño. Una quimera. Ni convirtiéndose en el empresario más exitoso de la historia lograría pagar los cientos de miles de dólares (millones, ajustados a la inflación de 2012) que ya ha gastado.

El final de la historia resulta tan previsible —y su moralina tan repugnante—, que casi me resisto a narrarla aquí.

Charles Ponzi, nacido Carlo Pietro Giovanni Guglielmo Tebaldo Ponzi el 3 de marzo de 1882, es exhibido como uno de los más soberbios pillos de la historia. Una vez que, a petición del *Boston Post*, el célebre analista financiero Clarence Barron demuestra que sus ganancias son inexplicables, una muchedumbre pone sitio a sus oficinas y Carlo se ve obligado a pagarles. La demanda por un millón de dólares que presenta el viejo Daniels, la traición de su publicista que acepta escribir un artículo en el *Post* para denunciar sus maniobras, las revelaciones de sus estancias carcelarias en Atlanta y Montreal y la intervención del comisionado bancario de Massachusetts se suman para hundirlo. A mediados de agosto, de la Compañía de Intercambio de Bonos sólo quedan cenizas.

—No pienso huir —le presume a Rose—, me quedaré a enfrentar la música. Voy a demostrar que estoy a la altura de las circunstancias.

Horas más tarde se apersona —¡por propia voluntad!— en el despacho del comisario federal Patrick J. Duane, quien está listo para procesarlo por ochenta y cuatro cargos de fraude. Según los cálculos menos arriesgados, la caída de Carlo provoca la quiebra de cinco bancos y pérdidas por unos 20 millones de dólares de la época, unos 225 millones de dólares de hoy (una bicoca comparada con los 65 mil millones defraudados por Bernie Madoff o los 15 mil millones que las autoridades me endilgan a mí). Tras declararse culpable, el juez lo condena a cinco años en una prisión federal; cumplidos éstos, es sentenciado a otros nueve, ahora por una corte estatal. Sólo entonces demuestra un mínimo arrojo y huye a la Florida, donde intenta montar otra pirámide. Obligado a escapar, se afeita la cabeza y se deja un grueso mostacho antes de treparse en un barco con destino a Italia. En Nueva Orleans es atrapado y devuelto a Boston, donde pasa otros siete años en la cárcel. En total sus condenas suman poco más de diez años. (¡Diez años frente a los ciento cincuenta de Bernie y los ochenta o noventa que me aguardan!)

Liberado en 1934, Ponzi es deportado a Italia —Rose entretanto lo abandona—, recala en Brasil, intenta nuevas aventuras, fracasa en cada una y debe aceptar un puesto de contable en una línea aérea. Sumido en la pobreza, termina sus días medio ciego y sin un centavo en el Hospital São Francisco de Assis de Río de Janeiro, donde muere el 18 de enero de 1949.

¡Ave Ponzi, inspirador no sólo de una ingente camarilla de defraudadores, de una infame turba de mentirosos y canallas, estafadores y tramposos, sino de toda una época, esta espectacular transición entre el segundo y el tercer milenios, esos gloriosos años en los que tantos de nosotros seguimos tu ejemplo sin remordimientos y sin culpa! ¡Descansa en paz, Carlo Ponzi, Mago de las Finanzas, Factótum de la Riqueza Fácil y Santón de los Billonarios de la Tierra! ¡Cuánto te debemos! ¡Estoy convencido de que tu estatua merecería suplantar al ridículo toro de Wall Street!

Charles Ponzi en Brazil

Sí, señores y señoras: entre 2003 y 2007 Vikram y yo nos convertimos en epígonos del Gran Carlo. Primero sin darnos cuenta, y luego bien conscientes de nuestros actos, nosotros también tuvimos nuestra Gran Idea. Sólo que, en vez de descubrir nuestra gallina de los huevos de oro en unos arrugados cupones postales, creímos hallarla en los CDS de ABS sintéticos y otros derivados financieros de hipotecas *subprime*, instrumentos ideales para convencer a cientos de incautos de confiarnos su dinero. En el papel nuestras propuestas sonaban tan apetecibles —y sus principios matemáticos tan enrevesados— que el dinero comenzó a fluir a raudales hacia JVCM, sobre todo cuando seguimos pagando dividendos mucho más altos que los de cualquier otro fondo. Con el mismo inconveniente sufrido por Ponzi: los réditos eran incompatibles con esa patraña que llamamos realidad. De modo que, igual que nuestro Maestro, descubrimos que la única forma de salir avante en nuestro negocio consistiría en utilizar el sabio principio de robarle a Pedro para pagarle a Pablo (de manera apenas más sofisticada).

Supongo que Ponzi experimentó la misma excitación y la misma angustia que nosotros al constatar que su aventura sólo podría mantenerse si lograba inyecciones de dinero en un flujo constante y seguro. ¡Qué vértigo, qué sensación de lanzarse en un tobogán infinito! Debió ser en febrero o marzo de 2005 cuando nos quedó claro que ya no habría marcha atrás y, así como Carlo compró bancos y otras empresas legítimas para camuflar su fantasmagoría, Vikram y yo extendimos nuestras inversiones a un sinfín de sectores económicos. ¡Imposible retroceder! ¡Un paso en falso despertaría toda suerte de sospechas y nada resulta tan peligroso para un fondo de inversión como la insidia o el chismorreo! Así, mientras Isaac y los *quants* del noveno piso cuantificaban nuestras insólitas ganancias, Vikram y yo montamos en el octavo una empresa fantasma, con su propia contabilidad paralela, cuyas entrañas sólo él y yo podíamos explorar. No fue algo que planeásemos con antelación, insignes miembros del jurado, ni un artificio diseñado con alevosía, sino la única respuesta posible al abismo que se abría bajo nuestros pies.

La burbuja duró más de lo previsto gracias a que, de maneras acaso más sutiles pero no menos perversas, todos los actores financieros del planeta contribuyeron a inflarla. El mundo entero se había transmutado en un gigantesco esquema Ponzi. El dinero fluía a manos llenas, los bancos engordaban, las empresas prosperaban, los *hedge funds* acumulaban millones, el PIB crecía a la par de los sueldos y las compensaciones de funcionarios y directivos, ¿quién se atrevería a frenar aquel tiovivo? ¿*quién*? ¡Ave Ponzi, Nuestro Mártir, Nuestro Santo, nuestro Dios! Desde aquí te expreso mi devoción.

Con una sola reserva: a diferencia tuya, yo no pienso entregarme.

Aria de Noah

No, no te lo has imaginado, te dices, pero finges no haber percibido los abrazos y arrumacos y te adentras en el salón con paso firme. Acomodándose los holanes de la blusa y un rizo que se desliza por su oreja —inútil coqueteo—, Helen Silvermaster (Dora en los archivos soviéticos) te invita a pasar al salón y te ofrece una taza de té helado que se apresura a buscar en la cocina. "Preferirás algo más fuerte", sugiere Lud Ullmann (Polo, en los archivos soviéticos), aventurándose hacia la licorera; notas su corbata apelmazada y los rastros de carmín en la camisa.

"Gracias", murmuras secamente. Tu colega sirve dos vasitos y te conduce del brazo hacia los floreados sillones de la estancia. Los dos se sientan y paladean el coñac en un silencio que él quiebra con una risita de complicidad que, más que incomodarte, te avergüenza. Sientes las orejas encendidas: qué clase de agente se ruboriza ante una infidelidad ajena, te reprendes a ti mismo.

"Nat no debe tardar", aclara Lud, ajustándose la corbata y limpiándose los labios con un pañuelo. Aún no decides si es un cínico o un cobarde.

Silvermaster (Pal, en los archivos soviéticos) te citó al mediodía para que le entregases el material de esa semana, por eso usaste la puerta trasera y procuraste no hacer ruido. ¡Nunca imaginaste que te toparías con su esposa en brazos de Ullmann. Siempre te pareció extravagante que los tres compartiesen la misma casa, pero ellos siempre se presentaron como hermanos y nunca hiciste caso de los chismorreos. Te preguntas qué papel desempeñará Nat en el triángulo, si el de alevoso propiciador de la aventura, el de marido resignado o el de simple cornudo.

"Lo que acabas de ver...", se excusa Lud, pero tú no le permites concluir la frase. "Yo no he visto nada y en todo caso no me incumbe", lo cortas en seco. Con un ademán vaporoso, Ullmann intenta retomar su explicación o su defensa, pero Silvermaster irrumpe en el salón dando un portazo.

Adviertes sus dedos crispados, su mirada turbia —no es la primera vez que te perturban sus ojos simiescos—, las trazas de sudor que le escurren por la frente y empapan sus axilas. Sin saludarlos, arroja el sombrero y la chaqueta sobre el perchero, se desabotona la camisa, se sirve una copa y se deja caer sobre el cheslón. Imaginas que estás a punto de contemplar una batalla doméstica y te preparas para marcharte, pero tu anfitrión bebe su copa en un silencio resignado. "Deja los papeles allí", te indica como si no se tratase de nada relevante. Helen regresa de la cocina equilibrando una bandeja —su atuendo y su peinado de nuevo intachables—, pero al descubrir a su marido la hace a un lado y se apresura a acariciarle el rostro con delicadeza. "¿Estás bien, querido?" Silvermaster intenta controlarse, pero su temperamento nunca se ha acomodado a la prudencia.

"Mer quiere hacerme a un lado", exclama de pronto (según los archivos soviéticos, Mer es el agente del NKVD Isjak Ajmerov) y se lanza en una diatriba contra el ruso: "¡Después de todo lo que *yo* he conseguido!"

Ullmann intenta hacerlo callar, pero Silvermaster pierde los estribos y, como si fuese el protagonista de una mala comedia de Hollywood, le arroja a su amigo el coñac que queda en el fondo de su vaso. "¡Tú no vas a venir a mi casa a decirme lo que tengo que hacer! ¡Juro que te voy a partir los huesos! ¡Lárgate de aquí si no quieres que te saque a golpes!"

Con una autocontención admirable, Lud se limpia el rostro con una servilleta. "Será mejor que te marches, Noah", te dice. "Nat y yo nos conocemos de toda la vida, sabremos resolverlo." Mientras te abres paso hacia el porche escuchas los sollozos de Helen.

Hace meses que Nat se ha vuelto incontrolable: todos los miembros del círculo se quejan de sus cambios de humor, de su falta de tacto, de sus impertinencias y descuidos. Pero más allá de sus desarreglos conyugales, su comportamiento constituye el peor error que puede cometer un agente clandestino. Aunque tú estés al tanto de que Lud y Helen pertenecen al aparato, y que ellos reconozcan tu lealtad, una regla esencial impide mezclar células distintas. Revelar sus conflictos con su controlador soviético te parece una muestra de desesperación o de locura. Si continúa así, Silvermaster comprometerá a todo el aparato, el problema es que no acepta la menor crítica y se pone cada día más intolerante. No es la primera vez que confunde la vida social con su trabajo clandestino, como si alentar la entrega de documentos secretos durante un asado o una partida de *ping-pong* —o en medio de un ataque de celos— fuese lo más normal del mundo.

Desde tu reclutamiento en 1931 (cuando tu nombre, según los archivos soviéticos, era Bud) tu carrera en el aparato te pareció una nadería —fungir como correo por aquí y por allá, sin ningún orden o estrategia discernibles, haciendo oídos sordos a las purgas o a las contradicciones ideológicas como el Pacto Germano-Soviético—, hasta que en 1941 tu viejo amigo George Silverman (Alerón, en los archivos) te puso en contacto con Silvermaster, quien acababa de apoderarse del círculo de Washington. Al principio éste le reportaba a Jacob Golos (John), pero a su muerte se vio obligado a entregar la información que extraía de sus agentes a la amante de éste, la escurridiza Elizabeth Bentley (Myrna).

Atrabiliario, a veces inconexo —Ajmerov no deja de reportar sus desmanes en cada uno de sus cables a Moscú—, Silvermaster posee gran habilidad para introducirse en los más diversos estratos sociales y un talento indiscutible para la seducción que le han permitido transformarse en la mejor fuente que los rusos han tenido (y jamás tendrán) en el gobierno estadounidense. Al principio tú no alcanzabas a discernir los verdaderos alcances de su red, e incluso era posible que, como otros de sus miembros, ni siquiera supieses con certeza que los documentos clasificados que sustraías al Tesoro no iban a parar al Partido Comunista, como Nat te ha asegurado, sino al NKVD o al servicio de inteligencia del ejército soviético. Hoy ya no tienes dudas pero, igual que Harry, prefieres no hacer preguntas inconvenientes. La causa, te justificas, es la derrota del fascismo, y cualquier medio para alcanzarla es válido.

En cierta ocasión, con varias copas encima, el propio Silvermaster te presumió su zigzagueante carrera como agente clandestino: nacido en Odesa en 1899, inició su militancia nada más llegar a Estados Unidos a los dieciséis años. Luego de una intensa carrera clandestina en la Costa Oeste, donde se hizo compinche de Earl Browder, se trasladó a Washington, donde comenzó a supervisar el trabajo de más de media docena de agentes. Aunque no puedas hablar de esto, no tienes dudas de que, además de Silverman, a la red pertenecen Frank Coe (Pick), Sonia Gold (Zhenia), Solomon Adler (Sax) y Lauchlin Currie (Paje), así como el propio Harry (Abogado), a quien los servicios de inteligencia soviéticos describen como uno de sus más valiosos contactos.

En 1942 se inicia una investigación oficial contra Silvermaster por su actividad comunista en California y Ajmerov te ordena dejar de verlo por unos meses. El FBI recaba información sobre el supuesto traidor entre los miembros del propio Departamento del Tesoro, donde sus propios amigos, incluidos Harry y tú, desestiman cualquier sospecha en su contra. "Es un servidor público intachable y un patriota de primer orden", le explicas al agente federal que te interroga en esos días. Gracias a la intervención de Currie, quien entonces se desempeña como asistente de Roosevelt, la única consecuencia de las investigaciones consiste en el traslado de Silvermaster a la Administración de Seguros de Granjas, donde no tarda en reanudar sus labores de espionaje.

Vasili Zarubin (Maxim), el jefe legal de la estación soviética en Nueva York, reconoce en un despacho a Moscú el valor del trabajo desarrollado por Silvermaster y su grupo ("son agentes productivos, de los que recibimos información valiosa, con la que uno podría sentirse satisfecho"), pero exige que sus contactos pasen a depender de un ciudadano soviético. Moscú instruye a Ajmerov para que sustraiga al círculo de Washington de la mano de su desbalagado líder y organice una red mejor articulada. A partir de 1943, el ruso se muestra cada vez más inquieto ante los desajustes profesionales y emocionales de Silvermaster. Refiriéndose al triángulo que mantiene con Helen y Ullmann, Ajmerov escribe a Moscú: "Sin duda estas relaciones poco saludables no tendrán buena influencia en su comportamiento y resultarán negativas para nuestro trabajo".

A principios de 1944, Moscú informa a Ajmerov que varios agentes del círculo de Washington se encuentran bajo la lupa del FBI y que sus teléfonos han sido intervenidos. En el masivo cambio de nombres clave posterior a esta revelación, Mer (Ajmerov) se transforma en Albert; Pal (Silvermaster) en Robert; Polo (Ullmann) en Piloto; Abogado (White) en Richard y más tarde en Reed; y tú, Noah Volpi, dejas de ser Bud y adquieres el nombre de Zorro (*Lisitsa*, en ruso). Harto de los deslices de Silvermaster, tus visitas a su casa se vuelven cada vez más esporádicas: no estás dispuesto a que un nuevo error ponga en peligro toda tu carrera. Tus compañeros toman decisiones parecidas y a fines de 1944 Silvermaster ya sólo parece contar con la colaboración de su inseparable Ullmann, con quien acabará por montar una agencia inmobiliaria en Nueva Jersey.

A mediados de 1945, el nuevo jefe de estación soviético, Vladímir Pravdin, tiene un nuevo desencuentro con Silvermaster. Para entonces la actitud de éste se ha tornado casi histérica y sus relaciones con el resto del círculo se han diluido por completo. A su inestabilidad familiar se suma el recrudecimiento de sus ataques de asma. Sin reconocer responsabilidad alguna en el desmantelamiento del aparato, Silvermaster se queja con Pravdin de que Frank Coe y tú han dejado de proporcionarle documentos, en tanto que George Silverman ha tomado un empleo en la iniciativa privada si consultárselo. Y acusa a Harry White de no entregar ninguna clase de información porque tras el fin de la guerra cree que su papel consistirá en proporcionarle a la Unión Soviética asesoría en materia de política económica por conductos oficiales.

Tratando de salvar lo que queda del círculo de Washington, Pravdin concierta entrevistas con otros de sus miembros, entre ellos tú mismo. "No entiendo cómo pudieron elegir a alguien como él para hacerse cargo del grupo", le reclamas al ruso con franqueza. "Sus cambios de humor, sus descuidos y desplantes lo convierten en un riesgo para todos". Le explicas que por su culpa el aparato ya no existe y le dices que, en el ambiente hostil instaurado por Truman tras la muerte de Roosevelt, sería imprescindible articular un nuevo grupo con una estrategia más clara y un liderazgo más fuerte. "Sólo así estaría dispuesto a continuar trabajando para ustedes."

Tan frustrado como tú, Isjak Ajmerov solicita su repatriación a la URSS, la cual no tarda en ser aprobada por Moscú. Antes de partir se encuentra contigo por última vez en una taberna en el East Village. Al descubrirte acodado en la barra, deposita su mano en tu hombro y te conduce a una mesita en el fondo. A diferencia de lo que ocurre con la mayor parte de sus colegas, su inglés es impecable. El ruso no se anda por las ramas y te revela las malas noticias: "Myrna (Elizabeth Bentley) nos ha traicionado. Ha acudido con el FBI y ha revelado las identidades de todos los integrantes del grupo".

En su reporte a Moscú, Ajmerov afirma que tú no te muestras particularmente alarmado: "Yo nunca trabajé para ella, dudo que me conozca", te justificas. (Yo te imagino temblando.) Aun así, los dos acuerdan la respuesta que deberás proporcionarle al FBI en caso necesario. "Naturalmente, Zorro negará todo contacto con nosotros", concluye Ajmerov en el último cable de los archivos soviéticos en el que figura tu nombre.

Escena III. *Sobre cómo ser inteligente y guapo te transforma en héroe y ser inteligente y guapa te convierte en puta*

Dúo de los Rosenberg

El oficial que lo conduce a la silla piensa que su semblante está hecho de cera, en sus pupilas no advierte rasgos de temor —tampoco de resignación o ira— como si fuese una tarde sombría como tantas, como si su tiempo no se achicase hasta la nada, como si sus miembros no fueran a descoyuntarse y retorcerse, como si su piel no fuese a transmutarse en un pergamino negruzco y vacilante. Esforzándose por evadir su mirada, le ajusta el cinturón y encaja las hebillas en torno a sus pantorrillas y antebrazos. Cuando el técnico da la señal, le coloca la capucha de cuero y se hace a un lado para concederle un último segundo de arrepentimiento. Visto de cerca, Julius Rosenberg no le resulta repugnante; uno de los inconvenientes de su oficio es que, una vez despojados de esperanzas, todos los condenados lucen inocentes. ¿Qué ocurrirá en su interior?, se pregunta. ¿Repasará su vida o pensará en cosas más pueriles, en un día de mayo, en las sonrisas de sus hijos, en el hongo radioactivo que habrá de devorarnos por su culpa? Quizá Julius esté demasiado cansado luego de tantos meses de apelaciones y trámites, posposiciones y retrasos —la pareja debe llevar más de dos años en Sing Sing, calcula—, y sólo anhele un poco de silencio.

El oficial de prisiones sólo acierta en parte: sin duda los Rosenberg están hartos del calvario inagotable, de entrevistarse una y otra vez con los letrados, de recibir tantas muestras de solidaridad como de repudio, de aconcharse en sus celdas en secciones separadas de la cárcel, de escribirse a diario (sus cartas han sido publicadas por el comité que los defiende), de llorar, de gritar, de sollozar. Hartos de proclamar inútilmente su inocencia. Pero en este instante Julius y Ethel, aunque quizás más Ethel que Julius, siguen pendientes del teléfono que descansa a unas pulgadas de la mano del alcaide, ese teléfono que podría anunciar el perdón del presidente. Las posibilidades de que esto ocurra (lo saben) son remotas: cuando la Suprema Corte confirmó su condena, Eisenhower se apresuró a declarar que la sentencia le sonaba justa y que no intervendría en el asunto.

Alegando la falta de tacto que representaría ejecutarlos durante el *sabbath*, sus abogados sólo consiguieron que el procurador Brownell prometiese cumplir la pena *antes* del crepúsculo. Por la mañana el abogado de la pareja volvió a acudir a la Casa Blanca para hacerle llegar al presidente una última petición basada en el dictamen de la Suprema Corte que, si bien confirmaba la legalidad de la condena, deploraba la desproporción del castigo. Pero los minutos corren y el teléfono permanece mudo. Julius sólo lamenta que Ethel pague por sus culpas, ¿por qué David mintió hasta conseguir la condena de su hermana? ¿Por qué modificó su testimonio para dibujarla como una bruja de la que resultaba imperativo deshacerse? *¡Espías atómicos!* Así los caricaturizaron en la prensa y en la radio, como si ellos en verdad le hubiesen entregado los planos de la bomba a los soviéticos, como si los científicos de Stalin no contasen con la información para ensamblarla por su cuenta. ¿Quién iba a creerles a ellos? Amedrentado por la bomba, el país necesitaba de chivos expiatorios.

A las 6:45 de la tarde otro de sus abogados se presenta en la Corte Federal de Nueva York y solicita un *habeas corpus*. Como era de esperarse, Kaufman niega la moción. Obligados a separarse, los Rosenberg ya no se enteran del anuncio de la Casa Blanca que confirma la decisión del presidente. Mientras tanto, en Washington, en París, en Londres y en medio mundo cientos de activistas montan guardia esa noche. "Somos inocentes", proclaman, y rezan por un milagro. Frente a ellos, otros miles demuestran su rabia contra los perros judíos ("no los frían porque apestarían demasiado: mejor cuélguenlos"), los granujas que se vendieron a los rojos, los espías que provocaron la guerra de Corea y acaso serán los culpables de la extinción de nuestra raza.

El reloj marca las ocho: el teléfono ya no habrá de sonar. El alcaide ordena atenuar las luces y dar paso a la ejecución. Julius recuerda una mañana de su infancia —la tenue bruma bajo los cipreses, el ladrido de un perro— cuando la corriente eléctrica atraviesa su cráneo, cimbra su corazón y penetra en sus vísceras; sus miembros serpentean y su cuerpo se rompe en un espasmo. A las 8:06 de la tarde el forense toma su pulso y declara que el acusado, de treinta y cinco años, está muerto. En Washington y en Nueva York, en París y en Londres, sus defensores se derrumban mientras sus adversarios los apedrean.

Los esbirros de Sing Sing remueven el cadáver del espía y dejan pasar a Ethel, acompañada por dos guardianas. La mujer parece hecha de papel y sus labios agrietados salivan sin remedio. Antes de acomodarse en la silla toma de la mano a una de las matronas y besa la mejilla de la otra. El oficial de prisiones le ajusta el cinturón, las bandas en brazos y piernas, y le enfunda la capucha de cuero. A una seña del alcaide, el verdugo acciona la palanca. La descarga cimbra a Ethel, cuyo cuerpo se sacude como si bailara durante unos segundos que se hacen infinitos. Cuando por fin se serena y los esbirros la desenganchan, el médico constata que aún respira. Disimulando su horror, el alcaide ordena volver a colocarle el equipo y, sin perder tiempo, la supuesta traidora recibe dos descargas sucesivas hasta que una nubecilla de humo emana de su cráneo y un hedor acre se esparce por la sala. A las 8:16 de la tarde, poco antes del crepúsculo, el médico al fin dictamina su muerte.

Mientras la ejecución de Ethel escandaliza a la mayoría, el presidente Eisenhower escribe a sus hijos: "En esta instancia, la mujer es la más fuerte y recalcitrante de carácter y el hombre el débil. Obviamente ella era la líder del círculo de espías. Si se conmutara su sentencia, sin conmutar la del hombre, entonces de aquí en adelante los soviéticos simplemente se dedicarían a reclutar espías entre las mujeres".

Todo esto ocurre el 19 de junio de 1953. Apenas seis meses antes de que Noah se precipite por la ventana.

Aria de Eliah Strauss

Atlético. Brillante. Carismático. Y rico. Eliah Strauss lo tenía todo. No era de extrañar que su carrera desatara tantos elogios como envidia ni que su sus rasgos afilados, su bronceado y su sonrisa —para sus fanáticos, dulce y cándida; para sus enemigos, sardónica y oscura— adornase con frecuencia tabloides y *talk shows*. Su familia era igual de perfecta, un matrimonio que celebraba ya una década con Sonia Dell, una abogada de 39 que lucía diez años más joven, tan hermosa como respetada por sus iniciativas sociales, más dos monadas de 6 y 8 añitos, Lilly y Madison, traviesas y risueñas, como para comérselas con sus coletas y sus vestiditos a juego. "Pero su marido tendrá algún defecto", llegó a espetarle una periodista a la señora Strauss; ésta se limitó a responder: "Eliah no para, nunca se detiene, jamás se queda quieto". La reportera no ocultó su decepción ante la réplica, sin entender que por una vez alguien le había dado una auténtica exclusiva.

Tal vez en otro lugar la ambición de Eliah Strauss hubiese parecido un defecto, pero en América, y sobre todo en Nueva York, su falta de escrúpulos era percibida con la admiración más destemplada. Modesto, lo que se dice modesto, no lo era: en cada entrevista no perdía la oportunidad de recordarnos que había sido el mejor alumno de su promoción en la Woodrow Wilson School de la Universidad de Princeton y que, tras alcanzar una nota perfecta en el examen de admisión —la voz engolada al resaltar el adjetivo—, había obtenido el título de *juris doctor* en la Escuela de Leyes de Harvard con los más altos honores, además de haberse desempañado como editor de su prestigiada —*muy* prestigiada— revista.

Como correspondía a un chico de su inteligencia y de su clase, Eliah apenas tardó en ser contratado por Peter, Lukas, Johnson & Marc, donde le aguardaba un plácido destino en un mullido sillón de cuero frente a la perspectiva aérea de Manhattan, pero al cabo de dos años abandonó la firma —sólo lo consultó con Sonia— y se incorporó como asistente del fiscal de distrito del condado de Nueva York. El prestigio de nuestro cibernético Eliot Ness se cimentó tras la captura de dos herederos de la familia Gambino. Dos años más tarde, Strauss anunció su decisión de presentarse como candidato a fiscal general de Nueva York. En esas fechas nació Madison, y él no dudó en posar con su bebita en distintas revistas del corazón. La elección se preveía cerrada y nadie creía que el novato fuese a obtener el puesto, pero Strauss mismo financió su candidatura y contrató un gabinete de prensa que lo presentó como el azote del crimen organizado en la Gran Pútrida Manzana. Aunque consiguió el apoyo del *New York Post* y el *Daily News*, quedó último: la primera derrota en su historial. Strauss acabaría por reconocer que este traspié fue el mayor impulso de su vida, que gracias a él aprendió de sus errores, se volvió más humilde (¡*más* humilde!) y pudo alzarse con la victoria en las elecciones de 1998, bla, bla, bla. Cuatro años después batió a una insigne jueza republicana con 68 por ciento de los votos, uno de los más altos en la historia del estado.

No había semana que Eliah no recibiese los reflectores por un nuevo operativo tan exitoso como bien promocionado. Su nueva fijación: hacer añicos a cuanto magnate de Wall Street se interpusiese en su camino. Animado por una enloquecida exposición mediática, Strauss invocó toda suerte de oscuras legislaciones del pasado para intervenir en casos que de otro modo hubiesen terminado en las cortes federales, convirtiéndose en el enemigo público número uno de las grandes fortunas del país. Contrató a decenas de egresados de la Ivy League, montó una sofisticada unidad de supervisión financiera y, presentándose como un demócrata liberal, encontró el nicho que lo volvería famoso en los años posteriores a la crisis de las *dotcom* y a los escándalos de WorldCom y Enron: aplastar a quienes se habían beneficiado de la desregulación puesta en marcha por Reagan, Bush padre y el propio Clinton (con quien jamás tuvo sintonía).

En una de sus primeras *causes celèbres*, nuestro David se enfrentó con Merrill Lynch. Acusado de malos manejos, el banco de inversión primero negó los hechos, luego se proclamó víctima de una conjura —todos sus competidores se comportaban igual—, más tarde se atrevió a amenazar al fiscal de hierro y a la larga aceptó pagar una multa de 100 millones de dólares que Strauss aireó a diestra y siniestra. Consumada esta victoria, el *sheriff de Wall Street* declaró que su meta era denunciar los conflictos de intereses "de todos los bancos". En casos que sin falta escalaron hasta las primeras planas del *New York Times* —su nuevo aliado—, Strauss consiguió imponer sanciones millonarias a todos los grandes actores financieros, de Goldman Sachs a Bear Sterns, de Crédit Suisse First Boston a Morgan Stanley, y de J.P. Morgan a Lehman Brothers, sin contar su polémica persecución contra el presidente de la Bolsa de Valores o la caza de decenas de *hedge funds* irregulares. Eliah Strauss se perfilaba como una de las estrellas ascendentes del Partido Demócrata y, según los rumores que se esparcían como lumbre por Wall Street, él ya se visualizaba como candidato a gobernador de Nueva York o de plano como vicepresidente.

Debió ser justo cuando se iniciaban las primarias que Terry Wallace, el ex marido de Susan, cenó por primera vez con Strauss. No he logrado averiguar quién facilitó su encuentro, pero sé que tuvo lugar en el Rosa Mexicano de Broadway y que, frente a los nachos o las margaritas, mi ex yerno se explayó sobre las supuestas maniobras ilegales de JV Capital Management. Strauss debió oler la sangre y prometió una investigación que, en manos de Donna Durán, una de sus asistentes más voraces, se inició a principios de 2004. ¿Qué mejor manera de acentuar su prestigio que exhibiendo a un especulador que, según sus informes, engañaba a cientos de clientes mientras se presentaba como filántropo y mecenas? Antes de recibir la primera auditoría, llamé directamente a su oficina y lo invité a cenar.

El Sheriff de Wall Street Eliah Strauss

En corto no parecía tan atlético ni tan guapo, aunque lo distinguía uno de esos rostros de galán de teleserie. Un pequeño tic lo llevaba a acariciarse la frente con fruición, como si le preocupara asegurarse de que los últimos cabellos que le quedaban se mantuviesen en su sitio. No traté de mostrarme simpático, y tampoco intenté sobornarlo o amenazarlo, como su jefa de comunicación filtraría luego a la prensa, de hecho la conversación fluyó de un tema a otro sin rozar ningún tema incómodo. Lo único que yo deseaba era mirarlo de frente, tenerlo cerca, *muy* cerca, evaluar sus gestos, medir sus palabras, memorizar sus ademanes, distinguir acaso una flaqueza, una debilidad, una manía. Supongo que su intención era la misma. Un juego de póker o ajedrez en el que los adversarios, dos alacranes frente a frente, se miden con respeto.

Nos despedimos con un fuerte apretón de manos y prometimos repetir la experiencia: la charla, convinimos, había sido deliciosa. Por supuesto eso jamás ocurrió. ¿Qué descubrí en aquella cena? En apariencia Strauss era idéntico a la imagen que sus asesores nos habían vendido. Atlético. Brillante. Carismático. Y rico. En efecto, Eliah Strauss lo tenía todo. Pero la perfección, no hay que olvidarlo, es ilusoria. Más allá de su astucia y su glamur, de su sonrisa serpentina y ostentosa, el fiscal general era un histrión consumado. Y, como cualquier comediante, su rostro no podía ser idéntico a su máscara. Aún no adivinaba si ocultaba un gran secreto o un desliz sin consecuencias, pero no había duda de que tenía un secreto.

—Para encontrar qué es lo que esconde —instruí a Vikram— tienes que emplear sus mismos métodos. Síguelo de cerca. Entiéndeme bien: no a él, que no estamos en una novela de espías. Sus gastos, sus tarjetas de crédito, sus cuentas. Si el infeliz oculta algo, lo hallaremos donde él mismo buscaría.

Dúo

Mi padre había trabajado para los rusos, ya no me quedaba ninguna duda. No puedo decir que semejante confirmación me dejase devastado, pero me sumió en un ánimo cercano a la apatía. En cuanto llegaba a casa al término de un viaje de trabajo, una cita con inversionistas o una escapada erótica con Vikram, me refugiaba en la biblioteca, me colocaba los audífonos y pasaba el resto de la tarde escuchando óperas de Händel y Vivaldi, el único antídoto contra ese pasado familiar que de pronto se me revelaba, si no repugnante, al menos inasible. La mayor parte de las veces cenaba solo, un sándwich o una ensalada de atún que la cocinera me llevaba a mi refugio, donde yo permanecía hasta la medianoche, indiferente a los proyectos o las actividades de mi esposa.

Poco antes Arkadi me había informado que en Rusia los vientos políticos habían sufrido un vuelco y que los responsables del archivo cada vez le ponían más trabas a sus pesquisas. Su apartamento había sido saqueado —las autoridades concluyeron que había sido obra de una banda de ladrones— y su familia fue víctima de amenazas telefónicas. El tártaro resistió el asedio pero, tras sufrir un atraco a mano armada y una golpiza que casi le hizo perder el ojo izquierdo, hice los arreglos necesarios para trasladarlo a un refugio en Europa Occidental, aunque sus apuntes sólo lo alcanzaron al cabo de una odisea propia de James Bond. Si acaso había más preguntas qué formular, como insistía Leah, los archivos moscovitas ya no servirían para responderlas.

Pese a mi desánimo, reconocía que ese impase no podría durar toda la vida y muchos meses después por fin abandoné mi limbo barroco y de buenas a primeras irrumpí en el baño, donde Leah se enjabonaba bajo la ducha. No le sorprendió tanto mi intrusión como el tono exaltado de mi voz. Detrás del vidrio esmerilado su cuerpo aparecía como un bosquejo vacilante, como si incluso ella hubiese ido perdiendo consistencia en esas semanas.

—¿No te basta? —me oí gritarle—. ¿Necesitas más pruebas?

Leah cerró el grifo, se enfundó en una toalla color granate y comenzó a secarse los pies y las pantorrillas. Yo solía huir de sus enfadados, pero esta vez no aguantaba la necesidad de provocarla.

—Soy el hijo de un maldito espía ruso, ¿captas la ironía?

—¿Te incomoda? —apenas alzó la vista.

—No, Leah, lo disfruto —me reí—. Llevo años queriendo saberlo y ahora lo sé. ¿Qué quieres que te diga? Por fin se ha acabado esta tortura.

Mi esposa se quedó en silencio, con ese mohín de insatisfacción que la hacía lucir diez años más vieja. ¿Cuánto tiempo llevábamos juntos? En mis términos, una eternidad. Por un instante deseé quedarme solo en ese inmenso espacio frente a la luminosa grilla de Manhattan, pero de inmediato reparé en mi injusticia: Leah había sido una pareja irreprochable, que mis pesquisas hubiesen llegado a su fin no me autorizaba a prescindir de sus servicios.

Cuando terminó de secarse el cabello y se enfundó en un absurdo pijama rosado —hacía tiempo que había dejado de preocuparse por su imagen cuando dormía conmigo—, Leah me tomó de la mano, me llevó a su estudio y me reveló que, mientras yo me dedicaba a rumiar mi desventura, ella había hecho un último descubrimiento. Descorchó un burdeos, tomó dos copas y me pidió que me sentara frente a su computadora.

—Te voy a contar una historia —me dijo—. Corría el mes de febrero de 1943 cuando el coronel Carter Clarke, jefe de la Rama Especial del Ejército responsable del Servicio de Inteligencia de Señales, ordenó establecer un pequeño proyecto para examinar los cables diplomáticos que la embajada soviética en Washington y el consulado soviético en Nueva York enviaban a Moscú desde estaciones de radio clandestinas. Clarke se había concentrado en quebrar los mensajes de alemanes y japoneses sin apenas preocuparse por sus aliados rusos, pero los rumores según los cuales Stalin se disponía a firmar la paz con Hitler torcieron su estrategia. La tarea se reveló más difícil de lo previsto, pues la URSS empleaba un sistema de encriptación en dos fases y sus analistas no lograron desentrañar sus primeros mensajes hasta bien entrado 1946, cuando la guerra había terminado.

—¿En verdad Stalin quería traicionar a Roosevelt?

—Los cables en ningún momento se referían a una negociación con los nazis —continuó Leah—, pero demostraban lo que nosotros ya sabemos: que la URSS poseía una formidable red clandestina infiltrada en las principales agencias del gobierno. En 1939 la oficina de Clarke apenas contaba con una docena de especialistas, pero para 1945 empleaba ya a ciento cincuenta trabajadores entre criptógrafos, analistas, lingüistas y expertos en señales de radio, y se había mudado a un antiguo colegio para señoritas en Arlington Hill, Virginia. En 1952 tomó el nombre que conserva hasta hoy, Agencia de Seguridad Nacional, la más opaca de nuestras centrales de inteligencia. El esfuerzo de Clarke, conocido en un principio como el "problema doméstico soviético", luego tomó los nombres de Jade, Esposa, Droga y por fin, en 1961, el de Proyecto Venona.

¿Era posible que durante todos los años de la guerra nuestros servicios secretos hubiesen espiado a los espías? Me apresuré a abrir la botella. En el teclado, los dedos de Leah se animaban como larvas recién salidas de sus huevecillos.

—¿Y al final Clarke logró descifrar esos cables?

—Entre 1940 y 1980, cuando el programa fue desechado debido a su falta de interés táctico, el Proyecto Venona descifró total o parcialmente 1.8 por ciento de los cables de 1942; 15 por ciento de los de 1943; la mitad de los cables soviéticos enviados en 1944; pero sólo 1.5 por ciento de los de 1945 —leyó de la pantalla.

De pronto sentí la urgencia de tocarla. Aunque en los últimos meses había procurado evitar todo contacto físico con ella, ahora sentía que sólo su piel podría devolverme a la época en que su inteligencia llegaba a encandilarme.

—¿Y por qué nunca hemos sabido nada de ellos? —le pregunté.

—Porque el gobierno decidió mantenerlo en secreto. Sus descubrimientos nunca fueron utilizados en los procesos iniciados contra los sujetos acusados de espionaje durante la Guerra Fría.

—El gobierno prefirió que fuesen juzgados erróneamente antes que revelar la existencia del proyecto...

—Eso me temo.

—Pero supongo que me cuentas todo esto por algún motivo —me bebí el resto de mi copa y acaricié sus labios de manera inequívoca.

—Aquí viene lo más interesante —se hizo a un lado sin la menor delicadeza—. Gracias a la intervención de dos historiadores, John Earl Haynes y Harvey Klehr, con quienes me entrevisté hace unos días, la NSA por fin decidió abrir sus archivos. En una conferencia de prensa celebrada en Langley, la CIA, el FBI y la NSA dieron a conocer el Proyecto Venona y publicaron una primera lista de cables descifrados por sus analistas. Calculan que en los próximos meses pondrán a disposición de los expertos unas cinco mil páginas de material bruto.[1]

No necesitó darme más detalles para que yo barruntase la relevancia de su anuncio. Aunque la inocencia de mi padre

[1] Para consultar los archivos Venona se puede recurrir al sitio web de la NSA: http://www.nsa.gov/public_info/declass/venona/index.shtml (N. del E.).

hubiese quedado descartada, tal vez aún podríamos aproximarnos a sus motivos.

—¿Y dónde se encuentra ese material?

—Aquí mismo, en Nueva York —exclamó triunfal—. Necesito un equipo que me ayude a desmenuzar ese inmenso caudal de información.

—Sabía que al final el misterio se resolvería con dinero.

La besé con una obstinación que no se distinguía de la furia. Apenas reconocí el sabor de sus labios, como si se tratase de una desconocida. Ella no secundó mi vehemencia, pero yo la alcé en brazos —me sorprendió constatar la facilidad con que aún era capaz de levantarla— y la llevé a cuestas a la cama. Si en el sexo nunca fuimos compatibles, los años al menos nos habían enseñado a fingir que podíamos satisfacernos. Aquella repentina descarga sexual quizás no llegó a reconciliarnos, pero disipó por unos meses la sensación de que, luego de tantas aventuras compartidas, nuestra historia en común carecía de sentido.

Aria de Vikram

—No la tolero, Vikram —me exalté al descubrir el rostro de Erin Callan otra vez en la pantalla.

¡Cómo detestaba sus gorgoritos, sus ironías y desplantes de niña de párvulos, su flequillo iridiscente, sus modelitos importados, su pasión por el estilo que sólo denunciaba su atroz falta de estilo! No había noche en que no me topase con su rostro escandalosamente maquillado en CNBC. Erin Callan, la mujer más poderosa de Wall Street según *Condé Nast Portfolio* —en la enorme foto, a punto de descender de una limusina, presume sus piernas deshilachadas y las suelas rojizas de sus Leboutin—, trataba de explicar por qué Lehman Brothers no estaba en peligro. Si nada hay más insufrible que las declaraciones de un gerifalte de Wall Street, oír a Erin Callan se convertía en una tortura. La hiena no tenía la menor experiencia en el sector, nunca había dirigido un grupo de más de cincuenta personas y su mayor gracia consistía en no ruborizarse al presumir sus compras en Bergdorf Goodman.

—En Wikipedia la palabra arribista tendría que venir acompañada de su foto —solté con rabia.

—¿Cómo se convirtió en jefa financiera de Lehman? —me preguntó Vikram.

Mi amigo había terminado de enfundarse los pantalones y permanecía con el pecho desnudo. Sus abdominales daban cuenta de las horas que pasaba en el gimnasio para aliviar el estrés de esa temporada.

—Porque así lo quiso Joe Gregory —le dije.

—¡Que burdo!

—Otros dicen que sólo es una calientahuevos.

Gregory, con quien había coincidido en algunos consejos de administración y en numerosas galas de beneficencia, casi resultaba simpático, sobre todo si se le comparaba con Dick Fuld, su amigo de toda la vida. Su mayor aportación como presidente de Lehman Brothers había consistido en introducir un test de personalidad de corte junguiano para medir la eficacia de sus brókers y en diseñar una política de igualdad de género que había impulsado el ascenso de mujeres y miembros de la comunidad LGBT. La nominación de la Callan no era, en esta lógica, sino el golpe maestro de su estrategia para limpiarle la cara al banco. Gracias a Gregory, Erin Callan —que, para mostrarse más terrenal, en otra entrevista se jactaba de salir con un bombero— no sólo había adquirido una influencia desmedida, sino que se había vuelto el rostro de Lehman.

"Nuestros resultados son sólidos" le explicaba Erin Callan a la periodista de CNBC con una sonrisa. "Estaremos felices de abrir el kimono y permitir que cualquiera vea nuestra historia."

—¿El *kimono*? —graznó Vikram—. ¿Y se supone que esta mujer pretende tranquilizarnos?

Apagué el televisor. Hacía meses Vik y yo sospechábamos que Lehman, con quien JV Capital Management realizaba operaciones por cerca de mil millones de dólares, debía recurrir a alguna estratagema ilegal para justificar sus insólitas ganancias. Sabíamos que desde hacía meses el banco estaba sometido a una enorme tensión interna y que algunos de sus operadores más experimentados habían abandonado sus puestos (o habían sido despedidos) tras mostrar su inconformidad hacia los manejos de Gregory, el único que parecía no reparar en la amenaza que sus enloquecidas adquisiciones representaban para la firma. Cualquiera que revisase con detenimiento los informes de Lehman podría haber descubierto que sus miles de derivados financieros ligados con hipotecas *subprime* lo conducían a aberrantes niveles de endeudamiento. Pero Dick Fuld hacía oídos sordos a las críticas. Su debilidad por Gregory obliteraba su juicio.

—¿No están un poquito preocupados por la propiedad inmobiliaria? —le había preguntado a Dick durante el intermedio de unos *Cuentos de Hoffman* en el Met en febrero de 2008.

—Estamos bien protegidos —refunfuñó sin abandonar su champaña.

Su exceso de confianza pronto habría de recibir un varapalo. A mediados de marzo corrió la noticia de que Bear Sterns, el quinto banco de inversión de Wall Street, estaba al borde de la quiebra y sólo ante la amenaza de un colapso J.P. Morgan había accedido a mantenerlo a flote. Según me informó Vikram, quien seguía manteniendo estrechos contactos con varios ejecutivos de nuestra antigua oficina, ese fin de semana sus contables y auditores habían tomado Bear Sterns por asalto para revisar sus libros.

—Es peor de lo que creíamos —me reveló mi amigo—. Según mis informantes, al menos 30 mil millones resultan demasiado riesgosos para que J.P. Morgan los adquiera sin la ayuda del gobierno.

Tratando de conjurar una desgracia mayor, la Reserva Federal había accedido a garantizarlos si J.P. Morgan ofrecía a los accionistas más de 2 dólares por título (al final terminaron en 10, sin que ello contribuyese a disipar el pánico). El lunes 17 de marzo no había más qué hacer. Bear Sterns, una institución fundada 85 años atrás, considerada por décadas un modelo de rigor y probidad, fallecía por culpa de la mala gestión de sus directivos.

Todas las miradas se dirigieron entonces a la siguiente ficha del dominó. Lehman Brothers.

—Ahora Dick Fuld no podrá quedarse tan campante —exclamó Vikram.

El 18 de marzo, Erin Callan volvió a comparecer en las pantallas para anunciar que, durante el primer trimestre de 2008, Lehman había obtenido unas ganancias modestas pero en cualquier caso sorprendentes, dada la inestabilidad de los mercados. "500 mil millones de dólares", presumió con un gallito.

—¿De verdad cree que nos tragaremos el cuento? —le dije a Vikram.

—No veo otra explicación —refunfuñó mi amigo—. Lehman tiene que estar subvaluando sus activos en muchos millones.

Esa noche Vikram le hizo una autopsia al informe trimestral del banco y halló una abultada discrepancia entre los resultados anunciados por Erin Callan y los reportados ante la SEC una semana atrás.

—Yo tenía razón —me dijo sin ocultar su orgullo detectivesco—. Están falseando las cifras, J.V.

Como si fuera una travesura, me apresuré a enviarle un correo electrónico a la jefa financiera de Lehman. "Erin, llámame por favor." No pasaron ni diez minutos antes de que la hiena marcase mi número.

—¿En qué te puedo ayudar? —chilló a mi oído.

—A ver, Erin, ¿podrías explicarme cómo es posible que sus inversiones ligadas a propiedades inmobiliarias e hipotecas hayan aumentado su valor cuando el mercado está en caída libre? —le solté a bocajarro—. Según mis cálculos, los CDO's hipotecarios de Lehman deben rondar los… 6 mil quinientos millones…

—Bueno, es que…

Gorgoritos y más gorgoritos.

—Esto suena cada vez peor, Vik —al fin soné preocupado—. Tenemos demasiados negocios con ellos…

Durante mi intervención en una conferencia financiera, el 21 de mayo, ya no pude contenerme, tenía que mostrarle al mundo que la irresponsabilidad de Gregory y Callan ponía en riesgo todo el sistema financiero. (Y, sobre todo, a JV Capital Management.)

—Me temo que Lehman no será sancionado por lo que ha hecho. Incluso sospecho que ciertas autoridades aplaudirán sus dudosas prácticas contables —me indigné ante la crema y nata de Wall Street—. Si no hay sanción por los malos comportamientos, y estas conductas continúan inspirando elogios de la prensa sobre cómo manejar esta crisis, todos lo vamos a pagar muy caro.

¿Creen ustedes, queridos lectores, que Erin Callan guardó un prudente silencio frente a mis acusaciones? ¡Por supuesto que no! Continuó exhibiendo su flequillo iridiscente y sus explicaciones anodinas en CNBC y todas las cadenas que visitó a lo largo de esa semana —siempre con un modelito diferente—, descalificando a quienes cuestionábamos sus números. En una entrevista con el *Wall Street Journal,* desmintió mis acusaciones con el único argumento que debió parecerle irrebatible: una lista de las joyas que había adquirido esa semana.

Cuando Erin Callan anunció los resultados de Lehman para el segundo trimestre de 2008, el hoyo negro ya no podía maquillarse: 2 mil 800 millones de dólares en pérdidas. A la mañana siguiente las acciones del banco cayeron 21 por ciento. Hasta alguien tan coriáceo como Dick Fuld debía estarse mordiendo las uñas y, tras una reunión de emergencia, Lehman por fin anunció la salida de Gregory "por motivos personales".

—Patrañas —me confirmó Vikram—. Joe fue despedido aunque Dick le haya permitido cobrar su sueldo hasta diciembre. Sólo que Gregory, el impulsor de las políticas de género y el defensor de gays, lesbianas y transexuales, no quiso pasar a la historia como el causante de la tragedia.

Cuando la noticia se hizo pública, los críticos se cebaron contra Erin Callan, la mujer más poderosa de Wall Street. En cambio a Gregory apenas lo tocaron.

Dúo

En cuanto Vikram me mostró el recorte del periódico (su rostro de papel de china, los dedos titubeantes) no me quedó más remedio que violar una de mis sacrosantas reglas y recorrer a toda velocidad las 120 millas que separan nuestra cabaña de la zona turística de la isla en busca de un cibercafé. Mi paranoia se ha acendrado con los años: he leído decenas de relatos de prófugos de la justicia atrapados por descuidos semejantes, una imprudente llamada a un celular, un correo electrónico sospechoso, cierto número de páginas web descargadas de la misma cuenta. El ojo de dios —o de sus sustitutos: las agencias de seguridad del planeta— nos vigila desde las alturas, montado en un satélite.

Abrí el *Times* (diez artículos gratuitos sin necesidad de registrarte), luego el *Post* (más popular y con menos trabas) y, saltando de una ventana a otra, media decena de sitios diferentes para profundizar en la noticia: el inicio del juicio contra Isaac y Susan Volpi en la Corte Federal del Distrito Sur de Nueva York el 8 de enero de 2011. Así me enteré de que Mel Gonzalez, de Goldburn, Wallace & Mervin, conducía la defensa de mis hijos. El mismo bufete con el que trabajé durante más de tres lustros y cuyos socios perdieron cerca de un millón de dólares per cápita tras invertir en JV Capital Management. En la pantalla distinguí los compungidos perfiles de mis hijos, Susan intentaba esconderse detrás de una revista de moda —Kim Kardashian en la cubierta— mientras ascendía por la escalinata de la corte, en tanto que Isaac, todo de negro, lucía como espantapájaros.

¿Hacía cuánto que no veía a mis hijos? ¿Dos años? Tres, me corrigió Vikram. Tres años de vida itinerante; tres años de vagar de aquí para allá como un *flâneur* forzoso o un turista accidental (le robo el término a Ann Tyler); tres años de no tener contacto alguno con los mellizos (ni con Leah ni con Becca); tres años de imaginarlos a la distancia, de rezar por ellos a ese dios en el que no creo, de esperar que su juicio no se celebrase. Me dio un escalofrío al descubrir el nombre del fiscal, Ben *el Zurdo* Robertson, uno de los entenados de Eliah Strauss. Su falta de imparcialidad quedaba asegurada.

Ningún sitio narraba aquella primera audiencia con el detalle que yo hubiese requerido, y se concentraban en revelar el lado humano de las víctimas (*mis* víctimas: meloso cliché) o se relamían con una triste secuencia fotográfica de Susan y su procelosa y desafortunada nómina de amantes. Tras mi debacle y mi huida, al parecer la pobre no había hallado mejor evasión que el sexo desenfrenado con *socialités* y actorcitos de cine independiente. El título de una de las notas, no la más insidiosa o agresiva, resumía el aire que se respiraba en torno al caso: "La familia de la mafia".

Mi pesadumbre aumentó al descubrir que una de las principales promotoras de la causa criminal contra mis hijos —las querellas civiles resultaban ineludibles— fuera Cari Dumontet, la hija menor de Frank Dumontet, antiguo socio de JVCM fallecido en 2006, quien representaba a varios fondos de pensiones que habían quebrado, según ella, "por culpa de los Volpi". Sus abogados alegaban que, dada la posición de Susan e Isaac, ellos eran responsables de los daños, sin importar si estaban al tanto o no de mis heterodoxos manejos financieros (me fascinó el eufemismo). Según constaté en blogs y artículos por aquí y por allá, nadie parecía confiar en la inocencia de mis vástagos. ¿Cómo podrían haber desconocido las triquiñuelas que su padre cometía en sus narices? ¿Cómo podrían no haber estado al tanto de la contabilidad paralela, del esquema Ponzi, del intrincado laberinto de transferencias y el desvío de fondos siendo dignos hijos míos?

Mel había reiterado una y otra vez las mismas excusas, que sus clientes nada sabían de mis maniobras fraudulentas, que no habían participado en los engaños, que al enterarse del fraude se habían apresurado a denunciarme al FBI y que en todo momento habían cooperado con la justicia. Para la opinión pública —esa hidra de mil cabezas y ningún cerebro— nada de eso importaba. Los infelices eran unos Volpi y, en ausencia del Volpi definitivo, del Volpi original, del Ur-Volpi prófugo de la justicia, ellos deberían pagar por mis faltas. Así sonaba la determinación del juez McCulkey, quien había dado por válidos los indicios de conspiración criminal interpuestos por la fiscalía, y les impuso a Susan e Isaac una fianza de 16 millones de dólares que sólo pudieron conseguir hipotecando (menuda ironía) los pocos bienes que les quedaban tras el reciente remate de cuatro mansiones y el rancho de Montana.

—¿Qué puedo hacer por ellos, Vikram? —le dije en cuanto volví a la cabaña, más abatido que nunca.

Apacible y enigmático, con esa calma zen que llega a trastornarme, mi amigo se limitó a arquear la ceja izquierda. Si me hubiese apuñalado no me habría sentido peor. Sólo había una respuesta a mi estúpida pregunta, una respuesta que por supuesto yo no me atrevía a pronunciar.

Escena IV. *Sobre cómo retrasar la verdad por medio siglo y por qué cayó Babel*

Aria de Eliah Strauss

Convertida en un clásico americano, la escena se repite una y otra vez en las pantallas. Enfocada bajo una luz asesina, la pareja comparece con las manos entrelazadas, los semblantes ruborizados o abatidos —ella, severa y elegante, casi mustia; él, con la voz desfondada y los ojillos acuosos—, el peso de su convivencia reflejado en esa suave tensión con la que prometen sobrellevar el incidente mientras los dos se esfuerzan por mirarse de vez en cuando, o más bien se aseguran de que los demás contemplen ese guiño, ese gesto cómplice en el que se cifra la posibilidad de una disculpa: si ella aún puede verme a la cara, ¿por qué no habrían de hacerlo ustedes, conciudadanos y electores? Poco importa que la mujer esté harta, furiosa, descompuesta, no tanto por el engaño (otro de tantos) como por la afrenta, la necesidad de exponerla como una buena samaritana que encaja de manera heroica, *admirable*, cada nueva revelación —cada nueva humillación— sin encogerse. Aunque lo maldiga y haya emprendido ya las primeras acciones para ajustar el umbral de la demanda, ella sabe que no le queda otro remedio más que figurar a su lado —figurar, exacto término—, acompañarlo en esa ordalía de verdad y dolor que tanto complace a los fanáticos de los melodramas políticos, tragarse sus inútiles palabras, error, el gran error, el tremendo error que cometí, encajar su arrepentimiento —no por su conducta, sino por su torpeza al disfrazarla— y soportar esos diez o quince minutos de vergüenza, esa confesión que se le exige aquí a todos los hombres públicos que son lo suficientemente imbéciles para permitir que sus infidelidades emborronen los tabloides.

Bill Clinton; el senador y precandidato demócrata a la presidencia John Edwards (D-NC); el congresista Mark Souder (R-IN), célebre por sus arrebatos a favor de la abstinencia; el precandidato republicano a la presidencia Herman Cain; el admirado general David Petraeus; el congresista y defensor del nuevo conservadurismo Newt Gingrich (R-GA); el congresista Thad Viers (R-SC); el congresista Antony Winer (D-NY); el congresista Eric Massa (D-NY); el candidato a congresista Tom Ganley (R-OH); el senador John Ensig (R-NV), uno de los más implacables críticos de Clinton; el congresista Vito Fossella (R-NY); el congresista Tim Mahoney (D-FL); el presidente George W. Bush; el senador David Vitter (R-LA), asiduo de la célebre madame Deborah Jane Palfrey; el gobernador demócrata de Nueva York Eliot Spitzer (el infame "cliente número 9"); el presidente Barack Obama; el ex gobernador Mark Sanford (R-SC) y, sólo uno entre muchos más, el fiscal general de Nueva York, Eliah Strauss. Si este catálogo sólo reúne a quienes han sido descubiertos, sospechamos que en nuestro país deben esconderse decenas de políticos que llevan en santa paz una dulce —o apasionante— vida doble. Basta echarle un ojo a Julianna Margulies, la protagonista de *The Good Wife*, quien parodia u homenajea a todas estas admirables esposas (acabo de ver la primera temporada en DVD), para detectar el morbo provocado por estos episodios de expiación. Fascinante espectáculo donde uno no sólo puede saborear la caída de *otro* infiel, sino justificarlo al contrastar las tiernas o ajadas fotografías de la esposa —mechas pintadas, patas de gallo, conjuntitos resultones— frente a las volcánicas tetas de la edecán en turno.

"El servicio más discreto y exclusivo de encuentros sociales", anunciaba la página web. "Contamos con modelos, ganadoras de concursos de belleza y estudiantes que cumplen los más altos requisitos de inteligencia, belleza y encanto. Cada una de nuestras *escorts* es producto de una historia excepcional y un éxito por propio derecho." Y, al calce, una lista de precios que iban desde las tres estrellas de Victoria o Adele (mil dólares por hora con un servicio mínimo de dos) hasta las siete de Andrea o Cécile (de 2 mil a 3 mil dólares por hora). Nada de culitos obscenos, nada de escotes pornográficos, nada de muslos procaces. El Emperors' Club VIP apostaba no sólo por las chicas más sofisticadas de la ciudad sino por los clientes más exquisitos. Sus perfiles las dibujaban como artistas, empresarias o académicas: "modelo, actriz, cantante y experta en relaciones públicas"; "creó y vendió un fabuloso spa en Manhattan antes de los veinte años"; "bailarina clásica con unos arrebatadores ojos azules"; "concertista de piano desde los siete años, dueña de una inteligencia excepcional". Alto *standing*.

En opinión de sus dueños —un bulldog ruso y su noviecita de 22—, el negocio era tan legal como un cibercafé pues, tal como le explicaban a las jóvenes que atiborraban sus *castings*, ellos no hacían más que facilitar el contacto con los solitarios políticos, los extenuados empresarios o los nerviosos inversionistas de Wall Street que recurrían a sus servicios. Nada de sexo —las chicas tenían prohibido mencionar lo que ocurría en las habitaciones—, pura y simple *compañía*. Además, el Emperors' Club VIP facturaba sus cuentas a nombre de Gotham Steaks y recibía transferencias a través de dos cuentas ubicadas en las Islas Caimán. Discreción asegurada. ¿Cómo no atreverse a una llamadita?

—¿Hola?

—Me puede decir su nombre —una voz aniñada al otro lado de la línea.

—Terry —responde el cliente, medio turbado.

—¿Qué buscas aquí, Terry?

—¿Tendrán a alguien... disponible?

—¿Qué te gusta?

—¿Cómo tengo que pagar? ¿Y dónde nos encontraríamos?

Terry era, sí, *ese* Terry.

El miserable exesposo de Susan. Como muchos clientes primerizos, lo imagino tan abotagado por la ansiedad cómo por la testosterona. El infeliz necesita saber a detalle como funciona el club, sólo entonces estará dispuesto a registrarse y a pagar. Luego de media decena de telefonemas con la recepcionista —Aileen Duchamp, 94-58-90, la noviecita del dueño—, Terry al fin se convence de usar sus servicios.

Gratamente complacido por Charlize, una rubita diminuta, 23 años, 89-58-92, de clarísimos ojos violeta, mi ex yerno se transforma en *habitual*. ¿Cuánto tarda en compartir su hallazgo con su nuevo compadre, el fiscal general de Nueva York, el cual (dicho sea de paso) estaba obligado a perseguir los círculos de prostitución tanto como a los tiburones de Wall Street? Vikram me hace llegar los primeros informes de que Strauss se ha vuelto adicto al Emperors' Club VIP en la primavera de 2006. Igual que los espías comunistas, el *sheriff* de Wall Street se vale de un nombre en clave para enmascarar su clandestinidad erótica: Georges Renard. ¿Francés? "Mis abuelos", les presumía a las más chicas curiosas.

Tal como terminaría por difundirse en los más zafios tabloides y *talk shows* del planeta, Georges Renard no era un cliente sensible o educado, como se esperaba de alguien dispuesto a pagar hasta 5,500 dólares la hora por alguna de las nuevas Modelos Top promovidas por la agencia. A diferencia de Terry, quien buscaba cierto solaz en sus escapes, Renard disfrutaba de una vida familiar completamente satisfactoria —así habría de declararlo— y sus deslices obedecían a "un puro impulso físico" y a su "imperiosa necesidad de controlar el estrés". Nada de romanticismo, nada de *small talk*, nada de fantasías. Como llegó a decirle a Eva, una de las pocas *escorts* que no se quejaron de su trato: "*wham* y *bang* sin necesidad de *gracias, ma'am*".

Según Sheila, la responsable de concertar las citas para el Emperors' Club VIP, una mañana respondió a la llamada del señor Renard, quien solicitaba una chica que acudiese a su habitación del Waldorf Astoria *de inmediato*. Orgullosa de su eficacia, Sheila hizo los arreglos y Hélène, 95-63-94, se presentó al mediodía. Menos de cuatro horas más tarde, Renard exigió una nueva acompañante, Milly, 88-58-90, quien voló rumbo a su habitación hacia las cuatro. Una más, Raquel, 95-64-98, fue convocada a las ocho de la noche. Incluso alguien con el pedigrí de Sheila quedó impresionada. Conforme la carrera de Strauss se volvía más aplaudida y sus tareas como fiscal general más apremiantes —entre ellas, acusarme por defraudación—, los apetitos de Renard se intensificaban y pronto requirió un nuevo servicio, viajes de uno o dos días con las chicas. Ningún problema, señor. Sólo que todo tiene un precio, y los pagos se tornaron más difíciles de justificar. Siempre habilidoso, Strauss creó una compañía fantasma cuyo única actividad consistía en triangular sus depósitos.

El oleaginoso mediodía del 8 de mayo de 2008, un grupo de policías federales, encabezados por el detective Harrington, se presentó en las oficinas del fiscal general de Nueva York para investigar a una compañía que, de acuerdo con los registros del sistema tributario, había transferido importantes sumas a una cuenta *offshore* asociada con una red de prostitución. "En el caso está vinculado un importante político", advirtió. No pasaron ni tres días antes de que los bancos que realizaron los giros revelasen el nombre del sujeto. Anticipando un caso no sólo de lenocinio sino de malversación, el FBI se apresuró a vigilar todas las transacciones de Strauss y obtuvo una orden judicial para intervenir los teléfonos del Emperors' Club VIP.

El 15 de junio —apabullante coincidencia: el día previo a que Strauss presentase la acusación formal en contra de JV Capital Management—, Georges Renard concertó un viaje a Buffalo con la chica mejor cotizada del Emperors' Club VIP, una deliciosa, aniñada y "tremendamente sexy" aspirante a cantante llamada Rebecca Saunders Smith, 21 añitos, 94-61-93, quien respondía al nombre artístico de Sienna Mignon (futura portada de *Playboy*, agosto de 2009). Según el reporte del FBI, a las tres de la tarde Renard se comunicó con Sheila para saber si su pago había sido procesado a tiempo y ésta le confirmó que su "paquete" se hallaba en tránsito. A las diez de la noche, Sienna subió por el elevador del Hotel Sheraton rumbo a la habitación 206. "La verdad me cayó bien desde el principio", declararía la modelo en una entrevista en horario *prime time*. "Se comportó muy bien, hablamos un poco y me ofreció una copa. Lo único extraño es que se negara a quitarse los calcetines." ¡Los calcetines! ¡Qué golpe maestro, Vikram! ¡Ni a mí se me hubiese ocurrido!

El 16 de julio, el FBI irrumpió en las oficinas del Emperors' Club VIP, un cuchitril que no hacía justicia a su nombre, y arrestó al bulldog y a su noviecita bajo cargos de prostitución y lavado de dinero. Siendo justos, no había razón para que los nombres de sus clientes fuesen hechos públicos. Con dos notables excepciones: el inversor Terry Wallace y el fiscal general Eliah Strauss. ¿Por qué el FBI dio a conocer un informe de quince páginas que sólo detallaba las actividades de estos dos habituales del Emperors' Club VIP? Un exceso de celo, imagino. Por una vez, la justicia parecía ciega. Cuando el *New York Times* colocó este titular en su página web: "Strauss ligado con una red de prostitución", clausuró para siempre la carrera del *sheriff* de Wall Street. Su posterior martirio mediático, cuyos escabrosos detalles no me rebajaré a detallar, quizás no haya servido para detener las investigaciones en contra de JV Capital Management —algo que yo jamás hubiese pretendido—, pero al menos me concedió lo más valioso que Vikram y yo necesitábamos entonces. Un poco más de tiempo.

Dueto (con coro de espías)

La nieve se estrellaba contra las vidrieras cuando Leah extendió frente a mí el resultado final de su trabajo, un breve informe de unas veinte páginas. La tenue luz de la estancia acentuaba los ángulos de su rostro, aunque no conseguí discernir en ella una expresión de triunfo o de satisfacción, sino apenas una suave melancolía. Sostuve el documento entre mis dedos como si fuese un pañuelo y lo dejé flotar sobre la mesa.

—Así que aquí están todas las respuestas —ironicé.

Leah tiritaba. Había llegado hacía unos minutos y yo no le había permitido ir a cambiarse, casi le había arrancado el abrigo y la había arrastrado a la biblioteca. Le serví uno de sus tés dietéticos para que entrase en calor. Más de cerca lucía tensa y fatigada, pero imaginé que la perspectiva de atar los últimos cabos de esta historia de traiciones y mentiras la había dejado tan vacía como a mí.

—Pese a todos nuestros esfuerzos, sólo conseguimos rastrear cuatro cables del Proyecto Venona en los que pudimos identificar a Noah —su voz cavernosa parecía la de una anciana—. Confirman lo que ya sabíamos, su pertenencia al círculo de Silvermaster durante los años de la guerra.

No puedo decir que mi decepción fuese mayúscula: había acabado por hacerme a la idea de que mi padre no dejaría de ser esa sombra esquiva que acarreaba desde la infancia. Me acomodé en una silla y, como un paciente en estado terminal, espere el temido diagnóstico.

—Te voy a contar cómo funcionaba el sistema de encriptación que usaban los soviéticos para transmitir sus mensajes a Moscú —Leah tomó unas hojas de papel y las extendió frente a nosotros—. Primero, el oficial de inteligencia escribía el mensaje que debía enviar de la forma más sucinta posible y procedía a remplazar los nombres propios por palabras en clave. Luego, valiéndose de un libro de códigos, el oficial convertía el texto en grupos de cuatro cifras que podían representar sílabas, palabras, frases o incluso signos de puntuación.

—Continúa.

—Una vez recibido en Moscú —su tono se volvió moroso, seco—, el oficial de inteligencia del KGB o el GRU emprende la secuencia inversa, empleando una libreta de conversión única idéntica a la de su colega en Estados Unidos. Un sistema, como te digo, inexpugnable. Sólo que cuando Hitler decidió romper su alianza con Stalin e invadió la Unión Soviética por sorpresa, los expertos rusos no se dieron abasto para producir el número suficiente de libretas y, en una maniobra que se revelaría catastrófica para la seguridad de su sistema, se dedicaron a copiarlas y usarlas en más de una ocasión. Al cabo de unos años, el equipo de la NSA acabó por desentrañar este proceso, más adelante se adueñó de una libreta de conversión descubierta por el ejército durante la liberación de Europa y por fin logró reproducir grandes porciones de distintos libros de código.

Como una alumna que ha obtenido las mejores notas de su clase, Leah se cruzó de brazos. No sé si esperaba un premio o una felicitación.

—Empecemos con los Rosenberg —propuse.

Mi esposa reordenó sus papeles y clavó la vista en ellos.

—Los cables del Proyecto Venona demuestran que Julius trabajaba para los rusos desde los años treinta —se tronó los nudillos—. Veintiún cables transmitidos por el NKVD entre 1944 y 1945 refieren su labor como informante. Los primeros, de mayo de 1944, mencionan que su red se hallaba activa y bien engrasada.

—¿Y fueron ellos quienes entregaron los planos de la bomba a los rusos?

—No —la voz de Leah se tornó más firme, más severa—. Los cables confirman que eso fue obra de Harry Gold y Klaus Fuchs, si bien resulta indiscutible que Julius reclutó a su cuñado, David Greenglass, quien entonces se desempeñaba como técnico en el Laboratorio de Los Álamos, para que compartiese con él datos sobre el Proyecto Manhattan.

—¿Y Ethel?

—Sólo existe un cable en el que figura su nombre. En él se señala que, si bien era una devota comunista, no desempeñó papel alguno en la conspiración. Según los cables soviéticos, Julius fue apartado de la red en febrero de 1945.

—¿Y entonces por qué fue sentenciada?

—Su hermano la acusó —a Leah se le saltaron las venas del cuello—. A fin de obtener la inmunidad para su esposa, Paul testificó contra Ethel… Inventó los cargos, o al menos los exageró.

—La vendió para salvarse…

—Ethel jamás debió ser juzgada y menos condenada a la silla eléctrica. Si el gobierno hubiese mostrado los cables durante el juicio, en el peor de los casos Julius habría sido sentenciado a unos pocos años de prisión y Ethel habría sido exonerada.

Mi esposa se derrumbó por un segundo, repentinamente afectada por esas lejanas muertes. La antigua Leah, la Leah que defendía todas las causas nobles, reapareció por un instante. En cambio yo no conseguí sentirme conmovido. Algo me impedía simpatizar con esos comunistas, por muy injustas que hubiesen sido sus condenas.

—¿Y Hiss? —me impacienté.

—Decenas de cables hacen referencia a su desempeño como espía. Un cable de 1943 confirma que se reunió con el agente A (es decir, Isjak Ajmerov) para entregarle información del Departamento de Estado —Leah revisó sus notas y tomó aire—. Otro establece que, a fin de premiar sus esfuerzos contra el fascismo, cuatro agentes fueron recompensados con unas preciosas alfombras de Bujara, entre ellos Hiss.

—Así que a fin de cuentas el mayor mentiroso de la historia americana era Alger... ¿Y nuestro amigo Glasser?

—Tampoco hay dudas de su pertenencia al círculo. Un cable de 1944 dice: "Harold Glasser es un viejo campesino", lo que demuestra su militancia en el Partido. Hacia 1937, cuando ya había encontrado acomodo en el Tesoro, su controlador soviético lo envió a la célula de Chambers para garantizarle el acceso a Harry White.

—¿Y los demás?

—Al menos ochenta y cinco cables trasmitidos entre 1942 y 1945 hacen referencia al círculo de Silvermaster —me confirmó Leah—. Nathan y su esposa Helen, Ullmann, Silverman, Coe, Currie, Adler...

—Todos eran agentes comunistas.

—Todos.

Leah se llevó un dedo a la boca y se arrancó un trozo de la uña.

—Otros cables confirman que Helen Silvermaster colaboraba con su esposo y mencionan el estipendio que ambos recibían de los rusos, así como a la entrega en 1944 de un bono adicional de 300 dólares.

—Los comunistas cobraban aguinaldos...

—Ullmann aparece en veinticuatro cables y Silverman en doce. Nueve cables hacen referencia a Currie y otros tantos documentan la pertenencia al aparato de Coe y Adler.

—¿Y White?

Leah se llevó la mano al pecho.

—¿Estás bien? —le pregunté.

—Quince cables mencionan a White entre 1944 y 1945 —en su semblante se filtró una mueca dolorosa—. En uno de ellos, se ofrece a asesorar a Moscú sobre cómo tratar al gobierno polaco en el exilio y asegura que Estados Unidos terminará por aceptar la anexión soviética de Estonia, Letonia y Lituania. Otro, de 1945, establece que, como delegado a la Conferencia de Naciones Unidas de San Francisco, White se encontró con agentes soviéticos para proporcionarles información sobre la estrategia de Estados Unidos. Un mensaje más confirma que recibió otra de las alfombras de Bujara en reconocimiento por sus servicios. Un texto más contundente refiere el desagrado de Silvermaster al enterarse de que White fuera contactado directamente por el NKVD sin su mediación. Y un mensaje de agosto de 1944 reporta el siguiente encuentro entre White y su contacto soviético —Leah no evitó la tentación de leérmelo en voz alta:

«En lo que respecta a las técnicas para su subsecuente trabajo con nosotros, Jurista dice que su esposa está dispuesta a cualquier sacrificio; él mismo no se encuentra preocupado por su seguridad personal, pero una filtración podría derivar en un escándalo político y el descrédito de todos los aliados del nuevo curso, por lo que debe ser especialmente cauteloso. Preguntó hasta dónde él podría [pasaje indescifrable] su trabajo con nosotros. Le respondí que debería detenerse. Jurista no cuenta con un apartamento adecuado para nuestros encuentros; todos sus amigos tienen familias. Las reuniones deben llevarse a cabo en sus casas cada 4-5 meses. Propone conversaciones infrecuentes, que no duren más de media hora, mientras conduce su automóvil».

—Aunque aportan algunos detalles inquietantes —admití—, en realidad estos cables sólo confirman lo que ya sabíamos…

—Y así llegamos a tu padre —el nerviosismo de mi esposa se volvía cada vez más evidente—. Como te dije, al final sólo hallamos cuatro cables que se refieren de manera específica a Noah. El primero, de septiembre de 1942, se limita a confirmar su pertenencia al círculo de Washington —Leah desplegó una hoja frente a mí y leyó:

«Hoy Zorro procedió a entregarle a Robert (Silvermaster) la información solicitada sobre el préstamo al gobierno chino».

—Lo mismo que decían los archivos rusos —advertí.

—El segundo es un poco más explícito. Afirma que Noah ha transmitido a los rusos el estado del Acuerdo de Préstamo y Arriendo para Gran Bretaña, auxiliado por un agente no identificado —los dos leímos al unísono:

«Tras un retraso debido a razones familiares, Ángel nos transmitió los documentos de Zorro relativos a [texto indescifrable] y el plan económico para auxiliar a los británicos».

—El tercer mensaje, de julio de 1944, parece hacerse eco de las preocupaciones del círculo de Washington en torno a Silvermaster. Y de nueva cuenta surge el nombre de ese otro agente:

«Zorro le ha manifestado a Albert (Ajmerov) sus reticencias a continuar trabajando con Richard (Silvermaster). Lo acusa de poner en peligro al aparato y de tener un comportamiento cada vez más inestable. Albert le prometió intervenir en el asunto. Zorro dijo no estar dispuesto a continuar a menos que cambie el estado de cosas y [pasaje indescifrable]. Albert confirma que, a diferencia de Zorro, Ángel continúa realizando sus envíos de manera regular».

—Ángel —repetí.

—Por último, un cable de junio de 1945 señala la ruptura definitiva de tu padre con Silvermaster:

«Hace más de cuatro meses que Richard no ha tenido contacto con Zorro. El grupo de Babilonia (Washington) está desecho. Sólo Ángel se mantiene en contacto con Albert y le ha prometido hablar con Zorro para tranquilizarlo».

—¿Y quién diablos era Ángel? —pregunté.

Coro de los banqueros

Los síntomas del mal ya no podían ocultarse. Los parásitos que Vikram y yo habíamos incubado en el área de derivados financieros de J.P. Morgan habían carcomido los esqueletos de todas las instituciones de Wall Street. Bear Stearns, el más frágil de los grandes bancos de inversión, había sido el primero en precipitarse. Pero la sangría no habría de detenerse. Encerrados en nuestro búnker del octavo piso, donde fraguábamos aquella vida paralela que nos unía en la complicidad del crimen y la alcoba, Vikram se esforzaba en vano por trazar algún modelo que no significase el inminente final de JV Capital Management.

—Si el gobierno no interviene, las demás piezas de Wall Street caerán una tras otra —resumió—. Y nosotros con ellas.

Era el lunes 8 de septiembre de 2008, una semana antes de la hecatombe. La cuenta atrás se había iniciado.

—Es una locura —Vikram jugaba a ponerse y quitarse el grueso anillo de oro que yo le había regalado en nuestro aniversario—. En julio, los reguladores aseguraron que Freddie Mac y Fannie Mae tenían sus cuentas saneadas. Y ahora anuncian que necesitan más de 200 mil millones para no declararse en quiebra. Sólo imagina lo que habrá escondido en los libros de los demás.

—Empezando con Lehman —dije.

—Empezando con Lehman —repitió.

Mientras buena parte de nuestros colegas apenas comenzaba a espabilarse luego de sus apacibles vacaciones de verano, nosotros habíamos vuelto a la ciudad desde mediados de agosto. La pegajosa humedad de esas semanas no había contribuido a relajarnos. Aplicados a Lehman y en general a todos nuestros socios, las fórmulas de Vikram resultaban alarmantes, cuando no catastróficas. La menor perturbación en los mercados pondría en jaque a todo el sistema financiero, devorado desde dentro por nuestros voraces derivados hipotecarios. Si Lehman caía, JV Capital Management no tardaría ni una semana en seguir sus pasos.

—No veo cómo piensan equilibrar la balanza de pagos de Lehman en tan poco tiempo —Vikram se mesó el cabello—. Pero lo más extraño es que, salvo nosotros, nadie parece darse cuenta del peligro.

—Eso es porque, a diferencia de esos hipócritas, nosotros sabemos cuál es el estado de nuestros libros —admití.

El cinismo era mi único escudo frente a la realidad de nuestras cuentas. La ecuación era sencilla: quiebra de Bear Sterns + pánico generalizado + quiebra de Fannie Mae y Freddie Mac + pánico generalizado + caída de Lehman + pánico generalizado + quiebra de JV Capital Management = huida o cárcel. Ni con toda su astucia Vikram sería capaz de urdir un universo menos oscuro.

—Dicen que Bernanke está trabajando en varias iniciativas para salvar a Lehman —musitó.

Incluso en los momentos de desesperación, Vikram lucía impasible y atlético; sus músculos se tonificaban y lo hacían lucir como una estatua.

—Eso sólo significa que el presidente de la Reserva Federal no tiene la más remota idea de qué hacer —traduje.

—Si Dick Fuld no consigue articular un acuerdo similar al que se llegó con Long-Term, no creo que Lehman llegue al próximo fin de semana —sentenció mi amigo con falsa ecuanimidad.

Cuando hacía predicciones como aquélla, Vikram rara vez se equivocaba. Sus ojos negrísimos eran como dos planetas a punto de estallar.

—Fuld es más terco que una mula —golpeé la mesa—. Va a tratar de conservar su banco hasta el final. Y desperdiciará el poco tiempo que le queda para encontrar un comprador.

La mañana del 10 de septiembre, Dick Fuld convocó una conferencia de prensa para tranquilizar a los inversionistas. Vikram y yo la seguimos en directo a través de un circuito cerrado de televisión. El rostro avinagrado del CEO de Lehman no resultaba alentador, como si en la firmeza de sus palabras y sus ademanes ampulosos se pertrechase una fiera acorralada. Peroró a lo largo de más de media hora, diciendo que reduciría aquí, que vendería allá y que volvería más eficiente no sé qué aún más allá, sin exponer una sola idea clara sobre la verdadera situación del banco. A sus espaldas, las borrosas letras con el nombre de Lehman eran una ominosa réplica a la vaguedad de sus palabras.

—¿Lo escuchaste? —se escandalizó Vikram.

—Buenas intenciones y ni una sola medida concreta —me puse furioso—. El energúmeno no ha hecho más que señalarse el ombligo.

Aquella noche me quedé a dormir en el nuevo *loft* de Vikram, un galerón blanco e impoluto que en nada recordaba a su abigarrado estudio de Chelsea. Necesitaba que me atase a la cama y me penetrase con violencia. Pero esta vez el orgasmo no resultó liberador: me dejó abierto en canal pero no purgó mi espíritu. Apenas pude dormir. Por primera vez la necesidad de narrarle a Leah y a mis hijos lo que en verdad ocurría en el sancta sanctórum de JV Capital Management se volvía inaplazable. La rabia de Isaac sería lo de menos. Pero, ¿cómo confrontar las expectativas de Leah y la fragilidad de Susan?

Cuando me levanté, un tenue rayo de luz iluminaba la espalda desnuda de Vikram. No me sirvió de consuelo pensar que al menos podría despertar todas las mañanas a su lado. En cuanto llegamos a nuestras oficinas, cerca de las ocho, comencé a marcar insistentemente el teléfono de Fuld. Tras el fiasco de su conferencia de prensa, el infeliz no podía negarse a hablar conmigo aunque fuera por unos segundos.

—¿Lo estás intentando de nuevo? —Vikram me miró de reojo cerca del mediodía.

Al enésimo intento, Fuld al fin tomó mi llamada. En cuanto le expresé mi preocupación ante las últimas noticias, el fantoche se lanzó en una parrafada interminable, insistió en que el *Journal* había exagerado sus dificultades, que los buitres de la prensa buscaban destruirlo (esto era cierto) y que Lehman resistiría hasta el final. Su agresividad sonaba a simple desesperación.

—¿Qué te dijo? —me preguntó Vikram.

—Me mandó al diablo y me colgó el teléfono —resumí.

Mi amigo me mostró sus dientes blancos y pulidos en lo más próximo a una sonrisa que le había visto en semanas.

—Se dice que tanto Bank of America como Barclay's quieren comprar Lehman —ladeó la cabeza.

—Eso es porque aún no han estudiado sus números —empecé a detestar mi propio pesimismo.

Casi me pareció cómico constatar que a nuestro alrededor todo pareciese tan anodino, tan normal. En las pantallas y los sitios web de Bloomberg, CNBC o CNN los comentaristas financieros continuaban instruyéndonos sobre la próxima recuperación del mercado, mientras brókers e inversores perseveraban en sus tareas cotidianas, ajenos al riesgo atómico que se cernía sobre sus cabezas.

—Si el gobierno organiza un rescate provocará una enorme indignación entre la gente común —sentenció Vikram—. ¿Cómo justificar ante los ciudadanos que la mala gestión de unos gerentes debe ser reparada con sus impuestos?

—No lo dudo, pero la alternativa sería infinitamente peor —tragué saliva—. Si el Tesoro y la Reserva no consiguen que los jefazos de Wall Street salven a Lehman, será esa misma gente común quien lo pagará de sus bolsillos.

Otra vez decidí pasar la noche con Vikram, una situación que nada tendría de anormal —solíamos dormir juntos dos o tres veces por semana—, excepto por un detalle novedoso: el secreto que ella y yo compartíamos desde hacía unas semanas. Por desgracia, me resultaba imposible permanecer al lado de mi esposa sabiendo que su única preocupación en esas horas inciertas eran esas células que se acumulaban en su vientre.

El sábado 12 de septiembre, Vikram y yo nos encerramos en nuestro búnker desde temprano. Si bien unos *quants* rumiaban sus fórmulas e informes en el piso de arriba, nuestra sensación era la de ser los últimos habitantes del planeta.

—Mis fuentes me informan que Bank of America ha preferido llegar a un acuerdo con Merrill Lynch —me contó Vikram mientras mascábamos unos sándwiches a la hora del almuerzo—. Eso significa que la suerte de Lehman ha quedado en manos de Barclay's.

—Nada va a salir de allí, ya lo verás —me cubrí el rostro con las manos.

El domingo volvimos a acuartelarnos desde temprano, conscientes de que no sería un día de fiesta. El gobierno había citado en el edificio de la Reserva Federal de Nueva York a todos los mandamases de Wall Street. Estaban allí con una sola misión: resucitar a Lehman Brothers. ¡Qué extraña sensación de atestiguar, a la distancia, el hundimiento de nuestro mundo! ¡Y qué paradoja sentir que yo había contribuido a destruir el capitalismo de manera más efectiva que todas las conjuras de mi padre comunista!

—Barclay's insiste en que, si no hay dinero del gobierno en garantía, no se arriesgará con la compra de Lehman —le resumí a Vikram tras colgar con otro de nuestros contactos en la Reserva.

Aunque Geithner había prohibido los celulares, uno de sus asistentes trabajaba para nosotros y consiguió mantenernos informados de lo que ocurría en el edificio de la Reserva Federal de Nueva York casi en tiempo real.

Paulson (mirando al cielo), Bernanke y Geithner

—El problema es que no hay modo de calcular con precisión el monto de las hipotecas *subprime* que carga Lehman —Vikram no dejaba de teclear en su computadora portátil, absorbido por esa realidad virtual que para él constituía la realidad auténtica.

—Paulson y Geithner están tratando de reunir 35 mil millones para comprar los activos tóxicos de Lehman.

—¿Crees que lo consigan?

—En teoría aún es posible —distinguí una nota de angustia en mi respuesta—. Al parecer han llegado a un acuerdo preliminar, aunque todavía es frágil. Pero eso no servirá de nada si no hay fondos públicos de por medio.

—¿Funcionará?

—¿Quieres mi opinión sincera, Vik? —le di la vuelta al escritorio y lo abracé por la espalda—. Creo que ha llegado la hora de empacar.

No pasaron ni cinco horas antes de que se confirmasen mis augurios. Luego de otras tres o cuatro llamadas telefónicas confirmé que el acuerdo con Barclay's se había ido a la mierda.

—Los reguladores británicos no han aprobado la operación al no contar con garantías del gobierno. Y Paulson no está en condiciones de darlas.

—Así que éste es el final...

Con su habitual templanza, Vikram se dirigió a su escritorio y se dio a la tarea de salvar lo que aún podía salvarse de JV Capital Management. Unos cuantos millones por aquí y por allá, transferidos a cuentas *offshore* a nombre de amigos y testaferros, apenas lo suficiente para facilitar nuestro escape. Cerca de las siete de la tarde, nuestros informantes nos dieron la noticia de que el gobierno dejaría que Lehman Brothers, el cuarto banco de inversión más grande del mundo, se declarase en quiebra. En las inmediaciones de la Reserva, el distrito financiero de Nueva York lucía tan desolado como cualquier otro domingo. Los escasos turistas que a esa hora aún peregrinaban rumbo a los escombros del World Trade Center no podían adivinar que a unos pasos estaba a punto de verificarse un derrumbe acaso más drástico que el del 11 de septiembre.

—El presidente de la SEC acaba de llamarle a Fuld para darle la noticia —me aferré a Vikram.

Durante las siguientes horas mi amigo se concentró en diseñar nuestras rutas de escape. Sólo entonces decidí que había llegado el momento de compartirle mi secreto. Me temblaban las manos.

—Leah está embarazada —dije sin más.

No detecté ningún gesto de sorpresa o indignación en su mirada densa y penetrante. Acaso un parpadeo más prolongado de lo habitual.

—¿Y qué piensas hacer? —su tono neutro me apaciguó.

—Ella ha decidido tenerlo —confesé—. Te pido que hagas los arreglos para que puedan vivir sin contratiempos.

—¿Y nosotros? —apretó mi mano.

—Nosotros debemos darnos prisa.

Aria de Noah

Un cielo espectral, sin el menor hálito de luz. Te imagino frente a la ventana, con los ojos bien abiertos, obsesionado con aquella oscuridad sin paliativos. Has vuelto a despertarte a las cinco de la madrugada como todos los días desde que te marchaste. Al distinguir los primeros reflejos del alba, te tumbas otra vez sobre el camastro. En el armario descansan los tres o cuatro trajes que, pese a los últimos ruegos de mi madre, alcanzaste a arrancarle de las manos; más allá, sobre la mesa, una docena de libros y el estuche con tu violín. En los últimos días la desazón ha dado paso a una amargura que te taladra el cuerpo de pies a cabeza. Si antes no podías resistir la idea de que tus esfuerzos de una vida se hubiesen ido por la borda, ahora los últimos asideros que preservaban tu lucidez han quedado destruidos. Y aun así no vacilas, no te arrepientes. Hiciste lo que tenías que hacer. Igual que ella. Sólo que, contradiciendo la lealtad que se prodigaron durante varios lustros, ahora los dos han quedado arrinconados.

De pronto ha amanecido y el cuarto se llena con una luminosidad incandescente que te obliga a refugiarte en el baño. A lo lejos distingues la algarabía de los pájaros, los malditos pájaros que se obstinan en piar cuando clarea. Te desnudas de un tirón, sacudido por una prisa repentina. Giras el grifo y un chorro de agua helada se precipita sobre tu incipiente calvicie. Las gotas sobre tu rostro no te desperezan. Una vez fuera de la ducha te detienes frente al espejo, un vidrio oblongo que te devuelve tu rostro estragado por las lágrimas. Odias verte así, aplastado, cada vez menos parecido a quien fuiste hasta hace poco, el pelo encanecido, los pómulos prominentes, la piel estriada, las bolsas debajo de tus ojos. Te enjabonas y deslizas la navaja por tu cuello y tu mandíbula: una gota de sangre entinta la blancura del mosaico.

Regresas a la habitación y te enfundas los calzoncillos, el pantalón, la camisa y los tirantes. Empieza el día pero te sientes fatigado, como si hubieses escalado una cuesta interminable. Tu estómago ruge de hambre pero sólo te lanzas por un vaso que rellenas dos veces sin saciarte. Entonces desvías la vista y te fijas en ese estuche negro, semejante a un animal dormido, que descansa sobre la mesa del salón. Ni siquiera sabes por qué te decidiste a traerlo hasta aquí. Han pasado años, muchos años, desde la última vez que lo abriste y contemplaste la callada madera que reposa en su interior. ¿Necesitabas arrancarle a mi madre esta última huella de tu pasado? ¿Reconciliarte con esa otra vida a la que te obstinaste en renunciar? Destrabas el broche como si desnudaras a una novia adolescente y levantas la tapa sin hacer ruido. Te inquieta despertar a la criatura que, serena y apacible, se mantiene indiferente a tu fatiga y a tu angustia. Acaricias las cuerdas suavemente: una corriente electriza las yemas de tus dedos y se desliza veloz por tu antebrazo. Sin pensarlo lo arrancas de su lecho y te descubres afinándolo con la devoción con que se acuna a un recién nacido. Inclinas la barbilla para sostenerlo —los dos se reconocen y se acoplan— mientras tu mano derecha alza el arco en vilo y se prepara para extraer las primeras notas de la *Partita No. 1.* Te imagino más sereno que abatido cuando te detienes en seco, abandonas el violín sobre la mesa y, sin haberte atrevido a profanarlo, te diriges rumbo a la ventana.

Dueto de la verdad

Cuando la limusina me depositó a las puertas de la residencia —una tosca mole de arena en un pantano—, los estragos causados por *Veronica* aún eran perceptibles: arbustos torcidos, palmeras quebradas por la mitad, la hojarasca enfangando los jardines y el olor embriagante, acidulado, de la tierra húmeda y los troncos putrefactos. La piel parduzca del cielo, con jaeces amoratados, se abría en canal para dar paso a un chorro de luz que sólo los más lerdos no identificarían con la burla de un dios. No tenía la paciencia para esperar a que llegase la hora de visita. Saludé a la recepcionista con un guiño y, sin mediar palabra, deposité un billete de cien dólares frente a sus narices. La mujer se lo embolsó sin ofenderse y fijó su atención en el programa de concurso —*¿Quieres ser millonario?*—, cuya empalagosa melodía se filtraba desde el televisor oculto bajo su mesa de trabajo.

Más que un apacible hogar para ancianos, el sitio lucía como un cementerio abandonado. Nada se movía en aquella hora posterior a la merienda, nadie merodeaba por las salas comunes o se deslizaba por los pasillos, como si las compañeras de mi madre hubiesen decidido concedernos la soledad que merecíamos. Ni siquiera necesité tocar: descubrí su puerta entreabierta, como si esperase mi visita. Distinguí su espalda encorvada sobre el quicio, su bata floreada, su cabello blanco e impecable. Debía confortarse mirando cómo la noche devoraba los últimos despojos del día.

—Llegas tarde —se volvió hacia mí.

Sus ojos me barrieron con desaprobación.

—Has subido unos kilos, ¿no? —se sentó sobre la cama y me indicó una silla de madera en una esquina.

—¿Cómo estás?

—Mejor que nunca —rió con suavidad—. ¿Te ofrezco una taza de té?

—Gracias, estoy bien.

Debería decir que de inmediato comenzamos a hablar, pero en mi recuerdo toda la escena se desarrolla en cámara lenta, con un ritmo amortiguado por el bochorno de la noche. No parecía más vieja ni más arrugada que de costumbre, pero en su manera de encararme descubrí una ternura desconocida. El efecto se disipó en cuanto encendió una lamparilla y el perfil de su nariz se volvió más prominente y anguloso, devolviéndole su dureza habitual.

—Supongo que ya crees saberlo todo, ¿no? —su voz era más suave, más dulce que nunca.

—Cada día sé más y cada día sé menos.

—Por fin te haces sabio, hijo.

Mi madre ladeó la cabeza con desaprobación. Mi impaciencia le parecía una falta de respeto intolerable.

—¿No quieres sentarte? —sus preguntas sonaban como órdenes.

—No.

Sentía los muslos envarados, como si mi propio cuerpo sólo pudiese resistir esa conversación manteniéndome de pie.

—Me decepciona que hayas tardado tanto tiempo en comprenderlo —su rostro se iluminó con un halo dorado—. Conociéndome como me conoces, ¿crees que un hombre, cualquier hombre, hubiese podido mentirme durante tantos años?

Judith sonrió con picardía.

—Lo único que te pido es que no vayas a preguntarme por qué —me reprendió—. A estas alturas ya tendrías que haberte hecho una idea de quién era tu padre.

—¿Y tú?

—¿Yo?

Mi madre se rascó la muñeca con una insistencia que me pareció casi histérica.

—¡Por dios, hijo! —volvió a reír—. Los dos éramos, ¿cómo decirlo?, creyentes. Ahora es difícil entenderlo, ya no quedamos muchos.

—¿Noah te convenció desde el principio?

—Cómo puedes ser tan listo y tan tonto al mismo tiempo —el ruido de sus uñas sobre su piel me enloquecía—. Yo nunca fui la chica ingenua de la historia.

Un filo de luz quebró la ventana y, como cuando era niño, los dos contuvimos la respiración hasta que se produjo el estallido.

—Seis segundos —aventuré—. Debió caer bastante cerca.

—*Muy* cerca.

—Tú eras Ángel, ¿verdad?

Mi pregunta no pareció sorprenderla. Bajó la vista. De pronto lucía tan frágil, tan inocente. Tan pura.

—Trabajaban en equipo —continué mi relato—. Los dos eran creyentes y los dos trabajaban para los rusos.

—No, no para los rusos, para la revolución. Para los demás —su tono se tornó áspero—. O tal vez para nosotros mismos, yo qué sé.

Se llevó la mano a la frente y su rostro, vivaz e inquisitivo, se nubló. Me acerqué a ella y rocé su frente rugosa y helada.

—¿Estás bien?

Mi madre con su controlador ruso

—Sólo necesito descansar un poco —se aferró a mi mano con fuerza—. Regresa mañana y te lo contaré todo, como siempre quisiste, desde el día en que tu padre entró a la tienda para comprar una bufanda y yo lo llevé a su primera reunión del Partido.

—¿Estás segura de que no quieres que me quede un rato más?

—Estoy bien, hijo. Hasta mañana.

¿Lo presentí? Y sin embargo la dejé allí sola, en silencio, a merced de los relámpagos que incendiaban su ventana. Me di la vuelta, regresé a la limusina y me encaminé hacia mi desolada habitación de hotel. Le llamé a Vikram y luego a Leah, aunque preferí no ofrecerles detalles de la charla con mi madre. Encendí el televisor y no tardé en quedarme dormido. A las cinco de la mañana me despertó la reverberación del celular con la voz obnubilada y triste de la recepcionista.

—Al menos no sufrió —dijo—. Ocurrió mientras dormía.

Escena V. *Sobre cómo sobrevivir al fin del mundo*

Aria di bravura

Las nubes poseen un perfil turbio, cenagoso, aunque todavía no se vislumbran las ráfagas del huracán que pronosticó el telediario. ¿Cómo enfrentar, pacientes lectores, el final de esta ópera plagada de sobresaltos y caídas, de engaños y dobleces? ¿Cómo enhebrar nuestros destinos carbonizados por la codicia con esa mañana, sesenta años atrás, en que mi padre se arrojó al vacío para salvar a una paloma? ¿O esos tiempos henchidos de grandes ideas y masacres con la prosaica catástrofe que hoy nos acongoja? ¿Sabían los agentes y espías comunistas que su utopía arrastraría ríos de sangre, que la posteridad no recompensaría sus sacrificios y que el mundo quedaría bajo el dominio de la más simple, de la más pura de las fiebres, esa avaricia inscrita en nuestro código genético? ¿Sabíamos nosotros que inflábamos una vejiga que habría de reventar tarde o temprano? ¿Sabías, madre, al concebirme, que el cráneo de mi padre se estrellaría contra la acera? ¿Sabía yo que mi huida, mi estratégica huida, les resultaría a mis hijos a tal grado insuperable? Ya lo he dicho: sabíamos y no sabíamos, sabíamos y no queríamos saber.

Cayó Roma, cayó Constantinopla, cayó el Muro de Berlín, cayeron las Torres Gemelas, ¿cómo no habría de derrumbarse una entelequia más endeble, más etérea, como el Capitalismo Global? ¿Imaginaban el secretario del Tesoro, el presidente de la Reserva Federal y el presidente de la Reserva Federal de Nueva York lo que ocurriría tras la caída de Lehman Brothers? De nuevo: sabían y no sabían. O no querían saber. Nadie quería saber. Y, en una de las decisiones más escalofriantes jamás tomadas por una camarilla de políticos, el secretario del Tesoro, el presidente de la Reserva Federal y el presidente de la Reserva Federal de Nueva York —con la anuencia del pequeño Bush— se alzaron de hombros y permitieron que el mastodonte se precipitase ruidosamente hacia la nada. Les pareció un acto de justicia. De justicia poética, supongo, porque la maniobra resultó infinitamente más dañina y perdurable de lo que esos cretinos sospecharon. Los huesos de Lehman se hallaban corroídos por nuestros insidiosos derivados financieros y sus metástasis brotaron en todos los sobrevivientes, en AIG, en Merrill Lynch, en J.P. Morgan Chase, en Goldman Sachs, en Citibank y en su infinita pléyade de hermanos. Incluido JV Capital Management, por supuesto.

Un contagio sin precedentes o, mejor dicho, la mayor transferencia de capitales jamás orquestada desde la clase media hacia los multimillonarios. Porque más allá de quiebras y bancarrotas, del ostentoso suicidio de algún ejecutivo y la depresión de unos cuantos funcionarios del Tesoro, los magnates apenas padecieron. Diré más: lucraron con la crisis igual que antes lucraron con la burbuja y, salvo unos cuantos chivos expiatorios (como yo mismo), conservaron sus primas astronómicas, sus paracaídas dorados, sus mansiones en los Hamptons y la Riviera, sus bacanales hollywoodenses y sus autos deportivos. Rescatados *in extremis* con nuestro dinero —cortesía de Obama el Socialista—, hoy sobreviven a sus anchas.

No, depauperados lectores, para ellos el mundo no tocó a su fin, no por nada son los más fuertes, los más aptos. Otros pagaron por su ambición y sus errores: *ustedes.* La masa anónima que durante dos décadas vivió a crédito, los pobres diablos que se creyeron el cuento de que poseer una casa equivale a ser el amo de un castillo. Ustedes sí lo perdieron todo. Primero les arrebataron sus casitas y sus ahorros, luego su dignidad y al cabo hasta los infames servicios públicos. “Lo sentimos, señoras y señores, hay que apretarse el cinturón”, los amonestaron los políticos de derechas y de izquierdas, “gastaron demasiado, soñaron torpemente, y ahora tienen que pagar las consecuencias”. Y ustedes les creyeron —¡infelices!— y volvieron a votar por esos canallas de derechas y de izquierdas que los acusaban de ser los verdaderos responsables de la crisis.

Dinamitadas las mayores instituciones financieras del planeta, sólo era cuestión de tiempo antes de que las ondas expansivas llegasen hasta mi discreto emporio. Yo sabía, aunque no quería saber, que JV Capital Management no resistiría este último asalto, que ninguna maniobra disimularía nuestro elegante esquema Ponzi, la doble vida de la firma o la contabilidad paralela que Vikram ajustaba en el octavo piso al margen de la que Isaac, siempre diligente, creía armonizar en el noveno. Ya no era cuestión de meses, ni siquiera de semanas, sino de días, acaso de horas, para que nuestras entrañas quedasen exhibidas. Lo único razonable era escapar.

Habían transcurrido quince años desde que Leah y yo empezáramos las pesquisas sobre mi padre y trece desde que diera inicio nuestro insospechado matrimonio. Trece años de complicidad y compañía. Trece años dedicados a la ópera y a hurgar en las llagas de Noah y sus compinches. Trece años de batallar para ver si yo conseguía derruir su idealismo o si ella me inoculaba alguna brizna de piedad hacia los pobres (el resultado se acercaba a un empate). Aun así, esperé hasta el último instante para revelarle la verdad sobre la firma.

Llevábamos más de dos semanas separados —yo me había refugiado todo ese tiempo con Vikram— cuando por fin volví a casa. Supongo que Leah sabía y no sabía lo que iba a confesarle. Le dije que tenía que huir, que no me quedaba otro remedio. Y, sin que ello aliviase mi desazón o su desprecio, le aclaré que había hecho los arreglos para que el bebé (será una niña, me reveló casi de pasada) no sufriese por mi culpa. La verdad, creo que Leah nunca se hizo demasiadas ilusiones. Desde el inicio debió intuir que mi dinero —*nuestro* dinero— no provenía sólo de fuentes legítimas, pero cuando comenzó a repartir millones en sus proyectos sociales se olvidó de cuestionar su proveniencia.

Sin pronunciar palabra, Leah se dirigió al estudio y volvió con un sobre que depositó, como un testamento, entre mis manos. “Éste sí es el final”, me dijo y me rogó que, si tenía que recoger alguna cosa, lo hiciese de inmediato pues no quería tenerme cerca de ella y de *su* hija. A Susan y a Isaac los cité poco después en mi oficina y, tras convencerlos de darme unos minutos de ventaja, me escurrí rumbo al primero de los refugios tropicales que me han acogido desde entonces, convertido en un nuevo judío errante. Dejé atrás a Leah y a la criatura que se acomodaba en su vientre (sólo más tarde conocería su nombre: Rebecca), dejé atrás a Susan y sus altibajos bipolares, y dejé atrás a Isaac, ese cobarde.

Vikram y yo acabábamos de desembarcar en esta tardía escala de nuestra *tournée* —las náuseas no me abandonaron hasta tocar puerto—, y al acomodarnos en nuestro búngalo mi amigo no tuvo mejor idea que encender el televisor. Por las noches solía abismarse en sus tratados orientales o meditar unas horas en silencio (los paliativos a su resaca tecnológica), pero esa vez se acomodó junto a mí y tomó el control del aparato. El *zapping* nos enfrentó a las mismas fruslerías de costumbre, necios programas de concurso y *realities* con su pornografía de emociones, la misma zafiedad que se replica en todas partes, hasta que se detuvo en ese somnífero que suele ser CNN. De pronto apareció el rostro de Isaac en una foto antigua, una gala o una función de ópera, supongo. Su rictus agreste, su corbata a rayas, sus mechas revueltas y sus ojos azules bien abiertos.

Según el reportero, mis nietos llegaron temprano de la escuela tras la visita a un parque o un museo. Para ellos también habían sido días aciagos, el cambio de ciudad y de colegio, los compañeros que los insultaban e intimidaban o los tachaban de ladrones y canallas. ¿Qué responsabilidad podían tener Tweedledee y Tweedledum —quiero decir, Dave y Joe— en mis desfalcos? Yo nunca me sentí cercano a ellos, me resultaban tan sosos como su madre y tan desangelados como Isaac, pero eso no los convertía en criminales. El chofer los depositó en el jardín, ellos se desprendieron de sus mochilas y se abalanzaron a la cocina en busca de limonada. Su madre permanecía en la oficina (el empleo de abogada que debió recuperar tras la debacle) y los mocosos soñaban con dedicar el resto de la tarde a saltar niveles en Star Wars, Mario Bros u otro de esos espejismos adictivos.

No hacía ni tres meses que se habían instalado en esa casita de New Hampshire, tan pobre en comparación con el apartamento de Manhattan, para escapar de los buitres de la prensa y eludir la inquina que genera nuestro nombre (apenas la semana anterior, en el supermercado, una anciana le vació a su padre un litro de leche en la camisa). Los chicos subieron por las escaleras, ansiosos por dar inicio a su partida, cuando distinguieron una sombra o una silueta, un bamboleo extraño y ominoso. El mayor se detuvo frente a la puerta entreabierta, pero el pequeño entró sin más y sus ojillos se toparon con el cuerpo de Isaac, oscilante como una marioneta. Dave intentó descolgarlo mientras Jim se contorsionaba en el suelo hasta que sus alaridos convocaron a los vecinos. ¡Maldito seas, Isaac!

Vidas dobles, vidas duplicadas. Quizás por eso nos seducen tanto los espías, soñamos con ser otros, con servir a amos siempre cambiantes, con escapar de la luz artificial que nos endilga un solo nombre. Trato de imaginar a Judith y a Noah en su apartamento de Park Slope durante los primeros años de complicidad y de romance. Dos jóvenes airados, decididos a crear un mundo mejor, un mundo nuevo. No me burlo de ustedes, madre, te lo juro. No los contemplo como dos adolescentes entrampados por las patrañas comunistas, sino como dos jóvenes dispuestos arriesgar sus vidas —lo único que tienen— por unas cuantas abstracciones. La igualdad. La justicia. La hermandad entre los pueblos. Los admiro, madre, de verdad. Confiaban en el poder de las palabras, ¿cómo reprochárselos? Adivino sus manos entrelazadas, sus convicciones compartidas, y casi los envidio. Yo nunca podré ser como ustedes.

Me pregunto, sin embargo, hasta dónde su conjura no derivó con el tiempo en otra cosa, una rutina o una costumbre, una forma de vida tan absurda como fútil. Durante los años en que colaboraron con los rusos, ¿mantuvieron el mismo espíritu imbatible, la misma vitalidad, la misma entrega que al principio? ¿Creían sin sobresaltos, auténticos místicos de su causa, genuinos devotos de la revolución? ¿O a veces dudaban y sentían que su misión quizás no fuese tan heroica? A un incrédulo como yo estas cuestiones lo atormentan. Por eso me resulta tan difícil entender que, mientras Noah ascendía en el Tesoro y se convertía en una figura decisiva en los acuerdos de Bretton Woods y en la creación del Fondo Monetario Internacional, se mantuviese al servicio de los rusos. Acepto que los dos conservaran la fe en su misión, pero sus escapadas para entregar documentos confidenciales a Silvermaster o Ajmerov me parecen escenas propias de una mala película de espías. No me malinterpretes, madre, me consta que se jugaban el pellejo, sólo que a la distancia resulta tan evidente que ustedes perdieron la partida, con el comunismo sepultado en el más hondo pozo de la historia, que sólo alcanzo a sentir vergüenza ante la dimensión de su fracaso. Los archivos de Moscú y los cables del Proyecto Venona no dejan lugar a dudas: si tú eras Ángel, como me confesaste aquella última tarde en la residencia para ancianos, el fin de la guerra no modificó tus convicciones. Aunque Noah y tú suspendieron todo contacto con los rusos a fines de 1945, conservaron su militancia y sus principios. Ahora sé que tú no eras la mujer ingenua que ignoraba la doble vida de su esposo, sino el pilar que los mantuvo en activo y que, en aquellos años de sobresaltos y amenazas, les permitió responder con dignidad a las primeras acusaciones. Para entonces la alianza con los rusos se había fracturado y el Terror Rojo se hinchaba como una burbuja; de pronto cualquiera era sospechoso, cualquiera podía ser el enemigo.

Poco después, con White ya muerto y enterrado, Silvermaster y sus camaradas fueron llamados a comparecer ante el Comité de Actividades Antiamericanas y callaron o mintieron sobre su pertenencia al aparato clandestino. Tras su oprobiosa salida del FMI, Noah no levantaba cabeza, nunca lo habías visto tan ausente, tan escaso de esperanzas. "¿De qué ha servido nuestra lucha?", se cuestionaba, abatido por el triunfo de Eisenhower y de Nixon. Pero entonces tú aún confiabas en que a la postre el FBI los dejaría en paz, ¿a quién podía importarle lo que Noah hizo o dejó de hacer durante la guerra ahora que carecía de un puesto significativo en el gobierno? Creías que por fin se quedarían a solas con su humillación y su derrota. ¿Qué eran ustedes sino los últimos despojos de la guerra? Dos alfeñiques sin relevancia a quienes no les quedaba más que resignarse a una vida hosca y mortecina.

Última foto de mis padres (1953)

Esa vez te equivocaste, madre. Los republicanos no estaban dispuestos a olvidar y se empeñaron en demostrar que tenían razón, que la conjura comunista era un auténtico peligro y que los demócratas protegieron a los topos a sabiendas. Nuevas desgracias: la guerra de Corea y la noticia de que los rusos se habían hecho con la bomba. A tus ojos, el juicio a los Rosenberg era una advertencia sobre el destino que mi padre y tú tenían por delante. La opinión pública veía en la pareja a unos demonios que no merecían otra suerte que la hoguera, pero te resistías a creer que fuesen a sentenciarlos a esa muerte inenarrable. La noche en que Julius y Ethel fueron conducidos a la silla eléctrica, Noah no hizo otra cosa que pasear de un lado a otro de la estancia, convertido en un animalillo enfermo, acorralado. ¿Y tú, madre? Tú decidiste que no te resignarías a esa suerte. Necesitabas salvarte. Y me necesitabas *a mí.*

La decisión de traerme al mundo fue tu gran estratagema. Como en los cuentos del *shtetl* de la abuela, entrampaste a tu marido, lo emborrachaste y sedujiste, consiguiendo que te dejase preñada. Preñada de mí: tu respuesta al miedo y al horror. Cuando le revelaste a Noah que iba a convertirse en padre, el pobre diablo no pudo resistirlo. Desesperado y sin fuerzas, decidió abandonarte. *Abandonarnos.* ¿Había mayor traición que ésa? A tus ojos nada podía justificarlo, ni la depresión ni el temor a ser arrestado ni su estúpida idea de no acarrear más infelicidad a este rincón del universo.

Sobrevino así el último capítulo de esta ópera bufa plagada de mentiras y dobleces. Luego de que en marzo de 1953 el procurador Brownell resucitase las acusaciones contra White, el FBI reactivó las investigaciones contra sus antiguos colegas y empleados del Tesoro. Ahora sí vendrían por ustedes, te decías, ahora sí no tendrían clemencia. Noah y tú lo sabían sin saberlo, anticipando la tarde en que la policía descerrajaría su puerta para esposarlos. ¿Fue en ese momento, madre, cuando tomaste la determinación de no ser Ethel Rosenberg? ¿Cuando decidiste hacer lo que fuere —lo que fuere— con tal de escapar a ese destino? ¿Cuándo, emulando a Elizabeth Bentley, anotaste ese número y planeaste esa visita? Lo único que anhelabas era un poco de sosiego, la tranquilidad para criar a un hijo, a tu único hijo. La misma fe que te llevó a inocularle a Noah la pasión por el comunismo y la misma fe que durante años te impulsó a entregar cientos de documentos secretos a los rusos, te daba fuerzas para dar ese paso atroz, ese paso extremo. Ahora tenías una responsabilidad más grande que la Revolución. Ahora estabas a cargo de mí y nada más era relevante.

Antes de culminar tu historia, madre, tengo algo que contarte. Hace unas horas sentí un martilleo en la frente, producto tal vez de la mañana bajo el sol y del bochorno, y me adentré en el búngalo a buscar una aspirina. Sobre la mesa descubrí una nota firmada por Vikram y las náuseas casi me hicieron derrumbarme. Corrí a la habitación y comprobé que faltaban su maleta y sus papeles. Con su caligrafía desgarbada me decía que había leído a hurtadillas estas páginas y que ya no toleraba mis mentiras. Que todo lo que había escrito era una farsa. Que acaso estaba preparando esta mierda para ampliar su responsabilidad en los malos manejos de JV Capital Management. Que me había seguido hasta aquí, pero no estaba dispuesto a convertirse en moneda de cambio si yo pensaba negociar con las autoridades. Y que debía marcharme cuanto antes de esta isla, cuyo nombre él no tardaría en revelar a la Interpol. ¡Imbécil! Aunque quisiera odiarlo por esta traición, la última y la más inesperada en esta secuencia de traiciones, mi corazón se mantiene imperturbable. Esta ópera plagada de delaciones y mentiras se acerca a su final y debo escribirlo por mi cuenta.

Afuera persisten las nubes altas, ominosas, y el eco de los truenos cimbra los cristales, signos del huracán que no tardará en desatarse. Por fin nos hemos quedado solos, madre. Vuelvo a imaginarte en esos aciagos meses de 1953. Hace varios días desde que Noah se marchó a Queens —ese refugio que tu insistes en dibujar como pocilga—, mientras tú permaneces en Brooklyn, pendiente de mí, de ese bicho que se alimenta de tu cuerpo. Esa mañana te acicalas como si fueses a asistir a una celebración o a una fiesta, devoras los restos de *cholent* que se acumulan en la nevera y te precipitas escaleras abajo, tan dueña de ti misma como siempre. Según el expediente que me remitió Leah, sustraído quién sabe con qué artes de tu ficha del FBI —la pieza final de nuestras pesquisas—, te presentas en la mole del Edificio Federal en punto de la una de la tarde. Subes las escaleras (imagino un camafeo en tu blusa impoluta) y te adentras en el despacho del agente especial Harrison, con el cual has hablado por teléfono seis o siete veces a lo largo de las últimas semanas. ¿Tiemblas? No sería digno de ti, madre. Igual que cuando colaborabas con los rusos y cumplías sus órdenes con diligencia, ahora tampoco cuestionas tus motivos. La Historia te tiene atrapada por el cuello, ¿de qué te serviría resistirte?

Das inicio a tu relato, precavida, esquivando nombres y lugares, pero luego las palabras comienzan a brotar de tu garganta en un chorro incontenible. Hablas y hablas sin parar, sin beber siquiera el agua que te ofrece el agente especial Harrison, hasta la hora del crepúsculo. Como si necesitases condensar tu itinerario, como si no hubiera tiempo para rectificaciones posteriores, como si tu calvario fuese a agotarse en ese instante. A cambio de tus palabras, de tu odiosa confesión, obtendrás la paz que tanto anhelas. A partir de hoy nadie volverá a incordiarte o molestarte, es el precio por tu paz y por la mía. Concluida la deposición, por la tarde estás de nuevo en Brooklyn y te concentras en tejerme un suetercito. Sin dejarte vencer por la congoja o por la culpa, simplemente enhebras los hilos en silencio. ¿Atisbó mi padre la razón del nuevo citatorio? Quizás lo supo sin saberlo. O lo supo y no quiso saberlo. Y se encontró con el pichón.

He logrado llegar al final de esta ópera bufa, plagada de engaños y mentiras, de trampas y traiciones, justo cuando la cortina de lluvia desgarra el horizonte. ¿Y ahora? Ahora sólo me queda una cosa por hacer, ¿no, madre? ¡Seguir tus pasos! ¡Proteger a Susan como tú me protegiste a mí! ¡Sacrificarlo todo por ella! ¿No es ésa la lección que te habría gustado que aprendiese? ¡Abandonar esta isla y volver a Nueva York para salvar a mi pequeña!

TELÓN

Lectores míos, mis semejantes, mis hermanos, ¿alguno de ustedes se dejó engatusar con este final de pacotilla? A estas alturas me conocen bien y saben que jamás podría hacer algo semejante. Ahora que por fin he descubierto quiénes eran Judith y Noah, nadie podría creer que me mantendré fiel a unos valores que siempre he rechazado. ¿El amor paterno? ¿La familia? ¿El honor? Seamos realistas, mi regreso en nada ayudaría a mi hija y me condenaría a pasar los últimos años que me quedan en una celda insonorizada, despojado de mi música.

Sin duda tendré que abandonar esta isla cuanto antes —la traición de Vikram no me deja alternativa—, pero aún cuento con los recursos para trasladarme a otro de estos acogedores paraísos (fiscales). Una comarca subtropical donde nadie hace demasiadas preguntas y donde ya me aguardan socios impacientes por explorar nuevos mercados. Permítanme cerrar estas páginas, pues, con una de esas líneas operísticas que siempre anhelé cantar en público:

LA COMMEDIA È FINITA

En Paradero Desconocido, 1º de marzo de 2011

Tabla de contenido

Memorial del Engaño
Esta obra se terminó de imprimir en Diciembre de 2013
en los talleres de Impresora Tauro S.A. de C.V.
Plutarco Elías Calles No. 396 Col. Los Reyes
Delg. Iztacalco C.P. 08620. Tel: 55 90 02 55